Joachim Wohlgemuth

Egon und das achte Weltwunder

edition federchen
Steffen Verlag

Joachim Wohlgemuth
Egon
und das achte
Weltwunder

Der Borkenheider
Musical-Club

Die Heimkehr

Nun war er doch noch eingenickt; kein Wunder, er hatte eine schlaflose Nacht hinter sich und elf Stunden Bahnfahrt, außerdem war es im Abteil einschläfernd warm, und er war der einzige Fahrgast.

Eben hatte der Zug den Wald erreicht. Ein Kahlschlag mit herausgerissenen Stubben war vorbeigewandert, Holzstapel, die in der prallen Junisonne Kiengeruch schwitzten, uralte Tannen mit schweren Ästen, und das schattige Moos war das letzte, was Egon sah, bevor er in einen schönen Traum hinüberdämmerte.

Er sah sich schon in Borkenheide, alt und jung stand auf den Bürgersteigen und jubelte ihm zu, als er im offenen Wagen durch die Breite Straße fuhr. Polizisten säumten den Straßenrand und hielten die Autogrammjäger zurück, und viele Teenager, die mit Lippenstiften seinen weißen Straßenkreuzer bemalen wollten, und die Polizisten winkten freundlich; wenn man ein berühmter Filmschauspieler geworden ist, sehen die Leute über so manches hinweg, lässig hob er die linke Hand, hallo, Jungs, vergessen wir, was gewesen ist. Die berühmte Schlagersängerin zu seiner Rechten, es war seine Verlobte, schwärmte immerfort von einem Traumschiff, womit sie seinen Wagen meinte, und wenn er sich umschaute, erblickte er seine Mutter, die mit dem Vater in den hinteren Polstern ruhte. Ja, sogar sein Vater war mit von der Partie, der Zimmermann Gustav Brümmer, den Egon nur vom Foto kannte, denn der war einundvierzig in Russland gefallen, drei Monate bevor der Junge auf die Welt kam.

Der Pfiff der Lokomotive holte Egon ins rüttelnde Abteil zurück. Ärgerlich hielt er sich die Ohren zu. Der schöne Traum kam nicht wieder. Er nahm die Füße von der gegenüberliegenden Bank und zog die ausgetretenen Boogielatschen an. Den Wintermantel, der schuld daran war, dass er sich jedes Mal ein leeres Abteil ausgesucht hatte, langte er vom Haken und rollte ihn zusammen. Draußen flitzte das Bahnwärterhäuschen vorbei, langsam fiel die Böschung ab und zog die Telegrafendrähte herunter, eine Schranke vor einem staubigen Weg, und dann kam ein hügliges Meer bläulich schimmernden Roggens. Schnee hatte hier gelegen, als sich Egon von Borkenheide verabschiedete. Aufgeregt kämmte er sich. Er stützte den Arm auf das heruntergelassene Fenster und, schaute hinaus. Seine Heimat!

Am Horizont glitzerte der Borkenheider See. In einer weiten Senke lag das Städtchen. Egon sah die weißen Spielzeughäuschen der Südsiedlung, die Innenstadt mit dem klobigen Rathausturm, die braunrote Dachlandschaft. Am Brauereischornstein hing eine müde Qualmfahne.

Er bog sich zurück, drehte aufgeregt den Hals aus dem Kragen und klemmte das Bündel Wintermantel unter den Arm. Die Kleingärten wanderten vorbei mit ihren hemdsärmligen Familienvätern, bereitstehenden Liegestühlen und frisch gestrichenen Lauben. Graue, fensterlose Hauswände, eine Grünanlage mit weißen Bänken, Spaziergänger, es war Sonnabend, der 10. Juni 1961.

Allmählich begannen die Bremsen zu singen. Gleich musste der Bahnübergang kommen. Das Stellwerk ... die Schranken, hinter den Schranken eine Autokette, abgestiegene Radfahrer, eilige Hausfrauen. Aha, unsere Oberschule hat sich einen neuen Putz zugelegt, knallgelb! Und daneben? Das Haus hätten sie gleich mitputzen sollen. Dass sich Mauerwerk nicht schämt, wenn es so nackend ist. Immerhin, Arbeit war also da. Der Kreisbau würde ihn wieder einstellen. Am Montag würde er hingehen, sich Arbeit verpassen lassen. Irgendeine. Die menschliche Gesellschaft war verpflichtet, ihn wieder als gleichberechtigten Bürger aufzunehmen. Dafür gab es Gesetze. Und wenn sie ihn in die schlechteste Brigade steckten, er würde keinen Mucks sagen.

Ein Ruck noch, der Zug stand. Türen klappten. Egon stieg nicht aus. Das erwartungsvolle Lächeln eines Menschen, der nach langer, langer Zeit in seine Heimat zurückkehrt, war weg. Seine Hand umklammerte die Türklinke. Er starrte zur Sperre.

Sie standen in einer Reihe, rechts und links eine Latte, zwischen den Latten eine Stoffbahn: »Wir begrüßen Euch!«

Egon schreckte zurück. Sie musterten die Reisenden und warteten, ob noch jemand ausstieg. Dann rollten sie das Spruchband zusammen und verschwanden hinter der Sperre.

Der Zug fuhr an. Egon drückte die Tür auf und sprang hinaus. Er versteckte sich hinter der Toilette. Hatten sie ihn gesehen? Was sollte das bedeuten: »Wir begrüßen Euch«? Und alles hatten sie an, das rote Hemd samt Palmenschlips, die blauen Jeans. An vieles hatte er gedacht, Pläne über Pläne geschmiedet, aber dass der Klub noch lebte … nie hätte er das für möglich gehalten. Vielleicht hatten sie nur zur Begrüßung die Sachen angezogen, zur Erinnerung an schöne Stunden?

Sie waren jetzt in der Bahnhofstraße. Egon gab die Fahrkarte ab, wartete in der Bahnhofshalle, überlegte. Paul war also schon da. Er hatte ihn gesehen; abseits stand er neben der Latte, als wollte er dirigieren, Sprechchor oder so was.

Egon schob sich durch die Tür. Eine leere Bahnhofstraße gähnte ihn an, nur dort hinten, am Bahnübergang, war lebhafter Verkehr. Langsam ging er weiter. Er sah nicht die neue Eisdiele aus Glas und Aluminium, ihm fiel nicht der Radfahrer auf, der sich nach ihm umdrehte, er hörte nicht das Gesumm der Insekten in den mächtigen Kastanien. Sie erwarten mich, dachte er, sie wollten mich abholen, sie werden zum nächsten Zug wiederkommen.

Er bog in die Steile Gasse ein, in der Breiten Straße würde ihn halb Borkenheide sehen. Aber hier musste er an der »Grünen Flasche« vorbei, einer schiefen Kneipe, wo er oft mit seinen Freunden gezecht hatte. Unter zwei Linden hockte sie da und lauerte immer noch auf ihre Gäste. Schnell vorbei!

»Egon!«

Noch einmal hörte er seinen Namen. Sollte er so tun, als kenne er seinen besten Freund nicht mehr? Egon drehte sich um. Im Eingang zur »Grünen Flasche« stand Paul Borchert. Er kam über die Straße gerannt und riss ihm fast den Arm aus der Schulter.

»Mensch … Egon! Wann bist'n du angekommen?«

»Eben, mit dem Berliner Zug.«

»Na, so 'ne Pleite! Wir haben dich nicht gesehen!«

»War eingepennt. Bin erst ausgestiegen, als der Zug schon anfuhr.«

Paul legte den Arm um Egons Schulter. »Los, Mensch, so was muss begossen werden!« Er zog ihn über die Straße.

Aus dem Korridor der »Grünen Flasche« wehte ihnen der saure Geruch leerer Bierfässer entgegen. Ihre alte Gammeltimpe, die Jungs vorhin, seine Pläne, seine Pläne … Hab ich ein Pech, dachte Egon, auf dem Bahnhof entwischt, hier lauf ich ihm in die Arme. Paul schubste ihn in die Kneipe.

»Los! Rein ins Vergnügen. Der Olle Hein hat extra meinetwegen 'ne Stunde früher aufgemacht.« »Aber höchstens 'ne halbe Stunde. Mutter wartet mit Streuselkuchen.«

Hein war schon beim Einschenken. Seine Glatze war spiegelblank wie früher, die kleinen runden Augen zwinkerten immer noch nervös, das Doppelkinn war etwas schlaffer geworden.

Egon rutschte auf das Ledersofa. Sein Bündel behielt er auf dem Schoß.

»Wie es sich für Kumpel gehört«, erklärte Paul dem Wirt, »an einem Tag rein, an einem Tag raus.« Und zu Egon: »Ich war schon um elf hier. Eine Stunde in der Mitropa gepichelt und den da getroffen«, er nickte zu Hein hinüber, »dann sind wir hierher. Extra meinetwegen hat er früher aufgemacht. Wo bist du denn überall gewesen?«

»Wo ich überall …?« brummelte Egon, er musste sich Pauls Frage noch einmal vorsagen. »Ach so … na, in Schwabenow und in Bernfeld. Zuletzt noch in Kriewen.

Außenkommando. Rüben verziehen. Endlich mal an der Sonne.«

»Da war ich ja auch überall!«, rief Paul. »Blöd, dass wir uns nie mal irgendwo getroffen haben! Mir hat es am besten in Bernfeld gefallen. Und dir?«

»Mir? Nirgends. Mir hat es nirgends gefallen«, sagte Egon.

Aber Paul war schon wieder woanders mit seinen Gedanken. »Hauptsache: Unsere Boys halten noch zusammen. Toll, was? Ein halbes Jahr sind die Bosse im Knast, aber der Borkenheider Musical-

Club steht immer noch. Sie haben mich abgeholt, mit einem Transparent sogar. Hättest du auch beinah gehabt. Die Leute haben gestaunt, kann ich dir sagen, jeden Monat war Training. Die Instrumente lagern noch in der Waldschenke. Tolle Sache, was?«

Egon war starr vor Schreck.

»Hab alles schon geplant«, erzählte Paul, »war ja Zeit genug. Wir werden uns richtige Instrumente anschaffen. So nach und nach. Und dann kommen wir ganz groß raus. So knapp wie die Kapellen sind.«

»Mächtig knapp«, bestätigte der Olle Hein.

»Jede Woche zweimal Tanzabend, pro Nase so bei fünfundsiebzig Mark, zu Anfang. Dann mal eine Tournee ... Egon! Wir werden berühmt.«

»Und woher das Geld nehmen?«, fragte Egon. Er hoffte noch, dass Paul seine Pläne aufgab, wenn er ihm die alten Schwierigkeiten aufzählte.

»Sparen!«, rief Paul. »Wir sparen!«

»Und Noten?«

»Privatlehrer!«

Es war nicht zu fassen! Paul wollte dort anfangen, wo sie damals aufgehört hatten. Egon war nahe dran, alles zu sagen: dass er so nicht weitermachen wollte, um keinen Preis, dass er eigene Pläne hatte, bessere. Vielleicht gab dann Paul seine Pläne auf, machte gar bei ihm mit? Er sah die Hände Pauls, die beiden runden Brandmale auf dem rechten Handrücken ... die gleichen hatte auch er aufzuweisen, Wahrzeichen jahrelanger Freundschaft.

»Wir könnten schon soweit sein«, sagte Paul, »wenn ... Ach, schön dumm sind wir gewesen, dass wir alles zugegeben haben. Nächstes Mal wird abgestritten.«

»Nächstes Mal ...? Ich kann dir sagen, mir reicht einmal Knast. Einmal und nie wieder« »Na, na«, sagte Paul, »manchmal schliddert man in eine Sache rein, du weißt gar nicht wie ...« Der Olle Hein nickte.

»Ich schliddre in keine Sache mehr rein!« Egon ließ sein Bier stehen und musterte wütend seinen alten Freund. Unrasiert, aber Schmalztolle. Das schwarze Haar duftete nach Brillantine. Die braunen Augen lächelten arglos. Auf der Oberlippe perlten Schweißtröpfchen. Vor ihm saß der alte Paul.

Dem war schon wieder etwas anderes eingefallen. Er sprang auf. »Vielleicht treff ich die Boys noch. Wart hier. Sie können nicht weit sein!«

Einen Moment wartete Egon. Dann rutschte er vom Sofa weg. »Muss mal raus«, sagte er zum Ollen Hein. Weg, schnell weg, den Mantel unter den Arm geklemmt, raus aus der Kaschemme, drei Schritte – die Hintertür, der Hof, auf die Tonne und über den Gartenzaun! Er hastete über Erdbeerbeete, kletterte wieder über einen Zaun, jagte eine Kellertreppe hinunter und gegenüber wieder hinauf. Egon stand in der Breiten Straße. Sein Herz raste. Vorbei war's mit der Freude, restlos. Was er auf dem Bahnhof schon befürchtet hatte, stimmte. Die Boys hielten immer noch zusammen. Nie hatte er gedacht, dass sie nach alle dem zusammenbleiben würden. Mit jedem Schritt, der ihn der Bäckergasse näher brachte, stieg eine andere Angst in ihm auf. Was war aus seiner Mutter geworden? Sie hatte sicher am meisten gelitten. Wenn die Begrüßung bloß erst vorbei wäre. Er würde losheulen, wenn er bei ihr Tränen sähe wie damals, vor 'nem halben Jahr.

An der Ecke, wo die Gasse in den Marktplatz mündete, verharrte er. Die alten Fachwerkhäuser standen noch, hier und dort war eines frisch gestrichen, aber das Haus, in dem er geboren worden war, sah grau aus. Seit einem halben Jahr wartete dort seine Mutter auf ihren ungezogenen Jungen. Auf den einzigen. Bestimmt stand sie jetzt hinter der weißen Gardine und sah ihn kommen. Er hatte geschrieben, wann er eintreffen würde und dass sie ihn nicht abholen möchte. Nein, sie sollte ihn nicht abholen. Wie musste einer Mutter zumute sein, wenn sie einen Sohn abholt, der aus dem Gefängnis kommt? Studenten kann man abholen. Studenten erzählen schon unterwegs, dass sie ihre Prüfungen bestanden haben. Aber was sollte er erzählen? Dass er es bis zum Kalfaktor gebracht hatte? Dass er jeden Morgen die Besen vor die Zellentüren gestellt hatte und dann Marmelade und Kaffee raufholen musste?

Egon lächelte, so gut er konnte, zum Fenster hinauf und marschierte schräg über die Straße, direkt auf die Haustür zu. Er nahm die beiden Stufen in einem Schritt und drückte die Tür mit kurzem Ruck auf. Sie sollte merken, dass er die Freude am Leben nicht verloren hatte.

Es roch wie früher nach alten Schmökern. Der Wasserhahn, von dem Müllers im Parterre ihr Wasser holten, tropfte auch noch freiweg. Er stieg die knarrende Treppe hinauf. Sie knarrte, aber sie glänzte braun vom Bohnerwachs.

Die Wohnungstür war nicht verschlossen. Leise ging er über den Korridor und klopfte vorsichtig an die Küchentür.

»Herein!«

Die Mutter stand am Gasherd, und als sie sich umschaute, erschrak er. Ihre Augen waren rotgerieben, das Gesicht blass und eingefallen.

»Ich dachte, du kämst nun erst um neun.«

Sie tat, als sei er erst am Morgen aus dem Haus gegangen, und schüttete gemahlenen Kaffee in die Kanne. Er setzte sich still an den Tisch. Ein großer Teller Streuselkuchen, Mutters Brille mit den runden Gläsern, eine Vase mit Blumen, ein Bündel Briefe. Sie hatte die monatlichen Briefe nicht verbrannt.

Sie ist sogar zum Friseur gegangen, seit der Jugendweihe das erste Mal.

»Was gibt's denn Neues in der Brauerei?«, fragte er.

»Ich hab diese Woche Nachtschicht.«

»Ach, Nachtschicht.«

»Du möchtest Montag zum Kreisbau kommen.«

»Ja?«

»Ich war gestern da, beim Jugendleiter, der linke Schöffe von damals. Du kannst wieder anfangen.« »Ist ja prima! Es soll mächtig was los sein auf dem Bau. Und keine Leute.« Er stopfte Streuselkuchen in den Mund. Die Mutter trank nur Kaffee. »Bei uns sind die Leute auch wieder knapp. Viel zu tun, bei dieser Hitze. Du könntest auch bei uns anfangen.«

»Ich werd erst mal sehen, was die beim Kreisbau sagen«, antwortete Egon. Wenn man Hilfsarbeiter war wie er, kriegte man überall Arbeit. »Außerdem, ich hab mir schon Gedanken gemacht, von wegen Qualifizierung und so, werd den Facharbeiter nachholen, auf der Betriebsakademie nämlich, und die zehnte Klasse ... Volkshochschule. Wozu hat denn der Staat das eingerichtet? Mir steht doch alles noch offen.«

Die Mutter nickte und schlürfte nachdenklich ihren Kaffee.

»Gestern waren die vom Musikverein hier, der Jonny Becker und der Verkäufer vom Konsum und die beiden Fleischer. Sie wollten wissen, wann du eintriffst.«

»Die sind nicht kleinzukriegen«, murmelte Egon. »Ja, die Kluft hatten sie an, die blauen Hosen und das rote Hemd. Musik machen sie auch noch.« »Bei mir spielt sich aber nichts mehr ab. Sollen sie ihre Konzerte allein machen.«

»Und die fünfhundert Mark?«

»Welche fünfhundert Mark?«

»Jeden Sonnabend ist Jonny Becker gekommen und hat zwanzig Mark gebracht, aus Soli-dari-tät, sagte er. Ich wollt's zuerst nicht annehmen, das wäre so abgemacht in der Kapelle, aus Soli-dari-tät, weil, du ... also ... na ...«

»Die bring ich sofort zurück!«, rief Egon.

Die Mutter ging zum Küchenschrank, klapperte mit Tassen und kam mit einem Bündel Zwanzigmarkscheine wieder.

»Zu Weihnachten brachten sie eine große Dauerwurst angeschleppt und das bunte Bild, wo du drauf bist mit den andern, so eins wie bei dir überm Bett.«

Da quietschte unten die Haustür. Egon hielt beim Kauen inne und horchte. Es polterte die Treppe herauf. Egon sah die Mutter an und drehte unschlüssig den Hals aus dem Kragen. »Sie sind es«, flüsterte sie, »gestern hörte es sich genauso an.« Sie schauten ängstlich zur Tür. Es klingelte, und gleichzeitig wurde an die Wohnungstür geklopft. Egon fuhr vom Stuhl hoch.

»Ich sag ihnen, dass du auf der Polizei bist, anmelden ...« Sie schob ihn in die Kammer. Egon hörte ihre Pantoffeln über den Korridor klappen.

»Ist Egon da?«

Das war Paul. Egon zog die Kammertür hinter sich zu, lauschte. Die Mutter antwortete, auf der Treppe wurde beratschlagt. Paul sagte etwas, dann polterte es wieder die Treppe hinunter. Die Jungen waren fort.

»Du sollst pünktlich um acht bei der Waldschenke sein. Das Sonderkonzert für die Heimkehrer.«

»Hab ich mir gedacht!«

»Dass du mir aber nicht hingehst!«

Egon setzte sich wieder an den Küchentisch, stützte den Kopf zwischen die Fäuste und grübelte. »Such dir andere Freunde. Das ist kein Umgang für dich. Die stellen wieder was an und ziehen dich mit rein.«

Egon nickte. Die Mutter hatte recht. Er musste neue Freunde finden. Aber wo? Um besser grübeln zu können, ging er in seine Kammer und legte sich aufs Bett. Ratlos strich er über das kolorierte Großfoto, das neben ihm an der Wand klebte und den Klub in seinen besten Tagen zeigte. Wie das loswerden? Und wo neue Freunde finden?

In der Kammer war es schwül. Ein wenig Dämmerlicht kam durch das verglaste Küchenfenster und schläferte ihn ein.

Ungestört verschlief er den Nachmittag. Zweimal wagte sich die Mutter an sein Bett. Er wälzte sich hin und her, und ängstlich verfolgte sie seine Bewegungen, als habe er Fieber.

Als er wach wurde, war es dunkel. Er knipste die selbstgebaute Leselampe an. Wie spät war es? Seine nackten Füße tasteten nach den Pantoffeln, er flutschte in die Küche. Acht Uhr. Auf dem Küchentisch lag ein Zettel: »Wenn sie noch mal kommen sollten, machst du einfach nicht auf.« Er fand auf dem Herd einen Topf mit lauwarmem Blümchenkaffee, nahm einen Kanten Brot, den Salztopf, das Schmalz, setzte sich an das winzige Küchenfenster und starrte hinaus. Er sah die durchgebogenen Dächer der nächsten Häuser und den Rathausturm. Unter dem hohen Mittelfenster war ein Loch und darunter ein Datum. Das Loch war der Einschlag einer Kanonenkugel. Als er noch klein war und bei seiner Mutter auf dem Arm saß, wollte er immer wissen, wie das Loch da hineingekommen sei. Sie hatte ihm erzählt, dass in Borkenheide mal so etwas wie Bürgerkrieg gewesen war. Immer schon wollte er ins Rathaus, sich aus dem Fenster beugen und das Loch mal genauer ansehen. Ach, viel war nachzuholen.

Er zählte die Fernsehantennen. Bis dreißig kam er, dann verzählte er sich. Wann wird auf ihrem Dach so ein Drahtgestell sein? Wie lange soll seine Mutter zum Onkel gehen, wenn sie mal fernsehen will? Er hätte ihr längst so einen Apparat kaufen sollen.

Der Kanten war verzehrt. Ohne Beschäftigung konnte Egon nicht am Fenster sitzen. Er ging ins Wohnzimmer. Die Möbel standen wie früher. Rechts, vor dem roten Plüschsofa, der ovale Tisch mit der gehäkelten Decke, am Fenster die Nähmaschine, links das Vertiko mit dem Porzellantiger, den er auf dem Rummel gewonnen hatte. Und da war auch das Bild von seinem Vater, einem Mann, ein wenig älter als er, in einer Landseruniform mit dem Gefreitenwinkel. Immer war ihm dieser Mann fremd geblieben; Zimmermann hatte er gelernt, dann zog er sich so was an, wurde Pionier und zersprengte irgendwo etwas, was Kumpel von ihm gebaut hatten.

Egon schob die Gardinen beiseite und schaute auf die Straße. Am Haus gegenüber hing an rostigen Schnörkeln die vergoldete Brezel. Hinter dem Fenster saßen zwei weißhaarige Leute, die alten Stenwedels, und passten auf, was auf der Straße passierte. Nichts hatte sich in Borkenheide verändert. Nichts.

Egon hockte sich wieder auf sein Bett und grübelte. Um seine alten Freunde loszuwerden, musste er ihnen die Wahrheit sagen. Sie würden ihn verprügeln, krumm und lahm schlagen. Das wär nicht das schlimmste. Viel schlimmer war, ihnen alles ins Gesicht zu sagen, sie würden fragen, was auf einmal mit ihm los sei. Er musste ihnen erklären, dass er die heiligen Ideale des Klubs verraten wollte. Und wenn sie ihn nicht verprügelten, sondern freundschaftlich vor die Brust knufften? »Egon, alter Junge, du kannst doch deine Kumpel nicht im Stich lassen!« Das wär das allerschlimmste. Sie würden ihn misstrauisch überallhin verfolgen, wie ein Schatten mal vorausgehen, wenn sie wussten, wohin er wollte, und nachkommen, wenn sie es nicht wussten. Er würde sie nicht loswerden wie das, was er hinter sich hatte.

Klar, sie hatten damals allerlei angestellt. Aber an viele Streiche erinnerte er sich gern. In der Schulzeit schon waren sie dicke Freunde gewesen, und als die Schule vorbei war, rückten sie noch dichter zusammen. Solche Freundschaften halten lange. Und wenn man weg will, nennen sie dich Verräter.

Was würden sie tun, wenn er nicht an der Waldschenke war? Sie würden wiederkommen und so lange klopfen, bis er aufmachte. Er würde aufmachen.

Egon wusch sich unter der Wasserleitung. In der Wäschekommode fand er saubere Oberhemden. Er zog das rote an; dazu die blauen Niethosen und die rot-schwarz gestreiften Socken, wie es Vorschrift war.

Lange drehte er sich vor dem Spiegel und knetete seine blonden Haare zurecht. Dies würde seit einem halben Jahr der erste Ausgang werden. Ein Glück, das Außenkommando, sein Gesicht war braungebrannt. Konnte er noch lächeln? Er grinste sich im Spiegel an. Es wurden jämmerliche Grimassen.

Er stieg in die schwarzen Slipper und band sich die Klubkrawatte um, einen gelben Seidenschlips mit eingestickten Palmen. Die blanke Lederjacke, er hatte sie erst einmal angehabt, nahm er unter den Arm.

Als er aus der Tür trat, regnete es ein paar große Tropfen. Schnell sogen die warmen Steine die dunklen Flecke auf. Mädel patrouillierten durch die Breite Straße, mit wippenden Röcken, duftenden Frisuren und langen Regenschirmen. Sie gingen tanzen, vielleicht in die Laternenbar oder zum Kurgarten. Familien zogen von Schaufenster zu Schaufenster. Auf dem Marktplatz glänzte eine Kette blinkender Motorräder. Egon ging zum Konzert, das der Klub ihm zu Ehren veranstaltete. Am Südtor, einem alten Turm aus Feldsteinen und rostbraunen Ziegeln, bog er ab auf den Weg, der an der Stadtmauer entlangführte. Die Stadtmauer war ihr schönster Spielplatz gewesen, damals in der Schulzeit. Zum Hexenturm, in dem kürzlich eine Volkssternwarte eröffnet worden war, hatten sie sogar einen Nachschlüssel gehabt, und dort hatten sie ihre ersten Zigaretten geraucht.

Egon kletterte durch eine Bresche und stand nun im Park. Früher, vor 100 Jahren, als Borkenheide noch innerhalb der Stadtmauer Platz hatte, war dies der Friedhof gewesen. Im schattigen Gebüsch stand hier und dort noch ein altes Grabmal. Hier konnten sie stundenlang sitzen und über die Menschen nachdenken, die früher Borkenheide bevölkert hatten. »Maria Bertha Rosenberg, geboren 1826, gestorben 1842.« Das Mädel hatte ihn in vielen Träumen begleitet, und als Schuljunge hatte er geglaubt, dass auch er nicht älter als Maria werden würde. Sechzehn Jahre ist sie nur geworden, rechnete er später, als er lange Hosen anzog und den Mädels nachsah, wer wusste, ob sie überhaupt einmal richtig verliebt gewesen war? Und woran mochte sie gestorben sein? Bestimmt an irgend so einer Epidemie. Überhaupt, damals waren die Leute nicht sehr alt geworden, und was sie der Nachwelt hinterließen, waren diese Grabsteine. Im Gebüsch am Wasserturm stand eine meterhohe Sandsteinpyramide, auf jeder Seite war etwas eingraviert: »Hier ruht die Asche zweier Schwestern gestiftet vom Sohn der jüngsten, Friedrich Karl Schneider – wohlbekannt den Bürgern dieser Stadt – Im Jahre 1740.«

Wodurch war dieser Friedrich wohlbekannt gewesen?

Jetzt erholten sich hier die Bürger. Selten blieb jemand bei den Überbleibseln vergangener Jahrhunderte stehen. Im Nationalen Aufbauwerk war ein Goldfischteich angelegt worden und ein Gehege für Rehe und Wildschweine. Viele Bäume trugen Tafeln, die Auskunft gaben über den lateinischen Namen und die Seltenheit. Kinderwagen und nochmals Kinderwagen begegneten ihm, und neben den Bänken spielten kleine Gören, von den Eltern sorgfältig bewacht. Ihm schien es so, als brächten die jungen Eltern ihre Kinder am liebsten in den Park.

Warum wohl, warum?

Dann lag der Park hinter ihm, und an den letzten Häusern der Südsiedlung war er auch schon vorbei. Egon tappte auf der schattigen Chaussee weiter. Links war ein unabsehbares Maisfeld, und rechts zogen sich frisch gehäufelte Kartoffelreihen bis zum Wald hinüber.

Er sah den Wegweiser, der seinen verwitterten Arm zum Borkenheider Forst reckte: Zur Waldschenke 2 km. Auf dem Pfosten thronte eine leere Taschenflasche. Paul war also schon da. Egon schaute unschlüssig den Weg hinunter, der bis auf zwei Sandstreifen zugewachsen war. Brombeeren rankten über den Wegrand. In den Schlehen nisteten Scharen kleiner Vögel, die ungestört ihren Streit in den Sommerabend schilpten.

Paul war also schon da. Die Flasche verriet alles. Paul musste schon tüchtig einen sitzen haben. Die Mitropa ... der Olle Hein ... dann diese Taschenflasche. Immer hatte Paul nach so einer Tour gestänkert, selten war dann ein Sonnabend ohne kleine Schlägerei ausgegangen. Und es stimmte gar nicht, dass sie damals alles gemeinsam angestiftet hätten. Wenn Egon bei seinen Grabsteinen saß, kroch Paul unter die Gebüsche, um Pärchen zu belauschen. Und die Zigaretten vom Hexenturm hatte Paul seinem Vater geklaut. Und er hatte einen lebendigen Hecht gekauft und im Goldfischteich ausgesetzt. Und Paul war einmal sitzengeblieben. Und das halbe Jahr hatte er auch Paul zu verdanken. Und heute Nachmittag hatte er sich vor seinen alten Freunden versteckt, jetzt lief er ihnen wieder nach. Ein Stück würden sie spielen und dann Flaschen kreisen lassen. Wie leicht konnte wieder so etwas passieren wie damals. Egon reckte sich, holte die Flasche herunter, nahm weit ausholend Schwung und schleuderte sie gegen einen Stein. All die Wut über seine ewige Gutmütigkeit lag im Arm. Die Flasche zerklirrte in tausend Splitter. Er fühlte sich erleichtert. Er kehrte um. Sollten sie ohne ihn Konzerte für Heimkehrer machen.

Aber wohin nun? Er konnte sich weder in der Laternenbar noch im Kurgarten sehen lassen. Dort würden sie ihn entdecken, wenn sie ihn suchten.

In der Zeitung hatte er gelesen, dass heute im Sportlerheim eine geschlossene Gesellschaft feiern wollte. Dort würde er vor ihnen sicher sein, vorausgesetzt, man ließe ihn hinein. Ob ihn der Wirt noch kannte? Egal, nur raus aus der Stadt.

Zum Sportlerheim war es eine halbe Stunde Fußweg, aber wer sonnabends tanzen ging, machte sich gern diese Mühe. Auf dem Hinweg spazierte man über eine asphaltierte Straße, und zurück zog man einen der vielen Pfade vor, die sich durch das Mischwäldchen am Borkenheider Stadtrand schlängelten. Hier ließ die Stadtverwaltung während der Sommermonate Bänke aufstellen, ein Grund mehr, dass viele Betriebe im Sportlerheim ihre Feste feierten.

Zuerst schlenderte Egon am See entlang. Viele Leute kamen ihm entgegen. Immerzu schaute er sich um, ob ihm jemand nachsah. Im Zug war ihm noch egal gewesen, ob sich jemand erinnerte oder nicht. Er hätte sich durch die Breite Straße gewagt, sogar mit dem Wintermantel. Nun aber, nachdem ihn der Klub unsicher gemacht hatte, sah er in jedem Menschen einen Fingerzeiger. Er hätte auch etwas anderes anziehen müssen. Egon schwenkte ab ins Wäldchen. Hier kannte er sich gut aus. Früher war der Borkenheider-Musical-Club jeden Sonnabend im Sportlerheim gewesen und hatte dort seine Konzerte veranstaltet.

Zwischen niedrigen Bäumen leuchteten helle Kleider.

Auf einer Bank hockten fünf Mädchen. Eine Zigarette ging von Hand zu Hand. Die Girls bliesen die Backen auf und verpafften den Qualm, als wollten sie ein Feuer anblasen. Er drohte spaßeshalber mit dem Finger. Sie kicherten. Na also, es gab in Borkenheide nicht nur den Musical-Club. Er brauchte keine neuen Freunde. Wenn er ein nettes Mädel hatte, das er heiraten konnte, war alles klar.

Zwischen den Blättern schimmerten Lampions. Er bog vom Weg ab, stakste durch kniehohes Brombeergestrüpp und versteckte sich hinter einer Tanne. Das Sportlerheim war hell erleuchtet. Überall junge Leute, die Jungen in dunklen Anzügen, die Mädchen in bunten weiten Kleidern.

Zwei Reihen kugliger Kastanien standen vor der Terrasse, das Laub reichte bis dicht auf die Gartentische herab.

Weingläser blinkten. Sorglose junge Leute. Er kämmte seine komplizierte Frisur, musterte sich im Taschenspiegel, rückte den Schlips gerade, schwang sich die Lederjacke lässig auf den Rücken und kommandierte: »Also los, alter Junge!«

Er trat in den Schein der Lampions. Einige Mädchen kannte er vom Sehen. Aber niemand stutzte oder drehte sich nach ihm um. Hier war er unbekannt.

Beim Fest der Abiturienten

Schwarzer und weißer Kies knirschte unter seinen Schritten. Ein matter Wind wehte vom See herüber, spielte mit den Blättern der Bäume und hauchte die Wärme des Tages in die anbrechende Nacht. Zweimal patrouillierte Egon um das Gebäude herum. Die Jungen und Mädchen, die an ihm vorbeizogen, warfen ihm nur kurze Blicke zu. Er tauchte in einer Gruppe junger Männer unter und gelangte mit ihnen in die kleine Bar. Sie lag neben der Bühne in einem Anbau, den es vor einem halben Jahr noch nicht gegeben hatte. Hier entdeckte er einen guten Bekannten. Hinter der Bar stand Erwin, der Mixer aus der Laternenbar, und spülte Gläser. Ein vornehmes Käppi hatte er heute auf, und statt des schwarzen Anzuges trug er eine weiße Jacke.

Erwin würde ihn nicht verpetzen. Erwin war okay. Egon hatte ihm immer beigestanden, wenn Paul wegen der Zeche stänkern wollte.

Alle Hocker waren besetzt. Aber als der nächste Tanz begann, wurden in der Ecke zwei Plätze frei. Egon schwang sich auf den ganz hinten. Erwin reichte ihm den Ellbogen und lächelte.

»Wieder im Lande?«

Egon legte den Zeigefinger an die Lippen. Erwin kniff ein Auge zu. »Geht in Ordnung.« »Welcher Klub is'n das hier?« »Abiturball!« »Ohooo!« »Ja, lauter gelehrte Leute!«

Unauffällig musterte Egon die Bargäste. Die reden aber viel, dachte er, müssen die viel wissen. Und ich mittendrin. »Was darf man denn zu sich nehmen auf so einem Abiturball?«

Erwin winkte ab. »Sind ja auch nur Menschen.«

»Dann einen Whisky, aber doppelstöckig.«

»Einen oder zwei?«

»Natürlich zwei!«

Egon hängte die Lederjacke ans Ende der kupfernen Stange, an der man sich festhalten konnte, wenn einem der Kopf schwer wurde, und lockerte den Schlips. Er hatte schon Jungen gesehen, die mit aufgekrempelten Ärmeln tanzten. Heimlich schaute er noch einmal in den Spiegel, den er in der hohlen Hand unter der Stange verbarg. Ob er auch einen Tanz wagen konnte? Warum nicht? Es gab viele ledige Mädel, zum Beispiel die fünf vorhin auf der Bank. Und wenn er erst drei oder vier Doppelstöckige intus hatte, würde er sogar mit so einer gelehrten Oberschülerin klarkommen. »Also Prost!« Er nahm das Glas zwischen Daumen und Zeigefinger, hob es vorsichtig bis in Augenhöhe, als wollte er sich überzeugen, ob es auch voll sei, und trank es in einem Zuge leer. »Ah …«, stöhnte er. Wie das durch die Kehle flitzte. Den letzten Whisky hatte er vor einem halben Jahr getrunken. »Schütte gleich noch einmal voll!« Und nun wird sich Egon umschauen, wie die Chancen für einen Tanz stehen.

Zuerst mal alle Bargäste anpeilen. Drüben, am andern Ende der Hufeisenbar, ein nettes, aber sehr vornehmes Mädel, schaut gerade her. Zwei Macker! Rechts ein mächtiger Lord mit Bart, links ein gelehrter Scheich mit Brille. Der mit Brille ist sicher ihr Bruder. Oder kann sie sich zwei Verehrer halten? Komische Type, der Lord, Igelschnitt und schmaler Bart von einem Ohr zum andern. Höchstens vierzehn Tage alt, der Bart. Weiter, sie starren mich schon an, weil ich dauernd hinübersehe. Ein richtiges Pärchen mit Küsschen und Schau-mir-tief-in-die-Pupille, zwei halbe Hähne mit einem Lehrer. Der Lehrer denkt sicher gerade nach, er schaut zur Dame mit den beiden Herren, hat die Brille abgenommen und steckt einen Brillenbügel in den

Mund. Kann er sich einen Tanz leisten? Und die beiden halben Hähne neben ihm … keinen Respekt, reißen den Schnabel auf, aber schwarzer Anzug, weiße Brust und Sekt! Ein Pärchen, ein Pärchen, ein freier Hocker: Alles. Mies sah es vorläufig aus.

Und die Leute erzählen und erzählen. Besonders die beiden mit dem vornehmen Mädel. Man müsste auch so viel erzählen können wie die!

Aber so vornehm, wie er sich diese Gesellschaft zuerst vorgestellt hatte, war sie gar nicht. Wenn man die Boys genau musterte und in Gedanken den Sonntagsstaat mit einem Maureranzug vertauschte: auf einer Baustelle würden sie nicht auffallen. Einige ältere Kumpels hatten Kinder, die auch zur Oberschule gingen. Und der Bruder vom Brigadier studierte schon drei Jahre.

»Zu Hause was Neues?«, fragte Egon. Erwin war vom Lande, im Winter kellnerte er bei seinem Vater, der irgendwo eine Kneipe hatte, im Sommer kam er nach Borkenheide.

»Immer dasselbe«, antwortete Erwin, »kennst alle Leute, nähert sich Bauer Schwandt, kannst du schon immer einen Boonekamp einschenken, tritt der Fritz vom Kuhstall ein … ›Mutter, zwei Bockwürste.‹ Und im Sommer ist gar nichts los.« Er kam näher und flüsterte: »Tanzt du heute nicht?«

»Möchte schon … Aber mit wem?« Erwin kam noch näher. »Hinter mir, am anderen Ende, die im blauen Kleid mit dem spitzen Ausschnitt … Siehst du?«

»Ja, ich nehme sie wahr.« Erwin meinte das nette Mädel zwischen den beiden Jungen. Er kniff ein Auge zu. »Tolles Weib, kann ich dir sagen. Hat mir sogar ein Glas Sowjetischen spendiert. Und ein Trinkgeld! Bestimmt fährt der Alte einen Wartburg.«

»Die hat aber schon zwei Macker«, flüsterte Egon.

»Na Mensch! Wer zwei verträgt, verträgt auch drei!« Erwin lachte schallend. Egon lachte bescheiden mit. »Wahr gesprochen. Dann gib uns mal den dritten.«

Erwin hatte mit seiner Lache schön was angerichtet. Alle schauten her, sahen den neuen Gast. Die drei von gegenüber unterhielten sich jetzt bestimmt über ihn. Ärgerlich musterte ihn der Bärtige, der andere putzte seine Brille. Nur die junge Dame schaute nicht herüber. Sie lächelte den Bärtigen an, als hätte sie gestichelt, flüsterte, musterte Egon und fragte den Bärtigen etwas. Leider konnte es Egon nicht verstehen.

Zum Glück begann jetzt ein neuer Tanz. Zwei Pärchen rutschten vom Hocker. Aber das Mädchen mit dem spitzen Ausschnitt schaute noch immer her.

»Los, hin!«, drängte Erwin. »Die wartet doch auf dich!«

»Meinst du?«

»Klar! Die beiden Oberschüler sind ihr zu lappig!«

Aber da rief schon der Lehrer:

»Christine? Tanzen wir?«

Das Mädel rutschte vom Hocker und stolzierte mit kurzen Schritten neben dem jungen Mann in den Saal. Mindestens drei Petticoats, schätzungsweise, der Rock stand ja ab wie ein aufgespannter Regenschirm. Und was das Mädel für Schnabelschuhe trug, hatten die sich also doch in der Mode gehalten. Hm ... In der Größe würde er zu ihr passen. Aber das war auch alles.

»Siehst du, der brauchte die Macker nicht einmal zu fragen«, sagte der Mixer.

»Na ja, er gehört ja auch zum Klub dazu«, antwortete Egon, »weiß, wie sie heißt, kennt sie womöglich jahrelang, ist sicher ihr Lehrer gewesen.«

»Du weißt ja jetzt auch, wie sie heißt!«

Ja, das wusste Egon nun. Aber konnte er einfach rufen: He, Christine? Tanzen wir?

Worüber mochten sie sich vorhin unterhalten haben? War er ihnen aufgefallen, weil er fremd war?

»Da ist ja ein richtiger Charly!«, rief jemand.

Egon schaute auf. War er gemeint? Die beiden Sektleute strahlten ihn an. Wie die wohl auf Charly kamen? Machten die sich über ihn lustig?

»Komm mal her!«, rief der eine. Der andere, kleinere klatschte auf den freien Hocker vom Lehrer.

»Ihr habt's ja genauso weit!« brummte Egon.

Sie stiegen vom Hocker und brachten das dritte Sektglas mit.

»Na, Kumpel? Hier gefällt's dir wohl?«

Sie sagten Kumpel zu ihm und Charly. Hätte nur noch gefehlt, dass sie ihm auf die Schulter klopften. »Ach, ganz nett bei euch.«

»Koste doch mal hier den Sekt, ist sowjetischer!«

In der Laternenbar hätte er denen aber was geflüstert, hier musste er froh sein, wenn sie nicht nach der Einladung fragten. »Danke, danke«, wehrte er ab, »das Glas gehört mir nicht.«

»Erwin! Ein neues Sektglas für Charly. Ein volles!«

»Gebt ihr aber an mit eurem Stipendium!«, sagte Egon verträglich.

»Aber Charly, was heißt Stipendium! Wir machen die Prämien fürs Abitur alle!«

Ach, in der Oberschule gab es auch Prämien? Egon hatte noch niemals davon gehört. Die Jungen sahen sein fragendes Gesicht.

»Für jede Eins hat mir der Alte einen Fünfzigmarkschein spendiert. Ich habe fünf!«

»Und ich sechs!«

»Und was könnt ihr nun werden?«

»Alles!«

»Na ... zum Beispiel?«

»Zwei Jahre Armee, und dann werde ich zum Beispiel Hochfrequenzingenieur, farbiges Fernsehen und so – bloß als Beispiel«, antwortete der Junge mit den fünf Einsen, »mein Alter ist Zimmermann, und ich kann alles werden. Junge, hat er gesagt, wenn du das Abitur schaffst, kriegst du für jede Eins einen Fünfzigmarkschein.«

Egon hätte wohl auch studiert, wenn sein Vater nicht im Krieg geblieben wäre, der war auch Zimmermann gewesen.

»Und du?«, fragte er den anderen.

»Ich werde Tiefbauingenieur.«

»Und was macht dein Alter?«

»Mein Alter? Im Krieg gefallen. Mutter ist Reinemachefrau. Aber nur noch so lange, wie ich studiere. Ich mache beim Autobahnbau mein Praktikum.«

Egon starrte in sein leeres Whiskyglas. Wie lange musste Mutter noch an der Etikettiermaschine stehen? Bis sie Rente bekam. Warum wurde er nicht auch Tiefbauingenieur? Es lag ja gar nicht daran, dass er keinen Vater mehr hatte. An ihm selber lag's. Wie hatte ihm damals der Lehrer zugeredet, einen richtigen Beruf zu erlernen! Er war sogar nach Hause gekommen. Aber ihm war wichtiger: Schippe in die Hand und Geld verdienen. Das war Pauls Devise gewesen. Na ja, wenn man einmal sitzengeblieben ist wie der.

»Na, Charly, und was machst du?«

»Ich bin beim Borkenheider Kreisbau. Die neue Schule, kennt ihr die?« Sie nickten.

»Die habe ich miterbaut.«

»Und als was?«

»Als Maurer«, schwindelte Egon. Er war nur Bauhilfsarbeiter oder Handlanger, wie man so sagt. Aber warum sollte er nicht ein bisschen aufschneiden? Die beiden würden sowieso nie die Wahrheit erfahren. Und richtig gemauert hatte er schon ein paarmal, heimlich!

»Und das gefällt dir?«

»Klar! Das gefällt mir!«

»Ich meine, ob du lebenslänglich Maurer bleiben willst?«

Diese Frage war fast eine Beleidigung. Und Egon hätte sie auch als Beleidigung aufgefasst, wenn er Maurer gewesen wäre. Er sagte nur: »Es muss doch auch Maurer geben!«

Aber der Zimmermannssohn erwiderte: »Mein Alter sagt, und das weiß ja jeder, dass die schwarzen und weißen Anzüge bald vom Bau verschwinden. Dann gibt es nur noch blaue. Monteure. Hochbaumonteure! Mein Alter hat ein Jahr in der Betriebsakademie gebüffelt und fängt jetzt mit dem Fernstudium an.«

»Hoho! Mache natürlich auch so'n Fernstudium«, sagte Egon.

»Nächste Woche geht's los. Werde auch noch Tiefbauingenieur. Zeugnisse waren immer prima.«

»In Ordnung, Charly! Mache was aus dir! Wer Schulen baut, soll auch reingehen! Übrigens, der Schlips ist ganz große Klasse!«

Egon schmunzelte. Gar nicht übel, die Boys. »War der mit der schwarzen Brille eurer Lehrer?«

»Nee, das ist Werner Schmiedeberg, der neue Klubhausleiter«, erklärte der Junge bereitwillig. »Hat einen Zirkel geleitet und unser Kabarett. Der hat alles schon hinter sich: fünf Jahre Philosophie, zehn Semester!«

Es gab also doch etwas Neues in Borkenheide, das Klubhaus hatte einen neuen Boss. Hm ... sah aus wie ein Lehrer. Ob der auch so stur war wie der trockene Scheitelfritze von damals?

Der Sekt war ausgetrunken. Die beiden Abiturienten wollten noch einmal vorbeikommen, sie verschwanden im Gedränge.

Ein Abitur müsste man haben! Dann konnte man werden, was man wollte. Studieren. Dann brauchte man nur zu rufen: He, Christine, tanzen wir? Und schon tanzte so eine elegante Dame mit einem. Man gehörte dann eben zu dieser Gesellschaft. Und Mutter konnte sich mal die neue Küchengarnitur leisten, von der sie bestimmt träumte, und einen Kühlschrank und eine Waschmaschine.

»Noch zwei Whisky!«

»Hast ja allerhand rausgekriegt«, forschte Erwin.

»Ja. Der eine macht auf Tiefbau, und der andere wird Ingenieur. Farbiges Fernsehen und so.«

»Ach! Ich meine, ob die mit dem Ausschnitt einen festen Macker hat!«

Eben setzte sich das Mädchen auf ihren Hocker. Der Tanz war zu Ende. Der Klubhausleiter bedankte sich und ging eilig in den Saal.

Die Musik schmetterte einen Tusch. Die Bargäste wurden neugierig und schoben sich auf die Tanzfläche. Egon wollte nicht allein sitzen bleiben. Dann sähe jeder, dass er nicht eingeladen war. Er kletterte vom Hocker.

Auf der Bühne sollte etwas vorgeführt werden. Hinter dem Mikrofon standen drei Jungen und der Klubhausleiter. Dort oben hatte er, Egon, auch schon gewirkt. Als Ansager vom Borkenheider Musical-Club. Der Saal war immer knüppeldickevoll gewesen, und es hatte Spaß gemacht. Aber was war aus diesem Spaß geworden? Nichts von bleibendem Wert wie so ein Abitur.

Schräg vor ihm stand das Mädchen Christine. War das ein Mädel! Nicht aufgedonnert, nicht eingebildet, den Eindruck hatte er jedenfalls, nur gepflegt und durch und durch elegant. Viel zu elegant für einen Bauhilfsarbeiter.

Die Menschen im Saal lachten schallend. Alle schauten her. Er duckte sich hinter den Bärtigen. Sein Gesicht glühte. Lachten sie etwa über ihn?

Sie lachten wegen Christine? Wieso ließ sie sich auslachen?

»Ich wiederhole noch einmal die Frage!« verkündete der Klubhausleiter. »Wir suchen die originellste Antwort. Die Antwort auf folgende Frage: Was würdet ihr sagen, wenn ihr hört, dass sich Christine Lange verliebt hat?«

Egon machte sich wieder gerade. Der Bärtige schaute Christine von der Seite an, als erwarte er, dass sie sich über die Frage ärgere. Aber das Mädchen lächelte und schien auf die Antworten genauso gespannt zu sein wie die anderen im Saal. Egon überlegte, ob er nicht vorsichtig verschwinden sollte, der Wirt stand drüben hinter dem Büfett, schob ein Glas nach dem andern unter den Bierstrahl, womöglich entdeckte der ihn hier, wenn sie wieder alle herschauten.

»April! April! würde ich sagen!« Das war die erste Antwort. Seltsam, dachte Egon. Einige Jungen klatschten oder lachten.

»Ich würde sagen: Ein Gerücht!« Jemand rief laut bravo.

Alle waren gespannt, was der dritte sagen würde. Aufgeregt rief der gegen das Mikrofon: »Christine Lange und verliebt? Das wäre ja das achte Weltwunder!«

Alles klatschte, pfiff und trampelte. Christine war rot geworden, sie lächelte verlegen.

Egon konnte das alles nicht deuten. Warum nahm sie nichts übel? Sie wurde nun sogar noch gefragt, welche Antwort sie für die originellste hielt.

»Die dritte!«, rief sie, und Egon hörte das erste Mal ihre Stimme. Als Belohnung durfte der Junge einen Extratanz mit dem achten Weltwunder drehen.

Egon schwang sich wieder auf seinen Hocker.

»War denn was Tolles zu sehen?«, fragte Erwin.

»Die Christine ist ein sogenanntes Weltwunder ... Das achte Weltwunder!«

»Was ist los?«

»Weil sie sich nämlich verliebt hat.«

»Mensch, Egon! Ein achtes Weltwunder gibt's ja gar nicht.

Nur sieben. Das soll bestimmt heißen, dass sie sich noch nie verliebt hat!«

»Meinst du?«

»Klar! Die steht nicht auf Oberschüler. Sie wartet auf einen wie dich! Glaub's nur, ich hab einen Blick für so was!«

Gern hätte ihm Egon geglaubt. »Sag mal, Erwin, weißt du, was ... Phi-so-lophie ist?«

»Phisolophie? Noch nie gehört. Du meinst wohl Phi-lo-sophie?«

»Ja, Phi-lo-sophie!«

Erwin grübelte.

»Muss was mit Klubhausleitern zu tun haben.«

Erwin hatte das Wort schon gehört, aber erklären konnte er es auch nicht. Egon ging ins Freie. Er wollte so lange um das Gebäude herumschlendern, bis der Tanz zu Ende war.

Inzwischen war es dunkel geworden. Vor dem Mond hingen Wolken. Kein Lüftchen regte sich. In der Ferne grummelte Donner. »Es wird wohl bald gewittern!«, sagte Egon vor sich hin.

Alle Gartenstühle waren besetzt. Wie schön wäre es, wenn er hier auch mit einem Mädel sitzen könnte, mit so einer Christine. »Ich werde einen Tanz mit dem achten Weltwunder wagen«, sagte er, »aber ich darf nichts mehr trinken. Sonst habe ich eine Fahne.« Und hoffentlich nahm sie ihm seine Pranken nicht übel und fragt, woher die Narben seien. Ob die Boys wohl nach Hause gekommen waren?

Der Kapellmeister verteilte Noten. Egon kämmte sich mit geübter Hand, hastete zurück in die Bar, schob sich auf seinen Platz. Der nächste Tanz begann. Egon rutschte vom Hocker, fünf lange Schritte, er war um die Bar herum und stand hinter dem Mädchen. Beide Verehrer drückten ihre Zigaretten aus und nickten ihr zu. Ihn hatten sie nicht bemerkt. Christine hatte aber nicht das Nicken gesehen, oder sie wollte es nicht sehen, denn sie schaute immer noch dorthin, wo er eben gesessen hatte. Er tippte ihr vorsichtig mit seinem großen Zeigefinger auf die Schulter. Heiser murmelte er: »Meine Dame …?« Er hatte bestimmt rote Ohren. Wie peinlich!

Die junge Dame schaute sich freundlich um, etwas hastig, wie ihm schien, als habe sie nur darauf gewartet, von ihm aufgefordert zu werden. Er nickte. Eilig stieg sie vom Hocker. Oder war sie aufgeregt? Wieso denn, Egon, mach dir nichts vor. Du bist aufgeregt.

Ja. Mächtig aufgeregt war er. Hoffentlich merkte sie nicht, wie schnell sein Herz pochte.

Am Eingang zum Saal drehte sie sich nach den beiden Jungen um, schadenfroh und triumphierend, als habe man nicht daran geglaubt, dass Egon es wagen würde, sie aufzufordern, oder dass sie mit ihm tanzen würde. Behutsam fasste er sie am Oberarm und schob sie vor sich durch das Gedränge. Sie standen auf der Tanzfläche, ein Blick als letzte Aufforderung, und feierlich schlang er den rechten Arm um ihren Rücken, ergriff ihre rechte Hand, hielt sie lässig unten und legte los. Wie nun ein Gespräch aufbauen, grübelte er, womit anfangen? Alles war irgendwie schlagartig gekommen, er hätte sich etwas zurechtlegen sollen, lange durfte man mit der Unterhaltung nicht warten, denn das gefällt den meisten Mädels nicht. Und so ein vornehmer Teenager wollte sicher ganz besonders unterhalten werden.

Eigentlich, sein Typ war sie nicht. Ihr Haar war weder strohgelb noch schwarz, sondern einfach dunkelblond und nicht allzu lang.

Leicht gewellt bedeckte es knapp den Hals und flog locker hin und her, wenn er sie unterm linken Arm hindurchtanzen ließ. Aber ihre Augen … Ja, ihre Augen, die ihn anschauten, als erwarte sie nun etwas sehr Interessantes, gefielen ihm. Was hatte das Mädchen doch für schöne Augen, graublau und klar und auch etwas ernst.

»Welchen Beruf wollen Sie denn mal ergreifen?«, fragte er, um einen Anfang zu finden.

»Interessiert Sie denn das?«

»Natürlich interessiert mich so was!«

»Na … wenn es Sie interessiert. Ich werde Ärztin.«

Schon war die Stimmung hin. Sie wird Ärztin, dachte Egon, ausgerechnet Ärztin. Wie das passte: Handlanger und Ärztin. Er räusperte sich und sagte laut mit tiefer Stimme:

»Ist ja großartig! Wenn ich mal krank darniederliege, lasse ich Sie rufen. Klar? Und Sie schlagen dann ein dickes Buch auf und verschreiben mir eine bittere Medizin!«

»Ja, ja, dicke Bücher und bittere Medizin. Deshalb muss man elf Semester studieren!«

Er tat enttäuscht. »Und so lange soll ich noch warten?«

Sie wusste Rat: »Gehen Sie inzwischen zu meinem Papa in die Sprechstunde.«

»Ach, Ihr geschätzter Papa ist wohl auch Arzt, Wartburg und so?«

»Ja, Kreisarzt, aber wieso denn mit Wartburg?«

Egon wich der Antwort aus und dachte wieder nach. Und wie hörte sich das an: Mutter steht an der Etikettiermaschine in der Brauerei, passt auf, dass jede Pulle eins aufgeklebt kriegt, und Schwiegervater ist Arzt, Kreisarzt.

Er schämte sich nicht, weil seine Mutter nur eine einfache Frau war. Egon wünschte sich keine bessere Mutter. Sie war sparsam, hielt die kleine Wohnung immer sauber und ging sommers wie winters arbeiten, ohne zu klagen. Wie hatte sie sich seinetwegen gegrämt! Egon war stolz auf seine Mutter. Und bestimmt war Christine auf ihren Vater stolz. Aber passten sie deshalb schon zusammen? Wozu überhaupt all diese Gedanken? So ein vornehmes Mädel mit Abitur würde sich nie in einen Handlanger verlieben.

Nein, damit durfte er keinen Moment rechnen. Zu den Sorgen, die ihm der Klub schon machte, kam dann noch eine unglückliche Liebe: schlaflose Nächte, Warten in einer dunklen Ecke, um zu erkunden, ob sie mit einem andern nach Hause kam. Mehrmals schon hatte er das alles durchlitten.

Aber es interessierte ihn doch sehr, ob er auf die junge Dame, die ganz anders war als die Mädchen, die er bisher kennengelernt hatte, so rein äußerlich Eindruck machte. Dass er tanzen konnte, wusste er genau. Aber würde er damit auch einer Oberschülerin imponieren? Egon, versuch's! Ihr einen Abend etwas vorspinnen, nur einen einzigen Abend, was war dabei? Einmal tüchtig filmen und sie dann nie wiedersehen.

Der erste Tanz dieser Runde war zu Ende. Man schaute zur Kapelle, klatschte, und weiter ging's.

Egon sah ein schwitzendes Bürschchen neben sich, das sich abmühte mit dem Cha-Cha-Cha und einer langen Dürren. »Sie haben Glück«, sagte er mit tiefer Stimme, »wenn Sie an den da geraten wären …« er deutete mit dem Kopf zum Nachbarn, »den hätte ich durchfallen lassen!«

Verdutzt sah sie zu ihm auf. Das hatte schon gesessen! Aber sie antwortete nichts, sondern fragte: »Wo haben Sie denn die schöne bunte Krawatte her?« »Handarbeit. Hat fünfzehn Mark gekostet!«

»Aha. Handarbeit. Aber fehlt da nicht noch ein Hula-Hula- Mädchen drauf, damit das Ganze noch bunter wirkt? Oder … ein roter Mond?«

Angenehm berührt, drehte er den Hals aus dem Kragen und antwortete eifrig: »Ich hatte noch einen Vulkan vorgeschlagen, aber … na ja …«, er lachte, »war kein Platz mehr übrig.«

Sie musterte die Krawatte. »Hm … ein Vulkan wäre auch nicht übel. Sagen Sie mal«, und nun schaute sie ihn an, »wie sind Sie überhaupt in diese Gesellschaft geraten?«

»Durch die Hintertür. Ich habe mich sozusagen eingeschleust.«

Sie lächelte verständnisvoll. Das machte ihn mutiger, und er fuhr fort: »Man weiß ja sonnabends nie, wo man zur Schwingung seines Tanzbeins hin soll. In die Stadt? Alles gerammelt voll, kann ich Ihnen sagen, aber hier, in diesem wunderschön gelegenen Ausflugsort an der herrlichen Borkenheider Seenplatte, inmitten des duftenden Waldes ist es immer ganz erholsam. Bis auf diese Staubsaugerkapelle.

Verstehen Sie was von Tanzmusik?«

»Nicht viel«, antwortete sie, »aber Sie verstehen gewiss etwas davon?«

»Wie man's nimmt«, sagte er bescheiden, »ich produziere nämlich selbst welche«, eine leichte Verbeugung, »wenn Sie gestatten.«

»Dann habe ich es mit einem Künstler zu tun?«

Noch eine Verbeugung. Egon kam in Stimmung.

»Wo produzieren Sie denn Tanzmusik?«

»In einem Schauorchester!«

»Oh! In einem Schauorchester ... In welchem denn?«

»Im Borkenheider Musical-Club!«

Es stand fest, dies nahm sie ihm nicht ab. Sie blinzelte mit beiden Augen und fragte, halb spöttisch, halb neugierig: »Wo gibt es denn in Borkenheide einen Musical-Club?«

Also gab es doch etwas, worüber er besser Bescheid wusste!

Egon klärte sie auf: »Vorm Jahr noch sind wir ständig an die Öffentlichkeit getreten. Bis dieser Affe von Wirt kam. Von Kunst keinen blassen Schimmer, kann ich Ihnen sagen! Er hat die Konzerte verboten.«

»Allerhand! So ein Wirt darf einfach Konzerte verbieten?«

»Sie glauben mir wohl nicht?«

»Doch! Doch!«, sagte sie eilig. »Und Sie sind der Direktor von diesem Orchester?«

»Ach wo. Boss ist Paul Borchert. Ist Ihnen dieser Musiker bekannt?«

»Leider nicht«, antwortete sie. Gott sei Dank, dachte Egon.

»Und Sie?« forschte Christine weiter. »Was machen Sie?«

»Interessiert Sie das?«

»Natürlich!«

»Na ... wenn Sie's interessiert, ich bin der vierte Kamm!«

»Wie?!«

»Der vierte Kamm. Von links. Wir haben nämlich keine alltäglichen Instrumente. Macht auch viel mehr Spaß.« Er konnte doch nicht sagen, dass ihrem Schauorchester das Geld für die Instrumente fehlte. »Vier Mann blasen auf einem Kamm: Jonny Becker, Bobby aus der Eisengießerei, Fritz Klabunde vom Radio-Konsum und ein gewisser ... Egon. Kennen Sie einen von den Boys?«

Da hatte er ihr aber einen reingeklingelt. Sie kam aus dem Takt, obwohl sie wunderbar tanzte.

»Sie sind wohl hier nicht beheimatet?«, fragte er herablassend.

»Doch, doch!«

Er reckte das Kinn zur Seite, schob die linke Schulter vor und sagte feierlich: »Ich bin em...pört!«

»Bitte, erzählen Sie weiter!«

»Nein! Wenn Sie's noch nicht für nötig hielten, unsere Veranstaltungen zu besuchen ...«

»Bitte!«

»Na. Man kann ja nicht so sein. Wir haben da noch zwei Fleischer. Die spielen Mundharmonika. Unser Fassaden-Picasso, der auch die Notentische entworfen hat, jazzt Gitarre ...«

»Sie spielen nach Noten?«

Egon überhörte die peinliche Frage. »Am Schlagzeug thront Bummi. Ich kann Ihnen sagen, der Bursche schlägt einen ganz flotten Knüppel, nicht so lahm wie die Trantute da oben. Daneben das Waschbrett mit dem Schreiner Mäckie. Und Vibraphonist ist ...«

»Sie haben ein Vibraphon?«

»Ho!« Er lachte über ihre naive Frage. »Und was für eins! Ein Vibraphon aus Biergläsern und Bierflaschen. Wenn die richtig gefüllt sind und gestimmt und man klopft dran herum mit einem Schlüssel –

prima Musik, kann ich Ihnen sagen! Bedient Paul Borchert, unser Boss. Aber solche Leute kennen Sie ja nicht!«

»Leider nein ...« Christine kannte wirklich keinen Paul Borchert. Woher auch? Egon wurde dreister.

»Aha! Dass auf dem Mond alte Steine herumliegen, haben Sie gelernt. Aber dass es in Borkenheide einen Musical-Club gibt, wissen Sie nicht! Und im Abitur bestimmt fünf Einsen!«

»Nur ...«

»Wie, nur fünf Einsen?«

»Nein. Nur Einsen. Aber vielleicht kann ich das nachholen. Laden Sie mich doch mal ein zu so einem Konzert.« Da hatte er sich ja schön was eingerührt! Der Klub und diese Dame! Rechts der Schneider mit den gemeinen Wörtern, links Paul, der mit seinem halben Jahr Knast prahlt, und er im Hintergrund mit geballten Fäusten ... Dennoch antwortete Egon, nachdem er so getan hatte, als überlegte er sich ernsthaft ihre Frage: »Das müsste ... sich ... machen lassen!«

Der zweite Tanz dieser Runde war zu Ende. Konnte er zufrieden sein? Er konnte zufrieden sein.

Während er gleichgültig klatschte, denn da oben saß ja eine Staubsaugerkapelle, musterte sie ihn. Dabei nagte sie seitwärts an der Unterlippe, als stünde sie vor einer großen Frage, vor einer verzwickten und nicht vor einer, die man in der Schule an der Tafel ausrechnen kann. Das schien gar nicht zu ihr zu passen.

»Und wann geht die Studiererei los?«

»Vorläufig noch nicht. Erst mache ich noch ein praktisches Jahr, als Gehilfin im Krankenhaus, hier in Borkenheide. Und übernächste Woche fahre ich ins Jugendobjekt, in die Moorländer Große Wiese, Land urbar machen. Waren Sie schon mal dort?«

»Ich? Nein ... Wieso denn?« Egon konnte sich nicht vorstellen, was eine zukünftige Ärztin und Kreisarzttochter im Moor zu suchen hatte.

»Das ist nichts für mich«, erklärte er, »der Betrieb stellt mich für so etwas nicht frei!«

»Na, na! Wenn man will, geht alles. Sehen Sie den jungen Mann dort am letzten Tisch? Den mit dem SED-Abzeichen?« Sie meinte den Klubhausleiter. »Der wurde zuerst auch nicht freigestellt.«

Egon musterte den jungen Mann genauer: Ende zwanzig, so groß wie er und auch so breit. Was ihn aber so vornehm machte, war die breitrandige Brille und ... zu dem passte der Stoppelschnitt.

»Der Klubhausleiter fährt auch mit?«, fragte Egon.

»Kennen Sie ihn?«

»Nein ... ich weiß nur, dass er auf Philosophie studiert hat. Zehn Semester, eine lange Zeit, sehr lange.«

»Ja, und jetzt ist er einfacher Klubhausleiter, fährt mit in die Wiese. Nehmen Sie sich den zum Vorbild.«

»Werd mir Mühe geben.« Er lächelte. Sie sollte das letzte nicht ernst nehmen.

»Wo arbeiten Sie denn?«

»Ich bin Baufachspezialist!« Wie er spinnen konnte! »Die neue Schule habe ich mit erschaffen. Wenn Sie gerade Ecken sehen, können Sie mal an mich denken.« Und er leistete sich noch folgendes: »Ich stehe auf dem Standpunkt, dass Menschen, die Schulen bauen, auch reingehen sollen. Jeder Mensch kann heutzutage bei uns aus sich was machen. Werde nächstes Jahr zur Ingenieurschule gehen. Tiefbau-Studium.

Die sogenannten Handlangerberufe sterben sowieso bald aus!«

Christine strahlte ihn an.

Ein langsamer Foxtrott folgte. Der Wirt schaltete das helle Saallicht aus. Man tanzte im Schein der Lampions. Egon ging auf Tuchfühlung, wie immer bei derartigen Schlagern. Einen Moment befürchtete er, dass sie ein strenges Gesicht machen oder auf Distanz achten würde. Aber sie ließ ihn gewähren, als tanzten sie zum hundertsten Male miteinander.

Der feste Griff ihrer kleinen Hand und die Berührung mit dem schlanken Körper verwirrten ihn. Das schummrige Licht, seine Whiskys, die so schön schnulzige Musik und die langsam sich dahinwiegenden Paare ließen ihn alle Sorgen vergessen. Er nahm den Duft ihres Haares wahr, und er merkte, dass ihr rechtes Ohr zum Flüstern nahe war. »Sind mir Ihre Verehrer jetzt sehr böse?«

»Sehr!«

»Haben sie Grund dazu?«

»Was Sie alles wissen wollen!«

»Was wollen die denn mal werden?«

»Der mit Bart wird Architekt und der andere Zootechniker, der Kleine. Noch was?«

Er hätte das Gespräch nun gern etwas vertraulicher gestaltet.

»Na, wechseln wir das Thema: Wissen Sie eigentlich, wer die Tanzerei erfunden hat?«

»Wer denn?«

»Ich dachte, Sie wüssten das?«

»Sie denken wohl, man lernt in der Schule alles?«

»Na ja, ich mein … wer die Tanzerei erfunden hat … Leute, die sich gar nicht kennen, ich mein … die dürfen auf einmal … man darf sich so einfach umfassen …«

Wie er doch gleich ins Stottern kam, wenn er seine Sülzerei unterließ. Aber Christine verzieh alles. »Das war bestimmt ein ganz Raffinierter«, flüsterte sie. »Und wenn das nicht erfunden wäre, dann würden … Sie es erfinden, Sie Künstler!«

»Danke für das Kompliment, mein Fräulein!« Egon verhedderte sich immer mehr in seinen Fallstricken. Er wollte ihr nur etwas vorspinnen, und nun hatte er sich schon verknallt. Wie raffiniert sie das anstellte! Sie hörte artig zu, nahm alles ernst, ließ sich richtig verladen, und schon war's passiert. Schade, dass der Tanz nun zu Ende war, schade …

Im Finale drehte er zwei schnelle Runden, nahm die Hand von ihrem Rücken und verbeugte sich galant. »Man dankt!« Sie schauten sich an, und einen Moment schämten sie sich etwas, weil ihnen die Schummrigkeit gefallen hatte.

Es stand fest: Mit diesem Mädel würde er noch einmal tanzen!

Vielleicht ließ sie sich zu einer Partie Schach einladen ins Klubhaus? Bestimmt konnte aus dem Schach ein Berührungspunkt werden.

Der Wirt schaltete das helle Saallicht wieder an, und da sah er sie: Niethosen, rotes Hemd, Palmenschlips. Alle. Sie quollen aus der Bar in den Saal, schauten sich neugierig um, als suchten sie die besten Plätze. Egon hatte das Gefühl, als trete er in einem Neubau, bei dem die Balkons fehlten, im fünften Stock aus der Balkontür. Im nächsten Moment mussten die Paare auf die Plätze zurückkehren. Dann konnte er mit Christine nicht auf der Tanzfläche stehen und klatschen, wie er es immer noch tat. Hatten sie ihn gesehen? Verschwinden! Aber wohin mit Christine?

»Die Luft ist herrlich ... draußen ... die Luft draußen«, stammelte er, »darf ich Sie zu einem kleinen Spaziergang einladen?« Und schon bot er ihr seinen Arm an. Christine war, durch sein Angebot so verwirrt, dass sie ihm widerstrebend folgte. Einige Paare bemerkten es und schüttelten den Kopf. Er zog das verlegene Mädel durch den Haupteingang ins Freie.

Es regnete.

Aber das störte ihn nicht. Wenn er sie zur Bar brachte, würden ihn die Boys sehen. Unvorstellbar, was dabei zur Sprache kommen konnte. »Wir lauern auf dich, und du gehst fremd!« Oder: »Du klotzt ja wieder mächtig ran!«

Wie das Mädel in die Bar bringen, ohne dass die Boys ihn sahen ...

Christine hatte ihm diese Sorge schon abgenommen. Sie war verschwunden. Nun erinnerte er sich, dass sie einige Male etwas gesagt hatte, ohne von ihm eine Antwort zu bekommen. Er war zu sehr in Gedanken gewesen. Sie glaubte bestimmt, dass er sie ins Freie gezerrt habe, um dem Bärtigen eins auszuwischen. Das nahm sie ihm natürlich übel. Was ahnte eine Oberschülerin von seinen Sorgen!

Er hätte nach Hause gehen können. Dem Barkeeper wäre als Pfand für die Zeche die Lederjacke geblieben. Aber er wollte doch noch einmal mit Christine tanzen oder sich wenigstens von ihr verabschieden, sich entschuldigen. Was musste sie von ihm denken! Er schlich zur

Bar. Wo vorher Pärchen geschmust hatten, stritten sich erregte Menschen. Kaum waren die Boys hier, schon gab's Krach. Er versuchte die lauten Stimmen zu unterscheiden.

Jemand schlug ihm auf den Rücken. Er fuhr herum. Paul war's. »Mensch, Egon! Wir suchen dich überall, und du gehst einfach auf die Anschaffe. Und ausgerechnet zu diesen feinen Pinkels!«

»Ich hab's doch verpennt«, stotterte Egon, »verpennt ... bestimmt. Um neun bin ich erst aufgewacht ... war noch müde ... Wenn man immerzu auf so einer Pritsche schlafen musste ...«

»Verstehen wir, Egon, klare Sache!« Paul drückte ihm die Hand und schob ihn in die Bar. »Siehst aus, als freust du dich gar nicht!«

»Na klar freu ich mich«, besänftigte Egon seinen Freund, »nicht gesehen, wie mein Gesicht eben erstrahlte? Bloß ... kein Wort vom Knast!«

Zur Antwort tippte sich Paul nur an die Stirn. Das beruhigte Egon. Tratscherei über Klubmitglieder gab es nicht. Es war streng verboten, in der Öffentlichkeit über Dinge zu sprechen, die nur den Klub angingen. Vielleicht benahmen sie sich anständig. Aber er sah schon die Bescherung! Die Jungen mit den Palmenschlipsen standen zwischen den Hockern und fuchtelten gefährlich mit den Armen, um an ihre Getränke heranzukommen. Gläser fielen um, die ihnen nicht gehörten, man knurrte die Gastgeber an, besser aufzupassen, und Paul witzelte mit dem Maler über den Bärtigen. Christine, der Klubhausleiter und ein Pärchen fehlten. Vielleicht kamen sie nicht wieder, vielleicht war ihnen die neue Gesellschaft auf die Nerven gegangen? Ausgerechnet jetzt mussten die Boys angekleckert kommen!

Ärgerlich schauten die Abiturienten zu, wie sich die bunten Eindringlinge benahmen. Paul stellte sich neben Christines Hocker. Egon hatte seinen alten Platz wieder eingenommen.

»Hallo, Egon!«, rief Paul. »Prost!« Auch die andern Jungen hoben ihre Gläser zum Zuprosten. Es war der Begrüßungstrank, sie sahen ihn erst jetzt wieder. Und er hob sein Glas, obwohl er vorhin geglaubt hatte, schon mit einem Bein in einem neuen Verein zu stehen.

»Ich muss Sie noch einmal darauf aufmerksam machen, dass dies eine geschlossene Gesellschaft ist!«, rief der Bärtige.

Paul grinste. Spöttisch zuckten die Mundwinkel. »Und ich muss noch einmal darauf aufmerksam machen, dass sonnabends in Borkenheide geschlossene Gesellschaften verboten sind. Alle Werktätigen haben das Recht auf Erholung, Jugendfreund!«

Brüsk drehte sich der Junge um und verschwand. Paul grinste zu Egon herüber. »Dolle Puppe, ha?«, fragte er und deutete mit dem Finger vor sich auf Christines Platz. Egon musste etwas unternehmen. Er rutschte vom Hocker und schob sich an Paul heran.

»Ich hau ab! Kommt ihr mit?«

»Jetzt wird getanzt!«, bestimmte Paul.

»Mit wem willst'n tanzen?«

»Mit der dollen Puppe hier!«

»Und wenn sie nicht will?«

»Das möcht ich erleben!«

»Ich glaub, sie steht nur auf Blonde ...«

»Was du schon alles weißt!«

»Allerhand weiß ich. Sie will auf Arzt studieren. Christine Lange heißt sie. Ihr Vater ist in Borkenheide der Gesundheitsminister. Bestimmt kriegst du einen Korb!«

»Das will ich erst erleben!«, drohte Paul. »Werd ihr schon Anstand beibringen, wenn sie nicht weiß, was sich gehört!«

Paul hatte weder vor Gesundheitsministern Respekt noch vor jungen Mädchen, die Arzt werden wollten.

»Mensch, Egon! Wenn wir so eine Biene im Klub haben, können wir doch Kasse machen, wann wir wollen. Die wird dir immer einen Krankenschein besorgen. Vielleicht kann sie Klavier spielen, Töchter von Gesundheitsministern können das meistens. Lotsen wir in die Laternenbar, klar?«

Solche Gedanken hat Paul Borchert, wenn er ein vornehmes Mädchen sieht, dachte Egon wütend. Vielleicht pumpt er sie gleich an oder lässt sich den goldenen Ring schenken. Und wie es nach Schlägerei roch! Mensch ... Paul ... wenn du heute frech wirst ... Und plötzlich sah er zwei Pauls und zwei Bärtige. Jedes Gesicht schob sich zu zwei Gesichtern auseinander. Er war voll bis zum Eichstrich!

»Raus hier!«, rief eine laute, heisere Stimme. Der Wirt! Soweit musste es kommen, er benahm sich gesittet, aber kaum ist Paul da, wird man rausgeschmissen.

In der Saaltür stand der Wirt, ein jähzorniger Mann, der Rausschmeißer aus Berlin. Egon sah vier mächtige tätowierte Arme. »Macht, dass ihr Land gewinnt!«

Die Jungen warteten, wie Paul reagieren würde. Der schob sich an den Mann heran, als wollte er einen Ochsen ausnehmen. Egon biss die Zähne zusammen. Benimm dich anständig, sonst hau ich dir den Kopf zwischen den Ohren raus!

Paul hatte keine Ahnung, was in Egon vorging. »Nehmen Sie den Mund nicht so voll! Sie ...!«

Da kochte es in Egon über. Alles versaut er mir. Egon dachte nicht mehr an die Mutter, er dachte nicht an Christine, er dachte nur: Du Hund! Und sprang hinein in das Gedränge.

Schon hingen an jedem Arm drei Oberschüler, zerrten ihn zum Ausgang. Er stolperte mit seiner Last rückwärts die Stufen hinunter.

»Ich werd euch ...« Er drehte sich, an der rechten Schulter riss etwas, drei Jungen purzelten ins Gras. Mit seinem Ärmel.

Paul wollte wieder hinein, aber der lange Maler flog ihm entgegen. Der Wirt packte einen Jungen nach dem andern und beförderte sie nach draußen.

Egons Wut war verpufft. Er bekam keinen klaren Gedanken mehr zu fassen. Sie schwammen im Whisky. Er ahnte nur, was passiert war. Die Oberschüler und die Boys hatten gedacht, dass er den Wirt angreifen wollte.

Der letzte Musikant war ins Freie gestolpert. Oberschüler verstopften den Eingang. Christines Kopf reckte sich neben dem Bärtigen empor. Erwin drängte heraus. »Er hat das Überfallkommando angerufen! Haut ab! Bezahlen könnt ihr später!«

Egon hörte nichts mehr. Er sah Christine, versuchte sie anzulächeln. Noch einmal mit ihr tanzen, erklären, dass er mit den Boys nichts mehr gemein hatte … In seiner Ratlosigkeit bewegte er gar den Zeigefinger, als wolle er in einer Tasse etwas umrühren. So bestellte man in der Laternenbar Tänze, wenn die Mädchen weit weg saßen oder in Begleitung waren. Aber die Tochter des Kreisarztes nickte nicht. Woher sollte sie diese Zeichensprache kennen? Ich muss noch einmal mit ihr tanzen. Ich muss … ich muss … Egon war fest davon überzeugt, dass sie auf ihn wartete.

Erwin verschwand im Gedränge. Die Tür knallte zu, ein Schlüssel kratzte im Schloss, und die ungebetenen Gäste standen im Dunkeln.

»Ihr Feiglinge!«, rief Paul und ordnete an: »Zur Laternenbar! Diese halben Hemden kaufen wir uns ein andermal!« Sie trotteten los, im Stillen froh, dass aus der Schlägerei nichts geworden war. Angst hatten sie nicht. Sie hätten es mit dem ganzen Schülervolk aufgenommen. Aber ihre beiden Führer waren erst einen Tag aus dem Gefängnis entlassen, und dann geht man einer Schlägerei möglichst aus dem Wege. Auch Pauls Vorschlag, noch Pärchen zu erschrecken, wurde abgelehnt. Willig folgte ihnen Egon. Er musste Lobreden über sich ergehen lassen. Die Oberschüler hatten zwischen ihm und den Boys keinen Unterschied gemacht. Obwohl er sich doch anständig benommen hatte und sogar über Paul herfallen wollte. Aber das hatte niemand für möglich gehalten. Am wenigsten Paul. Alles Schicksal, dachte er, zwecklos, sich zu irgendetwas aufzuschwingen, Oberschüler sind nichts für einen Handlanger. Wenn man mit ihren Mädels tanzen will, schubsen sie einen weg. Wenn ich bei den Boys bleibe, habe ich Freunde, echte Kumpels. Die lassen einen nie im Stich. Und so eine junge Dame wie diese Arzttochter würde jeden murkligen Oberschüler vorziehen, wenn sie erfuhr, wer er wirklich war. Wenn er den Boys treu war, wusste er, was er hatte. Er musste sich nur Mühe geben, dass alles im Rahmen blieb.

»Meine Mutter hat die Zwanzigmarkscheine aufgespart«, sagte er, als sie vor der Laternenbar standen, »dafür können wir schon was anschaffen, eine Trompete oder einen Bass …«

Neue Lobreden. Am Mittwoch wollten sich alle treffen und den Kauf eines Instrumentes beraten.

Als Egon vor der Laternenbar die Jacke auszog, starrte er auf seinen nackten Arm. Sauber war der Ärmel am Einsatz abgerissen. Was nun? Wo war der Ärmel? Lag er irgendwo im Sportlerheim, oder hatte ihn schon die Polizei? Was sollte er der Mutter erzählen? Ausgerechnet ihm musste das passieren. Und ausgerechnet am ersten Tag des neuen Lebens.

Er blieb ein Pechvogel.

Die Verpflichtung

Aus unansehnlichen Materialhaufen war eine schöne Schule hervorgewachsen. Bis auf ein paar Reste war das Material im Bau aufgegangen. In der nächsten Woche wollten die Kollegen vom Innenausbau kommen, denn am 1. September musste alles fertig sein, zum neuen Schuljahr sollten die ersten Klassen einziehen. Kinder würden herbeiströmen, Lehrer würden durch die langen Korridore wandeln und die moderne Einrichtung loben, es würde klingeln und alle in die Klassen rufen. Scharen fleißiger Schüler sah Egon. Nur er würde nicht dabei sein.

Er saß in der Baubude und wartete auf den Framo. Am Montag hatte ihm noch niemand sagen können, in welcher Brigade er arbeiten sollte. Darum hatte ihn der Dispatcher noch einmal hierhergeschickt. Er räumte auf. Aber in seine Gedanken kam keine Ordnung.

Mit der Brigade Batzing hatte er damals Glück gehabt. Morgens halfen die Maurer immer beim Stapeln. Das war nicht überall so. Woanders spielten die Herren Facharbeiter Skat, bis die Handlanger genügend Material herangeschafft hatten. Dann rachten sie los, und weil sie ausgeruht waren, verschwanden die Ziegel, dass einem angst und bange wurde. Und bald schallte es vom Gerüst: »Steine! Kalk! Steine!« Egon kam beim bloßen Gedanken ins Schwitzen.

Am Sonnabend war es ihm noch egal gewesen, welche Brigade ihn nehmen würde. Aber seine Stimmung hatte sehr gelitten, und er sorgte sich um seine künftige Arbeit. Ob man ihn zum Bahnhofshotel schickte? Dort wurde ein neuer Seitenflügel gebaut. Am Bahnhofshotel mussten ihn jeden Tag viele Leute sehen. Ach was, die Oberschülerin hatte ihn längst vergessen. Wenn sie dort vorbeikam, würde sie sich nicht mehr erinnern, wie schön sie beim Schein der Lampions getanzt hatten. Baufachspezialist hatte er sich betitelt – eine Karre würde er schieben. Von wem hatte sie sich wohl nach Hause bringen lassen? Bestimmt war der vornehme Scheich ihr Auserwählter gewesen, dieser angehende Architekt!

Der Framo jaulte um die Ecke und hielt vor der Baubude.

»Sollst nachher gleich zum FDJ-Sekretär kommen!«, rief der Fahrer.

Was sollte er da?

Der FDJ-Sekretär war sein Schöffe gewesen. Was wollte der von ihm? Der hatte doch mit der Einteilung überhaupt nichts zu tun. Mit einem dumpfen Gefühl in der Brust bückte sich Egon, hob ein Brett an und schob es auf den Framo. Manfred Meilicke wusste alles, und der ausgerissene Ärmel lag schon bei der Kripo! Ihm wurde so jämmerlich zumute wie am Sonntagmorgen, als er aus dem Schlaf geschreckt war. »Wo bin ich?« hatte er gefragt. Was er im fahlen Morgenlicht sah, ließ ihn mit einem Schlag nüchtern werden. Am Fußende hockte zusammengesunken seine Mutter, sie war eben von der Nachtschicht gekommen.

Still weinte sie vor sich hin. Am Bettpfosten hing das einärmlige Hemd. Die anderen Kleidungsstücke lagen auf dem Boden.

»Was ist denn?« hatte Egon gefragt. Die Mutter antwortete nicht und tastete sich aus der Kammer. Wie erstarrt blieb er liegen, grübelte, wie er alles entschuldigen sollte. Nichts fiel ihm ein. Mit Worten war das nicht aus der Welt zu schaffen. Die Mutter rackerte sich ab in der anstrengenden Nachtschicht, und er versoff sein Geld und prügelte sich.

Der Framo stuckerte über den Marktplatz, wartete am Kreisverkehr, bis das Fuhrwerk von der Stadtgärtnerei vorbei war, und bog in die Breite Straße ein. Egon hockte zwischen den Schalbrettern und passte auf, dass keins herunterfiel.

Fünf Uhr war es gewesen. Er hatte die Niethose angezogen und war in die Küche gegangen. Die Mutter saß am Tisch und schluchzte. Er nahm den Schuppenschlüssel vom Brett und schlich hinunter. Er schleppte den Sägebock auf den Hof und wuchtete meterlange Eichenkloben heran.

Verbissen schuftete er vier Stunden, er sägte, hackte, stapelte. Als er gegen zehn wieder in die Küche trat, hatte die Mutter den Tisch gedeckt. Ein Stück Streuselkuchen aß er. Die Sache mit dem Ärmel sei längst nicht so schlimm, er habe ihn auf dem Heimweg verloren, und nun wolle er ihn suchen. Die Eichenkloben hatten ihn aufgemöbelt.

Er war zum Bahnhof gegangen. Angler mit langen Ruten und schlaffen Rucksäcken radelten nach Hause. Kinder wanderten mit aufgeblasenen Gummitieren und großen bunten Bällen zum See. Es würde ein schöner Tag werden. Vielleicht auch für ihn.

In der Mitropa saß eine Runde älterer Herren beim Frühschoppen. Egon musterte sie heimlich. War einer von ihnen Dr. Lange? Er ließ sich das Telefonbuch geben. Drei Langes gab es in Borkenheide mit Telefon, einen Fuhrunternehmer, einen Malermeister und einen Dr. med. Christines Vater hieß Edmund. Sie wohnten in der Birkenallee. Birkenallee … Birkenallee …, grübelte er, dort hatten sie doch damals die Mülltonnen umgestoßen? Ach … das hatte Edmund bestimmt längst vergessen, und in die Zeitung war nichts davon gekommen. Egon verschwand aufgeregt in der Telefonzelle.

Die Aufregung war umsonst gewesen. Bei Langes meldete sich niemand. Auch gut. Vielleicht wusste sie nichts von einem ausgerissenen Ärmel, und er hätte sich mit seiner Fragerei bloß blamiert. Sie würde denken, dass er den Ärmel nur vorschob, um mit ihr anzubändeln. Er hatte alles falsch angefangen. Gleich beim ersten Tanz hätte er sagen sollen: Ich bin Bauhilfsarbeiter und … vorbestraft, sonst aber ein prima Kerl. Ich habe den festen Willen, ein anständiger Mensch zu werden. Ehrenwort! Wollen Sie mir helfen? Meine Lage ist zwar etwas verpfuscht, aber nicht hoffnungslos.

Diese Gedanken waren wohl schuld gewesen, dass er in der Birkenallee landete. Er hatte sich bis zur Nummer vierzehn gewagt. An der Pforte klingeln? Um Himmels willen! Dann erschien womöglich Edmund! Er war nach Hause gegangen. Wieder hatte er den festen Willen gehabt, den Boys die Wahrheit zu sagen. Sie sollten ihn endlich in Ruhe lassen! Am Mittwoch wollten sie sich wieder treffen. Dann musste er ihnen die fünfhundert Mark geben und seinen Ausschluss beantragen. Was stand darüber eigentlich im Statut? Er hatte das Papierblatt im Schmökerkarton gefunden.

§ 1 Der Borkenheider Musical-Club ist eine
unpolitische Vereinigung von Musikfreunden.
§ 2 Er stellt sich die Aufgabe,
gute Tanzmusik zu produzieren.
§ 3 Gute Tanzmusik sind Westschlager und solche,
die im Westen produziert werden.
§ 4 Die Mitglieder sind dem Klub auf rein freiwilliger Basis
beigetreten. Austreten kann aber nur derjenige,
der heiratet. In diesem Fall ist ein Nachfolger anzulernen.
§ 5 Mindestens einmal im Monat findet ein öffentliches
Konzert statt, das kostenlos ist.
§ 6 Derjenige soll Leiter werden,
der eine besondere Mutprobe besteht.
§ 7 Wer die heiligen Ideale des Klubs verrät, wird bestraft
und mit Schimpf und Schande verstoßen.

Heute war Mittwoch.

Der Framo preschte durch die schattige Bahnhofstraße. Die Oberschule strahlte im neuen Putz. Wehmütig schaute er hinüber, sah sie mit ganz anderen Augen als am Sonnabend. Jetzt kam sie ihm unnahbar vor. Dort hatte das vornehme Mädel jahrelang wichtige Dinge gelernt, ihre ersten Liebesbriefe geschrieben. Egon war auf das schlichte Gebäude eifersüchtig.

Der Framo holperte über die Bahnschienen, heulte noch einmal auf und hielt neben dem Materiallager der Bau-Union. Egon kletterte hinunter.

Wie konnte er dem Meilicke die ganze Geschichte erklären? Wenn er wenigstens wüsste, was der inzwischen alles erfahren hatte. Sollte er einfach sagen, dass er Paul verprügeln wollte? Wer glaubte das? Egon nahm die Maurermütze ab und klopfte an die Tür mit dem FDJ-Emblem.

»Ich soll mich bei Ihnen melden.«

Der FDJ-Sekretär stand an der Wand und steckte blaue Fähnchen in einen Plan. Auf dem Schreibtisch lag ein Berg neuer Ausweise. Telefon, Schreibmaschine. In der Ecke die FDJ-Fahne des Betriebes, ein Schrank mit Broschürenstapel, daneben zwei Sessel und ein Schachtisch.

»Ach, der Egon …«

Gleich wird er eine Nummer wählen, und dann geht hinter mir die Tür auf …

Manfred Meilicke schloss die Tür ab und schob Egon in die Zimmerecke, wo die Sessel standen. Egon musste sich setzen. Vorsichtig hockte er sich auf den Sesselrand. Was wollte der Meilicke von ihm?

Manfred setzte sich in den andern Sessel und lächelte Egon aus seinen großen braunen Augen an. Dann griff er hinter einen Vorhang und stellte zwei Bierflaschen auf den Tisch. Zögernd griff Egon nach der Flasche. »Prost, Egon! Auf einen neuen Anfang!«

Sie stießen an und tranken aus der Flasche, wie's bei Maurern üblich ist. Egon nahm nur einen kleinen Schluck und stellte die Flasche neben den Sessel. So ein junger Bengel noch, dachte er, und hat schon eine halbe Glatze. Der Ärger … der Ärger … die vielen Funktionen, vor allem das Schöffenamt …

Manfred holte einen rosa Schnellhefter vom Schreibtisch.

Egon, der sich schon beruhigt hatte, erschrak. Meine Akte, das ist meine Kaderakte, barmte er und drehte die Mütze zusammen, die wollen mich wieder entlassen. Fristlose Entlassung! Aber das dürfen sie nicht! Meine Arbeit habe ich immer ordentlich gemacht!

»Gut über den Sonntag gekommen?«

»Holz gehackt.«

»Sehr schön!« Manfred schlug die Akte auf und nahm etwas heraus. »Dein Dokument!«

Egon blinzelte.

»Wir werden die ganze Sache nicht vor allen aufrollen.

Die Leitung hat's beschlossen.«

Aber im Schnellhefter lag noch mehr.

»Wie soll's nun weitergehen? Hast du Pläne? Was sagt denn deine Mutter?«

Da platzte es aus Egon heraus:

»Ein ganz neuer Mensch, ganz anders werd ich. Irgendwie mach ich den Facharbeiter. Auf der betrieblichen Akademie oder irgendwo anders.«

Genau das wollte ihm Manfred vorschlagen. Er erzählte von seinem Fernstudium, das er nebenbei geschafft habe, trotz der vielen Funktionen, und er habe siebzehn Erfindungen gemacht, als er noch Neuerer-Instrukteur war. Dann besprachen sie Einzelheiten. Egons Wünsche sollten im Qualifizierungsplan verankert werden. »Verankert«, wie ihm dies Wort gefiel! Aber Manfred hatte noch mehr auf der Tagesordnung. Er grübelte, um den besten Anfang zu finden.

Jetzt kommt das dicke Ende, dachte Egon.

»Also, Junge, die Qualifizierung, du musst dann ganz schön büffeln, mein Lieber ...«

»Mach ich, mach ich! Ich büffle dann jeden Tag! Und nachts! Tag und Nacht!«

»Du musst deine ganze Freizeit auf ein anderes Niveau erheben. Oder willst du wieder irgendwo rumstehen?«

Wie konnte der Meilicke ihm nur so etwas zutrauen.

»Das hört ab sofort auf. Bestimmt! Das war mein Plan sowieso.«

»Schön. Das möchten wir dir gern erleichtern, eine kleine Anleitung ... sozusagen, unsererseits. Von deinen Kumpels kriegst du die bestimmt nicht, deine Kumpels ...«

Wieder fiel ihm Egon ins Wort: »Will mich doch sowieso von denen zurückziehen.«

»Lass mich doch endlich ausreden! Bin immer noch bei der Einleitung und du ... also, wir dachten, dass du mal in unser Jugendobjekt fährst, in die Große Wiese. Na? Der Verband hat dort eine prima Kulturarbeit aufgebaut, alles, was zu einem echten Jugendleben gehört.«

In die Wiese? Träumte er? »Da fährt ja auch die Christine hin! Die Tochter vom Kreisarzt! Habe sie Sonnabend kennengelernt. Im Sportlerheim. Abiturball gewesen.«

»Ist sie hübsch?«

»Hübsch? Ich kann dir sagen! Und intelligent! Im Abitur nur Einsen.«

»Du fährst also?«

»Klare Sache! Montag geht's los. Weiß ich schon. Und die Boys ... die ... von denen trenn ich mich!«

Verwundert zog Manfred die Augenbrauen hoch. »So?

Aber Egon ... ist denn das nötig? Es wäre gut, wenn du nachher dort weiterhin den Ton angeben würdest. Den richtigen, meine ich.«

Egon überlegte. »Das müsste sich machen lassen.« Warum sollte er es nicht versprechen? Hauptsache, er war den Klotz am Bein erst mal los. Was nachher kam, interessierte ihn jetzt überhaupt nicht. Erst einmal weg, nur weg aus Borkenheide. Und er würde Christine wiedersehen. Sechs Wochen sollte er mit ihr in einem Lager wohnen.

»Schickt der Betrieb meine Akten mit?«

»Die Akten? Was meinst du ... Es gäbe einen Riesenberg, wenn dreihundert Jugendfreunde ihre Personalunterlagen mitbrächten!«

»Gib mir dein Ehrenwort als FDJ-Sekretär!«

»Einverstanden, geht in Ordnung. Von mir erfährt niemand etwas.«

Kann sich jemand einen glücklicheren Menschen vorstellen? Egon hätte den Sekretär am liebsten umarmt. Es war nicht zu fassen. Und wie groß war vorhin noch seine Angst gewesen.

VERPFLICHTUNG
Ich, Egon Brümmer, geboren 5. November 1941,
Beruf Bauhilfsarbeiter, beschäftigt: Kreisbau Borkenheide,
verpflichte mich, in der Zeit vom 19. Juni bis 31. Juli 1961
an einem Einsatz im Jugendobjekt Große Wiese teilzunehmen.

Egon malte seinen Namen darunter.

»Treffpunkt Montag. Acht Uhr, merk dir das, komm nicht etwa zwanzig Uhr.«

»Und wo?«

»In der Kreisleitung!«

»Aha! Also Montag, acht Uhr, Kreisleitung. Das ist doch schrägüber vom Bahnhof, wo der Putz so verlumpt ist?«

»Ja. Warte noch! Mitzubringen sind die Dinge des täglichen Bedarfs, nach Möglichkeit Sportgeräte, Musikinstrumente und Taschengeld.« Der Sekretär gab Egon eine bunte Broschüre. »Was man wissen muss, steht in diesem Heft. Kannst du sonst noch Studienmaterial gebrauchen?«

»Immer her damit!«

Der Sekretär trat an den Schrank mit dem Broschürenstapel und murmelte: »Die schicken und schicken!«

»Immer her mit dem Material!«

Als er ging, konnte sein Arm den Broschürenberg kaum umfassen. Vor dem Verwaltungsgebäude setzte er sich auf eine Bank. So viel Glück auf einmal! Das war er nicht mehr gewöhnt. Außerdem musste er sein Studienmaterial näher in Augenschein nehmen. In der bunten Broschüre waren viele Fotografien: FDJler beim Gräbenausheben, Mädel beim Bäumepflanzen, Baumaterial wird ausgeladen.

Das Jugendobjekt war zwanzigtausend Hektar groß. In vier Jahren sollte das Land urbar sein. Egon musterte wieder die beiden FDJler auf dem Umschlag. »Kommt in die Wiese!« stand unter dem Bild. Das gleiche Bild hatte er schon oft als Plakat gesehen. Nie war ihm eingefallen hinzufahren, er hatte befürchtet, dass sie einen wie ihn dort nicht gebrauchen könnten. Na, er würde sich schon nützlich machen. Und Paul war er los!

In bester Laune trabte er beim Pförtner vorbei, grüßte alle Menschen, denen er begegnete, und wechselte im Bahnhof einen Fünfziger. Er kämmte sich, steckte die schönsten Groschen in den Fernsprechautomaten und wählte: 2-2-1-4. Wie sein Herz klopfte! Die Ohren glühten. Dann meldete sich eine Frauenstimme: »Doktor Lange.«

»Hier spricht Herr Egon Brümmer. Ich möchte nämlich bitte mal Fräulein Christine Lange sprechen!«

»Am Apparat!«

»Ach, Sie sind das? Ich dacht erst, es wäre Ihre Frau Mama!«

»Wer ist dort, bitte?« Tat sie, als kenne sie ihn nicht?

»Ich bin doch der Egon vom Abiturfest ...«

Es war still am andern Ende. Ihm brach der Schweiß aus.

Dann hatte Christine begriffen. »Ach, Sie sind es! Aber ... das ist ja wirklich sehr nett, dass Sie anrufen. Woher wissen Sie denn unsere Nummer?«

»Aus dem Telefonbuch, Fräulein Christine. Ich wollt mich mal erkundigen, ob Sie nicht zufällig wissen, wo mein roter Ärmel geblieben ist, habe gedacht, ruf mal an, vielleicht ... Ich bin schon seit fünf auf der Achse ... Den Ärmel haben Sie also nicht gesehen? Na, lassen Sie mal, ich werde ihn schon irgendwie wiederfinden, oder ich schmeiße das Hemd weg, bei meinem Verdienst.«

»Wie kommen Sie eigentlich darauf, dass ich Ihren Ärmel haben könnte?«

Ja, wie kam er darauf? »Ich dacht ... Weil Sie der einzige Mensch sind, den ich kenne, vom Ansehen, mein ich.«

»Soso ... na, Sie werden sich wundern, ich hab den Ärmel tatsächlich!«

Egon traute seinen Ohren nicht.

»Hallo? Sind Sie noch da?«, fragte Christine.

»Ja ... natürlich ... ich bin noch da! »Ich hab ihn solange meinem Teddy um den Hals gebunden. Als Andenken gewissermaßen. Abiturball ist nur einmal im Leben. Ich dachte, dass ich Sie einmal treffen würde, Sie hatten mir doch sowieso eine Karte für das nächste Klubkonzert versprochen. Kommen Sie mal vorbei? Außerdem müssen Sie mir noch Ihr Verhalten vom Sonnabend erklären.«

Wollte sie ihn jetzt verladen? Der Teddy ... diese Freundlichkeit ...

»Ich soll bei Ihnen vorbeikommen? Wenn ich nur nicht so viel zu tun hätte. Sagen wir am nächsten Sonntag?«

»Und wann?«

»Um acht. Aber Sie müssen an der Pforte sein!«

»Einverstanden. Sonntag um acht. Birkenallee vierzehn.«

»Aber Sie warten an der Pforte!«

»An der Pforte.«

»Na, dann auf Wiedersehen. Hallo! Hallo! Beinah hätt ich was vergessen. Sie sagten doch mal was von der Großen Wiese ... Nach vielen Schwierigkeiten ist es mir geglückt ... Werde freigestellt, war nicht einfach, kann ich Ihnen sagen, werd mich dort mal etwas umschauen, man lernt ja nie aus, zwanzigtausend Hektar in vier Jahren, da wird jede Hand gebraucht. Was werden Sie denn machen?

Pflanzen Sie Bäume? Oder gehn Sie in die Wasserwirtschaft?«

»Sie sind ein Mensch voller Überraschungen«, sagte Christine.

»Nun kommen Sie doch noch mit. Wieder nebst Anhang? Das wäre aber lustig!«

»Welcher Anhang?«

»Ich mein Ihren Klub. Bringen Sie den mit?«

»Um Himmels willen! Nein, nein, ach wo, die Boys kommen natürlich nicht mit. Also dann, bis Sonntag. Auf Wiedersehen, Fräulein Lange!« Egon hängte auf. Na, wie hatte er das eben hingekriegt? Zum Sonntag war er mit Christine Lange verabredet. Er würde mit ihr spazieren gehen, irgendwo an der Stadtmauer, wo er seinen Freunden nicht begegnete. Er konnte sein Glück noch gar nicht begreifen. Und er würde ihr alles erklären! Dass er nicht den Wirt, sondern Paul verprügeln wollte ... musste! Weil er sich von seinem Anhang losgesagt hatte, dass ... Na, das würde schon genügen.

Langsam ging er über die Straße. Er kam an der Kreisleitung vorbei. Hier würde also am Montag die Reise beginnen.

Vor der Oberschule zögerte er. Nirgends sah er einen Menschen, weder auf dem Hof noch an den Fenstern. Er schaute sich vorsichtig um, marschierte durch das Tor, über den Hof, und schon stieg er eine breite Treppe hinauf. Es war kühl im Gebäude und still wie in einer leeren Kirche. Alle Türen standen offen. Auf Zehenspitzen trat Egon in eine Klasse, zog die Tür hinter sich zu. Eine schwarze Tafel, drei Reihen Tische, hinter jedem Tisch zwei Stühle, eine Wandzeitung. Die Schlichtheit gefiel ihm. Was diesen Raum so wichtig machte, waren die jungen Leute hinter den Tischen und der Lehrer vor der breiten Tafel. Auf Zehenspitzen trat er an die Wandzeitung. Termine für mündliche Prüfungen, ein Aufruf zur Ostseefahrt, eine Aufstellung, wie viel Geld die verschiedenen Klassen für Kuba gesammelt hatten. Leise setzte er sich auf einen Stuhl, versuchte sich seine Nachbarn vorzustellen. Er sah den Bruder vom Brigadier Batzing neben sich am Tisch, hinter ihm saßen die beiden angeheiterten Oberschüler vom Abiturfest, der Bärtige, Christine, der Klubhausleiter mit der schwarzen Brille, sein FDJ-Sekretär, Menschen wie er, die aus sich etwas machen wollten.

Vorsichtig, wie er gekommen war, ging er wieder. Ihm stand die große Prüfung bevor. Die große Prüfung war die Wiese. Er würde sie bestehen, daran zweifelte er keinen Moment.

Vor der Eisdiele warteten halbnackte Kinder. Wie sie ihn anstarrten. Sie wussten genau, dass er ein gutes Herz hatte.

»Na, ihr Stifte, das Geld für die Schreibhefte schon verprasst?«

Ein kleiner Junge in Badehose, der sicher noch nicht in die Schule ging, nickte, die anderen Kinder lächelten erwartungsvoll.

»Mir nach!«

Alle folgten ihm in die Eisdiele. »Sechsmal Lukullus mit Schlagsahne«, rief er. Die Kinder schoben sich auf die Stühle, den Kleinsten hob er selbst hinauf. Strammer Bengel, dachte er, könnte von mir sein. Er zahlte und ging.

Immer, wenn er durch die Breite Straße kam, musste er am Buchladen vorbei. Jahrelang war er dort vorbeigedusselt, nie war ihm eingefallen, mal hineinzugehen oder wenigstens am Schaufenster stehenzubleiben. Heute kam nun der historische Augenblick.

Zuerst patrouillierte er ein paarmal auf der anderen Straßenseite auf und ab. Dort drüben war ein Betrieb wie im Taubenschlag. Und wie elegant die Leute aussahen! Wieder hatte er Angst, dass er sich blamierte, wie neulich, als er mit Christine tanzen wollte. Würde ihn vielleicht so ein Mädel wie Christine bedienen? Und Fragen stellen, die er nicht beantworten konnte? Je länger er zögerte, desto größer wurde seine Aufregung. Immerhin, an seinem Broschürenberg würden die Leute sehen, dass er nicht ganz ohne war.

Rüber über die Straße und rein in den Laden! Bücherregale über Bücherregale und hoch bis an die Decke, dass man eine Leiter brauchte. Junge, Junge, und es gab Menschen, die das alles ausstudiert hatten.

»Bitte, mein Herr, Sie wünschen?« Er sah die kleine Verkäuferin an, und nicht er wurde rot, sondern sie.

»Sind Lexikons da?«

»Suchen Sie ein bestimmtes?«

»Ja. Eins, wo alle Fremdwörter drin stehen. Zum Beispiel: Philosophie. Ich brauch es dringend. Preis spielt keine Rolle!«

Schon bekam er wieder Oberwasser. Sie trippelte an ein Regal und kam mit einem dicken Buch wieder. Egon wog es in der Hand, es war schwer wie ein Ziegelstein.

»Steht da wirklich alles drin?«

»Alles, von A bis Z.«

Egon blätterte. Bunte Bilder, einfarbige, Landkarten. Die Verkäuferin stand hinterm Ladentisch und zupfte an einem Knopf ihrer Bluse.

»Ist gut, können Sie einpacken!«

Die Wissenschaft von A bis Z kostete 24 Mark. Das sind achtundvierzig Bier, rechnete Egon, sein Sonnabend-Sonntag-Quantum. Als er wieder draußen war, bereute er, dass er nicht an den Regalen entlanggewandert war oder sich ein kleines Gespräch mit dem Buchfräulein geleistet hatte. Wenn man nur Mut hat, dann ist alles halb so schlimm. Am Markt kaufte er einen Koffer mit Schnallen und Riemen und Reißverschluss. Sein Geld, das er in der Haft verdient hatte, war alle. Bis Freitag brauchte er nichts. Dann gab es Lohn.

Die Mutter saß am Küchenfenster und klebte Konsummarken. Egon schob seinen Koffer auf den Tisch. »Es geht los, Mutter, jetzt wird sich gebildet!« Er packte das Studienmaterial aus, legte eine Broschüre neben die andere. Der Tisch wurde voll wie beim Kartenlegen.

Eine großartige Handbewegung. »In den nächsten Wochen wird dies alles ausstudiert. Und jeden Monat wird ein Buch gekauft. Ab sofort rühre ich kein Bier mehr an. Das Biergeld wird zurückgelegt für Bücher. Ich soll nämlich einen Lehrgang mitmachen für Betonspezialisten. Zweimal in der Woche Unterricht. Anderthalb Jahr. Im Betrieb. Und wenn ich den Facharbeiterbrief habe, bin ich richtiger Betonfacharbeiter und werde den Mischer beaufsichtigen. Später darf ich dann einschalen, oder ich stampfe Fundamente.

Natürlich werden die mich dann sogar noch zur Ingenieurschule schicken, kommt alles in den Betriebskollektivvertrag. Dann brauchst du keine Etiketten mehr zu kleben. Mein Verdienst wird für uns beide reichen.« Er stand auf und trat an den Herd. »Hier kommt ein Kühlschrank hin!« Einen Schritt zur Seite. »Hier die Waschmaschine! Dies Küchenspind, diese altmodische Scharteke, kannst du verschenken. Ich kauf dir eine nagelneue Einrichtung. Und ein Pantoffelkino und einen Großsuper!«

»Ach, ich wär schon froh, wenn du immer nüchtern wärst.«

Egon winkte ab. Kleinigkeiten! »Der Meilicke und der Kaderleiter haben gefragt, ob ich denn lebenslänglich Handlanger bleiben möchte. Bei dem Zeugnis? Ich habe nicht lange überlegt. Sollte dann einen Schnaps trinken. Habe abgelehnt!«

Er nahm die Broschüre mit dem bunten Deckel und fächelte sie am Ohr hin und her. »Hier habe ich in den nächsten Wochen zu tun. Jugendobjekt! Der Betrieb zahlt den Durchschnitt.«

Er zog sich bis auf die Badehose aus und wusch sich gründlich.

»Und die andern? Was werden die andern dazu sagen?«

Egon klatschte sich auf die breite Brust.

»Wegen der Wiese, meinst du? Alles nicht so schlimm. Egon muss eben mal sechs Wochen verreisen. Nachher sehen wir weiter.« Er sammelte die Broschüren ein und trug sie in seine Kammer. Bei den Schmökern unterm Bett war noch viel Platz.

Talent zum Schauspieler

Alles war versammelt. Egon spähte durch einen Spalt im Fenstervorhang. Sie saßen am Stammtisch, und Paul erzählte. Bestimmt gab er wieder an mit seinem halben Jahr, na, dann waren sie ja schon in der richtigen Stimmung.

Egon lockerte den Schlips, knöpfte das gelbe Hemd halb auf und zerwühlte die Frisur. Die Laternenbar bestand aus zwei Räumen. Im ersten, wo die Tanzfläche war, stand die Musikbox. Acht niedrige Tische, kleine Schaumgummischemel. Hier durfte Bier getrunken werden. Hinter einem Korridor, wo die Garderobe war, schloss sich das Weinabteil an. Noch einmal so viel Tische und an der Bar zwölf Hocker. In der Wand, eingebaut, ein Aquarium, beleuchtet, aber ohne Fische. Sie vertrugen das Klima nicht. Überall hingen mächtige Kunststoff-Weintrauben und buntes Papierlaub – Dekorationen vom letzten Winzerfest.

Die Jungen waren die einzigen Gäste. Sie saßen mit Erwin und dem Kellner am großen runden Stammtisch, und vor ihnen standen halbe Liter. Sie lächelten noch, als Egon eintrat, aber das Lächeln verschwand, als er über das Parkett stakste und sie sein grimmiges Gesicht sahen.

Er klopfte mit der Faust auf die Tischplatte und ließ sich auf einen Schemel fallen. Paul war verstummt, Egon hatte Wichtigeres zu berichten. Er ließ seine Unterlippe hängen und stierte auf die Tischplatte. Sie ahnten Unheil. Ein Wink von Paul – Erwin und der Kellner verschwanden.

»Bier her!«

Jemand schob ein Glas heran. Er trank es leer.

»Zigarette!«

Ein halbes Dutzend Schachteln schossen auf ihn zu. Er nahm dem Schneider eine angerauchte aus dem Mund. Hastig paffte er, wie er es in aufregenden Filmen gesehen hatte, und sah in jedes Gesicht. Sie waren auf alles gefasst.

Er konnte beginnen.

»Scheiße!«

Stühle rückten näher. Trostlos ließ er die Zigarette baumeln und starrte in das neue volle Bierglas.

»Die Sache vom Sonnabend hat'n Nachspiel!«

Ein leises Aufstöhnen ging durch die Runde.

»Es fing an genau wie damals. Soll zum Schöffen kommen! Ich hin. Er protzt am Tisch, so ...« Er schob sich zurück, stützte die Hände auf die Knie und starrte Jonny Becker an, als wolle er ihn zerfleischen. »Neben ihm einer in Zivil.«

»Kripo!«, flüsterte Jonny. Egon nickte.

»›Treten Sie ruhig näher, Herr ... Brümmer!‹ sagt er.

Ich ran.

›Wir kennen uns doch?‹, fragt er.

›Ja‹ sage ich.

Und nun nimmt er 'ne Zeitung vom Tisch. Was liegt da?

Ratet mal!« Egon sah neun ängstliche Gesichter.

»Der Ärmel!«, murmelte Paul.

»Ja. Der Ärmel!«

Jonny stöhnte auf. »Der Ärmel! Ich hab's mir gleich gedacht.«

Egon hatte sich eingelebt in seine Rolle.

»›Kennen Sie das?‹, fragt mich der Sheriff.

›Ja‹, sage ich.

›Seit wann vermissen Sie das?‹

›Das wissen Sie doch ganz genau‹, sage ich.

›Beantworten Sie gefälligst meine Frage!‹, ruft er.

Ich sage: ›Schreien Sie mich nicht so an!‹

›Also?‹, fragt er.

Ich sage: ›Seit Sonnabend.‹

Er: ›Sie geben also zu, dass dieser Ärmel Ihr Eigentum ist?‹

›Ja‹, sage ich, ›was liegt denn an?‹

›Was anliegt? Zwei Anzeigen: Hausfriedensbruch und tätliche Beleidigung.‹«

»Und?«, drängte Jonny Becker. »Wir sagen alle für dich aus!«

»Ich kann euch sagen, mir ging vielleicht die Muffe. Und wenn der Schöffe sich nicht schon für mich aufgeopfert hätte, ich wäre gleich mitmarschiert. Der Sheriff in Zivil geht raus. Auf einmal macht der Schöffe ein ganz anderes Gesicht, flüstert: ›Wenn er wiederkommt, musst du zu allem ja sagen!‹ Ich kann gar nicht fragen, warum, so schnell ist der in Zivil wieder da ... Mit dem Kaderleiter. Wie damals. Der fuchtelt mir mit 'ner Akte unter der Nase, fragt höhnisch: ›Na, alter Freund? Vierundzwanzig Stunden raus, und gleich wieder Dummheiten gemacht!‹ ›Ja‹, sage ich.«

»Du Dussel!«, murmelte Paul.

Du Dussel, dachte Egon. Alle redeten durcheinander.

Egon konnte heraushören, dass die meisten Verständnis für seine Notlage zeigten. Paul verlangte Ruhe. Egon fuhr fort:

»Der Kaderonkel schlägt die Akte auf. Es ist meine. Er fragt: ›Das andere ... war das nicht auch wegen Körperverletzung?‹

›Ja‹, sage ich.

Er: ›Und was hast du uns am Montag hoch und heilig versprochen? – Na? Dass du nie wieder was anstellst!‹

›Ja‹, sage ich, das hatte ich hoch und heilig versprochen.‹«

Egon zündete sich eine neue Zigarette an.

Die Jungen lagen halb auf dem Tisch.

»Weiter!«, drängte Paul.

»Alle drei sehen sich an. Der Schöffe sagt: ›Ich werde mich dafür einsetzen, dass die Anzeigen zurückgezogen werden. Unter einer Bedingung: Du fährst für sechs Wochen in die Große Moorländer Wiese!‹«

Es war heraus! Was sagen die Boys? Sie sind sprachlos. Sie atmen auf. Sie haben Schlimmeres befürchtet. Sie glauben jedes Wort. Er muss wirklich Talent wie ein guter Schauspieler haben.

»In die Große Moorländer Wiese?«, fragte der Maler.

»Ja. In das sogenannte Jugendobjekt.«

Sie überlegten. Sie wollten ihm helfen. »Na Egon, wenn das so ist«, Jonny Becker war sichtlich froh, dass keine Haft bevorstand, »wenn das so ist …, dann kommen wir natürlich alle mit!«

Was …? Was sagt der? Egon musste sich das noch einmal in Gedanken vorsagen: Wenn … das … so … ist, dann kommen wir natürlich alle mit … »Sind wir Kumpels? Oder sind wir trübe Tassen?«, ereiferte sich Jonny. »Einer für alle, alle für einen. In den Knast konnten wir nicht mitkommen, aber in die Wiese? Klarer Fall. Der Klub fährt ins Jugendobjekt«

Ich Riesenroß! Ich Trampeltier! Ich … Egon fuchtelte mit den Armen durch den Qualm. »Nein! Ihr könnt hierbleiben. Ich nehme alles auf meine Kappe.«

Der Klub protestierte. Man müsste sich ja zu Tode schämen, wenn Egon allein fahren würde. »Alle haben wir am Sonnabend mitgemacht!«, rief Jonny. »Dass ausgerechnet du einen Ärmel lassen musstest … reiner Zufall! Jedem hätte das passieren können. Der Klub fährt mit! Aus Solidarität!«

»Boys! Hört doch mal drauf! Nichts überstürzen! Ihr könnt hierbleiben. Ich nehme alles auf meine Kappe.«

Jonny brachte einen neuen Gesichtspunkt in die Diskussion: »Unterkunft und Verpflegung sind frei. Das Kostgeld und was wir sonst noch sparen, legen wir zurück für Instrumente!«

Das war aus seinem großartigen Plan geworden: ein großartiger Reinfall! Wenn er schon Pläne machte! Zu Hause hatte alles so einfach ausgesehen ... Dass er daran nicht gedacht hatte. Als ob Christine das geahnt hätte! So waren die Boys ... alle für einen. Und so fremd war er ihnen schon geworden, dass er ihre Freundschaft nicht mehr einkalkuliert hatte. Was nun? Die Wahrheit herausrücken?

Erst recht würden sie mitkommen. Kein Wort hätte er sagen sollen. Er fühlte sich immer noch verpflichtet ... das hatte er davon. Große Pläne, Qualifizierung ... Nun fiel er schon beim ersten Schritt auf die Nase.

Die allgemeine laute Solidarität für die Wiesenfahrt wurde leiser. Die bei dem Fleischer hatten überhaupt noch nichts gesagt. Waschbrettmann Mäckie murmelte unablässig:

»So ein Schiet, so ein Schiet ...« Paul saß da und nagte am Fingernagel.

Endlich zeigte sich ein schwacher Hoffnungsschimmer.

Bobby, der für ein Kind zu zahlen hatte, fragte nach der Lohngruppe.

»Lohngruppe!«, schimpfte Jonny. »Hier geht es um Ideale, um Solidarität. Und der Scheich fragt nach Lohngruppe!«

»Der Betrieb zahlt den Durchschnitt«, murmelte Egon.

Der Schneider erschrak. »Dann muss ich ja sechs Wochen Unbezahlten nehmen? Der Meister geht pleite, wenn er solange weiterzahlen soll!«

»Meiner auch«, sagte Pit Schulze, »soll er. Ich gehe dann zum Dienstleistungskombinat.«

Alex, der bei seinem Vater arbeitete, berichtete: »Die Wiese ist nur für VEBs. Private kann man nicht zwingen, für so was Lohn rauszuschmeißen.«

Jonny war nicht zu überzeugen. »Da sieht man wieder, was die Sache wert ist! Haut doch einfach auf die Pauke. Auf die fortschrittliche Pauke!«

Und nun meldete sich Paul. »Egon hat recht. Nichts überstürzen.

Der ganze Klub kann nicht mit. Die FDJ macht uns sowieso einen Strich durch den Plan, wenn sie merkt, dass wir alle Egon beistehen wollen. Es genügt, wenn einer mitfährt. Das fällt auch nicht auf. Ich werde mitkommen. Ich fahre mit Egon. Ihr seid sechs Monate ohne uns ausgekommen, werdet auch noch sechs Wochen aushalten. Es hilft nichts.«

Das war den meisten das liebste. Nicht, dass sie Egon im Stich lassen wollten, aber in einer halben Woche noch so eine verzwickte Sache einfädeln? Und Paul genügte. Es genügte, wenn der beste Freund mitfuhr.

War damit für Egon etwas gewonnen? Das war genauso schlimm, als wenn der ganze Klub mitreiste. Paul durfte nicht mitkommen. Zum FDJ-Sekretär gehen? Alles erzählen, verlangen, Pauls Fahrt zu verbieten? Aber womöglich würde der Manfred Pauls Fahrt noch unterstützen? Egal wie, Paul musste an der Fahrt gehindert werden.

Der Klubchef legte bereits die Linie fest.

»Wir machen da einen ganz gemütlichen Otto, nur so viel arbeiten, wie für die Beurteilung gebraucht wird, besorgen uns 'nen ruhigen Posten. Wer wird da sein? Lauter Leute wie wir, die im Betrieb gerade entbehrlich sind, die ziehen wir auf unsere Seite, dann schaffen wir auch die paar Funktionäre.

Und bei den Mädels können wir uns mal richtig austoben!«

Wie groß doch der Unterschied zwischen ihnen schon war! Ihre Freundschaft war nichts mehr wert. Anstatt mal gründlich mit der Vergangenheit Schluss zu machen, redete der von Austoben … und ruhigem Posten. Auf einem ruhigen Posten wurde man kein neuer Mensch. Was hatten dem die Funktionäre getan? Da macht sich nun so ein Mensch wie der Manfred wegen anderer Leute Kummer, dass ihm die Haare ausfallen, und Paul, dieser Rüpel, pfeift einfach auf alles. Jonny wollte wissen, ob es ein Abschiedskonzert gebe. Natürlich. Am Sonntag. Man einigte sich auf abends acht Uhr. Hatte er da nicht schon eine Verabredung? Ja, er war zu acht mit Christine verabredet. Aber das andere war wichtiger! Bevor er Paul nicht kaltgestellt hatte, würde er mit Christine ohnehin nie froh werden können. Paul würde ihn verpetzen, wenn er hinter seine wahren Absichten kam. Und welche Abiturientin lässt sich mit einem Vorbestraften ein, wenn sie nicht weiß, was für ein prima Kerl er doch eigentlich ist? Und mit so einem Faulpelz und Raufbold im Nacken würde sich Egon zu nichts aufschwingen können. Paul würde ihn bei den Jugendfreunden unmöglich machen. »Wisst ihr schon? Der Egon ... halbes Jahr gesessen. Gefährliche Körperverletzung!«

Egon warf das Bündel Zwanzigmarkscheine auf den Tisch. Fünf wurden für die Abschiedsfeier zurückgelegt.

Für den Rest sollte noch in dieser Woche ein Instrument angeschafft werden.

Das letzte Konzert

»Egon! Koffer packen!« Egon richtete sich auf. Die neue Taschenuhr (bestimmt brauchte er in der Wiese eine Uhr) zeigte halb sieben. Er tastete nach den Pantoffeln. Sie waren nicht da, hoffentlich hatte sie die Mutter nicht eingepackt, ein Urbarmacher in Pantoffeln? Barfuß patschte er in die Küche. Die Mutter saß am Küchenfenster und nähte einen Beutel für das Waschzeug. Ach du Schreck, hier sah es ja aus wie vor einem Umzug. Auf dem Tisch thronte der aufgeklappte Koffer. Überall Kleiderstapel.

»Aber Mama, Arbeitskleidung wird doch gestellt.«

»Und wenn's noch mal kalt wird?«

Egon tat ihr den Gefallen und packte wollene Unterhosen ein. Aber auf keinen Fall wollte er die Pantoffeln mitnehmen.

»Junge, genier dich doch nicht, nachher läufst du barfuß herum und holst dir was weg!«

Er schaute die Mutter an und sah in ihren Augen alle Sorgen, die sich eine Mutter um ihren Sohn machen kann.

Also, auch die Latschen reisen mit ins Jugendobjekt! Frau Brümmer trat zum Küchenspind an die herausgezogenen Schubfächer. Sicherheitsnadeln und Bindfäden – alles wanderte in den eleganten Koffer, seine frisch geputzten Boogielatschen, schön eingewickelt, Schuhputzzeug, der Koffer war fast voll – der Expander war noch nicht dabei, und das Wichtigste lag noch unterm Bett: der Lesestoff. Er zog den Karton hervor und schleppte alles in die Küche.

Das werde ich endlich mal aussortieren, dachte er, wird höchste Zeit. Die Broschüren stapelte er auf die Kleidung. Er sah bereits, wie im Lager der Deckel hochsprang und alle auf sein Studienmaterial starrten. An so was dachte bestimmt niemand, vielleicht noch der Klubhausleiter.

Übrigens, nun wusste er auch, was Philosophie war, und er klärte seine Mutter auf: »Die Philosophie ist die Wissenschaft von den allgemeinen Gesetzen des Denkens, der Natur und der Gesellschaft. Und ein Philosoph ist ein Denker und Freund der Weisheit.« Ein Bündel zerlesener Schmöker ... Wohin damit? In den Kohlenkasten.

Was ist das? Ein Abschlusszeugnis: Mathematik: sehr gut; Physik und Chemie: gut; Deutsch: befriedigend; Geschichte: sehr gut; Gesang: sehr gut. Wer bei so einem Zeugnis nichts aus sich machte, war selber schuld. Und hier? Ein Buch! »Timur und sein Trupp«. Egon las der Mutter vor, was auf der ersten Seite stand: »Dem Pionier Egon Brümmer als Anerkennung für gute Arbeit mit der Bitte, die Zwischenrufe zu unterlassen!«

Die Mutter schaute auf. »Wenn du bloß morgen früh nicht wieder einschläfst. Ich geh doch schon um halb sechs.«

Egon brummte etwas, sein Interesse lenkte ein Schnellhefter ab. Zeitungsartikel, die Überschriften mit Rotstift eingerahmt. »Junge Pioniere wollen helfen – und Frau Kossack?«

Den hatte er sogar selber geschrieben, damals, in der siebenten Klasse, als er gesehen hatte, wie zwei Mopeds vor seiner Nase zusammenknallten. Ja, man war damals schon ein Kerl: Nichts wie rein in den Strumpfladen von Frau Kossack, ans Telefon und das Unfallkommando angerufen. Aber die Kossacksche? Meckert erst rum von wegen

Spielerei, und dann fragt sie noch, ob er zwanzig Pfennig bei hätte. Ja, das waren Zeiten!

»Was hast du eben gesagt?«

»Du darfst morgen früh nicht noch einmal einschlafen!«

»Keine Sorge, so was verpenn ich doch nicht!«

Die folgenden Artikel waren einzeln auf Schreibheftblätter geklebt. »Das ärgert den Leser« … Mindestens anderthalb Jahre alt. Das musste er lesen! Egon machte sich einen Stuhl frei und setzte sich.

Also … damit hatte doch das Theater wegen der Bar angefangen. Von Volkskorrespondent Heinrich Scharfschmidt:

Wenn es die HO schon versäumt, rechtzeitig auf die neue Bespielung der beliebten und bekannten Laternenbar zu achten, so sollte sie doch wenigstens für einen Notbehelf sorgen. (Wo das Borkenheider Nachtleben sowieso schon genug zu wünschen übriglässt!) Ein Vorschlag, liebe Kollegen von der HO: Im Strandcafe steht eine Musikbox. Sie ist dortselbst doch nur während der Sommermonate ausgelastet. Man könnte sie mit neuen Platten bestücken und in der Laternenbar aufstellen, bis dort das neue Ensemble die Bespielung aufnimmt. Wir hoffen und wünschen, dass die verantwortlichen Kollegen der HO zu unserem Vorschlag Stellung nehmen!

Es war Anfang November gewesen. Die Spielzeit der alten Kapelle war abgelaufen, die neue sollte am 1. Dezember anfangen, und weil der November in Borkenheide die Sauregurken-Zeit fürs Gaststättengewerbe ist, machte sich die HO wegen der paar Wochen keine Sorgen.

Egon nickte nachdenklich. Der Heinrich … wenn der nicht gewesen wäre, es hätte vielleicht nie einen Borkenheider Musical-Club gegeben. Eigentlich hielten sie damals schon zusammen, noch nicht alle, aber Paul und der Schneider und Alex und Pit. Und Jonny war auch schon dabei. Der hatte ihnen alles erzählt: Die HO-Leitung wolle eine Sitzung machen wegen des Artikels; wenn der Vorschlag durchkäme, die Musikbox in der Bar aufzustellen ... das vornehme Publikum würde kopfstehen. Na, sie selbst wollten schon für Betrieb sorgen!

Jonny Becker blieb an der Sache dran und versuchte aufzuschnappen, was in der HO über das Projekt diskutiert wurde.

Zwei Tage später hing ein Schild an der Laternenbar:

»Heute Wiedereröffnung!«

Im »Cafe Borkenheide« trafen sich zur Tischzeit einige Stammgäste. Es sei die Höhe, was sich die HO da erlaube. Man werde die Bar erst wieder besuchen, wenn das musikalische Monstrum aus den heiligen Räumen verschwunden sei.

Die Platten hatte Jonny ausgesucht, und sie waren danach. Am Abend war die Laternenbar seit langer Zeit wieder einmal überfüllt, und die HO hatte einen Rekordumsatz.

Und dann ... ja, dann stand dieser Artikel in der Zeitung:

QUO VADIS, LATERNE?
Wer am Mittwoch seine Schritte in die weit über die Grenzen unseres Kreises beliebte Laternenbar lenkte und dort Entspannung von des Tages Mühen zu finden hoffte, glaubte zu träumen! War das die Laternenbar? Nein! Sie war es nicht! Man schien in Klein-Texas gelandet zu sein! Eine Horde junger Leute hatte – man fragt sich durch wen! – Eintritt erhalten und »vergnügte« sich auf die ihr gemäße Weise. Auf dem Podium, das jahrelang den berühmtesten Barensembles Platz gewährt hatte, protzte eine sogenannte – Musikbox und goß eine Flut schriller Töne ins Gedränge der sich ekstatisch verrenkenden Körper. Auf den Tischen Bierflaschen! In der Garderobe Lederjacken! An der Bar minderjährige »Damen« in Niethosen und Rollkragen! Wollen die verantwortlichen Stellen zusehen, wie aus einer kulturvollen Nachtbar eine Nahkampfdiele gemacht wird?

Satyrikus

Die Sache begann Spaß zu machen. Klar, dass sie am Abend wieder hingingen. Sie erwarteten Heinrich Scharfschmidt und zogen sich seriös an. Mädel, die in Niethosen kamen, schickte Paul nach Hause. Allen, die sich nicht anständig benehmen würden, drohte er Prügel an. Und bestellt wurde Selters mit Schuss oder Apfelsaft und Dunkles.

Um zehn erschien Heinrich Scharfschmidt. Um nicht aufzufallen, hatte er sich einen Rollkragenpullover angezogen und im Ratskeller einige Schnäpse getrunken. Als er in der Tür auftauchte, wussten alle sofort, mit wem sie es zu tun hatten. Er hatte dann seine Antwort gleich in der Bar aufgesetzt, bei drei doppelten Spezies, die die Jungen spendierten.

Hier die Antwort:

WAR ES ABSICHT?
Was war der wahre Grund, dass der Schreiber des Beitrages »Quo vadis, Laterne?« seinen Namen nicht nannte? Hatte er Angst? Man muss sich fragen, Angst vor wem? Etwa vor den jungen Arbeitern oder Arbeiterinnen, die sich allabendlich bei Most und Brause gute Schlager anhören? Jawohl! Das muss der Grund gewesen sein! Denn wer in derart verleumderischer Form über unsere Jugend herzieht, der muss Angst haben, zur Rechenschaft gezogen zu werden. In der Laternenbar herrscht endlich eine frische Atmosphäre. Wir hoffen und wünschen, dass der Schreiberling Stellung nimmt!

VK Heinrich Scharschmidt

Am nächsten Abend musste die Bar nach zehn Minuten schließen. Borkenheider, die man nie in einer Gaststätte gesehen hatte, begehrten Einlass. Hundert mussten enttäuscht nach Hause gehen. Wieder war die Laternenbar überfüllt. Und wieder gab es einen Rekordumsatz.

Die Jungen und Mädchen um Paul Borchert saßen artig im ersten Raum. Den Platz vor der Garderobe, den Gang zur Bar und das

Weinabteil bevölkerten Sensationslüsterne. Heinrich Scharfschmidt hatte seinen Anhang mitgebracht, und eine Gruppe alter Stammgäste war erschienen. Scharfschmidt strich herum und machte sich in frisch gereimten Vierzeilern über einen gewissen Satyrikus lustig. Schließlich bekannte sich auch jemand zu diesem Pseudonym, es war der Borkenheider Briefmarkenhändler, und griff seinen Rivalen tätlich an. Es gab eine Balgerei. Die Jugendlichen schauten kopfschüttelnd zu. Als die Polizei eintraf, meinte Paul Borchert: »Und die sollen uns erziehen! Es ist beschämend!«

Eine Weile erschien nichts zu diesem Thema. Das letzte Wort in der Presse sprach Eduard Blaschke, der Klubhausleiter:

NICHT BESCHIMPFEN, SONDERN HELFEN!
Zum Thema »MUSIKBOX IN DER LATERNENBAR« sind bei der Redaktion des »NEUEN BORKENHEIDER KURIERS« und bei der FDJ-Kreisleitung eine Anzahl von Artikeln eingegangen, in denen sich Bürger unserer Stadt bemühen, interessante Vorschläge für die Gestaltung des Borkenheider Nachtlebens zu unterbreiten.

Wir sind auch der Meinung, dass Borkenheide eine Nachtbar gebrauchen könnte. Mit Hilfe breiter Kreise unserer Bevölkerung sollte beraten werden, ob die Laternenbar wieder ihrem früheren Zweck zugeführt werden könnte oder ob nicht doch lieber ein anderes Objekt hergerichtet werden sollte. (Vielleicht im NAW?)

Andererseits muss sich jeder Bürger aber auch die Frage vorlegen, wie man der Jugend bei der Entfaltung eines fröhlichen und sinnreichen Jugendlebens helfen könnte. Wir werden den bisher als Abstellraum benutzten großen Saal im Jugendklubhaus renovieren lassen (vorausgesetzt, die DEWAG sieht sich schnell nach einem anderen Lagerraum um) und auch Bestuhlung anschaffen. Vom Rat der Stadt wurden bereits ausreichende Mittel zur Verfügung gestellt.

Egon klappte den Schnellhefter zu. Er seufzte. Eine Weile saß er da und ließ Erinnerungen aufmarschieren. Wie war es weitergegangen?

Die Borkenheider Jugendlichen erwarteten das neue Barensemble. Bei der HO fanden Sitzungen statt. Sollte man hohen Umsatz gegen seriöses Publikum eintauschen? Abwarten ...

Abwarten wollten auch die alten Stammgäste. Sie nahmen übel. Sollte doch die HO sehen, wie sie das halbstarke Publikum wieder los wurde.

Das neue Ensemble reiste an, drei Herren mittleren Alters, rotes Sakko, schwarze Hosen, rote Fliegen, laut Zeitungsannonce original Fernsehbesetzung.

Die Fernsehbesetzung war entsetzt, als sie ihr Publikum sah. Eine Runde, die Jungen wollten nicht so sein, sie tanzten. Der Kapellmeister ordnete an, dass Niethosen auf der Tanzfläche nicht erwünscht seien. Man tanzte nicht und sagte, was man von der dezenten Musik hielt. So ein verschrobener Klangkörper, die Box sei doch viel moderner!

Die Kapelle beschwerte sich beim Objektleiter. Unter diesen Bedingungen habe man den Vertrag nicht abgeschlossen. Die Herren im roten Sakko wurden ins Bahnhofshotel dirigiert.

Der Rat des Kreises schaltete sich ein, die FDJ wurde eingeschaltet, Aussprachen in den Betrieben. Man fragte freundlich nach Interessen, nach Vater und Mutter, was man lese, und jede Besprechung endete damit: »Na, junger Kollege, wie wär's denn mal mit 'nem Besuch im Klubhaus? Dort soll jetzt allerhand aufgezogen werden!« Innerhalb einer Woche wurde der große Saal renoviert.

Pit hatte dort sogar nach Feierabend gewerkt. Sie berieten, und Egon wurde ins Klubhaus delegiert. Paul hatte damals schon einen Rochus auf die FDJ. Er war überhaupt gegen alles, was mit Politik zusammenhing. Aber er gab nach. Egon sollte erkunden, was man unter »allerhand« verstand.

Egon wagte sich ins Klubhaus. Das erste, was ihm auffiel, war die Stille im großen Haus. War heute Ruhetag? Es war kein Ruhetag. Im

Schachzimmer hockten zwei Lehrlinge und vor dem Fernseher ein Rentner. Vor den Knöpfen des Fernsehers warten verschließbare Klappen. Nebenan klapperte eine Schreibmaschine, und jemand diktierte etwas: »Paragraph neun. Streng verboten ist, wenn sich ein Jugendfreund und eine Jugendfreundin zu gleicher Zeit in der Dunkelkammer einschließen.«

Aha, man bereitete sich auf den Ansturm der Jugendlichen vor. Egon horchte weiter: »Paragraph zehn. Für das Hinunterrutschen auf dem Treppengeländer wird eine Verwarnung ausgesprochen und der Betreffende zur Zahlung von fünfzig Pfennig in die Klubkasse ver … ver …« »Verdonnert!«, rief Egon und trat ein. Der Klubhausleiter sah nur seine Niethosen. Bevor Egon sein Anliegen vorgebracht hatte, zog Eduard Blaschke ihn vor die Tür, deutete auf ein Schild: »Nieten in Niethosen unerwünscht!« und sagte ungefähr: »Die Schlagerdudel stellt meinetwegen vor die Kirche. Ins Klubhaus kommt mir das nicht!«

»In Ordnung!«, sagte Paul. »Dann bleiben wir, wo wir sind!« Die Box kehrte zurück in die Laternenbar.

Von Zeit zu Zeit startete die HO gut überlegte Aktionen: Renovierung, Weinzwang, Zutritt nur in vollständiger Kleidung. Schließlich … und dies war das ungeschickteste, die Box wurde »zwecks technischer Überprüfung« abgeholt.

Während dieser vierzehn Tage wurde der Borkenheider Musical-Club gegründet.

Wer weiß, dachte Egon, wenn der Klubhausleiter nicht so stur gewesen wäre, hätte es vielleicht nie einen Borkenheider Musical-Club gegeben. Und vielleicht wäre ihm dann auch das halbe Jahr erspart geblieben. Egon legte seinen Schnellhefter in den Karton und trug ihn zurück in die Kammer. War ein Andenken an eine schöne Zeit, die Jugendliebe. Inzwischen hatte der Ernst des Lebens begonnen. Das kolorierte Bild über dem Bett konnte hängen bleiben, zur Erinnerung. Heute wird endgültig Abschied genommen. Vorbei, vorbei …

Obenauf den Expander und das Lexikon, und das rote Hemd hatte auch noch Platz, den Ärmel würde Christine bestimmt in die Wiese mitnehmen. Die vernickelte Thiel-Uhr zeigte halb acht. Das weiße Hemd, die blauen Röhren, Palmenschlips, Socken, Slipper, eine Schmalzstulle, er sprang die knarrende Treppe hinunter. Um acht musste er an der Waldschenke sein.

Zur gleichen Zeit würde das Mädel auf ihn warten. Das Abschiedskonzert war wichtig, sehr wichtig. Sollte er anrufen?

Ach was ... er würde sie morgen sehen. Sechs Wochen würde er sie sehen, Tag für Tag. Genug Zeit, ihr zu erklären, was dazwischengekommen war.

Abschiedskonzert. Für Egon würde es der Abschied von Paul werden, von seinem besten Freund. War das seine Schuld? Warum hatten sie sich so auseinandergelebt? Die Haft hatte ihm die Weichen gestellt. Er fuhr schon auf einem andern Gleis; Paul würde auf dem alten Weg weitergammeln.

Paul würde so einer werden, wie sein Vater geworden war: Säufer, Schläger, ein Krimineller, dreimal verheiratet, zwei uneheliche Kinder. Wieso musste es soweit kommen? Jahrelang hatten sie sich vertragen, woran lag's, dass aus dem Freund ein Feind geworden war?

Reibereien hatte es schon in der Schule gegeben. Immer wollte Paul Häuptling sein, stiftete andere an. Es war zuerst nur kleiner Kinderzank gewesen, aber Egon hatte schon damals nicht alles mitgemacht.

Die Wurzeln mussten viel tiefer sitzen. Und vielleicht hatte Paul nicht einmal Schuld daran. Solange Egon zurückdenken konnte ... immer hatte Paul auf alles gepfiffen, was mit Lehrer, FDJ und Regierung zu tun hatte. An der Regierung lag's nicht, die war für beide dieselbe. An der FDJ und am Lehrer konnt's auch nicht liegen, denn die Jugendarbeit im Sägewerk war nicht besser und nicht schlechter als in der Bau-Union, und bis zur siebenten Klasse hatten sie dieselben Lehrer gehabt.

Lag's an den Eltern?

Ein Erlebnis würde Egon nie vergessen. Wie alt mochte er gewesen sein, vielleicht sieben, acht Jahre? Es war Winter, und auf der Kellertreppe hockte im Nachthemd ein Häufchen Elend: Paulchen Borchert. Mutter Brümmer trug ihn in die warme Stube. »Wie lange sitzt du denn schon da unten?« – »Seit Sonntag. Seit gestern. Na ja, Papa haut mich immer. Mit'm Hosenträger. Die Mutti, die auf dem Kirchhof, hat er auch immer mit'm Hosenträger gehauen, und die neue Mutti haut er auch immer, aber die hat'n Regenschirm.«

Paulchen wollte nicht wieder nach Hause. Ein Polizist wurde geholt. Paulchen sollte das Nachthemd ausziehen, wegen der Striemen. »Mach ich nicht«, sagte Paulchen, »bin so schmutzig.«

Vater Borchert ging das erste Mal sitzen. Aber geändert hatte er sich nicht, und für Paulchen wurde es auch nicht besser. Ein Kinderleben lang Prügel. Paul sehnte sich nur danach, groß zu werden, damit er einmal zurückhauen konnte. Das tat er dann auch. Vater und Sohn haben das letzte bisschen Verwandtschaft aus sich raus geprügelt.

Mitleid wie damals, als er das Elend auf der Kellertreppe sah, stieg in Egon hoch. Aber sollte er nun für Pauls Alten büßen? Sie mussten sich trennen. Es wäre auch für Paul das Beste. Später, wenn er selbst stark genug geworden war, wenn er schon was aufzuweisen hatte, würde Paul von ihm vielleicht was annehmen. Jetzt musste er erst mal mit sich selbst fertig werden.

Die Stadt und der Park lagen hinter ihm. Diesmal bog er am Wegweiser ab. Heute war keine leere Taschenflasche zu sehen, und das ärgerte ihn etwas ...

Im Hohlweg kroch er neben dem dichten, weißblühenden Schlehdorn die Böschung hinauf. Hier verweilte er gern einen Moment, um vom Hasenberg die Borkenheider Gegend zu übersehen. Sie sah von hier aus wie auf den Bildern der Ansichtskarten, die vom Flugzeug aus gemacht werden, und er sah auch besser als neulich aus dem Zug, und etwas mehr sah er. Zur linken Hand, schon so nahe, dass er die Baumstämme erkennen konnte, der Wald. Im weiten Bogen dehnte er sich bis zum Sägewerk, wo Paul arbeitete.

Daneben lag der Vorstadtbahnhof, die Dächer, das Rathaus, die Kirche. Auf dem Hexenturm die Plattform für die Sterngucker. Zum

Stadtrand hin wurden die Häuser neuer und die Gärten größer. Dort war auch das lange Dach der Poliklinik und das halbfertige Kino. Und die neue Schule. Und dort, irgendwo zwischen den dunklen Buchen, hinter denen der Borkenheider See blinkte, musste auch das Fundament für das Kulturhaus sein.

Es wurde viel gebaut in Borkenheide, und noch mehr stand im Plan. Bis 1980 sollte hinter der Südsiedlung ein großes Stadtviertel gebaut werden und ein modernes Halbleiterwerk. Industrie kam nach Borkenheide, richtige Industrie, mit riesigen Werkhallen und breiten Betonstraßen. Neunzehn Jahre weiter, neununddreißig war er dann, bestimmt schon glücklicher Familienvater, hoffentlich lebte dann die Mutter noch. Wie hieß seine Frau? Irgendwo lebte sie schon, er würde doch keine heiraten, die zwanzig Jahre jünger war. Egon dehnte die Brust und holte tief Luft. War das jetzt Glück? Er hätte im Lexikon nachschlagen sollen, was Glück eigentlich ist. Hing das von jedem selbst ab? Wenn man ihn fragte, er war glücklich, wenn alle Menschen gut zu ihm waren, wenn er jedem ein Freund sein konnte; mehr verlangte er nicht.

Zwischen den Bäumen auf der Chaussee tauchten längliche blaurote Flecke auf. Die Boys! Er marschierte weiter. Im Wald verlor sich der Weg irgendwo zwischen den Bäumen. Allmählich wurde es dunkler. Ein Pfad schlängelte sich den Abhang einer Schlucht hinunter.

Es roch moorig. Egon ruderte durch Gebüsch, stelzte über Himbeersträucher und wich Mückenschwärmen aus. Fetter Morast sog sich an den Sohlen fest. Das Gelände stieg wieder an. Der Wald lichtete sich. Zwischen Baumstämmen schimmerten helle Mauern, ein Ziegeldach, dunkle Fenster. Über der Tür ein weißes Schild mit schwarzen Buchstaben: WALDSCHENKE, umrahmt von einer Girlande aus braunen Tannenzweigen. Auf den Stufen, die zum Eingang hinaufführten, hockte Paul.

Egon stellte sich hinter einen Baum und sah zu seinem Freund hinüber. Paul war beim Friseur gewesen und hatte sich sein schwarzes Bubipaket zurechtstutzen lassen. Er wird duften wie ein Wiedehopf.

Für so etwas hat er immer was übrig, aber inwendig mal sauberzumachen ... kein Gedanke. Die Haft hätte ihm doch wirklich die Augen öffnen können. Aber Leute wie Paul ... eimerweis kann man ihnen die Anständigkeiten eintrichtern, nichts schlägt an. Dabei macht er sich selbst doch nur unglücklich. Ein erwachsener Mensch muss wissen, was aus ihm werden soll. Bestimmt hat der Gefängnisdirektor auch mit Paul so 'ne gründliche Aussprache veranstaltet, soll er doch mal was zeigen!

Egon knöpfte das Hemd zu, zog den Schlips gerade und trat auf die Lichtung. Paul sah ihn, griff neben sich und hielt Egon eine halbvolle Taschenflasche entgegen.

»Prost, Egon!«

»Prost!«

Pauls braune Augen funkelten böse, er war blass und duftete aufdringlich nach Brillantine. »Alles!«, rief er, als Egon absetzte. Egon trank aus.

»Der Alte ist nicht da!« murrte Paul, als wäre Egon daran schuld. Er stand auf und nahm seinen Palmenschlips vom Geländer. »Oder er pennt!« Er stieg die Treppe hinauf, jackelte mit der rostigen Klinke und stieß wütend den Fuß gegen die Tür.

»Das Schild fehlt ja!«, rief Egon.

»Welches Schild?«

»›Wirt gesucht‹.«

Das war Paul noch nicht aufgefallen. »Jetzt schmeißen sie uns hier auch noch raus!«, schimpfte er und donnerte den Hacken mit ganzer Kraft gegen die Tür. Paul ist ja schon wieder mächtig in Fahrt, dachte Egon, hat der eine miese Stimmung. Und alles nur wegen der Wiese! Er ging zur Hintertür, klopfte an das Küchenfenster. Nichts regte sich. »He! Opa!« Er trat zurück und sah zum Fenster hinauf, dem einzigen, das eine Gardine hatte. Der Ruf verhallte im Wald.

»Wenn wir nicht rein können, müssen wir eben wieder nach Hause.«

»Wir kommen rein!« Paul trat an den Gartenzaun, riss eine Latte ab, stellte sich vor ein vernageltes Saalfenster und schob das Holz als Hebel unter ein Brett.

»Paul!«, rief Egon.

Die Nägel knarrten aus dem Holz.

»Hämmern wir nachher wieder fest«, erklärte Paul. Egon schubste ihn beiseite und riss ihm die Latte aus der Hand.

»Das ... nicht. Kommt nicht in Frage!«, schrie er, außer sich vor Wut. Erschrocken starrte Paul ihn an. Damit hatte er nicht gerechnet.

»Wir sind ... keine ... Einbrecher!«, stotterte Egon.

»Bist du feige?«

»Was hat denn das hier mit Feigheit zu tun? Wir brauchen nur einen Moment zu warten, und dann kommt der Opa wieder.«

»Weg!«, befahl Paul. Er wollte Egon die Latte aus der Hand drehen. Aber der hielt fest und wich nicht von der Stelle. Ganz blass war er vor Entschlossenheit. Jemand kam johlend aus dem Wald angelaufen. Beide ließen die Latte fahren. Jonny, die Fleischer und Klabunde.

»Die andern müssen gleich hier sein«, berichtete Jonny.

Eisig musterte ihn Paul. Jonny, dessen Blicke sich nicht erst in der Unendlichkeit trafen, sondern schon an der Nasenspitze, blickte von Paul zu Egon und wieder zurück.

»Du Aufschneider!« fuhr Paul ihn an. »Behauptest, dass alles bei der HO durch deine Hände geht, du komischer ... Kundschafter! Und was tut sich in der Waldschenke?«

Jonny zwinkerte zweimal, schaute wieder von Paul zu Egon, zog ein winziges Notizbuch aus der Niethose und erwartete die Standpauke.

»Die ham hier 'nen neuen Wirt!«

»Das gehört nicht zu meinem Abschnitt!« protestierte Jonny. »Industriewaren und weiter nichts! Heute sind zum Beispiel prima chinesische Taschenlampen eingetroffen. Wirte führt die Kaderabteilung!«

»Klappe halten!«

Egon nahm den Kleinen in Schutz. »Woher soll er das denn auch wissen? Vielleicht stimmt es gar nicht ...«

Jonny blätterte immer noch im Notizbuch. »Hier! Hundert Biergläser in der Verkaufsstelle nullachtzehn abgezählt und verpackt. Auf Konto Eigenverbrauch.«

»Na also«, Paul beruhigte sich, »so was hat dir gleich aufzufallen!«

Im Gänsemarsch marschierten weitere vier Jungen aus dem Wald, allen voran der lange Maler Pit Schulze, die Gitarre unter dem Arm.

»Lagebesprechung!« ordnete Paul an. Sie setzten sich ins Gras.

»Was liegt an?«, fragte Pit Schulze. Pit war der einzige, der Noten lesen konnte.

»Das wissen wir noch nicht«, erklärte Paul, »der Alte ist nicht da, und das Schild fehlt. Vielleicht kriegt der Schuppen einen neuen Wirt.«

Egon fiel etwas ein. »Wenn die Autobahn bis Borkenheide fertig ist, soll der Fluss eine stabile Brücke bekommen. Dann können Autos an der Waldschenke einkehren. Hat mir jemand vom Tiefbau erzählt.«

»Feierabend!«, sagte der Maler.

»Warten wir, bis jemand kommt«, sagte Paul und streckte sich im Grase aus, »vielleicht bis zwölf, vielleicht bis morgen früh. Wenn wir Pech haben, ist der Alte verreist. Oder verzogen. Oder abgekratzt.«

»Dann lasst uns doch nach Hause gehen. Wir werden euch auch ohne Abschiedskonzert nicht vergessen.«

Der Maler stand auf. Den meisten jedoch gefiel Egons Vorschlag nicht.

»Wir steigen einfach ein«, sagte Jonny.

»Ohne mich!«, rief Egon. Er sah Unheil auf sich zukommen. Drei andere hatten ebenfalls keine Lust, gewaltsam einzudringen. Sie wurden überstimmt. Egon unternahm nichts, als Jonny die Bretter abriss. Er konnte es ja doch nicht verhindern.

Im Saal war es schummrig und kalt und muffig wie in einer Gruft. Die Jungen sprangen hinein. Ratten spritzten auseinander. Egon stand am Fenster Schmiere. Die Jungen polterten auf die Bühne, zogen den Vorhang zurück, rückten Tische und Stühle aus dem Wintergarten.

»Es kann losgehen!«, rief Jonny und zog den Vorhang zu. Egon schaute noch einmal nach allen Seiten und kletterte auf die Bühne. Er kämmte sich und rückte den Schlips zurecht. Dann machte er in den Saal hinein zwei tiefe Verbeugungen.

»Liiiebe Schlagerfreunde! Und wieder haben wir uns versammelt, um unseren einmaligen Instrumenten diese und jene Töne zu entlocken. Vielleicht ist das die letzte Vorstellung – wenn nämlich diese Scheune einen Pächter kriegt, der nichts von Kunst versteht ...«

»Anfangen!«

»Also: fangen wir an! Wir beginnen mit unserer selbstkomponierten Erkennungsmelodie. Am Vibraphon der musikalische Direktor: Paul Borchert!«

Alle klatschten und pfiffen, um Publikum anzudeuten. Egon verbeugte sich wieder zweimal und verschwand hinter dem Vorhang. Jonny zog auf. Die Jungen hatten sich zu einer dreieckigen Terrasse gruppiert. Vorn, am Rand der Bühne, saßen vier Jungen: Jonny, Bobby; der rotblonde Sandkarrer aus der Eisengießerei, Konsumverkäufer Fritz und Egon. Vor ihnen standen Notentische, auf die Pit mit selbstleuchtender Plakatfarbe den Namen der Band gemalt hatte. Die Jungen hielten vor den Mund Kämme, die mit Pergamentpapier umwickelt waren.

In der zweiten Reihe, auf Tischen, etwas erhöht, zwei Mundharmonikaspieler: Alex, der kurzsichtige Fleischersohn, und Fridolin, der bei Alex' Vater arbeitete. In ihrer Mitte hockte Pit Schulze mit seiner Gitarre. Er hatte sein Instrument mit roten und weißen Dreiecken bemalt. Bummi, ein Schlosser aus dem Kfz-Instandsetzungsbetrieb, jetzt Schlagzeuger, und Mäckie, ein Schneidergeselle, saßen in der dritten Reihe. Der Schneider wollte mit eisernen Fingerhüten ein Waschbrett bearbeiten.

Dahinter, auf einer wackligen Stehleiter, thronte Paul als Krönung des Ganzen. Vor ihm schwebte an goldenen Schnüren eine Stange, an der sechs Bierflaschen hingen. Darunter war mit senkrechten Leisten ein Brett angeschraubt, auf dem sechs Biergläser standen.

»Glasgeflüster!«, rief Paul in die Stille und begann mit zwei Schraubenziehern auf den Flaschen und Gläsern herumzuklopfen. Unvermittelt setzten die anderen Instrumente ein, am lautesten und schrillsten die Kämme. Nach einer gemeinsamen Wiederholung des Themas folgte ein längeres Flaschen-Gläser-Solo.

Beinah alles wie früher, als jede Woche ein Konzert mit Publikum stattfand, dachte Egon. Beinahe, heute war er nur noch pro forma dabei. Der Klub kommt nicht weiter. Das Geld für Instrumente treiben die Boys nie auf. Und welcher Notenlehrer wird sich schon mit einem Paul Borchert abquälen? Der macht aus den Boys Rabauken, auf die man in Borkenheide mit dem Finger zeigt.

Das Finale! Es vereinte alle Instrumente und spornte zu größter Lautstärke an. Abschließend pfiffen und trampelten die Jungen Beifall. Egon trat wieder an den Rand der Bühne und machte seine Verbeugungen. Bei der zweiten erstarrte er. In der Tür zum Schankraum stand ein Fremder, der ärgerlich zuschaute. In der Hand hielt er eine kurze Angelrute. Seine langen Gummistiefel glänzten feucht.

Auch Paul hatte den Fremden gesehen. »Weil er ein Seemann war«, rief er erschrocken und fing wieder an, mit fliegenden Händen sein Solo-Instrument zu bearbeiten.

Die Jungen schreckten zusammen, sahen den Mann, rissen die Instrumente zurecht und musizierten los. Niemand hielt sich an das einstudierte Arrangement. Jeder wollte seinen Nachbarn übertrumpfen. Solange sie spielten, würde der Mann nichts sagen. Vielleicht gefiel dem die Musik?

Der Fremde trat langsam an die Bühne. Ängstlich schielten die Jungen. Nicht nachlassen! Wird er lächeln? Je länger die Jungen spielten, desto ärgerlicher wurde das Gesicht des Fremden. Sie musizierten weiter, schneller, wütender. Den Kammbläsern juckten die Lippen.

Pauls Klangkörper schaukelte. Der phlegmatische Bummi kam aus dem Takt und brachte den Rhythmus durcheinander. Egon hörte als erster auf. Es hatte keinen Zweck, dem was vorzujammern. Am Vibraphon zersprang ein Glas. Nacheinander verstummten die anderen Instrumente. Es wurde totenstill.

Der Mann trat einen Schritt näher. Er reckte den Arm zum Fenster und ließ die Jungen nicht aus den Augen.

»Raus!«

Die Musikanten klappten die Notentische zusammen, legten die Stehleiter um, stellten ihre Utensilien hinauf, stiegen von der Bühne und kletterten ins Freie.

»Den Knaben kaufen wir uns!«, sagte Paul, als sie in sicherer Entfernung waren, und drohte mit der Faust. Betrübt trotteten sie durch den Wald. Fest stand, beim neuen Wirt der Waldschenke hatten sie keine Chancen. Als vom Gebäude nichts mehr zu sehen war, ließ Paul halten. »Jonny erkundet, in den nächsten Tagen, was aus dieser Scheune werden soll. Jeder hält schon immer Ausschau nach einem anderen Klubsaal. Heute wird gefeiert.«

»Noch großartig feiern?«, fragte Pit. »Mir ist die Lust vergangen!«

»Gefeiert wird!«, rief Egon. »Hast wohl eine Bestellung?«

»Na ja! Wenn uns der neue Wirt anzeigt? Wegen Einbruch? Andauernd gibt es Stunk! Sonnabend seid ihr aus dem Knast raus – gleich Schlägerei, 'ne Woche später – Einbruch! Wer soll denn das aushalten?«

Paul beruhigte sie. »Einbruch? Quatsch! Die Instrumente sind unser Eigentum. Und wir haben nur probiert, ob es noch funktioniert. Also, wir feiern heut Abschied!«

»Und wenn ihr nun schon morgen Überstunden machen müsst, da in der Wiese, ich weiß ja nicht, wenn man so 'ne schwere Arbeit hat!« Pit Schulze erzählte, dass der erste Geselle ihn vorgestern in eine Neubauwohnung geschickt habe, wo es weder Mittagessen noch Trinkgeld gab. Das Geld werde der Meister einstecken. Aus Rache hatte Pit die Tapete vertauscht und außerdem noch die Decken rot statt weiß gemalt. Sollte sich der Meister mit dem Kunden herumärgern.

In der Nordsiedlung gingen die Jungen auseinander. Sie wollten die Instrumente nach Hause bringen, etwas essen und sich an der Laternenbar treffen.

Lange, lange Nacht

Die Uhr am Rathaus schlug halb neun, als Egon, aus dem Park kommend, in die Birkenallee einbog. Wie lange sie wohl gewartet hatte? Vielleicht war sie gar nicht dagewesen? Auf jeden Fall musste er anrufen und sagen, dass ihm etwas Wichtiges dazwischengekommen sei. Im Ratskeller war eine Telefonzelle, in der man ganz für sich telefonieren konnte. Alte Birken säumten die Straße, in der Christine wohnte. Die Häuser, meist ältere Villen mit kleinen Türmen und Erkern und wildem Wein, standen weitab, als wollten sie nicht gestört werden. Auf einigen Grundstücken versteckten sich die Gebäude in verwilderten Gärten, man merkte nur an dem Briefkasten und dem Namensschild neben der Gartenpforte oder an der Garageneinfahrt, dass hier jemand wohnte.

Birkenallee vierzehn. Ein halbhoher Zaun, frisch gestrichen, ein Briefkasten: »Dr. med. E. Lange.« Hinter der Gartenpforte ein gerader Weg, kniehoher Buchsbaum, Obstbäume.

Sicher hat Edmund einen Gärtner, überlegte Egon, als Kreisarzt kann man sich so was leisten. Er schielte zur Seite. Dort, irgendwo hinter den Fenstern, in denen die untergehende Sonne blinkte, musste das Mädchen wohnen. Einige Fenster standen offen, und der Abendwind spielte mit den Gardinen. Nirgends sah er einen Menschen. Vielleicht hatte vorhin die Familie dort gestanden und ihn unter die Lupe genommen? Egon schaute zur andern Straßenseite, schnell vorbei. Es wäre ihm peinlich gewesen, sie jetzt noch zu treffen und dann zu sagen: Entschuldigen Sie bitte, ich muss gleich weiter.

Egon ging nicht erst nach Hause. Seine Aufregung wegen Paul war viel zu groß, als dass er hätte etwas essen können, und sein Instrument hatte in der Tasche Platz. Der Ratskeller mit den niedrigen Räumen und den weiß gedeckten Tischen war fast leer. Am Stammtisch, neben der blitzenden Theke, saßen vier Bürger beim Skat. Neben einem Fenster, allein am Tisch … Egon blieb an der Tür stehen. War sie es? Es war Christine. Aber sie tat, als sehe sie ihn nicht, und schaute mit rotem Kopf durch die Gardine. Bestimmt hatte sie ihn aus der Allee kommen sehen. Von ihrem Platz aus waren der Markt und die einmündenden Straßen gut zu überblicken. Er konnte nicht verschwinden, er musste sie begrüßen, ausgerechnet jetzt, wo er Paul nicht verfehlen durfte.

»Guten Tag … Na so ein Zufall!«

Sie schaute zu ihm auf, als kenne sie ihn gar nicht. Ihr Blick blieb am Palmenschlips hängen.

»Gestatten?«, fragte Egon.

»Bitte.«

»Entschuldigen Sie … es ist zum Mäusemelken … mir ist nämlich was Furchtbares dazwischen gekommen …«

Sie nippte am Kaffee. »Ach, Sie glauben wohl, dass ich Ihretwegen warte?«

»Nein, nein … aber … das heißt …«

Sie bot ihm eine Zigarette an, nahm sich selbst eine – es waren »Orient« mit Mundstück – und steckte sie in eine silberne Zigarettenspitze. Wie das aussah … Zigarette mit Mundstück in einer Spitze! Bevor er seine Taschen nach Streichhölzern abgegrabbelt hatte, schnickte schon ein kleines Feuerzeug. Der Kellner kam. Egon bestellte Kaffee.

»Ich komme hier rein, um bei Ihnen anzuklingeln … und da sitzen Sie …«

Christine lächelte und angelte ihre große viereckige Handtasche von der Stuhllehne. »Macht ja nichts, Herr Brümmer.« Sie klappte die Tasche auf und nahm zwei Karten heraus. »Meine Eltern haben keine Lust hinzugehen, soll aber ganz nett werden.«

Die Karten waren Einladungen zu einem Kulturbundsommerball, der heute Abend mit kultureller Umrahmung im Sportlerheim stattfinden sollte.

»Sie gehen jetzt schnell nach Hause, ziehen sich um, und in einer halben Stunde …«

Egon drehte die Karten ratlos hin und her.

»Wissen Sie, Fräulein Lange … ich muss noch unbedingt was sehr Wichtiges besorgen … für morgen nämlich …«

»Ach so«, antwortete sie und gab sich Mühe, ihre Enttäuschung zu verbergen, »na, wenn Sie noch etwas besorgen müssen … hab nichts dagegen.«

Sie nahm noch einmal die große Handtasche hervor, steckte die Karten hinein und holte ein Stück zusammengerollten Stoffs hervor. Den Ärmel.

»Mein Teddy ist Ihnen böse, er hatte sich schon so an seine Schleife gewöhnt.« Sie steckte ihren Arm in den Ärmel, strich den Stoff glatt, er reichte bis zu den Fingerspitzen.

»Besten Dank, sehr freundlich, ich mein … Sie wissen ja nicht, wo mir der Kopf steht, ich wollt vorhin schon anklingeln, dachte mir aber, vielleicht ist sie gar nicht da.«

»Doch. Ich war immerzu da!« Sie sagte es ohne Vorwurf.

»Ist ja auch nicht so schlimm. Sie haben nun Ihren Ärmel wieder, nicht wahr?«

»Schönen Dank noch mal.«

War das peinlich! Und wie sie sich aufgeschafft hatte! Einen dünnen grauen Pullover mit spitzem Ausschnitt hatte sie an und einen hellen Popelinrock.

Er musste sich schämen mit seinen Röhren. Wieder wanderte sein Blick zum Ausschnitt. Als er es merkte, schaute er schnell weg.

»Wissen Sie … mein Klub, der Musical-Club, veranstaltet meinetwegen nämlich noch 'ne geschlossene Gesellschaft. Nur Männer. Ich kann mich nicht ausschließen. Erklär ich Ihnen alles, wenn wir in der Wiese sind.«

Christine lächelte wieder. »Wollen Sie morgen früh auch eine halbe Stunde zu spät kommen? Ich schätze, so lange wartet der Bus nicht.«

»Morgen früh?« Egon lachte verlegen. »Hab den Koffer schon gepackt, Wecker gestellt, kann gar nichts passieren.«

Verflixt noch einmal, schon wieder hatte er auf den Ausschnitt gestarrt. Es fehlte nur noch, dass sie's merkte.

Sie verzog keine Miene, paffte an ihrer Zigarette, wenn sie doch wenigstens richtig rauchen könnte …

Die Uhr schlug neun. Er musste gehen. Und nur Paul war daran schuld. Das sollte das letztemal sein, dass er ihm in die Quere kam! Christine stand auf und verabschiedete sich. Vorsichtig drückte er ihre schmale Hand, vorsichtig sah er sie an.

Klein und hässlich und unglücklich kam er sich vor. Sie ging. Leicht schwang ihr weiter Popelinrock hin und her. Sie trug hohe Pantoletten, er hörte sie noch draußen von der Treppe klappern, dann saß er allein vor seinem Kaffee. Ach, was war er für ein Pechvogel! Sie kannten sich nur vom Sportlerheim, einmal hatten sie getanzt, und was er sich dann geleistet hatte … Unmöglich, dass einer Abiturientin mit lauter Einsen im Zeugnis so was gefiel! Aber warum war sie vorhin rot geworden? Weil sie sich ärgerte, so lange auf ihn gewartet zu haben? Und nun noch sein Korb wegen der Karten. Ach, es wär ja doch nichts geworden, was hätte er denn anziehen sollen, die grauen Flanellhosen vielleicht, aber das Sakko war ihm doch schon viel zu klein geworden. Diese feine Arzttochter stellte sich das so einfach vor.

Zu früh war er ihr begegnet, ein Jahr zu früh. Wenn er seinen Facharbeiter schon hätte und mit einem Bein in der Ingenieurschule stände … dann vielleicht. Und wenn sie so war, wie Erwin meinte? Steht nicht auf Oberschüler … Von einem Vorbestraften würde die erst recht nichts wissen wollen. Einmal musste er es ja beichten … in der Wiese … wenn sie sich nähergekommen waren.

Alle Schmöker fielen ihm ein, in denen ein vornehmes Mädel einem armen Schlucker mit goldenem Herzen nachlief und ihn dann heiratete. Aber was stimmte in den Schmökern? In Wirklichkeit war alles schwieriger. Vielleicht wollte sie ihm nur mal so den Kopf verdrehen. Aus Langeweile. Na, wenn er das merkte … eiskalt würde er sein!

Er lief los. Ihm stand eine heiße Nacht bevor. Er streifte den Schlips über den Kopf, steckte ihn in die Tasche zu dem zusammengerollten Ärmel und band sich seinen bunten Anhänger um.

Vor der Tür zur Bar drängte sich junges Volk. Schubweise ließ es der Portier hinein. Paul war nicht zu sehen in dem Gedränge entdeckte Egon den Maler.

»Paul schon drin?«

»Da bist du ja! Paul ist sauer, er hat geschimpft wie der Meister, wenn montags kein Material da ist. Nach Hause ist er.«

Egon hastete weiter. Wenn er Paul zu Hause fand, würde alles klappen. Aber noch durfte er sich nicht freuen. Mit seinen Plänen hatte er schlechte Erfahrungen gemacht. Alles hing heute von Zufällen ab.

War sein Plan nicht eine riesengroße Schufterei? Er hätte Paul schon viel früher seine Meinung sagen sollen, wenn ihm mal was nicht passte. Das hätte dem vielleicht geholfen. War doch sein Freund. Und wenn er es sich richtig überlegte – Paul hätte 'n bisschen Hilfe gut gebrauchen können.

Als Paul sechs Jahre alt war, starb seine Mutter. Bald danach machte sein Vater Pleite, denn das Geld, das der kleine Gemüseladen einbrachte, hätte einen sparsamen Verwalter gebraucht. Borchert fing im Konsum als Verkäufer an. 1949 heiratete er das zweite Mal, aber sechs Jahre später ließ sich die Frau von ihm scheiden, sie wollte nicht dauernd mit blauen Augen herumlaufen ... und zusehen, wie das Wirtschaftsgeld mit anderen durchgebracht wurde. Vor zwei Jahren war er mit der Ladenkasse vom Gemüsekonsum nach dem Westen durchgebrannt. Einen Monat später ging Paul den gleichen Weg. Er suchte drüben das Leben aus den Schmökern, das Leben aus den guten Schlagern, das glückliche Leben, sein Glück. Nach einem halben Jahr war er wieder da.

Pauls Stiefmutter, eine Schuhverkäuferin, war heute einunddreißig Jahre alt. Sie lebte das Leben einer lustigen Witwe. Das einzige, was beide zusammenhielt, war die komplette Wohnung. Trennten sie sich, waren sie die sturmfreie Bude los.

Sie wohnten in der Südsiedlung, in einem der kleinen weißen Spielzeughäuser. Egon klinkte die niedrige Gartenpforte auf und stieg eine schmale Treppe hinauf. Paul, die Frisur unter einem schützenden Haarnetz, lag auf dem Bett und schmökerte.

»Wo seid ihr denn geblieben?«

»Wo seid ihr geblieben … Wo warst du denn?«

»Zehn Minuten später bin ich gekommen, kein Mensch mehr zu sehen. War beim Onkel noch schnell fernsehen, ein spannender Film, kann ich dir sagen. Als ich zum Markt komme – kein Klub da. Wollten wir nicht Abschied feiern? Hab ich einen Brand!«

Paul band den Scheitelschoner ab und zog sich an. Auf dem Stuhl neben dem Bett, außer Reichweite, tickte ein riesengroßer Wecker, ohne Minutenzeiger und total zerbeult. Paul pflegte ihn auf die Erde zu werfen, wenn er keine Lust zum Aufstehen hatte. Meistens blieb dann das Läutewerk stehen.

In Reichweite stand eine neue Taschenflasche, schon halbleer. Auf dem Tisch thronte das Gläser-Vibraphon.

Über dem Bett prangte das bunte Foto vom Klub, ringsherum Aktbilder und Bierdeckel. Ja … und auf dem Schrank neben dem eisernen Ofen lag noch ein Rucksack.

Sie stiefelten los.

»Was nimmst du denn alles mit?«, fragte Paul.

»Einen Koffer … Unterhosen, Socken, hat Mutter gepackt.

Ich glaub, die Boys kriegen wir nicht mehr zusammen.«

»Bin auch nicht scharf drauf, jetzt, wo keiner richtig Lust hat.«

»Hab ich einen Brand!«, stöhnte Egon.

»Ich auch!«

Seit seiner Rückkehr aus dem Westen vertrank Paul das meiste Geld. Am ersten Abend hatte er Egon gebeichtet. Im Ratskeller erzählte er ihm, warum er wiedergekommen war: »Egon, wenn du drüben was werden willst … wir haben in der falschen Wiege gelegen. So eine Marie«, Paul streckte die angewinkelte Hand weit von sich, »so eine Marie musst du haben. Dann kriegst du Freunde jede Menge. Drüben ist sich jeder selbst der Nächste, du wirst nur gebraucht, damit man an dir verdient … der Boss, der Koofmich, die Wirtin. Mein Zimmer kostet drüben mindestens achtzig Mark, Damenbesuch sonntags von vier bis acht. Und der Kudamm? Von wegen an jeder

Ecke 'n Schwarm Boys und stramme Pullover, hello Paul, endlich biste da, Zigarette? Scheiße, sag ich dir. Kein Schwanz sieht dich, geschweige, dass sich wer umdreht. Da ist mir unsere Breite Straße aber lieber. Und der Wald und der See ... nicht mal die Natur kriegst du drüben umsonst.«

Einmal hatte ihm Paul alles erzählt. Einmal. Nie wieder war er darauf zurückgekommen. Wenn man ihn fragte, dann sagte er: »Ich musste hier 'ne große Erbschaft antreten!«

Inzwischen hatte die Bar alle Tanzlustigen aufgesogen. Die Box dudelte fleißig. Pit Schulze tanzte, alle andern überragend. Er folgte ihnen an die Bar und hob ein Bein auf den Hocker. »Und was wird aus morgen früh?«

»Meine Mutter hat Frühschicht. Kann gar nicht verpennen. Werd Paul wecken.«

»Kannst den Weg sparen«, sagte Paul. »Wenn mein Wecker losklappert, springt's ganze Haus aus den Betten. Was trinkt ihr?«

»Himbeergeist!«, rief Egon. »Dreimal Himbeergeist. Doppelt!«

»Junge, Junge!«, staunte Pit. »Himbeergeist ...«

Erwin schenkte ein. Die Gläser klickten aneinander.

»Wann müsst ihr denn raus?«, fragte Pit.

»Zwei Stunden später als sonst. Der Bus fährt um acht. Wenn ich eine Stunde vorher aufstehe, schaff ich's allemal. Noch mal dasselbe! In der Wiese ist nichts mit Bar und so!« Das war Pauls Stichwort. »Ha! Ich schütte jeden Tag mein Bier, darauf kann sich die FDJ verlassen. Und drücken, wo es geht. Von Anfang an. Die andern kriegen wir schon hin. Ich mach jedenfalls einen ganz ruhigen Otto. Was die nachher in meine Beurteilung reinschreiben, ist mir doch schnuppe! Hauptsache, wir sind dagewesen!«

»Mensch, dann schicken sie euch doch gleich wieder nach Hause unkte der Maler.

Paul wusste wieder einmal alles besser: »Die? Die werden sich hüten! Sind doch froh, dass überhaupt jemand antanzt. Was meint ihr, wie ich jetzt dastehe im Betrieb? Ich rein zum Kaderleiter. ›Ist nicht da‹, sagt die Sekretärin, will mich loswerden. ›Schade‹, sage ich, ›sehr schade, draußen hängt so'n Plakat, von der Großen Wiese, ich tät mich gern verpflichten, hab so manches gutzumachen …‹, bisschen gestottert vor lauter Bescheidenheit … ›Großartig!‹ ruft sie, nennt mich Jugendfreund, drückt mir gleich 'n Formular in die Hand. Gestern, an der Wandzeitung, was sieht mein Adlerauge? Mein Passbild! Mit einem Artikel vom FDJ-Sekretär. Kommt, setzen wir uns. Hab Appetit auf Bier!«

»Sie rutschten vom Hocker und suchten sich Plätze. Paul bestellte drei Biere, und Egon ließ noch eine Lage Whisky kommen. Dann sahen sie sich nach Mädchen um. Paul hatte seinen Typ schon entdeckt. Er sprang auf und verbeugte sich nebenan. Das Mädchen war mindestens acht Jahre älter als er. »Junge, Junge«, staunte Pit, »wenn man einmal um die herumrennt, ist die Nacht vorbei!« Aber Paul schien sich an ihrer Seite wohl zu fühlen. Seltsam, dachte Egon, warum der sich wohl immer Ältere aussucht? Ihm fiel eine Geschichte ein, die Paul vor einem guten Jahr erlebt hatte. Im Kurgarten hatten sie zwei Schwestern kennengelernt. Egon brachte die jüngere nach Hause, Paul die ältere. Als Egon ihn am nächsten Tag abholen wollte, war er nicht da. Er traf ihn erst zwei Tage später, und da lahmte Paul. Niedergeschlagen erzählte er, dass die Frau verheiratet gewesen sei, was sie aber zuerst abgestritten habe. Zwei Tage und zwei Nächte hätten sie wie Brautleute zusammen gelebt, dann sei im Morgengrauen der Mann von seiner Dienstreise heimgekehrt, und Paul musste vom Küchenfenster über ein Schuppendach flüchten. Beim Absprung auf eine Brennholzmiete habe er sich den Fuß verstaucht. Aber nicht wegen des verstauchten Fußes war er so niedergeschlagen. Er trauerte der Frau nach. Jeden Morgen sei ihm Frühstück ans Bett gebracht worden, und dann hätte er noch ein wenig schlafen dürfen. Beim Mittagkochen habe er sich als Kartoffelschäler nützlich gemacht. Und Schmöker hatte die Frau! Und die Bierflaschen im Kühlschrank seien nicht alle geworden. Und dann kam der Mann, und die Herrlichkeit war vorbei.

Obwohl Egon so etwas nie gemacht hätte, schon aus Respekt vor seiner Mutter nicht, irgendwie bedauerte er Paul, und er hätte ihm gern das bisschen Gemütlichkeit gegönnt. Und er bedauerte ihn auch jetzt wieder, als er mit seiner Dame, die seinen Arm unter ihrem dicken Arm festgeklemmt hatte, durch das Gedränge wogte.

Langsam wurde der Abend alt, sehr langsam. Groschen und Markstücke klapperten in die Box, meistens waren es Markstücke – man konnte gleich fünfmal drücken –, gehorsam rollte das Plattenregal hin, rollte her, Platte nach Platte wurde herausgeschwenkt, aufgelegt, abgedudelt, wieder einsortiert, die Tanzfläche wurde nie leer, man konnte stundenlang tanzen, ohne dass es auffiel. Bierflaschen knallten und Sektkorken, draußen knatterten die Jawas der Facharbeiter, an der Bar wurden die Hocker knapp, Egon hatte Paul wieder hierher gezerrt, Himbeergeist gluckerte in dünnem Strahl in handliche Schwenker.

Egon hatte nur eine Sorge: Klaren Kopf behalten, sich nicht verraten. Wenn er die Augen schloss, schien er langsam hintenüber zu sinken, als säße er auf einer Reckstange. Riss er dann die Augen auf, fanden die Gegenstände nur mühsam wieder zu ihrer Ordnung zurück.

Als er einmal allein saß, fiel ihm sein jüngster Kummer ein. Er ließ sich von Erwin das Telefon auf den Bartisch stellen und wählte 2214. Entschuldigen wollte er sich noch einmal, aber als sich eine männliche Stimme meldete, wusste er schon, dass er diesmal kein Glück hatte. Christine war nicht zu Hause. Herr Doktor Lange möchte dem »Achten Weltwunder« doch bitte einen recht schönen Gruß bestellen von einem Herrn Egon Brümmer. Nun war sie also doch noch zum Sommerball gegangen. So schnell tröstete sich ein Mädchen.

»Warum bist du denn heute nicht im Sportlerheim?«, fragte er Erwin.

»Der Kulturbund wünscht keinen Barbetrieb.«

Gegen ein Uhr konnte Egon nur noch auf dem Hocker sitzen, wenn er sich an der Messingstange festhielt. Paul besaß das seltene Talent, unbeweglich auf einem Barhocker zu schlafen. Ob er schon genug hatte?

»Erw-w-win! Wihihir durschten!«, rief Egon. Er grabschte in eine Wanne, fischte ein Stück Eis heraus und ließ es hinter Pauls abstehenden Hemdkragen rutschen.

Paul fuhr hoch. »Wie spät?« Und schon hatte er ein volles Glas in der Hand. Er stellte es weg, verbrannte sich an Egons Kaffee die Zunge und schlief weiter.

Pit wollte Pauls Doppelten aufteilen. Aber das konnte Egon nicht zulassen.

»Feiern wir Abschied oder nicht?« Er nahm dem Maler Pauls Glas aus der Hand und stellte es auf den Bartisch.

»Der Boss ist doch satt«, sagte Pit.

»Kann ja jeder kommen!« Hatte Pit etwas gemerkt? Egon musterte ihn verstohlen. Ach wo, der sah doch selbst nicht mehr klar.

»Paul darf nicht schlappmachen«, erklärte Egon. »Wir feiern heute Abschied. Er muss mitmachen!«

»Wolltest du nicht früh in die Heia heute? Wegen morgen, Wiese und so?«

»Wollt ich, wollt ich!«

Ob der doch etwas ahnte? Ach, Pit machte ein Gesicht wie immer, der ahnte bestimmt nichts, hatte nur mal eben gefragt, wie man so fragt, ist ihm so rausgerutscht, ja, rausgerutscht.

Er rüttelte Paul wach.

»Hoho!«, sagte Paul, stellte sich großspurig auf die eiserne Fußstange und tat, als könne er noch stehen. »Halb besoffen ist weggeschmissenes Geld!«

»Bravo!«, rief Egon.

Pauls Augen klappten wieder zu. Er plumpste auf den Hocker. Pit hielt ihm den Himbeergeist hin, Paul bekam die Augen noch einmal auf, kippte den Himbeergeist weg, verlor die Balance, weil ihn jemand anstieß, und wäre vom Hocker gerutscht, wenn Egon ihn nicht noch schnell aufgefangen hätte.

»Wir werden uns irgendwo hinhauen«, sagte Pit und dirigierte sie an einen Tisch.

Egon bestellte neuen Kaffee. Er stützte das Kinn in die Hand und schlürfte das heiße Getränk, wobei er abwesend auf drei hohe Gläser mit einer klaren Flüssigkeit starrte.

Junge, Junge, wird das eine Nacht.

»Den kriegt morgen keiner wach!«, sagte Pit.

»Ich weck ihn.«

»Und du?«

»Mutter muss um fünfe raus.«

»Hoffentlich pennste nich wieder weg?«

»Hoffentlich ...« Wie müde er mit einem Mal war, todmüde. Die Bar leerte sich. Der Objektleiter zog den Stecker von der Box und bot Feierabend. Leise, aber langsam lauter werdend, begann Paul zu schnarchen. Pit und Egon stellten den völlig Betrunkenen auf die Füße und zogen los. Der Morgen war nah. Im Osten bleichte der Himmel aus.

Die Stadt schlief noch, müde glommen die Laternen. Ein eiliger Radfahrer machte um die Jungen einen Bogen, als sie über die Breite Straße stolperten.

Sie führten Paul an den Händen.

»Viel zu lang«, murmelte der. Egon schaute den Maler an und hob die Schultern.

»Viel zu lang, so'n Leben«, philosophierte Paul. »Musst dich mächtig quälen, bis du Rente kriegst.«

»Ist doch prima eingerichtet, das Leben«, widersprach Pit.

»Acht Stunden Geld verdienen und acht zum Auspennen. Dazwischen liegen noch acht Stunden, wo du müde wirst. Geld sparst. Oder was ausgibst. Auf die kommt's an, Junge!«

Auf die kommt's an, dachte Egon.

»Und wie'n Karussell«, murmelte Paul, »nach 'ner Weile immer wieder dieselben Gesichter. Wie'n Karussell beim Rummel.«

Dann begann er ein unanständiges Lied zu grölen. Ein Polizist, der ihnen auf der anderen Straßenseite entgegenkam, blieb stehen und verlangte Benehmen. Egon hielt dem Ruhestörer die Hand vor den Mund.

»Aber wenn's mal anders kommt«, drohte Paul, »dann sind wir dicke da mit dem Klub. Was meint ihr?«

»Was soll denn anders kommen?«, fragte Pit.

Paul hatte nicht begriffen und grölte weiter. Egon versuchte einen Gedanken zu Ende zu denken. Glaubte Paul immer noch, dass es mal anders kam? Was versprach sich denn Paul von anderen Verhältnissen?

»Wieso soll's denn anders kommen?«, fragte Pit noch einmal, der offenbar ähnliche Gedanken wie Egon hatte.

»Damit ich machen kann, was ich will!«, rief Paul.

»Freiheit! Spannende Filme, anständige Aktfotos, gute Musik, einen Saal!«

Pit erkundigte sich, warum Paul dann nicht drüben geblieben sei.

Das Geld, das Geld, wenn er genug Geld gehabt hätte, wäre er schon drüben geblieben. Egon dachte an den Spruch, der in der Küche über dem Herd hing: »Müßiggang ist aller Laster Anfang!« Dass Paul das nicht begriff!

Pit verabschiedete sich. Egon zottelte Paul durch die Südsiedlung. Hoffentlich verirrten sie sich nicht, eine Straße sah aus wie die andere. Irgendwo krähte ein Hahn. Hinter einem offenen Fenster hörte Egon jemand schnarchen, und ein Wecker klingelte.

Paul lotste Egon in die richtige Straße. Er stieß mit dem Fuß gegen die Gartenpforte. Im Parterre kläffte ein Hund.

»Töle, sei ruhig!« brummte Paul.

»Ich bring dich noch rauf«, rief Egon. Vielleicht schlief Paul auf der Treppe ein, und der erste, der runterkam, würde ihn wecken. Alles wäre dann umsonst gewesen.

»Die Alte hat einen bei sich«, brummelte Paul. Egon schob ihn die Treppe hinauf.

»Die Alte ist sauer auf mir. Weil das halbe Jahr schon rum ist!« Pauls Hand kreiste um das Schlüsselloch. Egon nahm den Schlüssel und schloss auf. Die Tür knallte gegen den eisernen Ofen. Paul drehte sich, ließ sich fallen und plumpste genau aufs Bett. Egon tastete nach einem Lichtschalter und stieß dabei an den Stuhl. Der Wecker fiel herunter und tickte schwerfällig weiter. Egon ließ ihn liegen, zog Paul die Schuhe aus und band ihm den Schlips ab. Nebenan hüstelte ein Mann. Paul begann zu schnarchen.

Egon schloss leise die Zimmertür und schlich die Treppe hinab. Wenn nichts Außerplanmäßiges mehr passierte, würde Paul vor zwölf nicht wach werden.

Vor dem Haus drehte sich Egon um und schaute nach oben. Im dunklen Viereck eines offenen Fensters sah er die hellen Schemen zweier Gesichter. Der Hund bellte immer noch.

Wieder huschte Mitleid durch seine Gedanken. Und dann Angst. Wenn das mal alles rauskam, die Boys schlugen ihn zusammen zu einem Sack Lumpen. Vielleicht folgten sie ihm in die Wiese und lauerten ihm auf? Aber Motorräder hatten sie nicht, und bis in den Sumpf waren es an die hundert Kilometer.

Hundemüde war er. Er torkelte durch die Siedlung, überquerte den Bahnübergang. Mit einer Hand tastete er sich an den Häusern entlang durch die Breite Straße. Die Bäckergasse. Er streckte den Arm aus, visierte über ihn hinweg auf die andere Straßenseite und wankte hinüber. Die Rathausuhr schlug dreimal. Er schloss eine Haustür auf. Schmökergeruch. Er hatte das richtige Haus erwischt. Den Wasserhahn neben der Treppe drehte er auf, trank und trank und hielt den Hinterkopf in den kühlen Strahl. Mutter muss um fünf aufstehen, rechnete er an den Fingern, ich aber erst um sieben. Wenn sie mich um sechs weckt, stehe ich bestimmt nicht auf.

Er kroch die Treppe hinauf. Auf der obersten Stufe rechnete er weiter. Um sieben werde ich also allein nicht wach. Aber aufstehen muss ich. Nein, ich muss nicht. Wenn ich nämlich nicht ins Bett gehe.

Aber wohin solange? Birkenallee vierzehn? Er kletterte die Treppe hinunter, indem er sich von Stufe zu Stufe setzte. Unten torkelte er gegen den Ausguss, hielt sich am Wasserhahn fest und pendelte hin und her, den Wasserhahn dabei auf und zu drehend. Was soll ich bloß mit dem Hahn machen, wenn ich ihn loslasse … Er stopfte den

Schlips in die Tasche und zog sich das Hemd vom Leibe. Es kostete Mühe, bis er seinen Anhänger abgebunden und über den Wasserhahn gehängt hatte.

Prustend wusch er sich, und wieder rauschte das Wasser laut in den Ausguss. Mit dem Taschentuch wischte er den gänsehäutigen Oberkörper ab, zog das Hemd über, band sich den Anhänger wieder um und marschierte mit langen Schritten, vornübergebeugt, als müsse er jeden Moment hinstürzen, zur Birkenallee. Völlig ergebnislos war sein Hin- und Herlaufen vor dem schlafenden Haus. Er schloss sich einem Eisenbahner an, der zum Dienst wollte, und leistete ihm bis zum Markt Gesellschaft. Er rannte von einer Straße in die andere. Er rannte sich todmüde. Aber er wurde nicht nüchtern.

Der Himmel bezog sich mit leuchtenden Wolken, als Egon im Bahnhof verschwand.

Die wenigen Gäste im Wartesaal dösten oder schliefen. Hinter dem Büfett brannte eine sparsame Lampe. Ein unrasierter Mann hob den Kopf und musterte Egon aus einem Auge. Hier würde er auch einschlafen. Nirgends ein Bekannter, der ihn wecken könnte. Und müde war er, oje, oje! Er stützte einen Arm auf die Theke und zog sich zu einem freien Tisch. Vielleicht weckte ihn eine Reinemachefrau? Und seine Mutter? Sie würde sich ängstigen, weil er nicht nach Hause kam. Er musste noch einmal hin; gleich steht sie auf. Nur verabschieden. Er stemmte die Arme auf und wollte sich hochdrücken, aber sie knickten ein. Der Kopf wurde zentnerschwer.

Egon schlief ein. Über der Tür hing eine Uhr. Der große Zeiger hüpfte von Minute zu Minute. Wer früh aufstehen musste, sollte jetzt nicht mehr einschlafen.

Ankunft in der Jungen Welt

Eine Abiturientin nach dem Abitur

Christines Spitzname war die Erfindung des neuen Klubhausleiters. Als ihn Egon auf dem Abiturball beobachtete, wie er, den Brillenbügel im Mund, an der Bar saß und Christine musterte, hatte Schmiedeberg nicht überlegt, ob er sich einen Tanz leisten könne. Ihm war in den Sinn gekommen, aus den Gerüchten über Christines Einstellung zu den Jungen einen Gag zu machen, als Kabarettleiter war er für den kulturellen Teil des Abiturfestes verantwortlich. Er hatte mit ihr getanzt und sich die Erlaubnis für die Szene geholt. Christine hatte nichts gegen einen guten Witz und schon gar nichts gegen diesen Namen. Werner Schmiedeberg instruierte seine Kabarettisten, und der Gag ging über die Bretter.

Sie hatte wirklich nichts gegen den Namen. Wenn sie sich, wie alle glaubten, noch nie verliebt hatte, dann lag das doch nicht etwa daran, dass die Jungen von ihr nichts wissen wollten. Christine konnte sich nicht über fehlende Anbeter beklagen. Aber sie interessierte sich nicht für ihre Anbeter. Die Jungen ihrer Klasse wurden als mehr oder weniger gute Kameraden, als aktive oder passive FDJler, als fleißige oder gleichgültige Oberschüler eingeordnet. Ihr tat es selbst leid, dass sie für diesen oder jenen nichts übrig hatte. Manchmal befürchtete sie sogar, irgendeinen angeborenen Fehler zu haben. Sicher hing dieser Komplex mit ihrer Kindheit zusammen.

Ihr außergewöhnlicher Intellekt hatte den Eltern jahrelang große Sorgen bereitet. Schon in den ersten Klassen lernte sie ausgezeichnet. Aber dabei blieb sie seit der vierten Klasse in ihrer körperlichen Entwicklung zurück. Sie wuchs nicht weiter. Die Natur verwandelte alle Energien auf Kosten der körperlichen Entwicklung in geistige Fähigkeiten. Das bedrückte sie sehr, besonders, als sie vierzehn wurde und man immer noch »Kleine« zu ihr sagte. Die Gedanken, die sich ihre Klassenkameradinnen damals wegen der Jungen machten, hatte sie auch, wenngleich nur, weil sie glaubte, das ihrem Alter schuldig zu sein. Während aber die anderen Mädchen aus ihren intimen Problemen voreinander kein Hehl machten, musste sie mit ihren Sorgen allein fertig werden; sie wäre ausgelacht worden, wenn sie gestanden hätte, sie sei in Martin Balser verknallt. Ein ganzes Jahr war sie, wie sie glaubte, richtig verliebt in ihn. Der Junge, es war der »gelehrte Scheich mit Brille«, der neben ihr an der Bar gesessen hatte, war anderthalb Jahre jünger als sie, und er erfuhr nie etwas von seinem Glück. Warum sie ihn liebte, wusste sie nicht, und noch weniger ahnte jemand etwas. Sie konnte sich nur einem verschließbaren Tagebuch anvertrauen, denn was hätten die andern von ihrem Typ gehalten? Welches siebzehnjährige Mädel nimmt einen Fünfzehnjährigen ernst? Das war in der elften Klasse gewesen. Urplötzlich holte die Natur all das Versäumte nach. Man munkelte, die Medizin habe mit Hormonen nachgeholfen, ein Mädchen, das in der elften Klasse siebzig Pfund wog, wuchs und wuchs, und über Nacht war aus der »Kleinen« eine hübsche junge Dame geworden.

Alles kam wieder ins rechte Lot. Christines Glück war unbeschreiblich, und auf einmal interessierte man sich auch in der eigenen Klasse für sie, die Anstrengungen der Jungen konnte sie getrost als Beweise ihrer Fortschritte werten. Und das genügte ihr zunächst. Wer sich so lange nicht wegen ihrer geistigen Qualitäten um sie gekümmert hatte, den gingen jetzt auch die äußeren nichts an. Außerdem war sie eines Tages hinter eine Verschwörung der Jungen gekommen, die herausfinden wollten, ob bei ihr alles »echt« sei. Arthur Bauknecht, der »vornehme Lord mit Bart«, war der Beauftragte der Jungen gewesen, und wenn er auch beim Abiturfest gebeichtet hatte, dabei ehrliche und rein persönliche Absichten gehabt zu haben, ließ sie ihn großartig abblitzen. Ein Don Juan, der mit der dreißigjährigen Schulsekretärin angebändelt hatte, um hinter die Themen der schriftlichen Prüfung zu kommen, war nichts für Christine Lange.

Ihr Leben spielte sich ab zwischen Schule, Birkenallee und Sportplatz. In die Laternenbar wäre sie gern einmal gegangen, aber keine Freundin kam mit, und allein wagte sie es nicht. Einmal im Monat besuchte sie mit den Eltern das Bahnhofshotel, aber die Bekannten und Kollegen ihres Vaters, die dort verkehrten, waren verheiratet. Und dann hatte sie auch wenig Zeit, denn zu der erheblichen Arbeit, die sie sich in der Zentralen Schulgruppenleitung machte, kamen nun die Vorbereitungen für das Abitur.

Ein wenig Aufregung brachte Werner Schmiedeberg in das geordnete Leben. Sie hatte die Kreisleitung um einen qualifizierten Zirkelleiter für das FDJ-Schuljahr gebeten.

Man empfahl ihr Werner Schmiedeberg. Die Tatsache, dass jemand nach fünf Jahren Studium in ein Städtchen wie Borkenheide gezogen war, um ein verwaistes Klubhaus zu übernehmen, war Grund genug, ihn nett zu finden. Außerdem, er sollte ledig sein.

Er kam dann in die Klasse ohne ein Blatt Vorbereitung, sagte: »Stellt euch vor, hier sitzt nicht ein Marxist, sondern das Gegenteil, und nun wollen wir mal sehen, wer die besseren Argumente hat …« Der Zirkel dauerte vier Stunden und endete mit lauter interessanten Fragen. Allmählich hörte auch im Gewi-Unterricht die Phrasendrescherei auf, und Werner Schmiedeberg brachte so etwas wie kämpferische Atmosphäre in die Zwölfte.

Und Schmiedeberg war es auch, mit dem sich ihre Gedanken beschäftigten, als sie am Montag früh erwachte. Ihr Verhältnis zu ihm hatte sich in den letzten Monaten gewandelt, und sein Benehmen am vergangenen Abend – er war mit seiner zweiten Kabarettgruppe, den Borkenheider Knallfröschen, für die kulturelle Umrahmung des Sommerballs verantwortlich gewesen – hatte ihre Gefühle für ihn weggeblasen.

Im Badezimmer heulte der Trockenrasierer auf, im Allgemeinen das tägliche Signal zum Wachwerden. Durch das offene Fenster drangen die Geräusche des Montagmorgens, ein Moped knatterte durch die Birkenallee, fernab ratterte ein Zug, im Sägewerk tutete es, sechs Uhr war's. Christine warf die Zudecke beiseite, drehte sich aus dem Bett und trat ans Fenster. Morgen früh würde sie in der Wiese erwachen, mitten im hart-bunten Leben des Jugendobjektes stehen, im Sonnengedröhn der Junitage Moor zur Nützlichkeit erziehen. In zwei Stunden schon würde sie unterwegs sein. Ihr Gepäck stand bereit, ein praller Campingbeutel, die Aktentasche, was brauchte man viel! Dederonkleider hatten dort nichts zu suchen, sie nahm nicht ein einziges mit. Badeanzüge und Shorts und Trainingsanzug waren viel notwendiger. Und das Lieblingsbuch fuhr auch mit.

Hinter Langes Haus begann der Wald – Kiefern, Buchengestrüpp, hohes Gras. Irgendwo tuckerte ein Traktor, der gefällte Stämme abschleppte, ein Specht krallte sich an einen Ast und hackte wütend und fleißig. Im Badezimmer surrte noch immer der Rasierapparat. Christine schaltete das Tonband ein – 15 Minuten Radiogymnastik, guten Morgen, liebe Sportfreunde, heute bleiben die Füße geschlossen – warf ihr Nachthemd über den Teddy, der sie mit seinen schwarzen Glasaugen ewig verwundert anglotzte, und verrenkte vorschriftsmäßig ihren Körper – Rumpf beugen, rechts-links, rechts-links …

Komischer Knopp, dieser Schmiedeberg! Wieso kam der eigentlich dazu, sich zu wundern? Und diese Anspielung … ob sie dank der sechs Wochen Jugendobjekt das praktische Jahr sparen wolle? Und diese Fragen … Na, Jugendfreundin, schon eine Fachrichtung ausgesucht? Aha, Medizin! Familientradition? Nein? Ach so … Berufung!

Hoffentlich behalten Sie die Ideale an der Uni. Und beim Tanzen … Gespräche führte der Mann! Warum der wohl privat so trocken war? Vom Witz seiner Kabarettszenen keine Spur!

Im Parterre erstarb das Getöse, die Brause rauschte. Langsam kam Christine ins Schwitzen, Papa sagt, sonst hätte Gymnastik keinen Zweck – seit-hupf, seit-hupf …

Und nach dem Anstandstanz gleich verschwinden. »Endlich kann ich mich mal wieder ausschlafen«, hatte er gesagt, »morgen wird es anstrengend, lächeln Sie nur, Kommilitonin, als ich noch studierte … man schlief sich in der Vorlesung aus. Werden Sie auch noch. Und wegen der Immatrikulation … ich drück Ihnen keinen Daumen. Das praktische Jahr … schadet gar nichts.« Verändert hatte sich der Mensch! Den hat man mal nett gefunden. Aber überall und immer philosophische Probleme wälzen? Kein Wunder, wenn man dann noch nicht verheiratet ist mit achtundzwanzig. Jetzt war ihr klar, sie hatte ihn nie geliebt.

Christine wickelte sich in den Bademantel und rutschte das Geländer hinunter.

Der Vater kam aus dem Bad.

»Guten Morgen!«

»Guten Morgen … Achtes Weltwunder!«

Christine war so verdutzt, dass sie vergaß, um eine Erläuterung zu bitten. Was hatte denn das zu bedeuten? Der Abiball hat sich wohl endlich herumgesprochen? Bauknecht junior, dieser Affe … hat's Bauknecht senior erzählt und Bauknecht senior … na, Kollege Lange, nun hat ja Christine auch einen Titel weg …

Gestern war Kegelabend, und daher das Gemurmel im Schlafzimmer. Spezialist Egon beschäftigte die elterlichen Gemüter.

Wie sie dem eingebildeten Bauknecht den Ärger gegönnt hatte! War der eingeschnappt gewesen! Christine, ich verstehe nicht, wie du mit so einem tanzen kannst. Kommt ein ungeladener Gast … gleich sorgen sich die Leute. Für einen Bauknecht ist ein Bauleiter natürlich nicht standesgemäß. So was will Architekt werden. Dabei war Egons Unterhaltung interessanter als die Blödelei an der Bar, und um tanzen zu können, braucht man kein Abitur. Aber Arthur: »Ich bin gespannt, ob der Jimmy die Frechheit besitzt, in Jeans zu tanzen.« Er besaß die Frechheit, und Bauknecht junior konnte es nicht fassen, dass Christine mit so einem tanzte. Hätte er sie doch beide gestern im Ratskeller gesehen!

Ach, lieber nicht, man würde womöglich ernsthaft glauben, sie hätte etwas mit Egon.

Bei diesem Punkt angelangt, musste sie zweitens ihr Verhältnis zu Egon klarstellen. Eigentlich war das gestern ihr erstes Rendezvous gewesen, natürlich kein klassisches, sie hatten sich ja nur wegen eines ausgerissenen Ärmels verabredet. Dennoch … es war eine Unverfrorenheit, eine halbe Stunde lässt er sie warten und verschwindet gleich wieder. Und wie sie sich nachher geärgert hatte, dass sie den Sommerball erwähnte – keine Erfahrungen, liebe Christine. Und unter welchen Umständen sie ihn nachher noch einmal gesehen hatte! Aber das wollte sie lieber vergessen.

Im Großen und Ganzen, es war nicht weiter schlimm, aber ... sie hatte zuerst geglaubt, er habe sich ihretwegen in die Wiese gemeldet. Was dachte der Junge von ihr? Bestimmt lächelte er wieder sein unverschämtes Lächeln, dieser Spezialist!

»Christine? Sieben Uhr!«

»Ja.«

Sie lief nach oben und zog sich an.

Was dachte der Junge? Machte er sich lustig über sie? Weil er zwischen sich und einer Abiturientin überhaupt keine Kontaktmöglichkeiten sah? Sie hatte eigentlich und grundsätzlich und im allgemeinen nichts gegen derartige Verhältnisse, wo lebte man denn, aber er ...? Ein Egon?

Vielleicht war man als Abiturientin absolut undiskutabel? Vielleicht kamen nur Arbeitermädel in Frage. So was gab's doch.

Wie stolz er auf seinen handgestickten 15-Mark-Schlips war! Gelber Schlips, blaue Hosen, rotes Hemd ... kitschiger geht's nicht. Wie mochte er wohl in einem schwarzen Anzug aussehen? Es müsste natürlich ein Maßanzug sein, so ein Schrank passt in keine Konfektion. Und vor allem: eine andere Frisur! Das musste man ihm doch irgendwie beibringen können. Ein guter Geschmack ist die Voraussetzung für einen guten Lebensstil. Und wer einen guten Geschmack hat, dem schmeckt der Doppelte nicht mehr. Konnte man ihm das beibringen? Konnte sie ihm das beibringen, so auf rein freundschaftlicher Basis? Und dabei einen Arbeiterjungen mal näher kennenlernen ... sehr interessant musste das sein.

Was kannte sie denn? Kollegen von Papa, Lehrer, Klassenkameraden, einseitig und auf die Dauer langweilig. Arbeiterklasse: ein Begriff, jeder hatte seine Vorstellung, aber dass ein Arbeiterjunge vor lauter Lust am Musizieren auf einem Kamm bläst ... na, lernte man das in der Oberschule kennen?

Fest stand, der Junge hatte ein originelles Innenleben, wie könnte man sonst einen Musical-Club aufziehen? Und sein Verhältnis zur Bildung, wer Schulen baut, soll auch reingehen, macht einem Vorwürfe … Im Abitur Einsen und keine Ahnung vom Borkenheider Jugendleben.

Es blieb noch etwas. Sein überlegenes Lächeln zum Beispiel, man kam sich immer irgendwie durchschaut vor. Diese klaren blauen Augen konnten einer kleinen Mädchenseele bis auf den Grund sehen. Und wie er immer in sich hineinlachte, als lache er einen aus, als wüsste er alles besser, unverdorbene Klugheit des einfachen Menschen!

Christine hatte nichts dagegen, wenn sie Egon ein guter Freund werden durfte. Mit dem Hang zum Alkohol würde auch die Lust zu tätlicher Auseinandersetzung schwinden. Erziehung ist alles. Unlösbare Probleme waren das nicht. Leicht gesagt, wenn man nie Probleme kennengelernt hat.

»Christine! Dein Kaffee!«

Christine hatte sich angezogen. Blauhemd, dunkelgrauer Wollrock, flache Schuhe. Sie sprang die Stufen hinunter, neugierig, auf welcher Seite man das achte Weltwunder anspielen würde. Auf keinen Fall wollte sie sich in eine Falle locken lassen.

»Guten Morgen, Mama!«

Die Mutter goss Kaffee ein. Frau Lange sah aus wie Christines ältere Schwester, und wer sie mit ihrem Mann zusammen sah, wusste sofort, dass die elegante Frau den Doktor nicht wegen Äußerlichkeiten geheiratet hatte; er war einen Kopf kleiner.

Lange trug sein graues Haar ganz kurz geschnitten. Obwohl er Wert darauf legte, dass sein Anzug aus bestem Stoff war und nach der Mode geschneidert, machte es ihm nichts aus, ohne Schlips zur Poliklinik zu gehen. Heute hatte er sich eine dunkelrote Krawatte umgebunden, und worüber sich Christine am meisten wunderte: Papa hatte die Spange der Verdienstmedaille angesteckt und sein SED-Abzeichen. Dafür gab es nur einen Grund: Die Eltern nahmen ihre Fahrt ins Jugendobjekt sehr ernst. Sie wollten die Tochter zum Sammelpunkt bringen.

»War wohl nichts los beim Sommerball?«, fragte die Mutter.

»Mäßig, sehr mäßig! Musik machte eine richtige Staubsaugerkapelle. Ich sitze kaum … schon fordert mich ein Kulturbundfreund auf. Kneifer und goldene Uhrkette. Hat mich noch gar nicht auf der Tanzfläche, schon legt er los: ›Wunderbar, dass man Sie mal außer Dienst trifft! Verraten Sie mir endlich, warum die Dauerbezugsausweise direkt an die Sammlerkollegen und nicht an die Sektion Philatelie ausgegeben werden?‹

›Wie bitte?‹

Er: ›Wie bitte! Wozu haben wir eine Sektion Philatelie und den Kulturbund?‹

›Ich glaube, Sie verwechseln mich!‹

›So? Ich glaube nicht!‹

Ich war vielleicht wütend. Der Herr wurde unsicher:

›Aber Sie sitzen doch am Sammlerschalter?‹

›Leider nicht.‹

Der Herr erkannte seinen Irrtum. ›Oh, oh, entschuldigen Sie … das ist mir aber peinlich!‹ Er hielt beim Tanzen inne und bot mir seinen Arm an. Nach drei Schritten blieb er stehen und flüsterte: ›Aber tanzen können wir eigentlich trotzdem.‹ Sein ganzer Kopf war rot geworden!«

»Das war Satyrikus, unser Briefmarkenfan.«

»Aha.«

Dann sagte die Mutter unvermittelt: »Ach so … noch einen schönen Gruß von Herrn Brümmer!«

»Danke!« Christine grübelte. Woher kannten die Eltern seinen Namen? Hatte Papa in der Bau-Union nachgefragt? Sähe ihm gar nicht ähnlich.

»Es gibt jetzt also acht Weltwunder?«, fragte der Vater.

»Ja.«

»Man darf dich also so nennen?«

Und die Mutter: »Möcht wissen, wieso?«

»Nennt dich nur dein Tänzer vom Abschiedsball so?«

»Welcher … Tänzer?«

»Herr Egon Brümmer?«

»Tänzer ... einmal hab ich mit ihm getanzt! Nichts stimmt wieder mal! Arthur hat seinem Vater was vorgesponnen, und du hast dich falsch unterrichten lassen!«

»Na so was! Er hat's doch selbst gesagt!«

»Wer?«

»Der Egon! Wann war das? Gegen zehn wohl, er rief an, sagte, hier ist Herr Egon Brümmer, und als du nicht da warst ... dann bitte dem Achten Weltwunder einen schönen Gruß bestellen.«

Christine antwortete nichts.

»Wolltest du nicht mit ihm zum Sommerball?«, erkundigte sich Frau Lange.

»Ja.«

»Hattet ihr euch verfehlt?«

»Nein. Er hatte was anderes vor.«

»Im Hintergrund war doch aber Musik ... Wir dachten erst, du ständest neben ihm?«

»Er war in der Bar. Eine Feier im Kreis seiner Freunde.«

Nun musste sie doch noch einmal daran denken. Beim Sommerball hatte es ihr nicht gefallen – erst dieser Briefmarkenfan, dann Schmiedebergs Probleme, gegangen war sie. Es war reine Neugierde gewesen; sie ging zuerst zum Bahnhofshotel, aber das war nicht sein Milieu, er würde in der Bar sein, und dort sah sie ihn auch. Wie hieß doch die Edelschnulze? »Hell strahlen die Sterne für uns im Wunderland bei Nacht.« Er tanzte mit einem, wie soll man sagen, mit einem Teenager, höchstens siebzehn, ein Taftkleid, Goldgürtel, so was Kurzes müsste verboten werden, Wange an Wange, ringsumher wogte alles mit, summte.

Egon sah sie nicht, den Arm um die Taille, so schob er mit der Puppe ab. Der Schwarzhaarige war mit von der Partie und ein langer Lulatsch mit schrägen Augenbrauen, schrägen Schultern und Stupsnase.

Sie war nach Hause gegangen. Was er ihr wohl gestern noch sagen wollte?

»Und wenn ... er noch mal anruft?«

»Wer? … Er ruft nicht an!«

Im Arbeitszimmer klingelte das Telefon. Lange ging nach nebenan.

Die Mutter blinzelte Christine zu. »Nun sag mir doch endlich, Mädchen, wie du zu diesem eigenartigen Namen gekommen bist«

»Weil ich … weil ich noch nie ein festes Verhältnis hatte. Unser Oberkabarettist hat's aufgegriffen … Was würdet ihr sagen, wenn ihr hört, Christine Lange habe sich verliebt? Das war die Antwort.«

Der Vater erschien zwischen den Schiebetüren. »Christine, das ist für dich!«

Christine zog die Türen hinter sich zu.

»Bauknecht junior«, berichtete Lange. Die Mutter erzählte, was sie eben erfahren hatte. »Wirst du aus unserer Tochter schlau?«

Er rührte in seiner Tasse. »Bei Christine wird das alles genau geplant, rationalisiert, mindestens sechs Semester muss man erst hinter sich gebracht haben, bis man sich entscheiden kann, solange wird noch ein Ideal zurecht konstruiert. Ein Jahr soll man dann verlobt sein und ein weiteres würde man noch zusammenleben, als praktisches Jahr gewissermaßen, um auszuprobieren, ob man für die wichtige Aufgabe der Ehe taugt. Vorm Staatsexamen ist an eine Ehe überhaupt nicht zu denken und natürlich getrennte Schlafzimmer und so was.«

»Internisten sind aber schlechte Psychologen!«

»Ich weiß nicht … seit mir unsere Schwestern keine Blumen mehr auf den Schreibtisch stellen …«

Christine kam zurück.

»Herr Bauknecht ist wohl abgeblitzt?«

»Der letzte Versuch eines einsamen Zeltlers. Lässt sich extra einen Bart wachsen, und dann komm ich nicht mit. Wenn ich meinen Rücken nicht mehr geradekriege, soll ich an ihn denken. Arthur fährt Mittwoch.«

»Ich find's ja auch etwas eigenartig«, sagte Frau Lange, »deine Klasse fährt an die Ostsee zelten …«

»Meine Klasse? Pärchen!«

»Ach so, Pärchen – und Herr Brümmer? Der kommt wohl mit in die Wiese?«

»Er kommt mit. Aber nicht meinetwegen. Und seinetwegen fahr ich auch nicht.«

Das Gespräch musste abgebrochen werden.

Es war halb acht.

»Und Geld? Wie viel?«

Christine hob ratlos die Schultern. Die Mutter ging ins Arbeitszimmer und kam mit einem kleingefalteten Schein wieder. Christine steckte ihn in die Rocktasche, ohne nachzusehen, wie viel es war. Wenn man nur erst selbst verdiente! Familie Lange teilte sich das Gepäck und marschierte los.

»Was hat man früher eigentlich nach dem Abitur gemacht?«, fragte Christine.

»Ich musste mit Tante Adelheid in die Alpen fahren«, sagte die Mutter.

»Mmmm!«, machte Christine. »Schneebedeckte Gipfel, grüne Almen, Häuser mit Steinen auf dem Dach … schööön …«

»Damit ich deinem Vater nicht begegnete …«

»Ganz schön spießig, wie? Und du?«

»Nach dem Ball? In den Verlag geradelt, bis neun Zeitungen verkauft … Den schwarzen Anzug zum Kostümverleih gebracht … das Zeitungsgeld reichte für die Leihgebühr und für eine Ochsenschwanzsuppe …«

Es musste also unbedingt ein schwarzer Anzug sein, überlegte Christine. Aber sie sagte es nicht, vielleicht hatten die Eltern von Egons Aufputz erfahren.

Wie anders waren doch heute die Verhältnisse. Früher war man den Schikanen der Eltern ausgesetzt, musste verreisen, musste sich sein Frühstück verdienen, täglich – heute fuhr man in ein Aufbauprojekt, man wollte arbeiten, freiwillig und umsonst natürlich, zum Wohle der Allgemeinheit. Sollte Bauknecht allein im Zelt seinen Bart bewundern. Der Krämer, spendiert erst großartig Sekt, und dann verlangt er Zinsen. Ein Glück, dass sie den jetzt los war. Ein Jahr hatte er von ihr abgeschrieben. Und so einer wollte mit ihr zelten.

Sie verabschiedete sich von den Eltern schon an der Ecke, und sie schaute sich nicht ein einziges Mal um. Sie hatte keine Angst vor dem Leben. Wer wird denn auch Angst haben mit einem Reifezeugnis voller Einsen?

Im Korridor der Kreisleitung verriet ein Berg Gepäck, dass die meisten Jugendlichen eingetroffen waren. Christine trat ein. Ein Kreis Jungen und Mädel, in ihrer Mitte Werner Schmiedeberg mit einer Liste.

Er hakte ab.

»Schimmig.«

»Hier!«

»Schulz.«

»Hier!«

»Schappe.«

»Jawoll!«

»Jonas?«

»Auch da!«

»Brümmer?«

Niemand meldete sich.

»Ist Brümmer nicht hier?« Egon war nicht da!

»Kennt ihn jemand?«

Niemand kannte ihn. Christine sagte nichts. Kannte sie ihn denn?

»Neumann.«

»Zur Stelle!«

»Reif.«

»Hier!«

»Schmiedeberg … das bin ich selber … Dreikant.«

»Ja.«

»Borchert.« Wieder meldete sich niemand. »Ist Paul Borchert nicht da? Kennt jemand Paul Borchert?«

Niemand kannte Paul Borchert. Irgendwie kam ihr der Name bekannt vor. War das nicht Egons Freund? Dass ausgerechnet diese beiden fehlten. Es war bestimmt kein Zufall.

»Das werden wir gleich haben«, sagte Werner und schlug das Telefonbuch auf.

So ein unzuverlässiger Spezialist, zürnte Christine, und was hatte er gestern behauptet? Wer weiß, wo er jetzt noch schläft, dass er seinen Wecker nicht hört? Bestimmt ist er noch nicht zu Hause gewesen, sonst hätten ihn doch seine Eltern wecken können. Für Christine war die Sache einfach: Der Teenager hatte ihn mitgenommen, der kleine Teenager mit dem kurzen Taftkleid. Und dabei ist das Mädel höchstens siebzehn. Und ihr wollte er weismachen, ihm sei etwas Wichtiges dazwischengekommen.

Sonderfahrt

Nie entsann er sich, wovon er am Montag wach geworden war. Vor ihm am Tisch saß eine alte Frau. Unter ihrem schwarzen Kopftuch starrte sie ihn an wie einen Landstreicher. Und der Opa neben ihr in seiner grünen Joppe? Den kannte er auch nicht. Wieso hatte der eine Schimütze auf? Im Sommer mit Joppe und Schimütze. Wie kam er nur an ihren Tisch? Er wollte weiterschlafen.

»Wo bin ich?«, rief er erschrocken. Menschen drängelten sich an den Tischen vorbei und suchten nach freien Plätzen. Das waren Leute vom Lande, die hier warten wollten, bis die Geschäfte aufgemacht wurden.

Die Uhr! Sein Blick ging von Wand zu Wand. Acht Uhr! Ihm fiel noch nicht ein, was er vorhatte. Aber dass er zu spät wach geworden war, wusste er schon. Er sprang auf, dass der Stuhl hinter ihm auf die Erde polterte, und lief los.

Er humpelte, denn das rechte Bein war eingeschlafen. Er schob sich durch den Menschenhaufen am Eingang, humpelte am Fahrkartenschalter vorbei, durch die offenstehenden Flügeltüren, hüpfte auf die Straße, neben Opa Plückhahns Fahrradaufbewahrung sprang er über den kleinen Staketenzaun und trampelte über Blumenbeete. Er merkte es nicht, denn inzwischen war ihm eingefallen, warum er wach werden wollte. Dort war der Treffpunkt, hinein und Bescheid sagen, dass er noch sein Gepäck holen müsse. Was aber sollten die Jugendfreunde von ihm denken? Und Christine? Wer ohne Gepäck kommt, hat die Nacht nicht zu Hause geschlafen. Ach, und zum Umziehen hatte er auch keine Zeit mehr, er musste in der Niethose ins Jugendobjekt.

Und dun war er immer noch!

Paul! Was war mit Paul? Ihm fehlte doch wieder ein Stück Film. Wie war das gestern bloß geworden? Nirgends war ein Bus zu sehen. Schnell nach Hause, in zwanzig Minuten konnte er wieder hier sein, an der »Grünen Flasche« vorbei, die Steile Gasse hinauf, Marktplatz, Bäckergasse.

Mit vier Sätzen nahm Egon die Treppe, im Briefkasten lag der Schlüssel. Gott sei Dank, da thronte der Koffer! Neben dem Koffer lag ein Zettel: »Du wirst nie ein anständiger Mensch werden!« Er grapschte den Bleistiftstummel, der auf dem Zettel lag, und kritzelte: »Doch« Dann riss er den Koffer vom Tisch und sprang die Treppe wieder hinunter.

Ich werde jetzt lieber durch die Breite Straße wetzen, dachte er, wenn der Bus inzwischen abfährt, kann ich ihn noch anhalten. Und was mach ich, wenn Paul Borchert da ist? Was mach ich? Vielleicht nehmen sie den noch mit, bloß weil ich verpennt habe. Das wäre der größte Reinfall seit damals! Irgendwie haben wir Paul noch nach Hause geschafft, der Maler und ich.

So begann sein neues Leben: mit Brummschädel und Zuspätkommen!

Aber die Tour gestern Abend hatte das erste Mal einen richtigen Zweck gehabt. Hoffentlich war sie nicht umsonst, hoffentlich!

Noch immer stand kein Bus vor dem Haus neben der Oberschule. Waren sie schon weg? Egon ging langsamer.

Nur nicht auffallen, dachte er, kein Aufsehen erregen. Bedächtig stieg er die Treppe hinauf; wer ihn sah, sollte annehmen, seine Uhr gehe nach. Er wanderte durch den langen Korridor. An welche Tür sollte er klopfen? Ein Schild:

»Treffpunkt Wiese hier!« Darunter klebte ein lachender Maiskolben. Egon stellte den Koffer zum Gepäckstapel, zog Spiegel und Kamm hervor und brachte seine Frisur in Ordnung. Sie roch nach Bar.

Er klopfte laut. Feierlich. Ein vielstimmiges Herein. Vorsichtig öffnete er die Tür und schob sich hinein. In einem Kreis saßen ungefähr zwanzig Jungen und Mädchen, die ihn neugierig anschauten. Die vielen Gesichter verwirrten ihn. Der neue Klubhausleiter stand, ein Telefonbuch in der Hand, in der Mitte. Heute trug er eine dunkelgraue Kordhose und ein bequemes Sakko.

»Seid ihr die Urbarmacher?«

»Ja, wir sind die Urbarmacher«, antwortete der Klubhausleiter.

»Ich auch.«

»Bist du Brümmer?«

»Ja. Entschuldigen Sie … musste nämlich noch eine wichtige Besorgung machen.« Schnell irgendwo hingesetzt, zwei Stühle waren frei. Christine hatte er schon entdeckt.

»Kennst du einen Paul Borchert?«, fragte Werner weiter.

Egon drehte den Hals aus dem Kragen, tat, als überlege er. »Noch nie gehört. Wieso?«

»Entschuldige, dass ich gefragt habe!«

Egon winkte ab. Werner blätterte im Telefonbuch. Plötzlich wusste Egon, wo Werner anrufen wollte. Paul sollte geholt werden. Was dann? Er musste alles wagen!

»Ach, den Paul sucht ihr? So ein Schwarzhaariger? Klar, kenn ich den! Vom Sägewerk! Moment, Moment, das haben wir gleich!« Noch ehe Werner aus dem Kreis herausgekommen war, hatte Egon eine Nummer gewählt. Später fiel ihm ein, dass es Langes war. Natürlich meldete sich niemand, und munter schwindelte Egon drauflos: »Hallo, den Kaderleiter bitte! Am Apparat? Also hier FDJ-Kreisleitung! Am Apparat Brümmer. Sagt mal, was ist denn bei euch los! Nichts klappt! Erst hängt ihr einen großartigen Artikel über den Borchert an die Wandzeitung – und nun? Die Verpflichtung ist da, aber nicht der Mensch. Borchert glänzt durch Abwesenheit. Verstehen wir auch nicht. Was? Hat sich krank gemeldet? Das ist ja die Höhe. Der hat keine Lust mehr!«

»Nachschicken!«, rief Werner Schmiedeberg. »Auf Kosten des Betriebes nachschicken. Aber nicht zu Lasten des Kulturfonds! Nie klappt das da, haben neulich erst das Theateranrecht gekündigt!«

Egon rief alles in die tote Leitung und legte schnell auf. Christine sah ihn an, als habe sie ihn durchschaut. Er wollte ihr zuzwinkern, aber sie wandte sich ab. Dann wollte er hinaus und einsteigen. Aber Werner rief ihn zurück. Man wartete auf den ersten Kreissekretär. Weil Egon zu spät gekommen war, sollten ihm inzwischen alle kurz erzählen, wer sie seien und woher sie kämen. Vom Sehen kannte er seine neuen Freunde. Viele Borkenheider Betriebe hatten jemand delegiert.

»Fritz Schappe, Berufsfeuerwehr!«

»Mein Name ist Eberhard Schulz. Ich habe nach Abschluss der 10. Klasse im Katasteramt meine Ausbildung begonnen und beende sie jetzt.«

»Michael Schwarzkopf, Dienstleistungskombinat!«

»Günter Jonas. Mich delegiert die Sparkasse, endlich mal frische Luft!«

»Bin im Moment noch Kfz-Schlosser, mache aber demnächst Fahrschule, will Busfahrer werden.«

»Mein Name ist Salzsäure, man frisst sich so durch!«, sagte einer und deutete auf seinen Bauch. Die Jungen lachten, am lautesten Egon. Werner schüttelte ärgerlich den Kopf.

»Albert Reif. Mein Beruf ist eigentlich Agronom, aber im Moment bin ich in der Makkaronifabrik.«

Zum Schluss stellten sich ein Junge vom VEAB-Speicher vor und Werner Schmiedeberg. Dann kamen die Mädel.

Egon war gespannt, was Christine sagen würde. Tatsächlich, sie wollte auch aufstehen. Er winkte ab. »Kennen wir, Oberschule.«

Christine blieb sitzen.

Zwei Mädchen waren Sekretärinnen, eine kam aus der Mittelschule, die füllige Blonde wollte in der Konsumbäckerei Erster Ofenmann sein, Martha Nickel hieß sie.

»Martha, Martha, du entschwandest ...« dachte Egon laut, und Martha wollte mit der Einkaufstasche nach ihm werfen. Ein Mädchen erzählte, dass sie im Konsum Plattenspieler und Großsuper und Musikinstrumente verkaufe. Werner ergänzte, mit einem seltsamen Blick auf Egon: »Und Kofferradios!« Eine Serviererin von der HO, ein Fräulein vom Fernamt, ein Konsum-Lehrling.

Egon stand auf und bedankte sich. Seinetwegen eine Extravorstellung – er kam sich wie ein mächtiger Chef vor. Seinetwegen wurde die ganze Brigade vorgestellt – das hatte es noch nie gegeben. Aber nun konnte man wohl einsteigen ... Die Tür knarrte. Egon fuhr herum. Der Erste Sekretär trat ein. Allen gab er die Hand und freute sich, dass nur einer fehlte. Dann erklärte er: »In der Wiese werden die Jungen und Mädel getrennt arbeiten, ihr bildet also zwei Brigaden. Wettbewerb extra, wir hoffen, dass man sich gegenseitig hilft, klar?«

»Klar, helfen wir«, rief Egon.

»Und jede Brigade wählt sich einen Brigadier. Das müsst ihr hier noch erledigen. Den Mädels schlägt das Sekretariat die Jugendfreundin Martha Nickel vor.«

Martha stand auf und schaute verlegen aus dem Fenster. »Genehmigt!«, sagte Egon. »Der nächste!« Er hob den, Arm und seinem Beispiel folgten grinsend die andern. Der Kreissekretär sah Werner an. »Jugendfreund Werner Schmiedeberg ist unser Klubhausleiter. Vielleicht kennt ihn der eine oder andere schon. Ein dreiviertel Jahr werkt er jetzt in der ersten Etage, man kann sagen, dass sich unter seiner Leitung allerhand verändert hat. Er nimmt seine umfangreichen Erfahrungen mit in die Wiese. Fünf Jahre hat er studiert, war jahrelang Verbandsfunktionär. Und mit der Hand arbeiten kann er auch. Er ist als Traktorist zur ABF gegangen. Wenn ihr irgendwelche Fragen habt, wendet euch an ihn!«

»Auch klar!«, rief Egon. »Machen wir!« Er hob wieder den Arm. »Auch genehmigt.« Die Jungen stimmten zu und freuten sich über Egon.

Endlich durfte man einsteigen! Die Urbarmacher stürzten auf den Korridor, nahmen das Gepäck und kletterten in den Bus. Eberhard Schulz, der Junge, der zehn Klassen hinter sich hatte, wurde von einer Frau, offenbar war es seine Mutter, beiseite gewinkt und bekam von ihr einen zusammengerollten Filzhut und einige Ratschläge, die Egon nicht verstehen konnte. Sonst waren keine Angehörigen erschienen. Von Paul Borchert weit und breit keine Spur. Der schlief noch selig, und wenn er aufwachte, war Egon längst über alle Berge.

Während die Jugendfreunde einstiegen, hatte Egon Zeit, den Bus zu bewundern. War das eine vornehme Kutsche! Ein großer, neuer Ikarus mit Heckmotor, rot und gelb lackiert, vorn hatte er ein blaues Spruchband: »Sonderfahrt – Jugendobjekt.« Jetzt müsste ihn die Mutter sehen.

Werner wollte ihn vorlassen, sie waren die letzten. »Bitte, bitte«, sagte Egon, »Alter geht vor Schönheit!« Die Tür knallte zu, der starke Motor brummte auf ... Der Bus schob sich wie ein Walfisch in das Gewimmel der Breiten Straße.

Es war zunächst geschafft. Auch wenn er furchtbare Kopfschmerzen hatte, nicht rasiert war und die Fahrt mit einer Lüge beginnen musste – Egon war froh.

»Noch frei hier?«

Werner, er hängte gerade seine Jacke an einen Haken, drehte sich um. »Bitte!«

»Na, dann wolln wir mal«, sagte Egon unternehmungslustig.

»Und Paul Borchert? Was wird mit dem?«

»Der wird nachgeschickt!«

»Recht so! Der stinkt ja vor Faulheit, na, in der Wiese wird ihm das schon vergehen. Drücken, wo es geht, hat er gesagt.«

»So? Du kanntest ihn doch erst nicht?«

»Vom Ansehen. Kenn ihn nur vom Ansehen. Ein Ikarus ist dies«, sagte Egon, »hab nicht damit gerechnet, dass sie uns so eine edeldufte Kutsche mieten, jetzt müsste mich meine Mutter sehen ... Und vorn ein Schild, schon gesehen?«

»Ja.«

»Wird bestimmt prima in der Wiese!«

»Ja.«

Egon bewunderte die Inneneinrichtung: Schaumgummisitze mit hoher Rückenlehne, tomatenfarbender Bezug, von einem durchsichtigen Überzug geschützt. Die Kanten des gewölbten Daches waren verglast, an den Fenstern Vorhänge.

Der Bus kurvte über den Marktplatz. In einer Nebenstraße wartete der Maler Pit Schulze mit seinem zweirädrigen Malerwagen. Pit hatte sich einen spitzen Hut aus Zeitungspapier auf den Kopf gestülpt. Egon beugte sich zum Fenster und winkte. Aber der Junge schlief noch halb und sah ihn nicht.

»Pit Schulze, ein Gitarrist«, erklärte Egon.

»Aha!«

Wenn er nun dem Werner alles erzählte? Dass Paul nicht mitkommen darf, weil er anständige Jugendfreunde von der Entwicklung abhalten will? Egon kam noch einmal auf den Maler zurück: »Pit war gestern auch dabei. Und dieser Borchert ... jeden Tag würde er sein Bier schütten. Sonst will er einen ganz ruhigen Otto machen, hat er gesagt.«

»So?« Werner sah ihn an. Seine gutmütigen Augen wirkten durch die Brillengläser noch gutmütiger. Aber auf der Stirn stand eine Falte. Na, sehr gesprächig war der Freund der Weisheit heute nicht, kein Wunder, bei dieser Verantwortung! Der muss sich auch erst rein finden.

Werner musterte den Anhänger. »Und was bedeutet die Königin?«

»Welche Königin?«

Werner lachte ärgerlich. »Hast eine Königin am Halse und weißt es nicht!«

»Ach, die hier?« Egon drückte das Kinn auf die Brust und betrachtete seinen Schmuck. Das sollte eine Königin sein?

»Was die bedeutet? Nö … bedeuten tut sie eigentlich nichts. Soll ich sie abmachen?«

»Wieso hast du sie dir erst umgehängt? Mich stört so ein Souvenir in keiner Weise!«

»Ach, ich mache sie ab. Eine Königin in der Wiese? Lächerlich!«

Er knüpperte den Verschluss auf und steckte die Königin in die Seitentasche. Eine Königin war das also! Da schleppt man so einen schönen bunten Anhänger mit sich rum, und auf einmal stellt sich raus … eine Königin!

Egon wartete auf weitere Fragen. Aber Werner hatte Wichtigeres zu bereden. Er stand auf und setzte sich zu seiner Kollegin, der Martha Nickel aus der Konsumbäckerei. Ach, es war wohl besser so, wenn er die Sache wegen Paul für sich behielt, vielleicht hatte der Klubhausleiter schon vom Borkenheider Musical-Club gehört und wusste, wo die beiden Bosse ein halbes Jahr gewesen waren, und dann … dann konnte der es nicht für sich behalten, womöglich musste man so etwas sogar weitermelden, und schließlich erfuhr es Christine. Und überhaupt, er konnte sich doch auch entwickeln, ohne dass Werner alles haarklein wusste. Heute würde Paul sowieso nicht mehr nachkommen und morgen … morgen würde es zu spät sein.

Schräg vor ihm saß Christine. Sie las in einem großen, bebilderten Buch. Er hatte sie noch nicht richtig begrüßen können, aber sie hatten ja so viel Zeit vor sich. Ob ihr bei seinem Telefonschwindel etwas aufgefallen war?

Bei jeder Unebenheit auf der Chaussee schuckelten die Jungen und Mädchen gleichmäßig hin und her. Draußen wanderten Scheunen vorbei. Der Fahrer hupte Gänse von der Straße. Werner diskutierte noch immer mit der Brigadierin. Vorn, neben dem Fahrer, saß der Junge, der Busfahrer werden wollte. Er achtete auf alles, was sein erfahrener Kollege tat. Egon fand, dass der Junge ein wenig zu klein war, um so ein großes Steuerrad dirigieren zu können. Na, wenn er sich das vorgenommen hat? Fritz Schappe, der Feuerwehrmann, er hatte die Mütze aufbehalten, packte seine Sanitätertasche nun schon mindestens das drittemal aus. Aha, endlich, sein Nebenmann interessierte sich für die Medikamente, und ausführlich wurden Tabletten und Salben und Pflaster erklärt.

Die beiden Jungen vor Egon hatten sich schon angefreundet. Sie unterhielten sich über Mondreisen.

Der Ikarus holperte über grobes Pflaster. Der Gepäckstapel rutschte auseinander. Der Feuerwehrmann ging nach hinten und stapelte neu. Es wurde einschläfernd warm.

»Bisschen Augenpflege machen«, murmelte Egon. Und schon schlief er. Das Kinn fiel auf die Brust, der Kopf pendelte mit jeder Bewegung tiefer. Ein Traum entführte ihn in ein fernes Land. Palmen, Dschungel, Felsen, die Jungen aus dem Bus waren wieder da. Alle schwer bewaffnet, und auch die andern jungen Leute, schwarze und braune und weiße, trugen Waffen, und alle hatten einen Vollbart. Sie lagen auf einem kahlen Felsplateau, und die Sonne brannte vom blauen Himmel. Er schaute sich um und sah Christine. Sie hatte eine weiße Haube auf und sammelte Geld. In der Luft brummte etwas. Flugzeuge. Ab und zu bekam Egon einen sanften Schlag gegen die Stirn. »Sie kommen!«, rief Werner. Gewehrschlösser knackten. Egon stand auf und trat an den Rand des Plateaus, die Schläge an die Stirn beeindruckten ihn gar nicht. Er schaute den steilen Abhang hinunter. Vor ihm schäumte das Meer, im Hintergrund sah er die Silhouette von New York mit der Freiheitsstatue. Dort unten aber ankerten Schiffe. Lange Stehleitern wurden an die Steilküste gestellt, und eilig, sehr eilig klommen Männer herauf.

»Lasst mal«, sagte Egon zu den Burschen hinter sich, »die übernehme ich!«

Am Rand des Plateaus erschien der erste. Es war der alte Bill Jenkins. »Aber ohne Waffen!«, rief Egon und legte seine MPi beiseite. »Nur mit Fäusten!«

Bill warf seinen Colt weg und wollte Egon anspringen. Egon drückte ihm eins auf die Kinnspitze, und Bill flog mit einem Kopfsprung rückwärts ins Meer. Aber da traf Egon ein harter Schlag vor die Stirn. Er erwachte. Sein Kopf war gegen die Rückenlehne gestoßen.

Hatte etwa jemand seine Reden gehört? Christine legte gerade ihr Buch ins Gepäcknetz, auf dem Deckel erkannte Egon zwei Pferde. Die Vordermänner waren auf dem Mond gelandet und funkten. Was man alles träumt auf so einer Fahrt. Er schloss noch einmal die Augen und wollte weiterträumen. Der Traum eines Helden kam nicht wieder ...

Ach du großer Gott, Egon verspürte etwas sehr Peinliches. Und sie waren noch nicht einmal aus dem Kreis Borkenheide heraus. Warum hatte er auch gestern Bier getrunken. Junge, Junge, wo sollte er hin mit seiner Angst? Ablenken, nicht dran denken! Er stand auf, ging nach vorn und deutete auf die Feuerwehrmütze. »Kann, ich mal deinen Scheitelschoner probieren?«

Der Junge gab ihm die Mütze. Sein Kopf rutschte hinein. Er musste sich nach hinten biegen, um etwas sehen zu können. Dabei kam ihm die Sanitätertasche unter die Augen.

»Was gegen Kopfschmerzen mit?«

»Klar!« Der Feuerwehrmann riss die Tasche vom Haken und packte alles wieder aus. Egon nahm die Tabletten zwischen Daumen und Zeigefinger, musterte sie mit zusammengezogenen Augenbrauen, warf sie in den Mund, verzog grimmig das Gesicht, drückte die Hände vor den Bauch und reckte den Kopf nach vorn. Die Tabletten waren verschluckt.

In plötzlicher Erleichterung erstrahlte sein Gesicht. Er schlug dem Feuerwehrmann auf die Schulter und setzte sich neben ihn.

»Wieso fährst du denn mit?«

»Verbandsauftrag. Steht außerdem im persönlichen Kompass!«

»Aha!« Egon kannte weder Verbandsaufträge noch persönliche Kompasse. Aber da war es wieder, das beängstigende Gefühl. Er setzte sich neben den Jungen aus der Sparkasse, der einen schicken Seidenschal im Hemdausschnitt hatte und immer dann, wenn er seinen

Kopf drehen wollte, den ganzen Oberkörper mit drehte, damit nichts in Unordnung kam.

»Und du fährst also wegen der frischen Luft mit?«

»Nicht nur, wenn's mir dort gefällt, bleib ich gleich da, hab den Beruf verfehlt. Ob es da auch Gärtner gibt?«

»Bestimmt.«

»Dann schule ich um auf Gärtner. Oder werde Bibliothekar, lesen gefällt mir besser als rechnen.«

»Was liest man denn so?«

»Gegenwartsromane und Reisebeschreibungen. War mal drei Wochen krankgeschrieben, hab mir 'ne Decke genommen und mich in den Garten gelegt. Pro Tag einen Roman und eine Reisebeschreibung geschafft!«

»Äh!«

»Tatsache, schaffe pro Stunde vierzig bis fünfzig Seiten, genau ausgerechnet.«

Seltsam, dachte Egon, so viel würde er nie schaffen, er musste Zeit haben beim Lesen; Stellen, die ihm besonders gefielen, las er mindestens zweimal, und er nahm sich auch Zeit, mal wieder vorn nachzuschlagen, wenn er mit einer Person nichts mehr anzufangen wusste.

Der Rekordleser drehte sich vorsichtig nach den Mädchen um, zwinkerte Egon zu und sagte: »Ich hab eben ausgerechnet, der Bezirk hat vierzehn Kreise, wenn jeder Kreis acht mitbringt, stehen uns dort 112 Mädel zur Verfügung.«

»Da hast du dir ja allerhand vorgenommen ...«

»Ich bin der Meinung, die Richtige kann man nicht gleich bei der ersten Liebelei finden. Ich bin wie ein Schmetterling. Ich fliege von Blüte zu Blüte, denn wenn man erst einmal verheiratet ist, dann ist es aus, das süße Leben!« Dabei war der Schmetterling bestimmt nicht älter als achtzehn.

Egon konnte dieses interessante Thema nicht zu Ende diskutieren; seine Not trieb ihn zum Fahrer. Er erzählte, was ihn plagte. Der Fahrer nickte und bremste scharf. Egon verschwand hinter einer Hecke.

Mit rotem Kopf stieg er wieder ein. Die Jungen grinsten, die Mädel taten, als hätten sie überhaupt nichts bemerkt, und schauten auf der andern Seite zu den Fenstern hinaus. Werner saß wieder auf seinem Platz, Egon setzte sich neben ihn.

»Gestern mächtig einen getankt«, entschuldigte er sich.

»Warst wohl in der Laternenbar?«

Egon nickte.

»Und in der Musikbox nur Westschlager abgedudelt?«

»Ich hab an der Bar gehockt.«

»Aha! Und deshalb verschlafen!«

Egon nickte schuldbewusst und sah Werner vorsichtig an. Der ärgerte sich über irgendetwas, schüttelte missbilligend den Kopf und schaute hinaus.

Der Kreis Borkenheide lag hinter ihnen. Vor ihnen, im blendenden Sonnenschein, ein Häusermeer: die Bezirkshauptstadt. Der Fahrer lotste den Bus einen steilen Hohlweg hinunter, die ersten Gärten, auf beiden Straßenseiten graue Behausungen.

Das Pflaster wurde miserabel. Dann begann eine betonierte Fahrbahn, und befreit brummte der Motor auf. Vielstöckige Häuserblocks, unverputzt, aber hinter den Fensterscheiben hingen schon Gardinen. Und wieder Baustellen. Ein schlanker Kran schwenkte Zementplatten auf ein Fundament. Ein Ruck. Der Bus bremste vor einer Stoppstraße. Der Kofferstapel rutschte wieder auseinander. Egon stapelte neu. Dabei sah er durch das Heckfenster.

»Hinter uns fährt auch ein Bus, der in die Wiese will!«

Alle drängten nach hinten. Der Bus hatte auf dem Dach zwei blaue Wimpel und das gleiche Schild wie der Borkenheider Ikarus.

»Feine Sache, so viel junge Leute auf einem Haufen.«

»Willst du dir nicht lieber deine Königin umhängen?«

fragte Werner.

»Was denkst du denn von mir überhaupt?«, ereiferte sich Egon. »Du traust mir ja allerhand zu! Ich bin doch nicht so einer wie Paul. Weißt du, was der sich vorgenommen hat? Bei den Weibern tob ich mich mal so richtig aus, hat er gesagt. So ein Lustmolch sollte lieber zu Hause bleiben. Ich jedenfalls fahre zum Arbeiten hin und nicht zum … Rumpoussieren!«

Egon fand in der Manteltasche zwei krumme Zigaretten. Er wischte die Brotkrümel ab und hielt Werner eine hin.

»Ich hab im Moment leider keine besseren.«

»Danke, danke, ich möchte jetzt nicht rauchen. Arbeit allein macht aber auch nicht glücklich, oder?«

Egon grübelte. Werner half nach: »Mädels … Kino … Bier … Jawa … Kofferradio …?«

Egon schaute ihn unschlüssig an, drehte den Hals aus dem Kragen und verzog mürrisch den Mund. »Ne richtige Arbeit würde mich schon froh machen, und ein richtiges Mädel dazu … Und dich? Was macht dich glücklich?«

»In erster Linie die Arbeit. Wenn man sieht, dass man was schafft.«

»Dann bist du also … glücklich und zufrieden?«

»Glücklich? Hm … Zufrieden bestimmt nicht …« Werner grübelte.

»Verheiratet!«

»Nein!«

»Wieso nicht?«

Werner machte eine resignierende Handbewegung. »Ich wär beinahe schon verheiratet gewesen … aber … Ich hab keine Zeit mehr, mir eine Frau zu suchen.«

»Was, ›aber‹?«

»Aber sie wollte unbedingt in der Großstadt bleiben.«

»Aha! Und nun hast du keine Zeit für so was?« Egon deutete mit dem Kopf zur Mädelseite hinüber.

»Nein.«

»Was ist denn überhaupt Glück?«

»Glück? Echtes Glück? Ja, was ist eigentlich Glück?«

»Ich würde sagen … wenn alle Menschen mit mir zufrieden sind, ha?«

Werner schüttelte entschieden den Kopf. »Nee, mein Lieber, solange ein Riss durch die Welt geht, solange es noch Ausbeuter gibt, Aktionäre, Kuponabschneider, Bankiers, Junker und so was ... das kann man nur vom Klassenstandpunkt aus sehen.«

Klassenstandpunkt, Junker, Bankier ... Was ein Junker war, konnte sich Egon noch ungefähr vorstellen. Im Museum hatte er ein Bild gesehen, das eine Schar Landarbeiter zeigte, die auf den Knien über den Acker krochen, und neben ihnen einen Dicken auf einem Schimmel. Aber ein Bankier? Und ein Kuponabschneider? All das gab's in Borkenheide nicht mehr. Es gab aber einen Paul Borchert. Der war weder Kuponabschneider noch Bankier, noch Junker.

Vor ihnen tauchten Busse auf und brausten heran. Der Ikarus musste in den Sommerweg ausweichen. Lässig grüßte der Fahrer seine Kollegen. Die Busse knatterten vorbei, sie kamen aus der Großen Wiese.

Niemand schlief mehr. Egon stellte sich hinter den Fahrer. Wieder musste der Ikarus entgegenkommenden Bussen ausweichen. Egon zählte vier leere H-6-Busse, und als sie durch eine kleine Stadt fuhren, konnte er zählen, wie viel hinter ihnen waren: fünf Busse. Unglaublich, wie viel junge Leute zur Wiese unterwegs waren!

Alles, was ihm hinderlich sein konnte, war zu Hause geblieben: seine Akten, der Klub, besonders Paul. Er war in der rechten Stimmung, ein Lied zu singen. Sollte er einfach eins anstimmen? Aber er konnte nur Pionierlieder und Schlager. Na, er würde im Lager auch neue Lieder lernen. Und nicht nur Lieder. Alles wollte er mitmachen, und dabei würde er ein ganz neuer Egon werden. Wie er sich das vorstellte? Wie beim Hausbau! Planmäßig, eine Platte auf die andere. Das Fundament war schon fertig.

Christine, die schräg hinter ihm in der rechten Bankreihe saß, unterhielt sich mit Martha, der Brigadierin. Wenn sie den Kopf etwas weiter drehte, musste sie ihn ansehen. Merkte sie nicht, wie er auf einen Blick wartete? Nein, sie merkte es nicht. Oder sie tat nur so.

Sie nahm vielleicht übel, dass er sie noch nicht begrüßt hatte. Er musste ihr doch erzählen, was er gestern zu erledigen hatte. In wenigen

Minuten würden sie in der Wiese ankommen, dann musste alles klar sein. Er balancierte nach hinten. Neben ihrem Platz blieb er stehen und wartete artig, dass man ihn fragen möge. Aber sie schaute nicht auf, sondern erzählte weiter. Er plumpste neben sie auf das Polster und wollte ihr die Hand geben. Sie übersah seine schüchterne Geste. Umkehren! Aber, das konnte er nicht, ohne ein Wort gesagt zu haben. »Wir könnten mal ein Jugendlied singen.«

Christine wandte ihm ihr Gesicht zu, und streng sah sie ihn an: »Nüchtern Sie erst aus. Sie sind ja noch total betrunken!«

Kein Faustschlag hätte ihn härter treffen können. Sein vorsichtiges Lächeln entfloh. Er war gekränkt wie nie in seinem Leben. Er vergaß eine Antwort, riss sich vom Sitz und stolperte zu seinem Platz zurück. Mädchen kicherten. Um niemand anschauen zu müssen, starrte er aus dem Fenster.

Also das war's! Mit einem, der beschwipst war, wollte sie nicht gesehen werden. Sie schämte sich seinetwegen und ließ das jeden merken. Aber als sie jemand gebraucht hatte, um einen feinen Pinkel eifersüchtig zu machen, da war er gut genug gewesen. Was sie wohl sagen würde, wenn er ihr seine Vergangenheit erzählte? Gar nichts würde sie sagen! Sie würde auch nicht fragen, ob er ein anderer werden wollte. Ebenso wenig, wie sie glaubte, dass man für eine durchzechte Nacht einen Grund haben konnte. Vielleicht dachte sie, dünkelhaft, wie sie war, er fahre ihretwegen in die Wiese. Da hatte sie sich aber geschnitten. Jetzt war alles klar. Er würde sie nicht mehr beachten. Vielleicht wär sie nur Ballast geworden. Den war er los. Er stand noch einmal auf, ging zu ihr und sagte voller Verachtung:

»Schönen Dank!«

Ja, er würde ausnüchtern. Aber seinetwegen und weil er eine Mutter hatte, die sich um ihn sorgte. Er würde in der Wiese etwas aus sich machen lassen. Dass ihm dann alle Mädels nachliefen. Sie aber würde er mit Nichtachtung strafen. Er versuchte ein fröhliches Gesicht zu machen. Sollen alle wissen, ich bin der glücklichste Mensch der Welt, dachte er grimmig. Es gelang ihm sogar, eine Melodie zu pfeifen.

Nach einer doppelten S-Kurve huschte ein Ortsschild vorbei. Häuser, Scheunen und Ställe tauchten auf. »Brackenberg!«, rief von vorn der Feuerwehrmann. Aha, Brackenberg, erinnerte sich Egon, dann konnte ja das Lager nicht mehr weit sein. Dies Dorf kannte er aus der Broschüre: Groß-LPG mit über 1000 Hektar, zweimal in der Woche Kino, eine Fußballmannschaft.

Einige Jungen standen auf, reckten die steifen Glieder und sortierten das Gepäck. Werner kam zurück und warf seine Jacke über die Schulter.

»Das Lager!«, rief der Fahrer und deutete mit ausgestrecktem Arm nach rechts. Egon konnte am Horizont ein Gebüsch ausmachen. Als er genauer hinschaute, erkannte er dahinter einen Schornstein. Am Schornstein flatterte etwas Blaues.

»Da, der Schornstein vom Kesselhaus!«, rief er.

»Von welchem Kesselhaus?«, fragte Werner.

»Na, vom Lager-Kesselhaus. Das versorgt Duschräume und Küche mit heißem Wasser und erzeugt den Dampf zum Kochen. Die Heizkörper in den Zimmern hängen auch mit dran.«

»Warst du schon einmal da?«, erkundigte sich Werner.

»Ach wo! Das steht alles in der Broschüre. Das Kesselhaus sieht aus wie eine hochkant gestellte Zigarrenkiste. Verbindung durch unterirdische Leitungen.«

Der Bus schlingerte durch Brackenberg. Der Fahrer schaltete herunter und drehte und drehte am Steuerrad.

Scharf bog der Bus rechts ein. Links wanderte, zum Greifen nahe, ein fensterloser Giebel vorbei.

»Und hier ist die Kneipe!«, rief der Fahrer. Er deutete mit dem Daumen auf das Eckhaus. Wie hypnotisiert schaute sich Egon um. Vor der Kneipe stand ein goldener Hirsch. Aber sogleich ärgerte er sich. Der Fahrer tat ja so, als sei die Kneipe das wichtigste am Lager. Und ausgerechnet nach ihm hatte er sich umgedreht.

Quatsch, Egon, du siehst am hellichten Tag Gespenster. Den anderen war nichts aufgefallen. Werner studierte eine Liste. Christine kämmte ihr glänzendes Haar, nur er hatte sich angesprochen gefühlt.

Also, eine Kneipe war auch da. In der Broschüre hatte nichts davon gestanden. Was interessierte ihn überhaupt so etwas? Kein einziges Bier würde er anrühren! Eine bunte Tafel huschte vorbei, der Plan des Jugendobjekts mit allen Gräben und Windschutzstreifen. Zwischen den Bäumen flatterte eine plattdeutsche Losung.

Egon übersetzte für Werner: »Willst du mehr Fleisch und Butter auf den Tisch, dann komm mit in die Große Wisch!«

»Ich kann auch Platt«, murmelte Werner.

Natürlich, er war ja mal Traktorist. Von halbrechts kam der Schornstein auf sie zu. Daneben waren der Speisesaal, die Küche und der Anbau mit den sanitären Anlagen zu erkennen. Die erste Baracke schob sich ins Blickfeld, die zweite, die dritte, alle gelb-blau gestrichen. Und dann sah Egon das bunte Gewimmel der Jungen und Mädchen, es kam ihm so vor, als wenn alle nur auf ihn warteten. Weithin leuchtete vom Tor der Name des Lagers:

»Junge Welt.« Ja, eine junge Welt war dies. Der Name passte!

Der Ikarus brummte durch das Tor und bremste. Die Borkenheider waren angelangt. Egon klemmte seinen Koffer unter den Arm und stieß die Tür auf, kaum dass der Bus stand. Er sprang als erster hinaus, einem Jungen mit roter Armbinde in die Arme.

»Woher kommt ihr?«

»Kreis Borkenheide!«, rief Egon.

Der Junge mit der Armbinde kreuzte auf seiner Liste etwas an. Den kannte er doch. Aber woher? Wie der grinste!

Die Borkenheider kletterten aus dem Bus und schauten sich um. Auch Werner kannte den Jungen mit der roten Armbinde. Die Brigade wartete und nahm Anteil am Wiedersehen. Egon stand neben den beiden, den Koffer immer noch unterm Arm, und lächelte von einem zum andern. Und dann kam es raus: Der Junge war Werners Vorgänger, Eduard Blaschke, ehemaliger Klubhausleiter in Borkenheide. (»Nieten in Niethosen unerwünscht!«)

»Und was machst du nun hier?«, fragte Werner.

»Ich mach den Wirtschaftsleiter, sorge für Bohnerwachs, wasserdichte Klamotten und gutes Essen. Die Kultur habe ich an den Nagel gehängt. Da muss man sich ja die Hacken abrennen. Aber nie sieht man, was geschafft ist. Jetzt renne ich mir auch die Hacken ab, aber wenn alle satt sind, weiß ich, was ich geschafft habe.«

Die Borkenheider freuten sich. Ein Wirtschaftsleiter, der sich die Hacken abrannte, um alle satt zu kriegen, gefiel ihnen. Werner lachte ironisch, wie es Egon schien. »Ja, ja ... das mit der Kultur ist eben nicht so einfach wie Bockwürste besorgen!«

Sie folgten dem Wirtschaftsleiter in eine Baracke. Egon war der erste in der Schlange. Eine Glühlampe flammte auf, die Fensterläden waren verschlossen. Es roch nach frischer Wäsche und Gummi. An den Wänden vollgepackte Regale, vor den Fenstern türmten sich Bohnerwachseimer, in einer Ecke: Schaufeln, alte, neue, spitze, stumpfe, Hacken, Harken. Egon bekam einen Berg Bettwäsche, Arbeitskleidung, Gummistiefel, fünf Decken. In einem großen Buch musste er quittieren. Als er hinausging, sah er auf einem Tisch einen Berg bunter Papierhüte, wie sie zum Fasching gebraucht werden. Seltsam ... Und ausgerechnet hier begegnete er dem trockenen Onkel aus dem Borkenheider Klubhaus noch einmal. Sein Magazin war aufgeräumt wie damals das Klubhaus, aber ein aufgeräumtes Magazin gefiel Egon besser als ein ausgeräumtes Klubhaus.

Und nun wollte er sich das Lager ansehen. Morgen sollte die Arbeit beginnen. Die Busse, vornweg der Borkenheider Ikarus, kurvten über den Appellplatz und brausten durch das Lagertor. Grüßt Borkenheide von Egon! Er fand, dass alles aussah wie in der Broschüre, und doch wieder ganz anders, bunter und freundlicher. Ja, freundlicher. Das war der richtige Ausdruck! Die Jungen, die Mädel, das Wetter, die Baracken mit ihren blinkenden Fenstern, den weißen Gardinen. Wie konnte er seiner Mutter am anschaulichsten erklären, wie das Lager aussah? Der Rasen ... die breiten Kieswege ... die vier Baracken. Zwischen den Baracken Sportplätze. Auf jedem Rasenbeet stand ein

Rasensprenger und sprühte Feuchtigkeit. Aus dem Speisesaal schallte Schlagergesang, jemand klimperte auf einem Klavier.

Jungen mit neuen Wetteranzügen spazierten über die Kieswege und probierten einander große Gummikapuzen auf. Und worauf wartete die Menschenschlange an der zweiten Baracke? Durch ein Fenster wurde Flaschenbier verkauft. Jawohl! Flaschenbier! Musste das sein? Neben dem Fenster türmten sich Kästen mit leeren Flaschen.

Egon merkte, dass er großen Durst hatte. War das ein Wunder nach so einer Nacht? Ein Bier wollte er sich leisten, das allerletzte, zum Abgewöhnen. Er stellte sich an unter dem einen Arm den Koffer, unter dem andern die neuen Sachen. Ein Bier für seinen großen Durst, ein einziges nur. Sollte das seine erste Tat im Lager werden? Er riss sich los, kurz bevor er an der Reihe war. Und wie hätte sich Christine gefreut! Sie stand am Ende der Schlange. Als er hinter dem Speisesaal verschwand, drehte er sich um. Zufällig natürlich. Christine schaute sich ebenfalls um. Man wurde nicht schlau aus dem Mädel. Erst so eine Antwort, und dann schaut sie sich um.

Sein Spaziergang führte ihn in den Heizkeller. Neben dem Feuerloch ein kleiner alter Mann, der Briketts schaufelte. Egon stellte seine Sachen ab, schaute eine Weile zu und nahm dem Alten die große viereckige Kohlenschaufel aus der Hand.

»Bist du von den Neuen?«

»Ja. Und aus Borkenheide.«

»Sind die aus Pasewald schon da?«

»Keine Ahnung.«

»Meine beiden Jungen sind nämlich da verheiratet, ich dacht, sie kämen auch mal.«

Egon schob die Schaufel unter den Brikettberg, riss sie hoch, holte aus, machte eine Vierteldrehung und schleuderte die Ladung ins Feuerloch. Ruck, zuck … schwupp! Eins, zwei … drei! Die Muskeln hatten Arbeit. Sie strafften sich … Wie das wohl tat, eins, zwei … drei! Die Muskeln spielten sich ein, freuten sich über die angemessene Beschäftigung. Die aufgekrempelten Ärmel beengten die Bizepse, Egon zog das Hemd aus. Na, ihr Kohlen, wie gefällt euch mein Zug? Wollt ihr mal auf der Schippe bleiben!

Ab mit euch ins Feuerloch, sollt euch nützlich machen, so lange habt ihr im Keller der Erde geschlafen, von alten Zeiten geträumt, die Kumpels haben euch aufgeweckt, jetzt ist eure große Stunde gekommen, Egon ist da, los, zeigt, was ihr könnt, macht Dampf, heizt die Küchenkessel, die Urbarmacher müssen essen. Egon wurde warm, sein Genick glänzte, er verschwitzte die letzten Promille. Der Heizer nahm ihm die Schaufel weg, das Feuer müsse nun erst einmal verdauen.

Als Egon hinter dem Speisesaal hervortrat, verschwanden die Borkenheider Jungen gerade im Eingang der ersten Baracke. Schnell hinterher! Ein breiter Korridor, vorn rechts das Zimmer der Lagerleitung, links der Aufbaustab. Hinter dem Aufbaustab ein Fernsehraum, gegenüber die Bibliothek. Was man hier alles hatte, sogar eine Bibliothek. Einen Blick hineingeworfen ... Klubsessel!

Die Jungen drängelten sich in das Zimmer Nummer vier. Jeder wollte die beste Schlafstelle erwischen. Egon war es egal, ob er eine Schlafstelle an der Tür oder in der Ecke bekam. War er zum Schlafen hier? Hinter Werner schob er sich ins Zimmer. Er stellte seinen Koffer auf den langen Tisch, der in der Mitte stand, und besah sich die Einrichtung. Neben dem Tisch zwei lange schmale Bänke, an den Seitenwänden doppelstöckige Aluminiumbetten, schmale Schränke an den Fußenden, zwischen den Bettgestellen Hocker. Einfach, sehr einfach war die Einrichtung, genau nach Egons Geschmack.

Salzsäure hatte sich als erster hineingedrängelt, um sich die untere Schlafstelle in der dunklen äußersten Ecke zu sichern, das Bettgestell in der anderen Ecke reservierten sich die beiden Mondfahrer. Wollen zum Mond fliegen – und dann ein Bett in der Ecke ... Seltsam, Werner suchte ebenfalls einen stillen Platz, aber jetzt waren nur noch die beiden Gestelle an der Tür frei. Auf dem rechten oberen Bett lag schon eine Feuerwehrmütze, Werner stellte seine Aktentasche auf das linke obere Bett. Ärgerlich drehte er sich um, als sich Egon in die untere

Etage setzte. Glaubte der etwa, er wolle sich bei ihm lieb Kind machen?

Egon wartete, bis Werner seinen Schrank einräumte. Dann kam der spannende Moment: die Zurschaustellung seiner Bücher. Er ließ die Kofferschlösser aufschnappen, hob den Deckel hoch ... da lag er, sein Lesestoff, unübersehbar für Werner, den Philosophen. Der hielt beim Einräumen inne und schielte auf die Bücher. Er trat näher, blätterte im Lexikon und schüttelte den Kopf. Egon tat, als bemerke er es nicht, und verstaute seine Kleidung. »Kannst du zufällig Schach?«

»Meinst du mich?«, fragte Werner.

Egon nickte.

»Natürlich kann ich Schach. Kannst du denn?«

»'n bisschen. Machen wir 'ne Partie?«

»Und das Brett?«

Egon rannte los. Auf dem Fensterbrett vom Speisesaal hatte er Schachspiele gesehen.

Als er mit dem schönsten Brett, das er finden konnte, zurückkam, war Werner nicht mehr da. Egon fragte nicht, wohin er gegangen sei, denn sie hatten Besuch. Ein Fremder war da, allen gab er die Hand und erteilte Ratschläge, wie man die Decken am bequemsten beziehen könne. Groß, sehr groß war der Junge, etwas gebeugt wie jemand, der oft durch niedrige Türen muss, nicht sehr breit, aber sehnig, lange Arme, harte Hände, ein schmales Gesicht mit Narben am Kinn und hellen Froschaugen. Seine verwaschene Kombination, die sicher schon die Gründung der GST erlebt hatte, war überall zu kurz. Die nackten Füße steckten in alten Sandalen.

»Spielst du Schach mit mir?«, fragte Egon. Der Junge sah ihn an, Egon drehte den Hals aus dem Kragen, hielt aber dem Blick stand.

»Na los! Eine halbe Stunde!« Der Fremde war der Lagerleiter.

Tun oder Nichttun – das ist die Frage

»Das ist ja vielleicht eine Type«, murmelte Werner, »andere bringen blaue Fahnen mit in die Wiese, der ist blau und bringt eine Schnapsfahne mit!« Werner war schlecht gelaunt. Heute Morgen war er früh aus einem wirren Traum geschreckt, hatte sofort kerzengerade im Bett gesessen und aus großen Augen seinen Wecker angestarrt. Sechs Uhr. Aufatmend fiel er auf das Kissen zurück. Dann putzte er intensiv seine Brille. Diese Katastrophe, wenn er verschlafen hätte. Auf der ovalen Brotbüchse stand ein außergewöhnlich großer Küchenwecker, tschechisches Importmodell, die erste Anschaffung in Borkenheide, aber Werner war immer früher wach als sein Wecker. Seit Monaten hatte er statt Schlaf nur wirre Träume.

Die Wirtin schlurfte über den Korridor und steckte das »Neue Deutschland« durch den Briefschlitz. Werner stieg in die Pantoffeln und holte sich die Zeitung. Wenn man einen Trockenrasierer hat, kann man sich beim Zeitunglesen rasieren. Der Apparat heulte auf, Werner Schmiedeberg, allen technischen Neuerungen zugänglich, hatte ihn angeschafft, als er noch an der ABF studierte.

Viel zu früh war er in der Kreisleitung angekommen.

Was schadete es? Endlich konnte er ausspannen, sechs Wochen! Anstatt im Parterre zu bleiben, stieg er hinauf in den ersten Stock, wo die Klubräume waren. Seinen Irrtum bemerkte er erst, als er den Hausmeister sah, der ausfegte. Die Räume waren morgens so leer wie abends. Wie viel Kritik hatte er ihretwegen schon eingesteckt? Das Klubhaus müsste richtungweisend sein bei der Entfaltung des fröhlichen Jugendlebens! Was aber hatten die Genossen von der Kreisparteileitung empfohlen? Geh mal in die Laternenbar oder in den Kurgarten, geh hin, wo die Jugend ist, wenn sie nicht zu dir kommt. Hatte er Langeweile? Vormittags rannte er von Betrieb zu Betrieb, aktivierte, organisierte, agitierte, verkaufte Karten, und jeden Abend war er bis elf im Klubhaus. Dann noch in diese Nahkampfdielen?

Es war nicht die Kritik, die ihn so zermürbte. Das Sekretariat war sogar optimistisch, sah gute Ansätze im Vergleich zu früher. Werner aber maß die Resultate an seiner theoretischen Bildung. Der schöne Baum der Theorie trug nur ein paar trockene Früchte.

Er hatte von seinem Veranstaltungsplan Abschied genommen. »Interessante Vorträge!« Ja, interessant, aber sie interessierten nicht. Der Besucherdurchschnitt lag bei zwölf, es waren immer dieselben. »Das monatliche Jugendforum« – im Präsidium ein Dutzend Experten, in der letzten Reihe ein Dutzend kichernder Mädchen, zwischen ihnen ein Wald leerer Stühle.

Und nun hatte er einen waschechten Halbstarken in der Brigade. Wollte ihm vormachen, wie wichtig er alles nahm. Im Stillen lachte der ihn aus. Perückenfrisur, am Hals Kitsch, Niethose – alles war da! Und hinter dieser Fassade? Schlager und Schmöker und Mädel. Diese Kategorie kannte er! Abend für Abend standen sie am Kino rum oder tobten in der Laternenbar. Scharenweis! Bursche, wenn du dich in der Wiese nicht vom Bier trennen kannst, werden wir uns von dir trennen! Und morgen würde noch einer seines Kalibers hier aufkreuzen. Konnte ihm die Praxis nicht sechs Wochen Ruhe lassen?

Körperliche Arbeit, dass man todmüde ins Bett fällt, aber Ruhe! Er musste Klarheit über seine Probleme finden in diesen sechs Wochen. Finge er wieder so an, wie er aufgehört hatte, dann wäre das lange Studium für die Katz.

Im September hatte er das Klubhaus übernommen. Damals – damals sagte er, obwohl es erst ein dreiviertel Jahr her war – war niemand vor seiner Begeisterung sicher. Das Borkenheider Klubhaus war das schlechteste im Bezirk. Deshalb hatte er es sich ausgesucht. Keine Aufgabe war ihm zu groß gewesen, keine zu klein. Nun war er am Ende seiner Kräfte. Aber er konnte nicht sagen, wo sie geblieben waren. Was hatte er falsch gemacht? Lag's an der Theorie? Die Theorie war tausendfach erprobt, es konnte nur an ihm liegen. Was machte er falsch? Diese Frage verzehrte seinen Schlaf, seine Kraft, seine Begeisterung.

Hier in der Wiese wollte er die Antwort finden. Er war aus dem Klubhaus geflohen in die körperliche Arbeit, seine Nerven, seine

Gedanken sollten beim Umgang mit Schaufel und Spaten zur Ruhe kommen. Und aus der Ferne sieht man viele Dinge besser, dachte er. Der Kulturfunktionär sollte im Klubhaus bleiben, ins Moor war der Traktorist Werner S. gefahren.

Mit gesenktem Kopf – er hatte weder Interesse für die Natur noch für die vielen Spaziergänger – wandelte Werner ins Dorf. Die Grübelei hörte erst auf, als er Christine Lange entdeckte. Sie schlenderte vor ihm nach Brackenberg, in der Hand einen Campingbeutel, und verschwand im Konsum. Ein anderer Kummer begann in ihm zu nagen. Jedes Mal, wenn er die Abiturientin sah, wurde er an sein privates Unglück erinnert.

Sie hieß Marlene und studierte Medizin. Er hatte sie an der medizinischen Fakultät kennengelernt, während seiner Seminare über die Grundlagen marxistischer Philosophie. Was Christine nicht wissen konnte – Marlene war Arzttochter wie sie und hatte mit ihr äußerlich viel Ähnlichkeit. Werner war überzeugt, dass sich die beiden auch charakterlich glichen.

Schon während des Studiums war Werners Glück vielen Gefahren ausgesetzt gewesen. Marlenes Eltern waren mit der Wahl ihrer Tochter überhaupt nicht einverstanden. Ihr Schwiegersohn sollte nicht unbedingt ein Mediziner sein, nein, aber auf keinen Fall wollten sie einem Philosophen, einem Marxisten, ihre Tochter anvertrauen. Es hatte einen Skandal gegeben, als Marlenes Vater eines Morgens auf dem frischgeharkten Rosenbeet unter Marlenes Fenster Fußspuren entdeckte und in der kommenden Nacht den Kandidaten der Philosophie im Zimmer seiner Tochter überraschte. Dennoch, Marlene war ihm treu geblieben. Sie war ausgezogen. Werner hatte erwogen, sie nach ihrem Examen zu heiraten.

Ernste Debatten gab es erst, als Werner seine beruflichen Pläne entwickelte. Marlene hasste Kleinstädte, sie wollte Ärztin in einer Großstadt werden. Weil das Mädchen an ihm hing, überzeugten sie schließlich seine Argumente. Marlene erwärmte sich für die Romantik der Kleinstadt.

Bei der letzten Zwischenprüfung fiel sie durch. Werner schrieb einen Eilbrief. Auf jeden Fall solle sie die Prüfung wiederholen. Sie antwortete, dass ihr für die Wiederholungsprüfung das Selbstvertrauen fehle, und sie habe sich bei einer Mannequinschule beworben. Werner nahm zwei Tage Urlaub, fuhr nach Leipzig und diskutierte zwei Tage.

Dann bekam er einen langen Brief:

… haben wir uns nach Wochen wiedergesehen, und war es nicht etwas enttäuschend? Findest Du nicht, dass etwas zwischen uns stand, etwas, was es an warmer Herzlichkeit fehlen ließ? Ich hatte das Gefühl, als wärest Du mit Deinen Gedanken immer ganz weit fort, immer mit etwas beschäftigt, ernst und nachdenkend. Eigentlich hatte ich das Gefühl, als seiest Du gar nicht so richtig mit mir beschäftigt, nicht im geringsten ausgefüllt mit meinem Dasein, was vielleicht auch an mir gelegen haben mag. Ich weiß es nicht. Ich will Dir ganz offen sagen, wie ich über unser Wiedersehen denke. Ich fand, dass ich etwas überflüssig war, weil ich es nicht verstehe, mich mit Deiner Gedankenwelt vertraut zu machen und in ihr zu leben. Ich glaube, wenn ich Dich bis ins letzte verstehen könnte, wenn ich die gleiche Weltanschauung hätte wie Du, dann wäre es für uns beide leichter. Ich schäme mich, wenn ich Dir Ungezogenheiten an den Kopf werfe in einer Art schnoddriger Überheblichkeit. Ich spüre es ganz genau, dass ich Dir weh getan habe, ich bin jedes Mal im ungewissen, ob Du mir eine passende Antwort gibst oder, darüber hinweggehst. Du tust meistens das letztere, und das ist für mich beschämender, als würdest Du mit der Faust auf den Tisch hauen. – Du hast viel agitiert, aber nichts erzählt von Deiner Arbeit und den Problemen, die Dich beschäftigten! Vielleicht hast Du geglaubt, nicht richtig von mir verstanden zu werden, keine Hilfe bei mir zu finden, sondern einen spöttischen oder fragwürdigen Blick aufzufangen. Ich weiß es nicht. Vielleicht warst Du auch schon wieder ganz weit weg, bei der Programmgestaltung oder beim Schreiben eines Agitprop-Programms. Und da haben wir schon die Antwort

darauf, weshalb wir beide nicht von unserem Wiedersehen ausgefüllt waren. Du bist ein guter Kommunist und ich nicht, im Gegenteil, ich richte mit meinen Gedanken nur Verwüstungen an. Oder ist das etwas zu scharf ausgedrückt? Hast Du nicht für mich ein mitleidiges Staunen übrig gehabt? Großer Philosoph, ich würde Dir nie böse sein deshalb. Wäre die Lage genau umgekehrt, dann wäre ich schon längst aus der Haut gefahren und hätte Dich endgültig vor eine Entscheidung gestellt. Ich war davon überzeugt, dass eine Entscheidung fallen musste, jawohl, musste, denn eine Zwiespältigkeit im Herzen herumzutragen, ein Hangen und Bangen ist nervenaufreibender und verzehrender als ein klares Wort. Du weißt, das hat jeder von uns schon einmal erlebt. Ich kann mir vorstellen, dass Dich ähnliche Gedanken bewegten, ob es nicht recht oberflächlich war, unser Wiedersehen, dass wir uns herzlich wenig gesagt haben. Als ich die Treppen vom Bahnhof hinunterging, habe ich mich ganz verwundert gefragt, weshalb ich denn nicht mitgefahren bin nach B. Ich kann mir selbst keine Antwort darauf geben, ich war nur ganz verwundert, und ich bin es heute noch. Kleiner Philosoph, ich muss Dir das alles einmal sagen, damit Du weißt, wie es in mir aussieht. Ich schleppe nicht gern solche ernsten Dinge mit mir herum.

Mittwoch war »Tag der Universität« und UZ-Pressefest im Haus Leipzig. Die Philosophen sind die beste Grundeinheit der FDJ und haben das Banner bekommen. Ich gratuliere Dir! Das Kulturprogramm war ausgezeichnet. Schade, dass Du nicht dabei warst.

Weshalb fragst Du mich immer, ob ich in Deinem Sinne arbeite? Du weißt doch ganz genau, dass ich nicht aktiv sein kann. Mit mir hat es einfach keinen Zweck, und es ist das beste, wenn Du Dich damit abfindest. Beginne ich, mich mit irgendwelchen Problemen bekannt zu machen, dann fallen mir gleich tausend Fragen in den Rücken. Ich will leben, wie es mir gefällt, und nicht die gesamte Freizeit mit Versammlungen verkleckern und nach sechs Monaten einen Nervenzusammenbruch erleiden.

Eine Ehe, wie Du sie mir geschildert hast, ist bestimmt interessanter und glücklicher als die, die ich vielleicht einmal führen werde. Vielleicht! Aber wir werden uns ja sowieso nie heiraten, und selbst wenn das geschähe, würden wir uns bald scheiden lassen. Ich würde nun einmal nicht aus der Kirche austreten, ich würde auch meine Kinder taufen lassen und ließe mich nie auf sozialistische Art trauen. Womöglich noch mit Brautkleid und Schleier vor einem roten Rednerpult!

Ich bin ganz ehrlich, ich bewundere Dich, Deinen Enthusiasmus, Deine Überzeugung. Ich muss Dich immer mit der Hauptgestalt aus dem Film »Ein Kommunist« vergleichen. So habe ich Dich in Erinnerung, und so wirst Du in meinen Gedanken leben. Aber ich? Ich werde nun mal keine Kommunistin. Ich kann es einfach nicht! Ich ließe nie ein schlechtes Wort auf Dich kommen, nie, Du bist für mich unerreichbar, und diese tiefe Kluft lässt sich nicht überwinden, auch nicht, wenn ein Bett drüber steht. Ich denke immer, dass es am besten sein wird, wenn Du Dir einen Menschen suchst, der Dich versteht, der mit Dir arbeitet, der – wie Du mir einmal sagtest – mit Dir durch dick und dünn geht, durch den tiefsten Schlamm, aber immer bei Dir bleibt und Dich versteht. Ich bin ein zu großer Egoist, als dass ich Gummistiefel anziehen könnte und mit Dir zusammen helfen würde, die Welt zu verändern. Ich habe andere Vorstellungen von meinem zukünftigen Leben – sie sind keineswegs spießig, wie Du vielleicht denken wirst. Ich habe nicht die Absicht, später als Hausmütterchen zu verspießern – ich will auch arbeiten, solange es geht. Vielleicht werde ich später einsehen, dass ich in meiner Jugend vieles falsch gemacht habe, und dann versuchen nachzuholen – eine Spekulation. Ich möchte Dich wirklich verstehen, dann wäre ich bestimmt glücklicher und ausgeglichener und nicht unzufrieden, hin und her gestoßen wie so oft. Glaub mir, ich habe es viel schwerer als Du, da Du Dich für eine Sache entschieden hast und sie konsequent vertrittst, ich aber schwanke mal hierhin, mal dorthin und bin innerlich zerrissen.

Du bist der beste Mensch, den ich kannte und kennen werde. Umso trauriger ist es, dass ich mich nicht für das Beste entscheiden kann. Im Grunde bin ich noch ein kleines Mädchen, das sich seinen Illusionen hingibt und um sich herum eine Traumwelt errichtet hat, in die es keinen Fremdkörper einlassen will.

Ja, lieber Werner, dieser Brief wird dich bestimmt sehr traurig stimmen, aber ich musste Dir sagen, was mich bewegt, ich kann Dich nicht belügen, Du bist zu gut.

Wirst Du mir wieder schreiben? Ich werde warten. Bestimmt, denn in Deinen Briefen steht immer etwas drin.

Nachdem sich Werner von der ärgsten Bestürzung erholt hatte, fand er, der im Fach »Materialistische Dialektik« die beste Eins am Institut gemacht hatte, dass dieser Brief von logischen Widersprüchen nur so strotze. Seine Antwort wurde noch einmal so lang. Dann wartete er einen Monat auf Post. Der letzte Brief war kurz, und Marlene hatte geweint, als sie ihn schrieb. Ihre Anschrift aber war das schlimmste. Sie wohnte wieder bei ihren Eltern. Eine Woche überlegte er, bis er sich entschloss, Marlene zu heiraten.

Den Brief trug er drei Tage mit sich herum. Als er ihn eingesteckt hatte und nach Hause kam, fand er Marlenes Nachricht vor. Sie hatte sich mit einem Kollegen ihres Vaters verlobt. Sein Brief kam ungeöffnet zurück …

Christine Lange verließ den Konsum mit einem prallen Campingbeutel. Auf dem Heimweg pflückte sie einen Riesenstrauß Blumen, den er tragen musste. War sie eine Marlene?

»Wie stehen Sie eigentlich heute zum philosophischen Materiebegriff?«, fragte er. Seine Darlegungen zu diesem Problem waren im Zirkel von Christine in Frage gestellt worden.

Christine überlegte. Schließlich sagte sie: »Positiv!«

»Natürlich noch ein Aber. Sind Sie immer noch der Meinung, dass sich die Philosophie nach den Einzelwissenschaften zu richten hätte?«

»Kein Aber. Ich habe inzwischen völlig meine Meinung revidiert!«

»Und nun glauben Sie an die absolute Priorität der Philosophie gegenüber den Einzelwissenschaften?«

»Vollkommen.«

Werner lachte kurz. »Das andere Extrem ist genauso vom Übel!«

»Kapiert! Das andere Extrem ist genauso vom Übel ... Wissen Sie, damit werde ich mich während des Studiums bestimmt noch sehr oft beschäftigen müssen.«

Werner entschuldigte sich: »Wenn man jahrelang gewohnt war, alle Probleme theoretisch zu begreifen ... und man plötzlich überhaupt keine Gelegenheit zum Philosophieren hat, zum wissenschaftlichen Streitgespräch, mein ich, dann stürzt man sich auf jede Gelegenheit, die sich bietet.«

»Und die bin ich?«

Mit dem Mädel konnte man also auch nicht ernsthaft diskutieren. Er schnitt ein anderes Thema an, ein praktisches: »Ich las kürzlich, dass in Ihrer Fachrichtung doppelt so viel Bewerbungen eingegangen wären, wie Studienplätze vorhanden sind.«

»So? Glauben Sie, ich sterbe, wenn ich ein oder zwei Jahre nur mit den Händen arbeiten muss?«

Ja, dachte Werner.

Sie waren am Lager angelangt. Er wolle sich überzeugen, sagte Werner, ob die Mädel mit ihrer Behausung zufrieden seien.

Die Borkenheider Mädchen wohnten in der dritten Baracke. Ihr Zimmer war wie das der Jungen eingerichtet, aber die Mädchen versuchten es gemütlicher zu machen.

Pfennigabsätze pochten Blaupinnen in die Wände. Die Mädchen nagelten an, was sie als Wandschmuck mitgebracht hatten: Schauspieler-Postkarten, Fotos ihrer Freunde in allen Formaten, Spiegel in allen Größen.

Ein Mädchen saß am Tisch und schrieb den ersten Brief. Vor ihr stand ein Bild, das sie anlächelte, wenn sie nicht weiter wusste. Christine hatte Vasen eingekauft und eine große Tüte Bonbons, alles auf eigene Rechnung. Jeder Hocker bekam eine Vase mit Blumen, die

Bonbontüte blieb zur allgemeinen Selbstbedienung auf dem Tisch stehen.

Werner kam sich überflüssig vor und ging. Ihm war eingefallen, was er sich auf der Herfahrt überlegt hatte. Die Mitteilung des Niethosenheinis und die unmoralischen Absichten des Paul Borchert, das neckische Gebaren des Jungen aus der Sparkasse …

Wie würde sich im Lager das Verhältnis zwischen Jungen und Mädchen entwickeln? Anarchistisch, bestimmt total anarchisch. Sicher hatten auch andere solche Vorstellungen wie dieser Paul Borchert. Wer den wohl delegiert hatte? Er, der Brigadier, war für alles verantwortlich, für alles, was seine Jungs anrichteten. Versammlungen würden nötig sein und endlose Diskussionen. Verbieten konnte man die oberflächlichen Liebeleien nicht, das wäre lächerlich, aber wenn sich die Jungs freiwillig einen Verzicht auferlegten? Von sich aus einen Beschluss fassten? Und schon entwarf er einen entsprechenden Text. Im Entwerfen von Beschlüssen hatte er gute Erfahrungen.

Der Angestellte aus dem Katasteramt und Egon waren als einzige im Zimmer geblieben. Egon saß am Tisch und las in einer Broschüre. Neben ihm stand ein Schachbrett mit aufgebauten Figuren. Er blickte zu Werner auf. »Du möchtest zum Lagerleiter kommen!«

In der Lagerleitung saß ein Mädchen mit roter Armbinde auf dem Fensterbrett und versuchte einigen Jungen draußen schlagfertige Antworten zu geben. Werner stellte sich vor. Das Mädchen hämmerte mit der Faust an die dünne Zwischenwand.

»Hans? Schmiedeberg ist da!«

»Ja!« Nebenan quietschte eine Tür, Dielen knarrten; Hans Zimmermann, der Lagerleiter, trat ein. »Na? Gut angekommen?«

»Danke. Einer fehlt.«

»Weiß ich schon. Komm!« Hans zog Werner ins Freie. Sie kannten sich vom Ansehen; auf einigen Konferenzen waren sie sich begegnet. Zimmermann war Berufsrevolutionär wie er. Werner war neugierig, was er sollte. Der Lagerleiter wollte wissen, ob er zu Hause auch Brigadier sei. Zunächst wusste Werner mit dieser Frage nichts anzufangen, dann fiel ihm ein, was er im Hauptbuch des Wirtschaftsleiters unter der Rubrik »Beruf« eingetragen hatte: Traktorist. Eigentlich war das keine Lüge, »Traktorist« stand im Personalausweis.

»Ich bin nicht Brigadier zu Hause.«

»Sondern?«

»Klubhausleiter …«

»Aha …« machte Hans, »soso … na schön. Und wer von den Borkenheidern hat fünf Jahre studiert?«

Woher der das bloß weiß, dachte Werner. »Ich.«

»Aha … Was denn?«

Werner sagte es.

Hans sah ihn einen Augenblick bewundernd an.

»Mensch mein großer Traum, Philosophie. Direktstudium. Jedes Jahr wird das beschlossen, jedes Jahr kommt was dazwischen, seit 1951. Wie hast du denn das angestellt?«

»Meine MTS hat mich zur ABF delegiert. Nach dem ersten Jahr war's klar. Philosophie!«

»Und wieso jetzt Klubhausleiter?«

Was sollte diese Fragerei? Ein Zufall, dass Zimmermann ausgerechnet ihm auf den Zahn fühlte und ausgerechnet auf diesen? »An der Uni hatte ich mich auf Kulturphilosophie spezialisiert. Meine Diplomarbeit … interessiert das?«

»Und wie!«

»Meine Diplomarbeit hieß: ›Bitterfelder Konferenz und die Kulturarbeit im Jugendverband.‹ Darüber will ich auch meine Doktorarbeit schreiben!«

»Prima!«

»Ja, prima … und deshalb bin ich Klubhausleiter geworden; weißt du, wenn man acht Jahre Wissenschaft konsumiert hat, sehnt man sich nach der Basis, Praxis ist eben nicht drin beim Studienbetrieb, Praktikum schön, aber man sucht dann nur praktische Beispiele, zum Illustrieren der Theorie, von einer gegenseitigen Durchdringung kann keine Rede sein.«

Der Lagerleiter hatte ein paarmal genickt. »Sehr schön dein Standpunkt und dein Kabarett auch, ich hab's am 6. März gesehen, die ›Knallfrösche‹ waren ausgezeichnet … Nun sag mir bitte noch, warum du dich mit ›Traktorist‹ eingetragen hast und nicht mit ›Klubhausleiter‹?« So. Nun hatte er die Katze aus dem Sack gelassen. Wozu die Herumrederei? Und ausgerechnet den 6. März erwähnte er. Am nächsten Tag war er vor Überanstrengung ohnmächtig geworden. Der Arzt hatte ihn wegen einer Angina krankgeschrieben, aber es waren so viele Dinge eingefädelt, wer sollte ihn vertreten? Am Nachmittag realisierte er seine Verpflichtung, er gründete einen Dorfklub. Dann nahm er eine sozialistische Eheschließung vor. Am Abend war er im Kreis und eröffnete ein ›Treffen Junger Talente‹, Ärger und wieder Ärger, wenn man nicht alles selbst machte, sogar das Klavier musste er mit hereintragen.

Dann raste er auf dem Moped nach Borkenheide. Dort bangten die »Knallfrösche« um ihn, denn sie sollten bei einer Frauenfeier auftreten, und er spielte in den meisten Szenen mit. Seine Auftritte brachte er hinter sich, aber beim letzten Song blieb eine Kollegin stecken: Werner wurde hinter der Kulisse ohnmächtig.

Das konnte Zimmermann nicht wissen, und sicher würde der ihn auch nicht verstehen, wenn er hier in der Wiese nichts mit der Kulturarbeit zu tun haben wollte. Er sagte: »Sechs Wochen Kulturarbeit lohnen nicht.«

»Du, das trifft nicht zu!« erwiderte Hans eifrig. »Wir haben Erfahrungen, jedes Mal haben die Jungen und Mädel in der Wiese ein echtes Jugendleben kennengelernt. Und diesmal wird's auch wieder klappen, verlass dich drauf! Bei deinen Kenntnissen!«

Hans entdeckte an Werners Sakko einen Fussel und zupfte ihn ab. Sie redeten aneinander vorbei, weil Werner an seine eigenen Probleme dachte und selbst mit ihnen fertig werden wollte, und im Grundsätzlichen konnte er dem Lagerleiter nicht widersprechen. Der ehemalige Klubhausleiter fiel ihm ein, Kulturarbeit an den Nagel gehängt … Bockwürste … Hacken abrennen …

Hans erläuterte: »Wir haben rund dreißig Brigaden. Wir könnten also dreißig Kabarette haben, meinetwegen noch ein zentrales.«

Der Lagerleiter legte seinen Plan dar, als sei Werner bereits mit allem einverstanden.

»Jede Woche ein ›Treffen Junger Talente‹ aufziehen. In der Jugend gibt es doch Talente, ha?«

Werner machte ein ärgerliches Gesicht. »Natürlich! Aber wieso soll ich diese Talente suchen?«

»Sollst du ja gar nicht. Anleiten! Siehe den Lagerleiter: Entweder er ist das alles selbst, dann kann er nicht Lagerleiter sein, oder er ist Lagerleiter und besorgt sich seine Mitarbeiter: einen Wirtschaftsleiter, einen Sportfunktionär, einen Arzt, einen Koch, einen ... einen guten Kulturfunktionär.«

Hans plante weiter: »Jede Brigade könnte ein Tagebuch führen und sonntags Vormittag zur allgemeinen Erbauung daraus vorlesen. Warum singen wir noch uralte Standardlieder zum Morgenappell? Vielleicht liest man mal etwas Lustiges aus so einem Tagebuch vor?« Er kniff ein Auge zu. »Oder selbstgemachte Gedichte? Oder die ›Knallfrösche‹ bringen einen Sketch. Ach, was weiß ich! Würde das Lager nicht eine prima Schule für die Verbandsarbeit werden? Jährlich können wir allseitig zweitausend Funktionäre ausbilden. Körperlich arbeiten wollen die meisten.

Mit Ausnahmen wird jede Brigade leicht fertig. Weißt du, das Klima, ich meine das ideologische, ist einfach so, dass man arbeitet. Wie hier der Wettbewerb die Gemüter in Fahrt bringt! Aber an der sozialistischen Lebensweise hapert es noch!« Hans schaute Werner erwartungsvoll an.

»Stimmt ja alles, was du sagst, alles, aber bevor es in der Brigade mit der Arbeit nicht klappt, kann es keine Kulturarbeit geben. Die Grundlage jeder kulturellen Tätigkeit ist nun mal die materielle!«

»Ja, ja, alles gut und schön. Aber so wird das ein ganz schematischer Ausgangspunkt«, behauptete Hans. »Dass ich das einem Philosophen sagen muss! Beides vereinen!« Er drückte die Fäuste aneinander.

Werner tat nun das, was er bei vielen Funktionären in Borkenheide kennengelernt hatte, er schob ökonomische Probleme vor: »Unser Kreis muss endlich vom letzten Platz herunter. Dies wird meine größte Sorge sein. Das Sekretariat hat mich dazu verpflichtet. Niemand hier im Lager kann mich davon entbinden. Es nützt unserm Kreis nichts, wenn ich hier eine großartige Kulturschau aufziehe, und wir bleiben hinten!«

»Ach, bist du der einzige in der Brigade, der für gute Arbeit sorgen könnte? Muss der Brigadier unbedingt Schmiedeberg heißen?«

»Nein!«

»Aber du bist im Lager der einzige, der das organisieren könnte, was wir brauchen.«

Werner gab sich nicht geschlagen. Er spielte seinen letzten Trumpf aus: »Und welchen Platz hat die Kulturarbeit im Wettbewerb? Keinen! Das Übliche! Sie darf nichts kosten und soll nebenbei erledigt werden!«

»Prima!«, rief Hans. »So gefällst du mir schon viel besser! Nehmt doch die Kultur in den Wettbewerb mit rein! In der Jungen Welt geben wir uns die Gesetze selber. Keiner kann verbieten, die Kultur mitzuzählen. Lass dir was einfallen, hast Erfahrungen in solchen Dingen!«

»Nein, nein, erst muss in der Brigade alles spuren. Wir haben einen dabei, der kam heute Morgen besoffen angetanzt!«

»Und wie willst du dem das abgewöhnen? Mit Reden?«

Hans kam dicht heran und flüsterte: »Lieber Genosse Schmiedeberg, ich lass nicht locker! Heute Abend ist Parteiversammlung. Wir legen die Linie fest. Mach einen Plan ... Beschluss ... fertig! Ran! Jeder Genosse weiß, was er zu tun hat!« Hans gab ihm noch einen aufmunternden Klaps auf die Schulter und ging. Wie oft hatte sich Werner einen Chef vom Schlage dieses Lagerleiters gewünscht. Aber Herrgott noch mal, warum gönnte ihm niemand die sechs Wochen geistige Entspannung, er brauchte sie doch nicht als Egoist. Na gut, er würde allgemeine Hinweise geben, unverbindliche Vorschläge – fertig!

Missmutig verkroch sich Werner ins Zimmer. Endlich hatte der blonde Halbstarke also einen Schachspieler gefunden. Über dem Bett thronte eine Feuerwehrmütze, der Junge brütete über einer Stellung.

Werner warf sich aufs Bett, steckte den Brillenbügel in den Mund, drehte mit dem kleinen Fingernagel das Schräubchen am Scharnier fest und grübelte. Ab und zu drang ein Wortfetzen des Blonden in sein Bewusstsein: »Ziemlich kräftig, ha? ... gut oder nicht gut ... mal sehen, wer! ... Beim Arbeiten benutzen ... Nimm doch die Dame, Mensch!«

Ach ja, der Beschluss-Entwurf. Werner rappelte sich hoch und fand im Aufbaustab eine freie Schreibmaschine. Einen halben Tag in der Wiese, und schon ein wichtiges Problem gelöst, das sollte erst jemand nachmachen! Einen Beweis seiner »Aktivität« hatte er schon für die Parteiversammlung.

Das Grab der Königin

Egon hatte etwas Merkwürdiges entdeckt: Im Februar hatte ihm der Mann, mit dem er in der Zelle saß, das Schachspiel beigebracht. Monatelang spielten sie Tag für Tag, aber der Mann blieb sein einziger Gegner. Er behauptete zwar, Egon spiele ausgezeichnet, aber was interessierte das damals. Nun hatte der Lagerleiter dasselbe behauptet. Und Feuerwehrmann, der in den langen Nächten seines Bereitschaftsdienstes das Spiel erlernt hatte, wurde im Handumdrehen matt gesetzt. Nie hatte er daran gedacht, das Mittel gegen die Langeweile in der Haft einmal zu benutzen, um sich Anerkennung zu verschaffen. Vielleicht spielte er das ganze Lager an die Wand?

Er trabte in den Waschraum, rasierte sich und freute sich über sein Spiegelbild. Die Nacht sah man ihm nicht mehr an. Das Gesicht hatte die hellbraune Tönung wieder, munter konnten die Augen zwinkern, und die blonden Haare, sorgfältig gekämmt, glänzten. Wo war der nächste Gegner?

Im Speisesaal sah er Christine. Zwei komisch abstehende Zöpfe hatte sie sich zurechtgeflochten. Sie saß am Klavier und spielte einen Schlager. Sollte sie stundenlang Schlager spielen. Was spielte sie eigentlich? »Ach Egon, Egon, Egon …« Na, das war die Höhe!

Feuerwehrmann kam ihm nachgelaufen und bestand auf Revanche. Als die erste Figur aufs Brett klappte, klappte der Klavierdeckel zu. Der Stuhl war leer. Egon wurde unruhig. Neugierige versammelten sich um die Spielenden, und Egon wusste, dass Christine hinter ihm stand und alles beobachtete.

Er zog absichtlich verkehrt. »Schlecht!« hörte er sie sagen. Bitte, sie hatte sogar etwas Ahnung. Egon tat, als habe er nichts gehört, und fragte seinen Gegner: »Wie viel Züge diesmal … Sagen wir … zehn?«

Christine lachte leise.

Lachen Sie nur, Sie Schlange, erst beleidigen und dann auslachen. Nun, ganz in Ordnung war sein Benehmen am Vormittag nicht gewesen. Immer wenn er betrunken war, bekam er ein überempfindliches Gemüt, wie viel Ärger hatte ihm das schon eingebracht. Und … vielleicht war's ihr nur so herausgerutscht? Egal, sollte sie denken, was sie wollte, die Genugtuung, dass er ihr nachlief, würde sie nicht haben.

Nach dem zehnten Zug war Feuerwehrmann matt. Die Zuschauer staunten. Egon sah sich um und sah Christine geradewegs in die Augen. Derselbe zweifelnde Blick wie neulich im Sportlerheim. Sie lächelte verlegen, drehte sich um und ging zum vorderen Eingang hinaus. Er hätte mit jedem gewettet, dass sie gleich wieder zur anderen Tür hereinkommen würde. Da war sie schon. In der Tür blieb sie stehen, schaute herüber. Er sah noch, dass sie sich wieder ans Klavier setzte. Einmal hin und her geklimpert und dann, es war nicht zu fassen: »Kannst du mir noch einmal verzeihen?«

Egon vertiefte sich ins Spiel. Aber er hatte seine Figuren derart vernachlässigt, dass Feuerwehrmann diesmal gewann. Da zupfte ihn jemand am Ärmel. Christine!

»Ich will mir mal die Gegend anschauen. Kommen Sie mit?«

Egon war sprachlos.

»Kommen Sie doch bitte mit. Sie können mir sicher etwas über das Moor erzählen.«

Also gut, dachte er, einmal versuch ich's noch, wenn sie aber wieder etwas Dünkelhaftes vom Stapel lässt, ist der Fall für mich erledigt.

Er schob sich aus dem Gedränge. Jemand rief: »Es gibt auch Jugendfreunde, die sich siezen!« Er tat, als habe er es nicht gehört, und eilte ins Freie. Christine hatte Mühe, ihm zu folgen. Er hastete durch das Lagertor und bog nach rechts auf die Straße ein.

»Wo führt diese Straße eigentlich hin?«, fragte sie.

»Zum Moor!«

»Rennen Sie doch nicht so!«

Egon wurde langsamer.

»Bitte, Herr Brümmer, entschuldigen Sie, was ich im Bus gesagt habe!«

Er gönnte sich einen flüchtigen Blick. Entweder bereute sie wirklich oder ... wir werden ja sehen. Gemächlich wanderten sie weiter.

Die Straße, grauweißes Granitpflaster mit einem sandigen Fußweg, schlängelte sich durch die unbekannte Landschaft. An den flachen Böschungen wuchsen Schlehdorn und Eschen. Der Acker war dunkel und sah torfig aus. Auf der einen Seite spärlicher Roggen, auf der anderen Kartoffelstauden.

»Was könnte schuld sein an diesem schlechten Wachstum?« fragte Christine.

»Der Boden ...«, erklärte er. »Die Kartoffelsorte ist neu. Sie wird ausprobiert. Getreide wird nur wegen Stroh angebaut.«

Christine trat auf den Acker und musterte eine Kartoffelstaude. Sie konnte nichts Besonderes entdecken.

Die Straße hatte einige Biegungen gemacht, und vom Lager sah man nur noch den Schornstein mit der blauen Fahne. Weit und breit kein Mensch. Lerchen jubilierten aus purer Freude am Gesang, im Schlehdorn zwitscherten Meisen, Grillen zirpten, ein satter Hase hoppelte über die Straße.

Die unschuldige Natur, die Erfolge beim Schach und Christines Interesse für seine Kenntnisse stimmten ihn versöhnlicher.

»Wo ist denn hier eigentlich das Moor?«, fragte sie. Er deutete mit dem Kinn nach vorn. »Hinter dem Gebüsch dort.«

In dem Gebüsch, das Egon meinte, waren hohe Pappeln, einzelne Bäumchen und Sträucher zu unterscheiden. Es zog sich im flachen Bogen von Süden nach Norden und verbarg, was hinter ihm lag. Die Straße führte hinein.

»Sind Sie auch gespannt, wie das Moor aussieht?«

»Nein!«

»Ach ... Schönen Dank übrigens für Ihren Gruß von gestern Abend!«

»Bitte!«

»Wollte Sie mir nicht erzählen, was Ihnen gestern dazwischenkam?«

»Das wollte ich!«

»Nehmen Sie mir bitte meine Antwort im Bus nicht mehr übel, Egon, das ist mir so rausgerutscht! Na?«, drängte sie.

Egon blieb stehen. Entschlossen sah er sie an. »Ehrenwort! Das bleibt unter uns!«

»Drei Eide!«

Soweit wie irgend möglich, wollte er die Wahrheit sagen. Er hatte genug zu vertuschen; hätte er sich wenigstens den Schwindel wegen des Baufachspezialisten erspart. »An den Schwarzhaarigen«, begann er, »können Sie sich noch erinnern?«

»Selbstverständlich! Heißt der nicht Paul Borchert?«

Egon nickte.

»Ich hatte dem Paul erzählt, dass ich in die Wiese fahre. Am Sonntag kommt er zu mir. Egon, sagt er, los, Abschied feiern, ich komm mit in die Wiese! Da hab ich mir gesagt, Paul darf auf keinen Fall mit!«

Christine war ehrlich überrascht. »Wieso nicht?«

»Weil das ein Faulpelz und Randalierer ist!«

»Aha!«

»Ja. Also hab ich mir gesagt, feierst richtig mit, wenn der Paul seine Promille weg hat, verpennt er.«

Christine lachte laut auf. »Das sieht Ihnen ähnlich.«

»Wieso?«, fragte er mit heiserer Stimme.

»Und ... warum sind Sie zu spät gekommen?«

»Wieso mir das ähnlich sieht!«

»Na ... weil das reichlich raffiniert war.«

Am liebsten wäre er umgekehrt.

»Vielleicht sind alle Unkräuter zur Nützlichkeit zu erziehen, wenn man's richtig anpackt.«

»Aber nicht Paul! Der nicht!« Was sollte man auf so ein merkwürdiges Gerede antworten. Sie gingen weiter.

»Und ... warum sind Sie zu spät gekommen?«

»Na, darum! Zu Hause hätt ich verpennt. Da hab ich in der Mitropa übernachtet. Denke, nimmst noch ein Auge voll Schlaf, wirst schon wach werden. Es wurde acht, ich kann Ihnen sagen, ich habe mal richtig meine Muskeln gestrammt, die Augen mit Sandpapier ausgewischt und los! Nun wissen Sie alles!«

Christine war noch nicht zufrieden.

»Bitte, erzählen Sie noch was. Vom Schauorchester oder von Ihrer Arbeit.«

»Wieso interessiert Sie das eigentlich?«, fragte er misstrauisch.

»Warum fragen Sie so?«

Christine machte ein treuherziges Gesicht. »Mich interessiert alles. Ich hör doch so gerne Geschichten. Als kleines Mädchen bin ich öfter heimlich in die Kirche geschlichen, weil da so schöne Geschichten erzählt werden. Einmal sollte ich Zucker einkaufen, fünf Jungen sind mir nachgestiegen, haben in der Kirche den ganzen Zucker aufgenascht. Der Pfarrer hat getan, als sehe er nichts.«

Egon lachte. Wenn er sich das Mädel mit einer Zuckertüte in der Kirche vorstellte ...,

»Wissen Sie, der Paul ... Unserm FDJ-Sekretär hat er eine Streichholzschachtel an den Kopf geworfen und gerufen: ›Holz auf Holz!‹

Meinen Bekannten hat er Milchbart und schmales Handtuch genannt, und geprahlt hat er, dass er sich auch Sekt kaufen könnte.«

»Und was wollten Sie mit zwei Verehrern an der Bar?«

»Arthur sollte sich nichts einbilden. Der Junge mit Bart.«

»Und wie sind Sie nach Hause gekommen?«

»Allein. Wie immer.«

Er wollte fragen, ob sie sich von ihm hätte nach Hause schaffen lassen. Er unterließ es und wandte sich wieder der Landschaft zu, derentwegen er ja mitgenommen worden war.

Der Acker ging in einen Streifen Wiese über, dahinter lag der Wall mit seinem Gebüsch. Die Straße endete am Wall vor einer neuen Holzbrücke, die sich über einen Fluss wölbte.

Langsam traten sie näher. Ein schwacher Wind ließ Blätter und Schilf rascheln und hauchte die beiden freundlich an. Auf der Brücke blieben sie stehen. Ihm war etwas feierlich zumute, aber er hätte nicht sagen können, warum. Als er Christine heimlich anschaute, bemerkte er einen staunenden Ausdruck in ihren Augen. Dabei war nichts Besonderes an dieser Gegend. Das flache Gelände, weder rechts noch links durch etwas begrenzt, verschwamm am Horizont im Dunst. Es war weder romantisch, jedenfalls nicht so, wie die Felsen vorhin im Traum, und wild war es auch nicht, denn hinter der Brücke begann ein breiter sandheller Damm, der schnurgerade ins Moor wuchs. Mit schwarzen, schnurgeraden Gräben hatte der Mensch seine Handschrift hinterlassen. Schilf und Kalmus waren vertrocknet, nur Distelwälder wucherten. An verkrauteten Torfstichen wuchsen Erlen und Weiden.

»Ich hatte zwar von schillernden Sumpfblüten geträumt«, sagte Christine, »von glitschigen Pfaden, die nur wenige kennen, und gluckendem Wasser. Aber ... schön ist es hier, und einen romantischen Fluss gibt es auch!«

Sie traten an das Brückengeländer. Das Wasser war mit großen Mummelblättern bedeckt. Soweit man von der Brücke aus seinen Lauf verfolgen konnte, sah man an der Moorseite kein Ufer. Ihn interessierte der Damm mehr. Ungefragt ließ er sich zu einer längeren Erklärung herab: »Der ehemalige RAD-Damm!

Hier ist Hitlers Reichsarbeitsdienst 1940 die Puste ausgegangen! Drei Kilometer hatten sie aufgeschüttet.

Dann war für so was kein Geld mehr da! Der Regen hat den Sand fortgeschwemmt, und wir haben ganz von vorne angefangen. Dies wird unsere Hauptverkehrsstraße durch die Große Wiese. Sie ist elf Kilometer lang und an manchen Stellen drei Meter hoch. In den beiden ersten Jahren haben die Brigaden nur Kies aufgeschüttet. Seit Januar wird die Straßendecke gelegt!«

Er bückte sich und reichte ihr einen graugrünen Stein.

»Hochofenschlacke. Das hauptsächlichste Material für den Straßenbau. Kommt direkt aus dem Hüttenwerk. Wird vom Moorländer Bahnhof abgefahren!«

Christine betastete das Stück Material.

»Wie scharf die Kanten sind … und wie spröde.« Dabei sah sie aber nicht auf die Schlacke, sondern sah ihm ins Gesicht. Sie warf den Klumpen ins Wasser.

Egon war nicht mehr gekränkt.

Sie legte die Arme auf das Brückengeländer, schaute ins Wasser und sagte: »Wenn wir uns nicht schon eine Woche kennen würden und wenn wir uns heute Morgen das erste Mal gesehen hätten, würden wir uns sicher duzen. Wie es sich für FDJler gehört. Aber wir sind immer noch per Sie. Was meinen Sie dazu, Jugendfreund?«

»Ich meine dazu, dass ich Sie bestimmt nicht duzen würde, wenn ich Sie heute Morgen das erste Mal gesehen hätte.«

»Und wieso nicht?«

Egon zuckte die Schultern. Jedes andere Mädchen aus der Brigade würde er duzen, aber Christine? Er wurde aus ihr einfach nicht schlau. Weshalb hatte sie ihn hierher gelotst?

Wenn sie in ihm wirklich nur den Jugendfreund sah? Kameradschaft zwischen Jungen und Mädchen hatte er bisher nicht kennengelernt. Auf dem Bau waren keine Frauen, und im Klub galten die

Mädchen als Wesen, die man nach Hause bringen konnte. Sicher waren die Jungen für Christine mehr als nur Tänzer oder Barbegleiter. Konnte er sich Christine als Kumpel vorstellen?

Sie schaute auf die Uhr. Es war noch nicht zwölf. Um eins sollte es Mittag geben. Sie packte Egon am Handgelenk und zog ihn von der Brücke auf den grünen Wall.

Wo Holundergebüsch und Haselsträucher Licht auf die Erde ließen, wuchsen Kletten und Gräser. Es roch scharf nach Brennnesseln. Stellenweise rankten Brombeeren mit uralten knorrigen Zweigen.

Es gab so etwas wie einen Pfad, der das dichte Gebüsch mied und den Wall hinaufkletterte und wieder hinab. Oft mussten sie sich vor herabhängenden Zweigen bücken, Spinnweben blieben an der Kleidung hängen und Kletten. Irgendwo schrie ein Kiebitz sein »Kjuiwitt, kjui-witt«. Unter den weißen Wolkenbüschen segelten zwei Raubvögel ihre Kreise. Der Wall machte alle Windungen des Flusses mit. Stellenweise war auch auf der gegenüberliegenden Seite das Ufer zu erkennen. Weidenbüsche hingen in den Fluss, abgestorbene Zweigstümpfe ragten aus dem Wasser, hohes dunkelgrünes Schilf, dicht wie eine Mauer. Auf der Landseite waren immer noch der Streifen Wiese und der Roggenacker. Aber in der Wiese blinkte Wasser.

Egon ging jetzt vor ihr, um die besten Wegstellen zu erkunden. Manchmal wies er auch auf Sehenswürdigkeiten hin: ein Baum, der vor Jahren umgesunken war, schräg über den Fluss ragte und mit seinen kahlen, bleichen Ästen unheimlich wirkte; ein Frosch, der durch das Gras strampelte. In dieser, wie es schien, unberührten Wildnis fühlte sich Christine wohl. Mitten in einem Schritt blieb Egon stehen. Christine trat ganz nahe an ihn heran. Im Wasser lag ein schwarzer Kahn. Eine lange Kette fesselte ihn an eine Pappel. Vom Lagerschornstein war nichts zu sehen. Christine und Egon schauten sich an. Sie sah aus wie ein guter Freund, der sich über einen gemeinsamen Fund freute. Er kletterte zum Kahn hinunter und balancierte über die Sitzbretter, fand eine leere Konservendose, sah hinein und ließ sie wieder fallen. Im Heck lagen große Steine. Griffbereit lagen zwei neue Ruderkellen.

Christine entdeckte an der Kette ein Schloss und im Schloss einen Schlüssel. Am Schlüssel hing ein Pappschild. Christine las vor: »Wir überlassen die Gondel unseren Nachfolgern. R. und H., 23. Durchgang.« Egon nickte. »Könnte Richard und Hans heißen«, sagte er.

»Oder Richard und Hilde.«

»Hm.« – »Wollen wir eine Partie machen?«, fragte sie.

»Ich glaub, wir müssen bald zurück. Nachher vermissen die uns womöglich, später mal …«

Sie setzte sich auf eine Ruderbank, stützte die Arme auf die Knie und legte das Kinn in die Hände.

Vom Kahn aus konnte man ein Stück Flussabwärts sehen. Mummeln, Schilf, Binsenbüschel. Auf dem überschwemmten rechten Ufer grünten Kalmusfontänen. Eine Gesellschaft Blesshühner tummelte sich im freien Wasser. Unermüdlich tauchten sie mit einem aufgeregten Schwupp ins Wasser, kamen mit Pflanzenteilen hervor, schnabelten sie durch, schüttelten die Flügel zurecht, äugten umher und schwupp – waren sie wieder untergetaucht. Wichtigtuerisch krächzte ein Vogel sein Kröw-kröw-kröw.

Es roch süß nach Kalmus.

Egon setzte sich auf die gegenüberliegende Ruderbank, holte eine Schachtel Turf hervor und steckte sich eine Zigarette zwischen die Lippen.

»Krieg ich auch eine?«, fragte Christine. Egon setzte sich neben sie und hielt ihr die Schachtel hin.

»Wie wird es hier wohl um Mitternacht aussehen?«, fragte sie. »Oder bei Sonnenaufgang? Über dem Kalmuswald Nebelschwaden, der Fluss dampft. Unzählige Spinnweben leuchten mit ihren Tautröpfchen im ersten Sonnenstrahl auf. Die Sonne erhebt sich aus dem Schilfbett und taucht von unten in das Wolkenmeer. In diesem Moment keucht ganz bestimmt ein Riesen-Wildschweineber mit säbligen Hauern den Wall hinunter und plumpst in den Fluss. Können Wildschweine schwimmen?«

»Wildschweine? Ich glaub nicht.«

»Aber andere Tiere können doch schwimmen, sogar Pferde …«

»Na ja … aber Katzen zum Beispiel?«

Sie rückte an ihn heran und flüsterte: »Vom Kahn erzählen wir niemand was!«

Er nickte kaum merklich. Sie reckte den Mund an sein Ohr, und noch leiser als vorhin flüsterte sie: »Ab sofort kannst du du zu mir sagen, Egon.« Und dann gab sie ihm ganz vorsichtig einen Kuss auf die Wange.

Er rührte sich nicht. Seine Zigarette war ausgegangen. Ihre auch. »Nun gib mir noch einmal Feuer, Egon!« Er schaute sie an. Wenn er ihr nun einfach die Zigarette aus der Hand schnippte, sie umarmte?

»Sag mal, Egon, warum wolltest du eigentlich den Wirt vom Sportlerheim verhauen?«

»Paul wollte ich verhauen.«

»Ah … und warum?«

»Weil er, weil … er sich so rüpelhaft benommen hat!«

»Aber mein Lieber! Methoden sind das! Schlägerei ist Geistesträgheit.«

»Ja«, murmelte er. Das war wieder die Christine aus dem Bus. Diesmal war ihr aber wohl selber klar, dass sie etwas verkehrt gemacht hatte, denn sie fragte schnell: »Wo hast du eigentlich die Nofretete gelassen?«

»Wie, was?«

»Du hattest doch heute Morgen eine Nofretete um?«

Egon wusste nicht, was sie meinte.

»Der Anhänger an der Kette.«

Ärgerlich klärte er sie auf. »Das war eine Königin!«

Wie sie lachte! Wie sie sich über ihn amüsierte! Eine Geschichte war er für sie! »Aber Egon … die Nofretete war doch eine Königin, eine ägyptische Königin. Das müsste man als Bauleiter eigentlich wissen!«

Egon biss sich wütend auf die Unterlippe, warf die Zigarette ins Wasser, griff in die Seitentasche und zog den Schmuck hervor.

»Hier ist das Dings!« Er hielt ihr den Anhänger vors Gesicht. Einen

Moment drehte sich die Nofretete vor ihren Augen. Dann flog sie in hohem Bogen ins Wasser. Nein, sie flog nicht ins Wasser. Sie blieb auf einem Mummelblatt liegen. Er sprang ins Heck und hob mit beiden Händen einen Stein auf. Eine Wasserfontäne stieg hoch, die Nofretete und das Mummelblatt waren verschwunden. Wellen eilten nach allen Seiten. Grimmig sah er in das unruhige Wasser. Langsam kam das Mummelblatt hochgependelt. Es war eingerissen.

Egon kletterte an Land.

»Egon … warte doch mal! Wir werden diese Stelle ›Das Grab der Königin‹ taufen. Was meinst du?«

Er rannte weg, ohne sich nach Christine umzusehen, die ihm langsam folgte. Als er im Lager ankam und zurückblickte, sah er sie auf einem großen Stein neben der Kieskuhle.

»Mensch, wir warten auf dich!« Die Jungen standen am Fenster und winkten. Er setzte sich in Trab. Das hatte er geahnt! Während er sich von dieser Schlange ärgern ließ, passierten im Lager wichtige Dinge. Verlegen trat er ins Zimmer. Die Jungen saßen am Tisch.

»Ich habe mir inzwischen mal die Gegend angesehen.«

»Dann meldet man sich ab!«, schimpfte Werner. »Heute Morgen kommst du wegen einer ›wichtigen Besorgung‹ zu spät, jetzt wegen der Gegend. Wer sich an Disziplin nicht gewöhnen kann, fährt nach Hause!«

Er klopfte mit einem Bleistift auf die Tischplatte.

»Mit einer halben Stunde Verspätung eröffne ich die erste Brigadeversammlung. Es geht um folgendes: Ihr werdet schon gemerkt haben, dass hier im Lager nicht nur Jungen, sondern auch Mädel sind.« Die meisten nickten grinsend. Egon war rot geworden.

»… Deshalb ist es sehr wichtig, dass die Gesetze der sozialistischen Moral und Ethik eingehalten werden …« Jemand gähnte. Egon wagte nicht, sich umzuschauen.

Werner fuhr fort: »Mein Vorschlag: Die Brigade verpflichtet sich, die Mädels in Ruhe zu lassen und keine Verhältnisse anzufangen. Ich möchte euch folgenden Beschluss-Entwurf vorlegen:

Wir, die Jungen der Brigade Borkenheide im Jugendobjekt Junge Welt, haben uns zu diesem Einsatz verpflichtet, damit der Tisch unserer Republik reichlicher mit Fleisch und Butter gedeckt wird. Sechs Wochen sind eine kurze Zeit. Wir müssen sie maximal nutzen, denn wir wollen unseren Plan nicht nur erfüllen, sondern übererfüllen. Deshalb verpflichten wir uns, *die Mitglieder der Mädel-Brigaden nur als Arbeitskolleginnen zu behandeln und mit ihnen keine Verhältnisse anzufangen.* Besonders im Jugendobjekt ist es nötig, dass die Gesetze der sozialistischen Moral und Ethik eingehalten werden. Wir rufen alle andern Brigaden auf, sich uns anzuschließen!«

Es blieb still. Werner schaute über die Köpfe hinweg.

»Möchte jemand gegen diesen Vorschlag sprechen?«

Niemand meldete sich. Niemand wollte gegen die Gesetze der sozialistischen Moral und Ethik das Wort ergreifen.

Egon sprang auf.

»Klare Sache ist das!«, rief er. »Alle Kräfte sind eingespannt für die Urbarmachung. Die langhaarigen Geschöpfe verzetteln uns nur. Lasst sie in Ruhe!« Das war die Rache!

»Wenn also niemand einen Abänderungsvorschlag hat, kommen wir zur Abstimmung. Wer ist für diesen Beschluss?«

Nacheinander reckten sich elf Arme.

»Und wenn uns die Mädels nicht in Ruhe lassen?«, fragte der Junge von der Sparkasse.

Gelächter.

»Ist doch ganz einfach!«, rief Egon. »Dann hältst du ihnen den Beschluss vor die Nase!«

»Hab mir vorhin die Lagerordnung durchgelesen. Ist ja eigentlich nicht verboten, von wegen ... scharf ansehen und so ...«

»In einer Lagerordnung«, erklärte Werner, »kann selbstverständlich nur das Minimum festgelegt werden. Darüber hinaus können wir uns als Brigade mehr vornehmen.«

»Wieso denn mehr? Wir wollen doch gar nichts tun, wenn ich recht verstehe?«

»Eben, eben!«

»Verstehe ich nicht ...«

Werner schnitt die »unqualifizierte« Fragerei ab.

»Bitte eure Unterschrift. Wer fängt an?«

»Ich«, rief Egon. Voller Genugtuung erklärte er: »Sollen sie wissen, was die Stunde geschlagen hat. Außerdem ist so eine Unterschrift der wirksamste Schutz vor eigener Charakterschwäche!« Sein Name ging über das ganze Blatt.

Normen, Namen, Narben

Die Zeit bis zum Mittagessen wurde sinnvoll genutzt. Egon eilte geschäftig hin und her, lief von einer Tür in die andere, horchte ein halbes Dutzend Menschen aus. Als er Werner sah, rief er ihn an. Der Brigadier war noch immer schlecht gelaunt, aber schon nach dem ersten Satz interessierte er sich für Egons Projekt.

»Ich hab uns Arbeit besorgt!«

»Die wird doch morgen beim Appell verteilt!«

»Dann wird verteilt, was übrig ist!«

Werner ließ sich vor die Wettbewerbstafel ziehen, die neben dem Lagertor stand. Egon deutete auf einen Zahlenwirrwarr.

»Fällt dir was auf?«

Werner sah die Tafel an, sah Egon an, vertiefte sich wieder in die Chronik des Wettbewerbs. Was sagten ihm die Zahlen, die Namen der Kreise, die rätselhaften technischen Benennungen? Ihm fiel nichts auf. Kein Wunder, auf der Universität hatte man sich mit Wichtigerem zu beschäftigen.

Kreuz und quer tippte Egon über die Tafel. Jedes Mal zeigte er eine hohe Prozentzahl und daneben das Wort:

»Straßenbau.« Fiel dem Freund der Weisheit jetzt etwas auf? Werner hob ratlos die Schultern.

Egon klärte ihn auf: »Ich hab mir überlegt: Wenn wir uns irgendeine Pusselarbeit andrehen lassen, rosten wir ein und können unsern Plan nie übererfüllen. Wir brauchen was, wo man richtig in die vollen gehen kann! Ich will mal sagen, man sieht ja nicht immer auf den ersten Blick, was eine gute Arbeit ist und was eine schlechte.«

Werner nickte eifrig.

»Was es hier alles gib ... Gräben räumen, Kanten planieren, Bäume pflanzen, Zaunpfähle setzen, Straßenbau, Transport, Fundamentieren. Da finde sich einer durch. Aber ... ich habe mir gesagt, irgendwo muss man am meisten schaffen können ...«

»Im Straßenbau«, sagte Werner.

»Hab ich mir auch gedacht, aber woran sieht man das?«

»An der Normerfüllung!«

Egon freute sich, dass Werner endlich Feuer fing. »Richtig! Durch die Norm! Aber kann man's wissen? Vielleicht hat der Straßenbau noch irgendeinen Dreh ...?«

»Und?«

»Er hat einen. Ich habe rumgehorcht. Zuerst bei den Stammarbeitern. Dann rein in die Bauleitung und die Sekretärinnen ausgefragt. Mit den Küchenfrauen angebändelt, sogar der Alte im Kohlenkeller wusste Bescheid. Folgendes steht jetzt fest: Alle Brigaden, die bisher im Straßenbau waren, haben den Ersten gemacht. Weil sie immer eine tolle Normerfüllung hatten und zweitens: Überstunden jede Menge. Die Waggons mit Schlacke kommen nämlich nicht, wann sie sollen, sondern meistens nach Feierabend. Der Straßenbau ist was für Fleißige. Ist was für uns! Die Loren dürfen kein Standgeld kosten. Und knapp sind sie außerdem. Wir stehen so da im Wettbewerb!« Er reckte die Faust. »Am meisten Punkte bringt die Normerfüllung. Hundert Prozent sind hundert Punkte. Was drüber ist, zählt doppelt. NAW-Stunden bringen auch eine Menge. Das andere ist Kleinvieh, Zimmerordnung, Pünktlichkeit, Disziplin beim Morgenappell. Na ja ... ich will mal sagen, wir kümmern uns natürlich auch darum, aber die Hauptsache ist doch die Arbeit.«

»Ja, das ist die Hauptsache. Die materielle Produktion ist die

Grundlage, jedweder anderen Beschäftigung. Was machst du eigentlich beim Kreisbau?«

»Bin in einer Baubrigade.«

»Als was?«

»Als Bau-hilfs-ar-bei-ter!«

»Ich dacht, du wärst Brigadier!«

»Kommt noch, kommt noch! Hab mich in der Akademie schon angemeldet. Und dann geht's zur Ingenieurschule.«

»Prima, Emil!«

»Egon! Egon Brümmer!«

Sie gingen essen, und Egon setzte sich so, dass Werner sein Gegenüber wurde. Außerdem entging er so Christines Blicken. Bevor der Tischdienst die Schüsseln auftrug, konnte er noch etwas anderes erledigen. Er stand auf und klopfte mit dem Messer an die Buttermilchtasse. »Boys! Mal herhören!

Man weiß nicht, wie man sich anreden soll. Eure Namen kann man sich ja doch nicht merken. Ich werde euch jetzt welche verpassen, die jeder leicht behalten kann!«

Er nannte die Namen, wobei er jedes Mal mit dem Messer auf den Betreffenden tippte: »Plüschohr! Gänsehals! Feuerwehrdoktor! Plundi mit dem Hut! Raketen-Jonny! Schmetterling! Waldemar! kann so bleiben, Busfahrer! Salzsäure! Egon! Werner!«

Damit hatte er ja etwas angerichtet! Am lautesten schimpften Plüschohr, Plundi und Gänsehals. Busfahrer und auch Feuerwehrdoktor waren mit der Namensgebung zufrieden und unterstützten Egon.

»Ich fordere eine Erklärung, die den Namen Plundi betrifft!«, rief der Junge vom Katasteramt.

»Plundi ist italienisch und heißt so viel wie vornehmer Herr!« behauptete Egon, obwohl er kein Wort Italienisch konnte. »Und Plüschohr hat richtige Plüschohren. Oder nicht?«

Die Diskussion um die Namensgebung brach erst ab, als ein Fremder an den Tisch kam. Er zog einen Stuhl heran und wünschte guten

Appetit. Egon hatte ihn schon bemerkt, als er eingetreten war und sich nach Essen angestellt hatte. Er war mit seinem Teller am Küchenschalter stehengeblieben und hatte alle Jungenbrigaden gemustert. Der Mann mochte Ende Vierzig sein, er steckte in einem blau und grün karierten Hemd und schwarzen Kordhosen. Sein langes Gesicht war braungebrannt und unrasiert. Er trug eine Nickelbrille, die an einem Ohr von einem Gummiband festgehalten wurde. Auf seinem Teller lag nur das Kotelett.«

»Na, schmeckt's?«

Die Jungen nickten. Nur Salzsäure, dieser ungehobelte Patron, der unanständig rülpste, befürchtete, dass sich das noch ändern würde, am ersten Tag gäbe es immer gutes Essen.

»Bist du der Brigadier?« Der Fremde zeigte auf Egon.

»Unser Boss sitzt neben Ihnen!«

»Aha!« Der Mann musterte Werner, blickte auf dessen Parteiabzeichen, stopfte sich eine alte Pfeife, drehte das Mundstück im Isolierbandwulst fest und zündete sie an. Das selbstgebaute Feuerzeug brannte mit langer Flamme und blakte. Sogleich stank es süßlich nach billigem Tabak.

»Hat euch der Lagerleiter schon eingewiesen?«

»Wieso?« Werner war vorsichtig. »Arbeit gibt es morgen.«

»Weiß ich, aber der privaten Initiative sind ja wohl keine Grenzen gesetzt, ihr gefallt mir nämlich besonders. Ich suche einige gutdurchwachsene Männer. Bin vom Transport. Das wär haargenau für euch das passende, braucht dann nicht im Sumpf rumbuddeln und macht bei mir bestimmt den Sieger.«

Egon zwinkerte Werner zu, und Werner überließ ihm die Verhandlung. »Was machen Sie für Transporte?«

»Ich fahre die Schlacke für den Straßenbau. Ich garantiere jedem die goldene Wiesennadel. Hab selber schon ein ganzes Dutzend!« Er holte aus der Hemdentasche eine Handvoll Abzeichen, zeigte sie umher und schüttete sie wieder in die Tasche. »Dann biete ich noch Vergünstigungen, die gibt es in der Wasserwirtschaft nicht.«

»Vergünstigungen!«, schimpfte Salzsäure. »Überstunden, unbezahlte vielleicht!«

Der Fahrer sog an seiner Pfeife. »Ja oder nein?«

»Wir müssen uns nach der Lagerleitung richten.«

»Wenn wir uns einig sind, kann sich der Hans nach uns richten.«

»Ich bin dafür«, sagte Egon und sah Werner an.

»In Ordnung«, sagte der Brigadier.

Der Fahrer stand auf. »Ich heiße Jakob. Wie ist das mit der Einstandslage? Die anderen Brigaden haben immer Einstand gegeben. Und Ausstand.«

»Das sind ja vielleicht Methoden!«, rief Salzsäure. »Einstand musst du geben. Immer gibt der Neue Einstand!«

Jakob zählte mit der Pfeife die Jungen. »Elf Flaschen. Holt sie euch nachher. Ich wohne in der vierten Baracke. Zimmer eins. Neben dem Konsum, gleich an der Quelle. Wenn Waggons gemeldet sind, sage ich euch das am Abend vorher. Morgen früh sind welche da. Vielleicht macht ihr heut schon'n Stück Straßenbett fertig, der Regen hat alles verwaschen. Was ihr sonst auf der Trasse zu machen habt, sagt euch der Bauleiter.« Damit ging er.

»Verstehst du das?«, fragte Werner.

»Klare Sache! Der Fahrer wird nach Tonnenkilometern bezahlt. Darum ist er auch an einer guten Brigade interessiert.«

Einige standen auf, das Bier zu holen. Egon ging nicht mit.

»Gefällt er dir?«, fragte Werner.

Egon schob mürrisch die Unterlippe vor und schüttelte den Kopf. »Aber schaffen werden wir bei dem 'ne ganze Menge.«

Werner nickte und fragte dann: »Wollten wir nicht eine Partie Schach spielen?«

»Hast du denn Zeit für so was?«

»Klar, Emil!«

»Egon!«

Sie gingen ins Zimmer. Die Mittagshitze knallte auf das glänzende Dach. Teer tropfte ins Gras. Aber drinnen war es kühl. Der Rasen war frisch gemäht, Grasaroma zog ins Zimmer. Egon lag halb über dem Bett und rückte die Figuren zurecht. Er zog einen Kamm aus der Niethose und kämmte sich sorgfältig. »Fang an!«

Werner gab sich keine Mühe, er spielte schnell und völlig planlos. Anstatt auf die Figuren zu achten, starrte er immerzu auf Egons Hände. Was es da wohl zu sehen gab? Die Brandmale? Egon versteckte die rechte Hand unterm Tisch und spielte mit der linken weiter. Werner interessierte sich auch für die linke. Nun musste auch Egon seine Hand betrachten.

Die Fingernägel waren hart wie Blech und ungleichmäßig abgewetzt wie die gebrauchten Schaufeln im Magazin, und groß war die Hand, viel zu groß, aber wenn man Handlanger war? Wie viel Steine gingen jährlich durch seine Hände? Mindestens hunderttausend hatten sie beim Schulneubau bewegt. Vor Werner schämte er sich nicht seiner Pranken. Der war ja Genosse.

Was mochte der Philosoph von ihm denken? Dass er irgendwo die Regeln aufgeschnappt hatte und nun renommieren wollte. Werner ahnte noch nicht, welche Niederlage ihm bevorstand. Egon spielte wieder mit der rechten Hand, und plötzlich fragte Werner: »Wo kommen die Narben her?«

Schnell versteckte Egon die Hand wieder unterm Tisch.

»Wie bitte? Ach so! Ich war ganz ins Spiel vertieft. Du gibst mir ganz nette Nüsse zum Knacken!«

»Und wo kommen die Narben her?«

»Ach ja, wo die Narben herkommen … welche meinst'n du? Ich hab eine ganze Menge von diesen Biestern. Passiert oft was auf dem Bau. Sonst … die Arbeit macht mir Spaß!«

»Ich meine die beiden auf der rechten Hand. Die runden!«

Egon merkte, dass er nicht umhinkonnte, die Brandmale zu zeigen. Er holte die Hand schnell unter dem Tisch hervor und hielt Werner den Handrücken so dicht vors Gesicht, dass nichts zu erkennen war.

»Ach, die meinst du?« Er schob die Hand wieder unter den Tisch. »Hab mich mal verbrannt.«

»Und wobei?«

»Tja, wobei eigentlich?« Er tat, als überlege er. »Weiß es nicht mehr. Ist das wichtig, ich mein, für Schach oder so ...«

»Ach wo, ich habe nur mal gefragt. Weil die so gleichmäßig rund sind.« Und dabei zog er so falsch, dass Egon Schach bieten konnte. Werner wollte einen Läufer vor den König schieben. Aber er deckte den König gegen die Dame. Und der Springer? Dann stände der König im Schach des Läufers. »Ich bin ja schon matt!«, rief er.

»Schon matt?«, fragte Egon.

»Tu doch nicht so! Absicht war das!«

Langsam verzog Egon das Gesicht zu einem Lächeln. Dabei öffnete er halb den Mund, als lache er in sich hinein.

»Noch einmal?«, fragte er schnell.

»Noch einmal!«

»Aber erst werde ich uns eine Brause holen. Hast dich nämlich brav geschlagen.«

»Warum denn kein Bier?«, fragte Werner. »Ich mag keine Brause. Das ist nichts für Männer!«

»Komm mir nicht auf die Tour! Ich trinke nämlich kein Bier!«

»Ach! Und was hast du gestern so mächtig getankt?«

»Gestern ist nicht heute«, sagte Egon und ging. Sein Gesang schallte über den Korridor. »Ach Egon, Egon, Eeegon ... Hörst du die Wellen schlagen? ... Fühlst du den Druck auf den Maaagen?«

Als er mit einer Brauseflasche und einem Bier zurückkam, brütete Werner über den Figuren.

»Ehrenwort, dass du es nicht weitersagst?«

»Was denn?«

»Na, woher die Narben sind.«

»Ehrenwort!« Über die Figuren hinweg gab ihm Werner die Hand. Er hielt Egons Pranke fest und musterte die Brandmale. Egon begann:

»Paul Borchert hat mal in die Laternenbar einen Schmöker mitgebracht und 'ne Stelle vorgelesen.«

»Paul Borchert? Der zwölfte Mann?«

»Derselbe. Also, da im Schmöker, da wurde 'ne Mutprobe von 'ner Chicagoer Jugendbande geschildert. Für ihre Mitglieder. Man musste einen 20-Dollar-Schein auf den Handrücken legen und aushalten, bis der Boss mit 'ner Zigarette zwei Löcher durch den Schein gebrannt hatte. Die Narben waren dann nachher gleich das Erkennungszeichen.«

Werner schob die Brille zurecht. Auf der Stirn stand wieder die Falte.

»Weiter!«

»Paul legte einen Fünfzigmarkschein auf den Tisch. ›Den auf die Hand! Wer's aushält, kann ihn behalten!‹ Na, sage ich mir, was die Boys in Chicago schaffen, musst du auch schaffen. Wir sind in den Hexenturm geschlichen, Taschenlampen raus, ich hab mich neben einen Stein gesetzt, den Arm auf den Stein gelegt, Pit Schulze, der Maler von heute Morgen, hockt sich drauf, und es geht los. Paul operiert selbst. Ich werd halb ohnmächtig, red mir immerzu ein:

Egon, Junge, was die Boys in den Staaten können, kannst du schon lange. Pit Schulze muss sich übergeben. Der Duft.

Hab den Geldschein in der Sparkasse umgetauscht und bin sechs Wochen mit 'nem Pflaster rumgelaufen. Zum Arzt hab ich mich nicht getraut. Blöd, was?«

»Dass du das ausgehalten hast!«

Egon verzog geringschätzig den Mund. »Alles Gewohnheitssache. Zuerst tut's ja mächtig weh, aber nachher ... Ich verzehre auch Biergläser!«

»Wie bitte?!«

»Ich verzehre Biergläser! Bloß nicht den dicken Boden ...«

»Mensch, damit kannst du dir ja die Eingeweide zerschneiden!«

»Ach, wenn das Glas richtig kleingekaut wird, ist es vollkommen unschädlich. Langsam kauen, langsam, nicht schlucken, rutscht von allein hinter. Soll sogar'ne reinigende Wirkung haben.«

»Kannst du vielleicht noch vom dritten Stock auf die Straße springen, ohne dir was zu brechen?«

Egon drehte nachdenklich den Hals aus dem Kragen.

»Aus dem dritten? Bisschen hoch ... Paul würde es bestimmt versuchen, vom Barackendach. Mit solchen Mutproben kriegt er alle hinter sich. Was die im Sägewerk schon für Ärger mit ihm hatten. Und kaum sieht er einen strammen Pullover ... schon steht er auf der Schippe und lässt andere arbeiten.«

Drei Züge spielten sie schweigend.

»Hast du schon mal im Klubhaus gespielt?«

Egon schüttelte den Kopf.

»Und warum nicht?«

»Weil da 'n Zettel hängt: Nieten in Niethosen unerwünscht«

»Schon lange nicht mehr! Und wenn schon! Bist du denn eine Niete?«

Egon rückte an den Figuren herum.

»Ich hätt mich durch so ein Schild nicht abhalten lassen!«

»Nein?«, fragte Egon. »Das kommt vielleicht daher, weil du keine Niete bist?«

»Und woher willst du das wissen?«

»Na, bei dir ist doch alles klar! Ich mein ... studiert ... und Klubhausleiter ... und hier hast du auch gleich einen Posten erwischt!«

»Bist du neidisch?«

Bevor er sich besann, war ihm schon ein Ja entschlüpft. Werner schüttelte den Kopf. »Es geschehen noch Zeichen und Wunder! Wo hast du eigentlich Schach gelernt?«

»Im Betrieb«, sagte Egon, »im Schachzirkel!«

»In der Bau-Union ein Schachzirkel ...? Das müsst ich doch wissen.« Er zog ein großes, viereckiges Notizbuch hervor und notierte etwas.

Als man Egon die Regeln einpaukte, ahnte er nicht, dass er damit auf einen Werner Schmiedeberg einmal Eindruck machen würde. Nun dachte er an den Tag, als er das erste Mal vor einem Schachspiel gesessen hatte.

Vier Wochen Untersuchungshaft. Verhandlung. Einzelhaft. Nach drei Wochen war die Einzelhaft wegen guter Führung aufgehoben.

Von der neuen Zelle sah Egon zuerst nur das sonnenhelle Gitterviereck und davor einen blanken Fleck, eine Glatze.

Die Glatze drehte sich, Egon sah ein Gesicht mit Schnauzbart und Augenbrauen, so dick wie Weizenähren.

»Spielen Sie Schach?«, fragte der Glatzköpfige. Seine Stimme war scharf, und er sprach die Worte sorgfältig aus.

»Ob ich …?«

»Ob Sie Schach spielen?«, fragte der Mann einen Ton lauter. Vor ihm lag ein Schachbrett mit einem Haufen schwarzer und weißer Figuren.

Egon schüttelte den Kopf.

»Sie spielen also nicht!« Der Mann zog unter dem Tisch einen Hocker hervor. »Dann werden Sie es lernen!«

Egon setzte sich wie hypnotisiert.

»Ich bin völlig gesund«, behauptete der Mann, »sonst hätte man Sie woanders untergebracht. Kennen Sie diese Figur?«

Egon schüttelte den Kopf.

»Das ist der König. Und daneben? Die Dame!«

»So eine Dame wie beim Damespiel?«, fragte Egon.

»Nein. Nicht wie beim Damespiel.«

Der Mann fragte ab, bis Egon alle Figuren kannte. Das Abfragen wäre ihm bald über geworden, aber die Langeweile war schlimmer. Geduldig ließ er sich die Regeln erklären. Die Nacht war unheimlich gewesen. Der Schachspieler hatte seltsame Dinge gemurmelt: »Ich werde ganz ruhig … Meine Nerven entspannen sich … Regelmäßig klopft das Herz … Ich werde ganz ruhig … Müdigkeit kriecht an mir hoch … Meine Augen fallen zu … Ich werde ganz ruhig … Ich werde ganz ruhig.«

Am nächsten Morgen fragte er Egon: »Na? Noch etwas behalten?«

»Ich habe nicht ein einziges Auge zugemacht. Sie schnarchen ja wie ein Elefant!«

Der Glatzköpfige baute schon wieder die Figuren auf.

»Machen Sie autogenes Training. Dann schlafen Sie in jeder Situation.«

»Kriegt man damit auch Schnarchen wegtrainiert?«

»Nein. Aber man kann trainieren, dass es einen nicht stört.« Und der Mann hob eine Figur: »Was ist das?«

»Weshalb sind Sie eigentlich drin?«, fragte Egon.

»Was das für eine Figur ist?«

»Erst will ich wissen, mit wem ich es zu tun habe!«

»Diplomingenieur Wedekind!«

»Angenehm. Brümmer! Und das ist ein Springer!«

»Und wie zieht ein Springer?«

»Einmal geradeaus und einmal quer.«

»Fangen wir an! Das Schachspiel versinnbildlicht das Treffen zweier gleichstarker Heere mit dem Ziel, den feindlichen König matt zu setzen, das heißt … so anzugreifen, dass ihm kein Fluchtweg mehr bleibt und auch keine seiner Figuren ihn durch Schlagen oder Dazwischentreten retten kann. Haben Sie verstanden?«

»Nein.«

»Dann wiederholen Sie bitte.«

»Ich bin doch nicht in der Klippschule!«

»Nein«, rief der Diplomingenieur, »in der Haftanstalt! Und damit wir nicht wahnsinnig werden, werden Sie es lernen!«

Am Abend erzählte Wedekind, dass er wegen fahrlässiger Tötung verurteilt sei, Trunkenheit am Steuer, und er erklärte auch das autogene Training. Gemeinsam murmelten sie die seltsamen Sätze.

Am nächsten Tag spielte Egon das erste Mal in seinem Leben Schach. Der Diplomingenieur erklärte, warum seine Züge richtig und Egons Züge falsch seien. Drei Tage spielten sie so. Dann gab es einen Skandal. Der Ingenieur fuhr vom Hocker hoch und starrte auf die Figuren. Egon hatte seinen Meister nach dem achten Zug matt gesetzt.

»Das ist reiner Zufall! Reiner Zufall!«, rief der Mann.

Egon nickte. »Reiner Zufall!« Er hatte weiter nichts getan, als eine Eröffnung seines Meisters angewandt.

Der Mann forderte Revanche. Egon verlor. Auch die nächste Partie.

Aber sie dauerte eine Stunde. Immer länger wurden die Partien, und beide vergaßen, wo sie waren. Ein Spiel, das einen halben Tag dauerte, gewann Egon. Der Ingenieur schüttelte den Kopf. Eine Stunde studierte er die Stellung. Egon hatte tatsächlich gesiegt. Der Mann sprach an diesem Tag kein Wort mehr mit ihm.

Am nächsten Tag baute er die Figuren wieder auf. »Sie sind ja ein Naturtalent«, murmelte er.

Während der letzten drei Monate hatte sich Egon gründlich mit dem Schachspiel vertraut gemacht, und aus zwei völlig verschiedenen Menschen waren gute Freunde geworden.

Konnte er das dem Werner anvertrauen? Bestimmt würde er ihn für einen Raufbold halten. Außerdem, es gab wichtigere Dinge als seine Vergangenheit.

»Wo hast du denn das gelernt?«, fragte er.

Werner überlegte. »Sechs Jahre wird es wohl her sein, es war jedenfalls noch auf der ABF. Wir haben damals im Heim jeden Tag gespielt. Kamen wir vom Unterricht und das Essen war noch nicht da ... eine Partie, und selten war die vor dem Essen fertig. Am Nachmittag ging's weiter. Interessant, wie sich dabei die Charaktere entblättern, kann mich noch gut an einen Kollegen erinnern, war das ein Fanatiker! Und wütend konnte er werden, wenn er einmal verlor!«

»Und an der Universität?«

Werner winkte ab. »Da wurde Skat die große Mode. Zu viert hatten wir einen Skatklub gegründet, mit Statut, Vereinswimpel und Kasse. Einmal wöchentlich Skatabend, bis ein Mitglied bei der Prüfung durchfiel und der Klub an die große Glocke kam.«

»Kann man auch auf Schach studieren?«

Ein Mädel mit roter Armbinde riss die Tür auf. »Jugendfreund Schmiedeberg ans Telefon!«

Werner lief hinaus. Unverzüglich folgte ihm Egon und lauschte an der Tür. Es war nichts zu verstehen. Er stellte sich draußen neben das offene Fenster.

»Für dich! Kreisleitung Borkenheide!«, sagte der Lagerleiter.

»Ich habe nichts angemeldet.«

»Aber ich. Damit du dir Erlaubnis einholst, hier das machen zu dürfen, was das Lager von dir verlangt!«

Offenbar rührte Werner den Hörer nicht an, denn der Lagerleiter sprach.

»Hallo? Hier Jugendobjekt Große Wiese, Zimmermann, 'n Tag, Karl-Heinz. Deine Schäfchen sind gut angekommen. Aber der Werner … der … fühlt sich nicht wohl. Er ist ja so eingeengt! … Ja, Moment!«

»Hier Schmiedeberg! Von Einengung habe ich nichts gesagt, aber ich verzettle mich. Ich soll die gesamte Kulturarbeit in Schwung bringen. Und dabei ist in der Brigade noch alles unklar! Schwierige Situation! … Nein, nein! So schlimm ist es nun auch wieder nicht, aber wenn ich hier der oberste Kulturfunktionär werden soll … einen andern Brigadier? Schönen Dank! Wiederhören! Hallo! Hallo! Du musst unbedingt verhindern, dass dieser Borchert vom Sägewerk nachkommt … Kann ich dir am Telefon nicht erklären.

Sage, die Brigade ist komplett, oder: Alle Betten sind belegt!« Werner legte auf.

Der Lagerleiter wunderte sich sehr, weshalb Werner auf den zwölften Mann verzichten wollte. Der Brigadier erklärte rundweg, dass er für seine Brigade verantwortlich sei.

»Und übrigens, wenn du denkst … hier … Beschluss der Brigade.«

In der spiegelnden Fensterscheibe sah Egon, dass Werner dem Lagerleiter einen Zettel gab. Sicher ihr Moralbeschluss.

Laut lachte Hans los. »Soll das fürs Kabarett sein?«

Werner nahm ihm den Zettel weg. Aber damit war für den Lagerleiter der Fall noch nicht erledigt. »Wer ist denn auf diese Schnapsidee gekommen?«

»Ich!«

»Und warum?«

»Das steht in der Präambel!«

»Quatsch! Du willst dir die Arbeit erleichtern, drückst dich vor

Auseinandersetzungen. Lass mich ausreden! Alle Hauptamtlichen kommen her, um ideologischen Speck anzusetzen!«

Empört widersprach Werner: »Ich will körperlich arbeiten und keine Sitzungen abhalten!«

»Völlig einverstanden, was die Sitzungen betrifft. Aber jedes Mal kommen die Hauptamtlichen zum Ausruhen her. Darauf legt die Partei keinen Wert! Keiner ist hier, um nur Gräben auszuschippen und Sträucher zu pflanzen.«

Wütend verließ Werner die Lagerleitung. Er war so in Fahrt, dass er vergaß, die Tür hinter sich zuzumachen, und auf dem Flur weiterschimpfte.

»Der eigene Kreissekretär lässt einen im Stich! Nun halst mir ruhig alle Funktionen auf, zu denen andere keine Lust haben. Falls gewünscht, spiele ich noch Wirtschaftsleiter und passe auf, dass alle satt werden. Aber niemand darf mich dann für die Brigade verantwortlich machen!«

Der Lagerleiter schaute zur Tür hinaus.

»Womit fängst du an?«

»Mit Kabarett!«

»Und der erste Auftritt?«

»In vierzehn Tagen.«

»Sagen wir: in einer Woche?«

»Na ja, in einer Woche!«

Den Paul bin ich los, dachte Egon. Er hatte nicht einmal selbst anzurufen brauchen. Dem Werner war die Narbenstory ganz schön nahegegangen. Und sie stimmte sogar. Warum aber hatten sich die beiden klugen Leute gestritten? Seltsam, dachte Egon, sie sind in derselben Partei, aber von Einigkeit keine Spur. Wer hatte recht? Sympathisch waren ihm beide. Für Sitzungen war auch er nicht, insofern musste er Werner zustimmen; das Kulturelle hingegen interessierte ihn, insofern musste er dem Lagerleiter beipflichten.

Was aber hielt der Lagerleiter von diesem Moralaufruf? Gelacht hatte er. Ob Werner wirklich vor Auseinandersetzungen kniff?

Spannend, sehr spannend diese Angelegenheit, es würde sich zeigen, wer recht hatte. Und wieso: Kabarett? Probleme über Probleme, man musste der Sache auf den Grund gehen. Wozu hatte man ein Lexikon mitgebracht? Ethik, Moral und Kabarett, alles hatte er schon einmal gehört, aber was das wirklich war? Wieso konnte man sich darüber streiten?

Egon legte sich auf das frisch bezogene Bett und schlug sein Lexikon auf.

»Kabarett: Aus den Pariser Künstlerkneipen hervorgegangene Kleinkunstbühne.« Schön, sehr schön. Aber was ist eine Kleinkunstbühne? Weiter: »Ethik: System der Normen und der Regeln des Verhaltens der Menschen in ihren Beziehungen zur Gesellschaft und untereinander.«

Junge, Junge, haben die sich gelehrt ausgedrückt! Er kam nicht mehr dazu, sich über Systeme und Normen zu unterrichten.

Bauleiter Müller, seine Stummelpfeife im Mundwinkel wie am Vormittag, schaute ins Fenster und gab bekannt, dass es vorteilhaft wäre, wenn die Borkenheider Jungen noch am Nachmittag eine Strecke vom Straßenbett vorbereiten würden. Spätestens morgen früh sollten die ersten Waggons eintreffen.

Die ersten Waggons! Egon schob das Lexikon unters Kopfkissen, und alle liefen sie hinüber zum Magazin und machten sich über die Schaufeln her. Natürlich, er hatte es geahnt, jeder wollte eine neue haben.

»Jungs, hört doch mal! Nehmt doch eine eingearbeitete!«

Sie hörten nicht!

»Dann scheuert euch die Hände wund!« Blasen waren ihnen lieber als ein gedientes handliches Werkzeug. Er entschied sich für eine unscheinbare Schaufel, die schon einige Jahre Dienst getan hatte. Ihr Stich war zwar krumm, aber unzählige Handgriffe hatten ihn glattpoliert. Das Blatt war scharf und blank. Ein ähnliches Gerät empfahl er auch Werner.

Dann marschierten sie los. Bauleiter Müller kam mit, um sie einzuweisen. Die Schlacht mit dem Moor hatte begonnen. Wieder fehlte ihnen ein Lied, ein Lied, das Egons Stimmung angemessen war, etwas, was diese Natur besang, die unter der Junisonne schmorte, was die Junge Welt besang, mit ihren Boys und Damen, und was auch seinem rein privaten Glücksgefühl angemessen war.

»Los, Boys, schmeißt eure Gichtlatten 'n bisschen schneller!«

Egon marschierte neben Werner in der ersten Reihe, ihm folgten die beiden Kleinsten: Feuerwehrdoktor mit Mütze nebst Sanitätertasche und Busfahrer, dann Waldemar und Plüschohr, die Mondfahrer, zuletzt Plundi, seinen alten Hut auf dem Kopf. Bauleiter Müller musste sich sputen, wenn er nicht zurückbleiben wollte. Salzsäure kaute schon wieder etwas und unterhielt sich mit Schmetterling.

»Ein Lied!«, rief Egon.

Feuerwehrdoktor stimmte das Lied vom Ziel vor den Augen an, Werner sang sofort mit, Egon kannte nur den Refrain, das andere summte er.

Sie waren angelangt. Bauleiter Müller erklärte die Arbeit. Die Straßendecke sollte einen dachförmigen Querschnitt bekommen. Dementsprechend musste das Straßenbett ausgeschaufelt werden, an den Kanten einen Spatenstich tief, zur Mitte allmählich ansteigend. »Auskoffern« nannte man das.

Alle fünf Meter stand ein Pfahl, der die Streckenführung markierte. Jeder Junge übernahm einen Abschnitt.

Bedächtig zog Egon seine Wetterjacke aus, krempelte die Hemdsärmel hoch und schlug die Stiefelschäfte dreifingerbreit um. Dann nahm er seine Schaufel griffbereit und musterte sie nachdenklich. Werden wir uns vertragen? Der Stiel saß fest in der Tülle. Probeweis fuhr er mit der Schaufel durch die Luft und steckte sie in den Sand. Mit einem Stock zog er eine gerade Linie von einem Markierungspfahl zum andern. Er holte den Taschenspiegel hervor und kämmte sich sorgfältig. Nun packte er die Schaufel wieder, stellte sich breitbeinig, starrte auf die Linie, schrie: »Hei!«, und die Schaufel fuhr in den Sand. Schnell, aber ohne Hast beförderte er Ladung um Ladung auf den Rand der Böschung.

»Hei! Noch eine Portion! Liegt sie richtig? Jawoll! Ein Stein! Was suchst du denn hier?«

Der Stein antwortete nicht, auch nicht, als Egon an ihm herumschabte. »Was du hier suchst! In den Graben mit dir! Nein, nicht in den Graben! Da machst du nachher den Bagger kaputt. Warte, ich grab dich ein!« Er schaufelte und schaufelte und unterhielt sich dauernd mit seiner Arbeit. »Wie schön locker der Sand hier ist. Mein Löffel ist prima, bisschen klein, aber schön handlich.«

Schnurgerade fraß sich die Schaufel durch den Kies, gleichmäßig flogen die Portionen auf die Böschung. Exakt musste alles sein, dann machte es auch Spaß.

Als er am Pfahl angelangt war und zurückschaufelte, sah er die Jungen vor sich. Wenn der Werner nun tatsächlich seinen Posten abgab, wer sollte Brigadier werden? Busfahrer? Etwas zu klein, der Junge … Feuerwehrdoktor …?

Werner war noch lange nicht am Pfahl angelangt. Schweiß rann ihm übers Gesicht und verschmierte die Brillengläser. Er war nur mit seiner Turnhose bekleidet, sogar die Gummistiefel hatte er ausgezogen. Er schaufelte verbissen. Bald musste er die Knie zu Hilfe nehmen, um das Schaufelblatt beim ersten Schub voll zu bekommen. Er schaute auf die Uhr. Er band sie ab und legte sie auf das Gummizeug. Krumm wurde sein Straßenrand.

Egon schaufelte einfach weiter, als er am Pfahl war, hinein in Werners Revier.

»Ist gut gemeint von dir«, wehrte Werner ab, »aber lass, ich schaff's schon!«

Egon tat, als merke er erst jetzt, wo er war. »Aber deine Strecke war viel schlechter als meine!« Er schaufelte und schaufelte.

»Nein, nein, mein Lieber!«

»Sieh mal, bei dir sind lauter kleine Steine!«

»Bitte«, sagte Werner, und es sollte ärgerlich klingen, »hilf anderen, die schwach sind. Mir macht es gar nichts aus. Ich muss nur wieder reinkommen in den Takt.«

»Hast du's nötig, dich hier abzuschuften? So 'n hohes Tier und wühlt im Sand!«

»Erstens bin ich kein hohes Tier, und zweitens tut mir diese Arbeit wohl. Hilf den andern.«

Kopfschüttelnd stapfte Egon zum nächsten. Unterwegs spielte er mit einem alten Gummistiefel Fußball. Er half Plundi, dem Schwächsten.

»Hast du schon mal in die braune Brühe vom Wassergraben gesehen? Was da für komische Wassertiere drin herumturnen. Guck sie dir mal richtig an!«

Busfahrer war Plundis Nachbar, flink war der Bengel, und er arbeitete sauber. Aber was hatte der denn auf der Brust? Eine Tätowierung: zwei Boxhandschuhe und das Wort »Rache!« Egon gönnte sich keine Pause für eine kleine Unterhaltung. Da wurde er stutzig: Die Kette der gebeugten Rücken war an einer Stelle gerissen. Salzsäure! Wo war Salzsäure? Er lag rücklings im Wiesengras und rauchte. Werner hatte es auch schon bemerkt.

»He! Jugendfreund!«, rief er. »Zum Rauchen wollten wir doch bestimmte Pausen einlegen!«

Salzsäure tat, als hörte er nichts. Die Jungen richteten sich auf und warteten, was Werner tun würde.

»Das erledige ich«, sagte Egon. Er riss den armdicken Markierungspfahl heraus. Das drei kantige Eichenscheit war hart und lang genug, um ein ausgewachsenes Wildschwein zu erschlagen. Egon sprang von der Böschung über den Graben.

»Vorsicht! Egon kommt!«

Einen Augenblick hob Salzsäure den Kopf. Egon näherte sich laut pfeifend. Er sagte kein Wort, pfiff nur seine selbst gemachte Melodie und zeigte mit dem Scheit zum Damm.

Jeder freute sich über diesen Scherz. Salzsäure fühlte sich allein. Er stand auf, tat, als sehe er Egon nicht, warf die Zigarette in den Graben und kletterte auf die Böschung. Egon ließ ihn nicht aus den Augen, bis er die Schaufel in der Hand hatte.

»Die Wiese ist nämlich staatlich«, agitierte Egon, »und ich will dir auch noch sagen, was das heißt: sie gehört jedem!«

»Ich verzichte herzlich gern auf meinen Anteil an dieser Landschaft!«

Egon stöhnte auf. »Hört ihr das?« Ärgerlich wandte er sich wieder an den Jungen. »Hier soll einmal solch hohes Gras wachsen«, er zeigte mit der Hand die Höhe eines Schrankes an, »und solch fette Kälber wollen wir hier mästen«, er breitete die Arme aus, als wolle er eine tausendjährige Eiche umarmen, »und jeden Tag sollen hundert Waggons mit Butterfässern aus der Wiese fahren!«

Egon arbeitete auch zu Hause gern. Aber dort fühlte er sich eingeengt. Seine Kollegen waren meist älter als er und wollten nach Feierabend mit ihm nichts mehr zu tun haben. Außerdem fühlte er sich immer als Laufbursche, man nahm ihn nicht ernst, woran wohl auch seine Kleidung schuld war. Die Kollegen waren Facharbeiter, er hatte das Material heranzuschaffen – was draus zu machen war nicht seine Sache. Dann die kleinliche Geldhascherei in einigen Brigaden. Einmal hatte man ihm nahe gelegt kurzzutreten, man rechnete bereits mit 200 Prozent ab, mehr durfte man sich nicht leisten, der Schwindel wäre herausgekommen.

In anderen Brigaden mochte das ja besser klappen. Aber man war eingespielt, und wer wollte sich mit einem Egon den guten Ruf verderben? So sah er die Sache. Vielleicht irrte er sich, möglicherweise hätte man ihn gern genommen, aber bisher war er deshalb an niemanden herangetreten.

Er hatte recht und schlecht dahingewurstelt. Ich bin eine Pflanze, dachte Egon, die in der Wiese endlich das richtige Klima gefunden hat. Wenn er hier stark genug werden würde, könnte er auch in der Borkenheider Bau-Union anwachsen und etwas werden. Seine Jugend begann in der Jungen Welt noch einmal. Die Vergangenheit lag verschlossen im Schrank des Kaderleiters. Er glaubte es jedenfalls, und er sah jetzt für Paul keine Möglichkeit mehr nachzukommen.

Nächtlicher Auftrag

Ein Lkw brummte über die Brücke. Die Jungen bogen die Rücken gerade. Das Fahrzeug wendete auf der letzten Abfahrt, die Kupplung krachte, drohend heulte der Motor auf.

Im Rückwärtsgang schaukelte der Wagen heran. Es war ein H-6, wie Egon feststellte, und der Fahrer war Jakob. Er hupte aufmunternd, drosselte den Motor und sprang aus dem Fahrerhaus.

»Schnell, schnell! Prima Schlacke eingetroffen. Anstatt morgen kommt sie heute. Wo bleibt die Initiative?«

Die Jungen waren enttäuscht. Sie hatten sich auf den nahen Feierabend gefreut.

»Überstunden sind natürlich freiwillig«, rief Werner. »Wer will mit?«

Egon schwang sich als erster über die Seitenwand. Feuerwehrdoktor folgte. Einer nach dem andern stieg hinauf. Jakob raste los. Salzsäure hatte die Höllenfahrt geahnt und war ins Fahrerhäuschen geklettert. Busfahrer gehörte sowieso neben das Steuer.

Kurzer Halt im Lager. Die Jungen sollten Kaffee mitnehmen. Auch Egon sprang hinunter. Kaffeekübel wurden heraufgehoben, eine Schüssel mit Blechtassen. Werner lief in die Baracke, um den Moralaufruf an das Schwarze Brett zu heften.

Als Jakob anfuhr, rannte ein kleiner, kohlenstaubschwarzer Mann um die Ecke vom Speisesaal, winkend, schimpfend. Jakob hielt und fluchte.

»Gehört der zu euch, der blonde Bengel, hat an der Hose hinten so'n gelbes Schild?«

Egon, der sich hinter seinen Freunden verborgen hatte, als er den Heizer erblickte, wurde rot.

Alle schauten ihn an, neugierig, was er wieder angestellt hatte. Der Heizer zog sich auf den Reifen und lugte über die Seitenwand.

»Ha! Da ist er ja! Dieser Bengel! Kommt eben in den Kohlenbunker, spendiert großartig eine Zigarette, fragt scheinheilig, was meine

Kinder machen – sind alle schon verheiratet –, und als er weg ist, ist meine Schippe auch weg! Da ist sie ja!«

Erst jetzt sahen alle, dass Egon eine andere Schaufel hatte, eine große, viereckige Kohlenschaufel. Er saß drauf.

»Was soll der Schabernack?«

»Ach, Opa, schimpf doch nicht so! Mein kleiner Löffel hier ... immer wenn er voll war, hat's sich angefühlt, als wäre gar nichts drauf. Lassen wir doch die Gerechtigkeit walten: Ich nehm den großen Löffel, du nimmst den kleinen.«

Er spendierte noch eine Zigarette und hielt dem Heizer die kleine Schaufel hin. Der steckte die Zigarette hinters Ohr und wackelte kopfschüttelnd davon.

Der H-6 rumpelte durch Brackenberg. Ein struppiger Dorfköter, von den Jungen zu lautem Gekläff aufgestachelt, hetzte hinterher. Sie überholten einen gummibereiften Pferdewagen, fünf Melker in kurzärmligen Melkerhemden, die fuhren auf die Weide.

Eine gemütliche Unterhaltung war unmöglich. Egon hockte auf seinem großen Löffel, hielt den Stiel mit beiden Händen umklammert und freute sich. Wie würde sich Christine ärgern, wenn sie seinen Wilhelm auf dem Dokument entdeckte. Und heute würde sie ihn nicht mehr zu sehen kriegen, sollte sie mit anderen Boys herumflirten und sich lustig machen, so viel sie wollte. Er würde die Volksernährung sichern helfen.

Was hatte sie gesagt? Aber ... Egon, die Nofretete war doch eine Königin aus dem alten Ägypten. Na, wenn's nach ihm ginge, die Nofretete könnte auch eine Kindermörderin aus Honolulu gewesen sein, er war sie los und den Ärger dazu. Was hatte ihm der Spaziergang eingebracht? Einen Anschnauzer von Werner. Den hatte er verdient, jawohl! Es sollte der letzte gewesen sein. Er wollte nicht sein Lebtag dazu verdammt sein, immer und überall unangenehm aufzufallen. Durch seine Forschheit bei der Unterschrift hatte er wieder etwas Boden unter die Füße bekommen. Weshalb hatte sie ihn zu dem Ausflug überhaupt gehetzt? Duzen wollte sie ihn dürfen, damit sich niemand lustig machte. Soll sie den Willen haben, die Schlange, aber jetzt ... so hoch liegt der Schnee!

Wegen mangelnder Gesellschaft würde er sich nicht zu beklagen brauchen. Waren in Ordnung, die Jungs, besonders Werner, hatte sich redlich gequält, bestimmt hat er Blasen an den Händen. Ist ein einfacher Mensch geblieben, auch nach so einem langen Studium. Wie gutmütig seine Augen hinter der Brille aussehen, Vater ist Schlosser auf 'ner LPG, Schwester züchtet Geflügel, Bruder ist Leutnant bei der NVA. Was ist Paul Borchert gegen einen Werner Schmiedeberg? Niemand kann ihn jetzt vom Aufstieg abhalten. Weder Paul noch Christine, dieses achte Weltwunder. Sobald er Zeit hatte, würde er der Mutter schreiben. Sollte sie sich mit ihm freuen!

Der H-6 fuhr durch ein Stadttor. Schon Moorland? Ja, sie waren in Moorland.

Ein langer Speicher, dahinter ein Gehege für Schlachtvieh, der Expressgutschuppen – das war die Ladestraße vom Bahnhof Moorland. Auf dem holprigen Pflaster eine dicke Schlammschicht. Neben dem Gleis längliche Kalkhügel, Mineraldünger und Kohlengrus.

Jakob raste bis ans Ende der Ladestraße, fuhr einen engen Kreis und hielt neben ihrem Waggon. Es blieb kaum eine Handbreit Zwischenraum. Die Jungen rappelten sich hoch, stützten sich auf die Schaufeln und schätzten die neue Arbeit ab. Ein flacher Vierachser mit zwei Bergen dunkelgrüner Schlacke. Feuerwehrdoktor entdeckte den Begleitzettel. Zwanzig Tonnen! Egon sprang als erster hinüber und suchte einen Anfang. Mit der Schaufel war der Ladung nicht beizukommen. Er spuckte in die Hände, hob einen großen Brocken an, wuchtete ihn auf die Seitenwand vom H-6 und ließ ihn auf die Planken bumsen. Die anderen machten es genauso. Ein Trommelfeuer von Schlackebrocken begann. Das Material war leicht, aber es ließ sich wegen der scharfen Kanten schlecht handhaben.

Bald verschwanden die Planken unter der Schlacke. Das Poltern ging in ein helles Klacken über.

Egon hatte einen Ansatz für die Schaufel frei. Sein großer Löffel knirschte unter die Schlacke, nachgedrückt, bis er voll war, hoch damit und rübergelangt.

»Los, los, Boys, haut rein, die Norm steht günstig!« Schnell lief ein neuer Arbeitsrhythmus an. Bald kam überall der Boden zum Vorschein. Die Jungen lösten sich ab, denn nur die halbe Brigade hatte Platz. Stetig nagten sechs Schaufeln die Berge an. Die Arbeit war schwerer als das Auskoffern. Aber sie machte mehr Spaß, denn man musste geschickt sein. Außerdem sah man nach jeder Schaufelportion, dass die Berge kleiner wurden.

An einer Stelle schälte sich ein flacher Riesenbrocken heraus. Waldemar sprang hinauf, aber der Koloss rührte sich nicht. Erst als man ihn unterhöhlt hatte, kippte er vornüber und zeigte seine andere Hälfte. Man schätzte ihn auf vier Zentner. Unmöglich, ihn ganz über die Wand zu bringen.

»Ein Hammer muss her!«, rief Egon. »Der wilde Jakob muss einen Hammer organisieren!«

Jakob wusste, wo man das gewünschte Werkzeug bekam. Im Expressgutschuppen. Der Hammer hatte einen meterlangen Stiel und einen Kopf, der zehn Kilo wog. Egon nahm ihn in die Hand und fand, dass er seinen Kräften angemessen sei. Er zog das Turnhemd aus, schlich um den Brocken herum, bis er die schwächste Stelle gefunden hatte. Kräftig in die Hände gespuckt, den Block nicht aus den Augen gelassen ... er hob den Zwanzigpfündigen weit über den Kopf zurück, verzog das Gesicht zu einer schrecklichen Grimasse und schwang den Hammer in weitem Kreis auf den Klotz. Er zerbarst in drei Teile, der Hammerstiel in zwei.

»Was für meine Uhrkette ...«, murmelte Egon, erklärte aber nicht, ob er den Brocken oder den Hammer meinte, und wischte sich mit dem Hemd das schweißglänzende Genick.

Jakob grinste: »Prima! Reicht mal die Teile runter!« Er steckte sich in jede Hosentasche eine Flasche Bier und brachte das zerbrochene Werkzeug zurück. Bis die Spannkette unter einem flachen Hügel verschwunden war, ließ Jakob die Jungen laden. Der Waggon war halbleer.

Jakob hatte 200 Zentner geladen! Jeder suchte sich ein Plätzchen, der H-6 kroch von der Ladestraße, kurvte durch Moorland und brummte sicher über die Straße nach Brackenberg.

Man müsste noch ein Fahrzeug haben, rechnete Egon, dann die Brigade teilen – wenn die eine Hälfte zur Trasse fährt, kann die andere schon laden, elf Mann im Waggon sind sowieso zu viel. Und Jakob? Hm … Jakob würde nicht mitmachen, will alles selbst abfahren, der alte Gauner, was macht der bloß mit dem ganzen Geld?

Die Gegend am Lager wimmelte von Spaziergängern. Geringschätzig blickten die Borkenheider auf die Untätigen herab, sie waren schon mittendrin in der Urbarmachung. Christine war nirgends zu sehen. Salzsäure und Plundi blieben zurück, um Abendbrot zu empfangen. Jakob hielt im neuen Straßenbett, klappte die Seitenwände herunter – schon lag die halbe Ladung unten – eine Wagenlänge vorgerückt – schaufeln, schaufeln, schaufeln – der H-6 war leer. Zurück. Das Abendbrot, eine Wanne voll Stullenpakete, wurde heraufgereicht.

»Der Lagerleiter hat mich gefragt, ob der SED-Genosse um sieben im Lager ist«, sagte Plundi.

»Und was hast du geantwortet?«

»Dass wir arbeiten müssen.«

Werner nickte.

Als erster sah ihn Egon. Im grünen Gelände-Horch fuhr der Lagerleiter auf die Ladestraße.

»Hoher Besuch kommt!«

Die Jungen hielten beim Schaufeln inne und blickten Hans Zimmermann neugierig entgegen. Werner schaufelte weiter. Hans kletterte auf den Waggon und gab allen die Hand.

»Habt ihr schon gegessen?«

Egon berichtete, dass sie für Tage satt seien.

»Warum wird die Schlacke nicht morgen früh entladen?«, fragte Hans den Brigadier.

»Morgen kosten die Waggons Standgeld.«

»Ab 13 Uhr erst!«

»Und wenn morgen früh neue Waggons kommen?«

»Seid ihr die einzige Brigade? Nein. Aber Onkel Jakob wünscht das nicht. Sonst wird womöglich noch ein zweiter H-6 angefordert, und er muss den Achtstundentag einhalten. Ich kann dir sagen, wenn Jakob die Begeisterung ausnutzt und dabei die Erziehungsarbeit blockiert, wird dich die Partei zur Verantwortung ziehen! – Na, Versammlung vergessen?«

»Wenn die Brigade schuftet, kann man als Genosse nicht auf Versammlungen sitzen.«

Hans wandte sich an die Jungen: »Es geht um folgendes: Die Genossen wollen heute Abend Fragen beraten, die für das ganze Lager wichtig sind. Klar, dass daran alle teilnehmen müssen. Könnt ihr vielleicht einen Abend ohne euren Genossen auskommen?«

»Kleinigkeit!«, rief Egon. »Na los, macht schon Versammlung! Warum hast du denn vorher keinen Ton gesagt? Jetzt muss der Lagerleiter erst seinen Schlitten aus dem Stall holen!«

Verlegen stocherte Werner in der Schlacke. Hans fragte ihn nach seinem Stellvertreter. Daran hatte niemand gedacht.

»Wer könnte dich denn mal vertreten?«

»Egon!«, riefen einige gleichzeitig. »Das macht Egon!«

Egon brachte vor Überraschung kein Wort heraus. Und niemand wunderte sich, dass man ihn vorgeschlagen hatte.

»Ah, der Schachmeister also? Na, und was sagt der Genosse dazu?«

Werner sprang vom Waggon und stieg in den Kübelwagen. Als der Horch anfuhr, präsentierten die Jungen ihre Schaufeln und riefen: »Hurra!«

Egon hatte keine Zeit, in Glücksgefühlen zu schwelgen.

»Los, Männer! Schippen, schippen, die Woche ist gleich rum, übermorgen ist schon wieder Mittwoch!«

Jakob hatte im Wartesaal hinter der Gardine gestanden und alles beobachtet. Er schlenderte heran, Bierflaschen in der Hand.

Egon warnte: »Wenn der wilde Jakob jetzt Bier raufllangt, dann nimmt das keiner an, verstanden?«

»Verstanden!« Die Jungen schaufelten wie besessen weiter.

»Wenn ihr mich zum 2. Brigadier gemacht habt, dann dürft ihr mich auch nicht blamieren. Wir müssen genausoviel schaffen wie unter Werner.«

»Schaffen wir. Noch mehr schaffen wir!«

Jakob war heran. »Macht Pause! Für jeden eine halbe Flasche!«

Die Schaufeln knirschten und klapperten.

»Pause machen! Bier trinken!«

»Keine Pause. Wir sind grad so schön in Schwung!« Jakob schüttelte den Kopf und stellte die Flaschen auf das Dach. So etwas war ihm wohl noch nie passiert. Er schaute auf den Wagen, ob er bald voll sei, und schlenderte zum Wartesaal zurück.

»Pilsner!«, sagte Salzsäure.

»Ruhe!«, rief Feuerwehrdoktor.

»Wirklich!«

»Das gehört uns nicht. Verstanden?«

Der Wagen war halbvoll. Egon erlaubte eine Pause. Die Jungen machten sich über das Bier her. Geringschätzig schaute er zu. Er hatte rasenden Durst. Jakob kam wieder.

»Was wollte der?«

»Das ist geheim.«

»Aha. Hat er gesagt, wann ihr Feierabend machen sollt?«

»Wieso?«

»Wir haben nämlich noch einen Job! Der Bauleiter rief eben an.«

»Was für ein Job?«

»Bordsteine holen. Nur zehn Tonnen. Aus der Bezirksstadt. Der Abend ist sowieso angebrochen.«

»Das können wir doch morgen noch«, schlug Gänsehals vor.

»Dann schnappt sie uns eine andere Bauleitung weg. Sie sind außerplanmäßig für den Sportplatz abgezweigt. Initiative musst du haben! Wenn sie heute nicht geholt werden, gehen sie morgen woandershin.«

Egon wusste nicht, was er sagen sollte. Alle schauten ihn an und erwarteten eine Antwort.

»Wir werden überlegen. Geh inzwischen spazieren«, antwortete er, »Wir machen das demokratisch!«

»Werner hätt gleich ja gesagt«, behauptete Jakob.

Egon winkte die Jungen näher.

»Lassen wir uns die Klamotten wegschnappen?«

»Das gibt Pluspunkte«, antwortete Feuerwehrdoktor.

»Wer ist für die Fahrt?«

Alle hoben die Schaufel. Egon rief Jakob heran. »In Ordnung!«

Auf der Taschenuhr war es neun, als die letzte Schlacke vom H-6 gekratzt wurde. Sie starteten zur dritten Fahrt. Im Fernsehraum brannte Licht; die Genossen waren noch nicht fertig mit der Beratung.

In seinen kühnsten Träumen hätte Egon nicht gehofft, von den Jungs so früh schon eine wichtige Aufgabe zu bekommen. Die Verantwortung über acht FDJler, war das etwa nicht wichtig? Genau genommen, seine erste Funktion war's nicht, er war ja Pauls Stellvertreter gewesen. Was aber war sein Klub gegen diese Brigade? Ein Gammelhaufen, den jeder schief ansah, den niemand brauchte. Vor zehn Tagen noch in Haft – jetzt zweitwichtigster Mann einer Jugendbrigade.

War das ein Weltwunder oder nicht? So was war nur möglich, weil es diese Junge Welt gab. Wenn das so weiterging ... er würde es bis zum Lagerleiter bringen. Ja, bis zum Lagerleiter.

Eine halbe Stunde dauerte die Fahrt, und eine halbe Stunde mussten die Jungen warten, bis jemand kam und die Ladung freigab. Die länglichen Granitsteine ließen sich besser bewegen als die Schlacke. Um elf waren alle aufgeladen.

»Steigt jemand vorn ein?«, rief Jakob.

Niemand meldete sich. Keiner wollte es bequemer haben als die anderen.

Langsam fuhr Jakob durch die nächtlichen Straßen. Hell leuchteten Schaufenster, Neonreklamen flammten, ein Schwarm Jawas knatterte vorbei, Mädels hockten hinter den Fahrern, hatten den Kopf an den Rücken gelegt, als horchten sie etwas ab, in der Kurve kippten die Räder in die Schräglage, und weg waren die Pärchen.

Aus einem Kino ergoss sich ein Menschenstrom. Winkende Mädchen.

»Menschenskinder, ich bin jetzt in Fahrt!«, rief Schmetterling.

»Die ganze Nacht könnte ich durchmachen!«

»Eine Fahne müsste man haben«, sagte Feuerwehrdoktor, »die würde aber schön flattern!«

»Kommt noch, kommt noch«, tröstete Egon, »die erste Auswertung, und wir haben sie!«

Salzsäure stimmte einen Schlager an. Laut und falsch sangen alle mit.

Auf dem Markt hielt Jakob, kletterte aus dem Fahrerhäuschen und zog sich die Hose hoch.

»Ich habe noch kein Abendbrot. Gestattet ihr?« Er deutete auf eine Gaststätte.

»Im Lager gibt es doch bestimmt noch was!«, sagte Egon.

»Der Lagerfraß hängt einem zum Hals heraus. Eine halbe Stunde nur!«

»Das Lageressen ist kein Fraß, sondern das beste Essen der Welt«, behauptete Egon. »Außerdem sind die Jungs sechzehn Stunden unterwegs. Eine halbe Stunde wird die Fahrt noch dauern und ebenso lange das Abladen.«

»Die Steine könnt ihr morgen abladen!«

Feuerwehrdoktor sagte, wenn Jakob versprechen würde, um Mitternacht im Lager zu sein, sollte eine halbe Stunde gestattet werden. Jakob versprach alles. Die Jungen kletterten vom Wagen. Jetzt fühlten sie die Müdigkeit.

»Wartet«, sagte Jakob, »ich werde fragen, ob noch etwas da ist.« Bald kam er wieder. »Ich bekomme noch etwas. Aber die Kneipe, Junge, Junge, so vornehm. Ihr kommt mit diesen Sachen hier nicht rein. Irgendwo soll eine Imbissstube sein. Wartet doch. Ich beeile mich.« Und schon war er in der vornehmen Kneipe verschwunden.

Alle schimpften. So eine Gemeinheit! Zum Arbeiten waren sie gut genug. Nun schämte er sich ihretwegen. Warum er wohl nicht ebenfalls in eine Imbissstube gehen konnte? Am empörtesten war Egon. Er fand auf dem Marktplatz eine Pumpe und wusch sich Gesicht und Arme. Feuerwehrdoktor musste ihn kämmen. Im Bewusstsein, eine Brigade hinter sich zu haben, trat er ein.

Jakob saß an einem leeren Tisch und schaute nebenan beim Skat zu. Egon baute sich vor ihm auf und sagte: »Wenn Sie nicht sofort losfahren, können Sie sich morgen eine andere Brigade suchen!«

»Die Küche hat doch schon geschlossen. Sie macht nun noch extra was fertig. Wartet doch!«

»Ich werde dir was sagen: Wir brauchen keinen Arbeitgeber, Arbeit finden wir allein, du Initiative!«

Egon kehrte um, Jakob folgte unverzüglich. »Ihr könnt doch morgen ausschlafen, habt heute genug geschuftet. Ich werde persönlich mit dem Bauleiter sprechen. Und Waggons sind morgen nicht gemeldet. Das Essen ist nun schon bestellt.«

»Sie sind gar nicht berechtigt, uns einen freien Vormittag zu versprechen!«

Jakob ging in die Gaststätte, um das Essen abzubestellen. Egon wich nicht von seiner Seite. Wütend brauste der H-6 aus der Stadt.

Ein schwarzer Nachthimmel, flimmernde Sterne. Mäuse hüpften über den Asphalt, ein eiliger Igel. In Brackenberg der Köter von vorhin. Von vorhin? Acht Stunden war's her.

Vor dem »Goldenen Hirsch« – letzte Gäste, die Hauswand ganz nah im grellen Licht. Die Scheinwerfer zitterten an den Apfelbäumen der Lagerstraße auf und ab, streiften das Transparent, schwenkten zum Rohrlager um, huschten im Viertelkreis an den Baracken vorüber … Das Lager schlief. Nur in der Lagerleitung war noch Licht. Unverdrossen zirpten die Grillen im Straßengraben. Aus der Wiese wehte ein Froschkonzert herüber. Im Gahlenberger See, der wegen seiner Seerosen unter Naturschutz stand und der fischreichste See Norddeutschlands war, stand irgendwo eine Rohrdommel: Www-dummp www-dummp.

Jemand knipste im Speisesaal Licht an. Werner hatte für seine fleißige Brigade den Tisch gedeckt. Aber größer als der Appetit auf heiße Bockwurst war die Müdigkeit.

Schnell in den Waschraum, geduscht, Sonnenbrand bewundert und nichts wie ins Bett!

Egon berichtete Werner, der billigte alles. Der Vormittag sollte arbeitsfrei sein, vorausgesetzt, es kämen keine Waggons. Gute Nacht!

Werner sah, wie aus der unteren Etage ab und zu eine Hand eine glimmende Zigarette zum Hocker reckte und in den Ascher stippte.

»Egon?«

»Ha?«

»Am Sonntag soll ein Schachturnier starten.«

Egon stand auf und stützte die Ellbogen auf Werners Bett.

»Machst du mit?«

»Na klar!«, flüsterte Egon.

»Es fehlt aber jemand, der es organisiert.«

»Hm.«

»Das könntest du eigentlich machen ...«

Egon drehte zweimal den Hals aus dem Kragen. »Wie denn ... ich?«

»Ja, du!«

»Aber ... Ich mein ... so was hab ich doch noch nie gemacht.«

»Dann muss ich's eben machen.« Werner wälzte sich auf die andere Seite und gähnte.

»Nein, nein! Warte doch! So war's ja nicht gemeint. Ich hab nur Angst, dass was schiefgeht. Ich mein ... wenn du mich 'n bisschen anleiten würdest?«

»Selbstverständlich, ich helf dir. Gib das Turnier bekannt, aber so, dass alle davon wissen. Wer mitmachen will, soll sich bei dir melden. Dann sehen wir weiter.«

»Prima, prima«, lobte Egon, »habt ihr das auf der Versammlung ausgetüftelt?«

»Ja, das auch. Der Vorschlag stammt übrigens vom Lagerleiter.«

»Vom Lagerleiter? Hat der sonst noch was gesagt?«

»Dass du ein begabter Schachspieler bist!«

»Tatsache?«

»Tatsache!«

Egon kletterte in die untere Etage und wickelte sich wieder in sein dünnes Deckbett. Der Brigadier hat also gedacht, dass auf dieser Versammlung nichts Wichtiges passieren würde. Über derartige Aufträge kann man nicht genug reden! Ihm fiel etwas ein.

»Werner?«

Werner schlief schon.

Leise verließ Egon das Zimmer. Einmal schlich er um die Baracke. In allen Tonlagen rasselten Schnarcher. Hans hatte noch Licht, er saß am Tisch und schrieb etwas. Gähnend stellte er einen winzigen Tauchsieder in die Kaffeetasse. Todmüde schlief der Tag ein. Er hatte viel zu tun gehabt, und die Sommernacht ist kurz.

Der Held des Tages

Fünfzig Schachbretter

Die Morgensonne schien gegen die geblümten Fenstervorhänge und warf mattes Licht auf die schlafenden Mädchen. Christine setzte sich aufrecht, rieb die Augen und befühlte ihre kurzen Zöpfe. Die Zöpfe waren heil. Dann hatte sie also ruhig geschlafen, trotz der vielen Gedanken am Abend vorher. Bis spät nach Mitternacht hatten die Mädchen miteinander geflüstert, vor allem über Borkenheider Probleme, und als es im Zimmer still war, hatte sie lange wach gelegen.

Die andern Mädel schliefen noch. Nebenan hing ein zierlicher Fuß mit rotlackierten Nägeln herunter; gewiss träumte Marianne von ihrem Peter, dem sie jeden Tag einen Brief schreiben wollte, und vielleicht träumte sie, dass ihr Freund, er lernte Schlosser und war siebzehn, ein Jahr älter als sie, in den sechs Wochen ein Stückchen wachsen möge; denn zur Zeit war er leider nur genauso groß wie sie.

Ernstere Probleme hatte das Mädel im Bett darunter. Waltraud Weslowski war Serviererin in der Mitropa. Sie stammte vom Lande und war in Berlin verheiratet gewesen. Vor Heimweh war sie aus der lauten, eiligen Stadt geflüchtet, aber sie schämte sich ihrer zerbrochenen Ehe und blieb in Borkenheide hängen. Nie wieder wollte sie ins heimatliche Dorf zurück.

Das hatte sie erzählt, als sich die andern darüber wunderten, dass sie schon um acht ins Bett ging. Waltraud hatte für Borkenheide keinen Zuzug bekommen, sie wohnte bei einer Kollegin und musste mit ihr, wenn sie gleichzeitig Schicht hatte, in einem Bett schlafen. Hier hatte sie endlich wieder ein Bett für sich allein, und glücklich schlief sie, Arme und Beine weit von sich gestreckt.

Christine dachte an den vergangenen Vormittag. Die Busfahrt fiel ihr ein und der Spaziergang mit Egon. Sie hatte gestern lange nachgedacht, warum der Junge so empfindlich sein mochte. Weshalb interessierte sie das? Mit Liebe hatte das doch wohl nichts zu tun. Sie musste wieder daran denken, wie die Marianne vom Küssen geschwärmt hatte. »Du bist dann einfach weg!« hatte sie gesagt. Christine hatte sich schon ein paarmal küssen lassen, aus Neugierde, sie war grenzenlos enttäuscht worden; denn jedes Mal hatte sie es völlig gleichgültig gelassen. Wenn ihr nun überhaupt der Sinn für so etwas fehlte?

Sie fand keine Antwort auf die Frage, weshalb sie sich geärgert hatte, als Egon sie eine halbe Stunde warten ließ und dann woanders hinging. Und … warum war sie so froh gewesen, als sie hörte, dass er im Wartesaal und nicht in einem fremden Bett geschlafen hatte? Auch wusste sie nicht, warum ihr ein Egon ohne Kitsch lieber war als mit diesem Anhänger und der handgestrickten Krawatte. Vielleicht hing das mit ihrem alten Drang zusammen, allen Wesen, die es nötig hatten, zu helfen. Regelmäßig hatte sie als Kind ihr teures Spielzeug verschenkt. Die Eltern erzählten manchmal, was sie als Sechsjährige angestellt hatte. Ein kleines Mädchen aus der Nachbarschaft war in den Garten gekommen, um mit ihr zu spielen. Christine konnte nicht hinunter, die Eltern waren fort und hatten die Haustür abgeschlossen.

Da warf sie dem Mädchen ihre schönste Puppe hinunter, und die Folge war, dass sich bald alle Kinder aus der Birkenallee in Langes Garten versammelten und sie sämtliches Spielzeug zwischen die juchende Gesellschaft warf. Ihre Freude war unbändig, und als die Eltern kamen und die Geschichte erfuhren, konnte ihr niemand ein böses Wort sagen. Ihr lag nicht allzu viel an den bunten Dingen, die es in den Spielzeugläden gab. Mit einem zerbrochenen Regenschirm oder einem alten Brillenfutteral beschäftigte sie sich viel lieber. Am liebsten aber lockte sie herrenlose Hunde und Katzen ins Haus, die Langes sehr schwer loswurden, denn bei Christine hatten sie es gut.

Christine war glücklich, wenn sie andere glücklich machen konnte. Weinte jemand, weinte sie mit. Grausame Menschen hasste sie, und sie war verzweifelt, wenn sie sah, wozu Menschen fähig waren. Als die Konterrevolutionäre über Kuba herfielen, wollte sie als Krankenschwester nach Kuba, und als dies nicht möglich war, ging sie in die Häuser der Birkenallee und sammelte Geld.

Was das alles mit Egon zu tun hatte? Sie merkte, dass der Junge

Hilfe gebrauchen konnte, aber die Spur eines bisher unbekannten Egoismus war dabei: dass Egon für sie mehr übrig haben möchte als für alle andern Mädel.

Es war fünf. In einer Dreiviertelstunde sollte Morgenappell sein, ab sechs gab es Frühstück. Martha Nickel zog ein Bein unterm Deckbett hervor und stemmte es gegen das Polster der oberen Etage. Sie schaute herauf, den Kopf voller Lockenwickler.

»Wir wollen doch Frühsport machen?«

Christine kletterte hinunter und setzte sich neben sie auf den Bettrand. Martha musterte Christines baumwollenen Schlafanzug, zog ihre rosa Jacke zurecht und sagte: »Dederon.«

»Mein Vater sagt, dass Nachtkleider aus Dederon ungesund sind.«

»Ja?« Offenbar gefiel sich Martha in ihrem Pyjama aus Dederon, auch wenn es ungesund sein sollte.

»Sag mal, was habt ihr eigentlich für ein Auto?«

»Wir?« Christine wusste mit dieser Frage nichts anzufangen.

»Na, ihr habt doch eins, nicht?«

»Wie kommst du denn darauf?«

Martha konnte es nicht glauben, dass Langes kein Auto hatten. Christine erklärte, dass sie keins brauchten; für dienstliche Belange stände dem Vater ein Dienstwagen zur Verfügung, und was sonst zu erledigen sei, erledige er lieber zu Fuß.

»Ich hab einen Trabant bestellt«, sagte Martha. Sie hatte Christine auf der Herfahrt ihre neue Fahrerlaubnis gezeigt und mit ihren Kenntnissen der Straßenverkehrsordnung geprunkt.

»Wozu brauchst du denn einen Trabant?«

Martha lachte verlegen und hob die Schultern. »Wozu braucht man den eigentlich? Mutter und ich, wir haben uns in der Südsiedlung ein Häuschen gebaut, mit Garage gleich …

Christine wollte entgegnen, dass Spaziergänge und Leichtathletik Marthas Figur vielleicht dienlicher wären als Autofahrten, aber sie wusste auch, dass der kleine Junge auf dem Bild, das auf Marthas Nachtschränkchen stand, ihr Sohn war, und sie versuchte die Brigadierin zu verstehen, die schwer in der Konsumbäckerei arbeitete.

Martha stieg in ihre Filzpantoffeln, zog die bunten Vorhänge zurück und ging von Bett zu Bett. An Armen und Beinen zog sie die Mädel aus dem Schlaf. Stöhnend und gähnend und schimpfend erwachten sie, schwangen sich aus den Betten oder setzten sich aufrecht, um ihre Lage zu erörtern. Die verschiedensten Nachtkleider kamen zum Vorschein, grobe lange Hemden, Schlafanzughosen in allen Längen und Blusen, geblümte durchsichtige und berüschte.

Christine zog Trainingsanzug und Turnschuhe an. Martha ermahnte die Mädel, sich zu beeilen. Im Gänsemarsch trippelten sie in den Korridor.

Sie kamen nicht weit. Vor der Baracke wurden sie in einen Strudel gezogen, der sie zum Gebäude mit den sanitären Anlagen ablenkte. Der Aufregung nach zu urteilen musste dort in der Nacht Ungeheuerliches passiert sein.

Einige, die sich heraus drängelten, lachten. Aber man erfuhr nichts. Ein Mädchen vom Tagesdienst schob sich zwischen die Borkenheider und wedelte eifrig mit einem Heft: »Lasst mich nach vorn.«

Im Toilettenraum hatten sich ungefähr hundert Mädchen versammelt. An jeder Tür klebte innen ein beschriebener Zettel, den man im Sitzen bequem lesen konnte. Die Worte waren groß, verschnörkelt und einzeln unterstrichen:

> *ACHTUNG! ACHTUNG!*
> *Wir veranstalten nämlich am Sonntag ein regelrechtes Schachturnier. Personalien bitte sofort bei Egon, Baracke 1, Zimmer vier, abgeben.*

Darunter stand auf engstem Raum ein Nachsatz: »Sport frei!«

Die Jungen nebenan, hieß es, hätten die gleiche Bekanntmachung vorgefunden.

Das Mädchen vom Tagesdienst schwenkte immer noch ihr Heft.

»Ruhe! Einen Moment mal Ruhe! Hier, im Wachbuch, tolle Sache! Passt mal auf.« Und nun erfahren alle von zwei besonderen Vorkommnissen in der vergangenen Nacht.

Um 1.07 Uhr erscheint der Jugendfreund Egon Brümmer; stellvertretender Brigadier aus der Brigade Borkenheide, und gibt an, einen wichtigen Auftrag des Lagerleiters erledigen zu müssen. Er bittet um vier alte Plakate, einen Blaustift, einen Rotstift und stellt 24 Bekanntmachungen her, deren Inhalt er streng geheim hält. Er verlässt um 2.05 Uhr das Zimmer, nachdem er eine Tube Kittifix ordnungsgemäß im Materialausgabebuch quittiert hat.

Frohmut,
Verantwortlicher vom Tagesdienst

Um 2.30 Uhr kam Helga Schulze aus der Steinhagner Brigade zu uns und sagte, dass sie am Eingang zur Mädchentoilette mit einer unbekannten männlichen Person zusammengestoßen sei. Der Junge, ca. 20 Jahre alt, etwa 1,80 groß und blond, wollte hineinschleichen, als sie das Gebäude verließ. Helga Schulze bekam einen großen Schreck. Der Junge auch, er rannte hinter die Sanitätsbaracke ins Gebüsch. Weil die Jugendfreundin dachte, dass sich der Junge vielleicht im Duschraum der Mädel verstecken wollte, hat sie mich alarmiert. Wir haben uns beide so aufgestellt, dass wir den Eingang genau beobachten konnten. Es dauerte nicht lange, und der Junge kroch aus dem Gebüsch. Leider konnten wir ihn nicht erkennen, denn wir waren zu weit weg. Er schaute sich ängstlich nach allen Seiten um und schlich in den Eingang. Wir nahmen die Luftgewehre und hinterher. Aber die Kabinen im Duschraum waren leer. Wir warteten fast eine halbe Stunde, dass sich der Junge irgendwo zeigte. Aber er hatte uns ganz gemein angeführt. Als wir von ihm nichts zu sehen bekamen, wollten wir wieder hinaus. Er hatte unter die Türklinke ein Brett gestellt.

Inge Schabert

Aus dem Frühsport wurde an diesem Morgen nichts. Die Mädchen standen irgendwo eingekeilt oder hatten sich hinausschieben lassen. Christine fand im Waschraum einen freien Hahn, putzte die Zähne und wartete, bis eine Duschkabine frei wurde.

Wie konnte man einem Egon nur zutrauen, dass er sich hier verstecken würde, um die Mädel beim Duschen zu beobachten! Natürlich würde sie mitspielen bei diesem Turnier. Vielleicht sogar die ganze Brigade? Dann würde er ihr den Spaziergang bestimmt nicht mehr übelnehmen.

Dass er auch gleich so einschnappen musste! War's denn wirklich so schlimm gewesen? Durfte man nicht mehr wissen als er?

Ob die Mädel spielen konnten?

Christine duschte abwechselnd heiß und kalt, lief ins Zimmer und zog ihre Arbeitskleidung an, eine schwarze weite Gummijacke, lange Hosen aus dem gleichen Material und zierliche Gummistiefel.

Es gab schon wieder eine Sensation. Diesmal zog die Wandzeitung an wie ein Magnet. Christine schob sich in die Menschentraube und reckte sich. Sie sah zuerst nur Egons auffallende Unterschrift. Dann las sie den Text. Sollte das der zweite Witz sein? Jemand drängte sich vor und schrieb etwas auf den Zettel. Nun lautete der letzte Satz: »Wir rufen alle Brigaden auf, die noch an den Klapperstorch glauben, sich uns anzuschließen!«

Christine hätte schwören können, dass diesen Aufruf der Philosoph verfasst hatte, nein, ein Witz sollte es nicht sein, ein ernster Mensch wie Werner Schmiedeberg ließ über derartige Themen keine Witze zu. Dennoch, es war zum Lachen.

Ein Mädchen rief: »Die kriegen man bloß keine ab!« Sicher hatte Egon gegrinst, als er seinen Namen unter den Beschluss gemalt hatte, genauso wie er gegrinst hatte, als er die Zettel an die Türen klebte. Sollte Egon, ausgerechnet ein Egon, das laut Lagerordnung gewünschte kameradschaftliche Verhältnis denn so auffassen?

»Lästert nur!«, rief eine wohlbekannte Stimme. »Ihr seid ja bloß neidisch auf unsere Vorbildlichkeit!«

Sie drehte sich um, sah Egon, sagte von oben herab:

»Richtig! Sehr richtig! So was ist der reine Neid!« und ging.

Beim Frühstücken wanderten von allen Tischen Zettel zum Tisch der Borkenheider – Personalien für das Turnier.

»Wie findet ihr eigentlich unsere Jungs?«, fragte Christine.

»Jeder sagt, wer ihm am besten gefällt. Aber leise, sonst schicken sie 'ne Resolution.«

Drei Stimmen gingen an Feuerwehrdoktor. Egon bekam eine; für ihn stimmte Martha.

»Was dir an dem gefällt!«, sagte Christine.

»Alles!«

»Na, ich bin für Werner Schmiedeberg.« Das verwunderte niemand.

Marianne fragte: »Wisst ihr, wie der Egon weiter heißt?

Brümmer! Martha Brümmer! Haha!«

Was man alles beachten musste! Zugegeben, schön war er nicht, der Name. Wie sich wohl ihr Vorname daneben ausmachen würde?

Frau Dr. Christine Brümmer … Auf welche Gedanken man kam! Egon Brümmer … wenn er wenigstens Brünner hieße!

»… und die Augen!«, schwärmte Martha kauend. »Schon gesehen von nahebei! Durch und durch gehen die, wie Röntgenaugen, sogar wenn du deine zu hast, siehst du die noch vor dir!«

»Ich mach meine Augen nie zu«, berichtete Marianne, »und Peter schimpft dann. Aber sonst vertragen wir uns immer.«

»Wenn einer richtig mit mir tanzt«, erklärte Martha, »am besten einen schmalzigen Tango, mit Gesang, und mir dann was ins Ohr flüstert und ein bisschen zärtlich wird und nicht grob ist, ach Leute …«

Widerspruch. Das sei alles nur oberflächliche Flirterei, auf diese Weise lebe man in den Tag hinein und habe bald ein Dutzend Gören zusammen.

»Wenn ich bei meinem vom Heiraten anfange, umarmt er mich, anstatt ja oder nein zu sagen!«, sagte Sofie Schlick, die ihrer Figur den Namen Sophia verdankte. Sie hatte erzählt, dass sie schon zwei Jahre mit dem Sohn vom Borkenheider Apotheker verlobt sei, aber ihn wohl nie heiraten würde, weil der Herr Papa etwas gegen sie habe.

Waltraud Weslowski saß da und sagte kein Wort. Martha wandte sich zu ihr und flüsterte: »Mit meinem ersten Freund war ich ein ganzes Jahr zusammen. Ich hatte Geburtstag, und er fragte mich, was er mir schenken soll. Ich habe glattweg gesagt: ›Ich wünsche mir einen Verlobungsring. Sonst nichts!‹ Ich saß dann da mit der Torte und den Gästen. Nie wieder!«

Christine war das Gerede, das sie selbst verursacht hatte, peinlich. Sie fragte: »Wollen wir uns nicht auch melden? Die Brigade geschlossen?«

Zwei Mädchen nur kannten die Spielregeln.

»Wie wär's, wollen wir Egon nicht bitten, uns Schach beizubringen?«

Schachunterricht bei Egon, das war ein Vorschlag! Aber ... stand nicht der Beschluss im Wege? Gelächter!

Christine sollte sofort einen Brief schreiben. Sie einigten sich auf folgenden Text.

Werter Egon!
Wir möchten auch gern beim Turnier mitmachen, können aber noch nicht spielen. Kannst Du uns das beibringen?

Mit freundlichen Grüßen!
Die Borkenheider Mädel-Brigade

Jedes Mädchen unterschrieb.

Christine überbrachte den Brief. Sie legte ihn auf den Zettelberg.

Egon blickte nicht auf, er starrte in sein Milchglas. Schmetterling nahm das Blatt, stand auf und deklamierte:

»Werter Egon!«

Der riss ihm den Zettel aus der Hand. Er las selbst, drehte den Hals aus dem Kragen und schob den Zettel zu Werner hinüber. »Was soll ich damit machen?«

Der Philosoph vertiefte sich in die Botschaft. »Hast du Lust?«

»Na ja ...«

»Aber?«

»Der Beschluss ...?«

Werner lächelte verständnisvoll.

»Siehst du, das ist genau das, was wir unter kameradschaftlichem Verhalten verstehen.«

Egon nahm die leere Brotschale, tat, als wollte er vom Küchenschalter Schnitten holen, und als er am Tisch der Mädchen vorbeikam, sagte er: »Geht klar!« Auf dem Rückweg musste er einen Teller mit Wurstportionen mitnehmen, die Christine gesammelt hatte.

Werner war inzwischen etwas eingefallen: »Du könntest doch überhaupt allen, die noch nicht spielen können ...?«

»Das wäre prima!« Egon wusste überhaupt noch nicht, wie er den Unterricht aufziehen sollte. »Und woher die vielen Bretter?«

»Du gehst zum Wirtschaftsleiter, sagst: ›Auftrag der Parteileitung‹, er soll bis heute Abend fünfzig Schachbretter organisieren.«

Werner ging zum Küchenschalter. Dort hing für Bekanntmachungen der Küchenleitung eine schwarze Tafel. Darauf schrieb er, dass heute Abend unter Egons Leitung für alle Interessenten ein Schachlehrgang beginnen würde. An vielen Tischen wurde diese Mitteilung mit Hallo begrüßt. Christine aber bedauerte, dass nun der Unterricht auf so breiter Basis stattfinden würde.

Der Lagerleiter bestand darauf, dass die Borkenheider Jungen den freien Vormittag bekamen. Ein Waggon Schlacke, der in der Nacht eingetroffen war, sollte am Nachmittag entladen werden. Die meisten legten sich noch einmal ins Bett und holten den versäumten Schlaf nach. Egon fand den Wirtschaftsleiter im Magazin. Eduard Blaschke, der ehemalige Klubhausleiter, verschnürte Säcke mit Bettwäsche, die in die Wäscherei gebracht werden sollten.

»Die Parteileitung schickt mich. Du möchtest bitte fünfzig Schachspiele organisieren.«

»Bis wann?«

»Bis heute Abend.«

»Aua, aua«, stöhnte Blaschke und notierte sich den Wunsch der Parteileitung.

Egon half beim Verschnüren. »Kannst du dir denken, wozu die Spiele gebraucht werden?«

Blaschke sagte, dass er vom Jazzbesen bis zum Liederbuch täglich die verschiedensten Dinge organisieren müsse, wenn er jedes Mal erst fragen wollte, wozu man das alles brauchte ...

»Kannst du dich noch an mich erinnern?«, fragte Egon.

Blaschke sah ihn an und schüttelte den Kopf.

»Na, das war so: Du hast verlangt, dass wir die Musikbox vor die Kirche stellen sollten.«

»Ach was ... hab ich das verlangt?« Seinem spöttischen Ton war anzumerken, dass er sich gut erinnerte.

»So ein Witz!«

Ach ... heute sollte das ein Witz sein. Egon hätte dem Jugendfreund am liebsten gründlich die Meinung gesagt dass ... ihm dieser »Witz« ein halbes Jahr eingebracht hatte ... dass Paul Borchert ein völlig haltloser Mensch geworden sei ... Aber tat er dem Jugendfreund nicht unrecht? War nicht jeder Mensch für sich verantwortlich? Leute wie Werner Schmiedeberg und Christine Lange hatten doch auch etwas aus sich gemacht. Und wer war dieser Eduard früher? Klubhausleiter konnte niemand backen, und erst recht nicht fielen sie vom Himmel.

Egon ging. Er hätte gern noch gefragt, wozu die Papierhüte da seien, aber er wollte Blaschke in seinem Eifer nicht aufhalten.

Im Lagerkonsum kaufte Egon Zwirn und Nähnadel. Als er am Schwarzen Brett vorbeikam, entdeckte er einen Zettel:

ACHTUNG! ACHTUNG!
Alle Jungen und Mädel, die im politisch-satirischen Kabarett mitwirken wollen, tragen sich bitte auf diesem Zettel ein!
Freundschaft! Schmiedeberg, Baracke 1, Zimmer 4

Noch ein Fremdwort mehr … egal, er trug sich ein. Übrigens war er der erste.

Im Schneidersitz setzte er sich aufs Bett und begann mit weißem Zwirn den abgerissenen Ärmel an das rote Hemd zu nähen. Neue Fragen verlangten eine Antwort. Zuerst bangte er um seine Schachspiele. Hatte der Eduard genug Respekt vor der Parteileitung? Wie viele Jungen und Mädel würden kommen? Hoffentlich saß am Abend nicht nur Christine mit ihrer Truppe vor ihm. Wie kam sie überhaupt dazu, ihn als Schachlehrer anzuheuern? Wollte sie sich etwa auf diese Tour an ihn heranmachen? Oder wollte sie ihm knifflige Fragen stellen?

Die Gedanken schweiften ab. Von den Problemen des Alltags kam er zu viel wichtigeren. Was waren Weltwunder? Erwin hatte gesagt, dass es nur sieben gab. Das Lexikon befragen …

»Die sieben Weltwunder. Antike Bezeichnung der bedeutendsten Sehenswürdigkeiten des Altertums. Die Zeusstatue des Phidias in Olympia; die Hängenden Gärten der Semiramis in Babylon; das Mausoleum in Halikarnassos; der Pharos (Leuchtturm) von Alexandria; die ägyptischen Pyramiden; der Koloss von Rhodos; der Artemistempel zu Ephesos.«

Was Egon am meisten interessierte, aber nicht im Lexikon stand: wer waren die vielen Menschen, die am Bau dieser Weltwunder geschuftet hatten? Als Schuljunge hatte er im Geschichtsbuch eine Zeichnung gesehen: Ägyptische Sklaven, es waren Tausende, schleppten Steinquader, aus denen die Pyramiden errichtet wurden – schrecklich, wenn man sich diese armen, ausgemergelten Menschen vorstellte. Wie viele mussten Hungers sterben oder unter der Peitsche der Aufseher oder bei Unfällen und nur, damit ein König sein standesgemäßes Grab bekam oder weil sich ein reicher Herrscher brüsten wollte, ein Wunder zu haben. Egon fand, dass diese menschenfressenden Bauwerke reichlich unnütz waren und die Bezeichnung Wunder überhaupt nicht verdienten. Wer weiß, wer sich diesen hochtrabenden Titel ausgedacht hatte!

Was waren diese alten unnützen Bauwerke zum Beispiel gegen seine Junge Welt? Zwanzigtausend Hektar Sumpf wurden in fette Weiden verwandelt. Eine Gegend, die bisher zu nichts taugte, konnte Nahrung für einige Tausend, Menschen liefern. Von sich aus hatte die Natur das nicht geschafft. Der Kaiser schickte seine Leute hierher, die das Land urbar machen sollten. Sand mussten sie heranschaffen, und damit bestreuten sie ein paar Gartenbeete. Davon waren nur protzige Urkunden übriggeblieben. Und der Nazi-Boss Hitler, der den Vater in den Tod gehetzt hatte? Der Reichsarbeitsdienst war geflüchtet, als er den ersten Damm halb fertig hatte.

Woran lag's? An den Menschen, die hier schufteten? Hatten diejenigen, denen das Land gehörte, kein richtiges Interesse daran, dass die Arbeit fertig wurde? Heute war die Wiese staatlich, das heißt, sie gehörte allen, und in der Regierung saßen einfache Arbeiter, die sich qualifiziert hatten.

Sechs große volkseigene Güter würden das Gebiet bewirtschaften, und auf den Butterstücken, die jetzt schon in Berlin zu kaufen waren, würde dann stehen: »Erzeugt im Jugendobjekt Große Moorländer Wiese.«

In den Broschüren stand ja einiges. Aber so einfach war das gar nicht zu verstehen. Waren die Jungen wirklich deshalb so begeistert bei der Sache, weil sie wussten, dass sie der Allgemeinheit nützten? Und zu Hause im Betrieb? Da wurde oft gegammelt und gemeckert, aber die Arbeit nützte doch ebenfalls allen. Vielleicht lag es daran, dass sie hier ernst genommen wurden und wichtige Aufgaben zu erfüllen hatten. Auf jeden Fall war es ein echtes Weltwunder, dass sie die Wiese endlich urbar machten und dass sie sich wohl fühlten bei der Arbeit. Wie überhaupt manches, recht besehen, einem Wunder ähnelte. Man brauchte nur zu wollen – und schon war man wer. Vielleicht würde auch Paul ein anderer werden können. Drüben hatten sie ja auch ihr Wunder, das Wirtschaftswunder, aber Paul, der so viel von dem Leben dort hielt, war zurückgekommen, hatte sich geärgert, dass der Chef der Großgarage an seiner Wagenwäscherei verdiente und er wegen eines Trinkgeldes einen Diener machen musste.

Mit derselben Beharrlichkeit, wie Egon allen Dingen auf den Grund zu gehen versuchte, hatte er seinen Ärmel angenäht. Er zog das Hemd an und marschierte ins Dorf. An der Stelle, von wo aus er das Gewimmel im Lager das erste Mal gesehen hatte, blieb er stehen und schaute sich um.

Wie die Zeit verging! Gestern Morgen total betrunken und voller Angst, heute schon die zweite Funktion. Alles begann, wie er sich das vorgestellt hatte, man baute auf ihn, nicht irgendwer, sondern Menschen, die etwas zu sagen hatten. Er war fest davon überzeugt, dass ihm noch viele Freuden bevorstanden.

Ja, viele Freuden würden ihm begegnen, und die Sache mit dem launischen Frauenzimmer betrachtete er als endgültig erledigt. Wenn man allerdings bedachte, wie schön er am ersten Abend mit ihr klargekommen war …

Er marschierte weiter.

Was sollte er im Dorf? Den »Goldenen Hirsch« beachtete er überhaupt nicht. Auch am Konsum ging er vorbei, und telefonieren wollte er ebenfalls nicht. Sein Ziel war das Haus mit dem blanken Messingteller, der »Damen- und Herren-Salon«.

Als er öffnete, klingelte es hinten auf dem Hofe. Der Laden war leer, er war so groß wie ein Zimmer in der Baracke. Eine Bretterwand zerteilte ihn in zwei Appartements, im vorderen war der »Herrensalon«: an der Bretterwand zwei große Spiegel, zwei Waschbecken, davor zwei Sessel. Neben der Tür mehrere Stühle für wartende Kunden. Es duftete nach Haarwässern und Seifen. Egon setzte sich, stützte die Hände mit den Daumen nach außen auf die Knie und schnitt im Spiegel Grimassen. Eine Tür quietschte. Der Friseur, ein kleiner, buckliger Mann, der neben dem Friseurhandwerk noch etwas Landwirtschaft betrieb, lugte um die Bretterwand.

»Guten Tag, Chef!«

»Guten Tag, Jugendfreund!«

»Einmal Haarschnitt!«

»Sofort, sofort!« Der Friseur wusch sich die Hände und schwang seinem Kunden einen blauen Plastikumhang über die Schultern. Er hob prüfend eine Locke und sah Egon im Spiegel an. »Nur ausrasieren oder neue Kaltwelle?«

»Rrrunter mit der Perücke!«, befahl Egon. »Streichholzlänge! Drei Fingerbreit über den Ohren weg. Und links einen Scheitel!«

Der Meister machte sich ans Werk. Die Haarschneidemaschine surrte am Hinterkopf ins Pennerkissen, fraß sich höher und höher und kroch über die Ohren. Die Wolle schälte ab wie beim Schafscheren.

»Immer runter damit! Immer runter! Nur nicht schüchtern!«

Bald war er seinen Künstlerkanten los. Die Schere wütete. Das monotone Schnippen schläferte ihn ein. Auch in der letzten Nacht hatte er kaum geschlafen, um halb fünf schon war er aufgestanden, war hinter die Jungentoilette geschlichen, hatte in einem Berg alten Baumaterials eine Maurerleiter gefunden, und als er den ersten Jungen gewahrte, der, noch halb schlafend, aus der Baracke stolperte, war er hinaufgeklettert. Aber der Junge, es war der Lagerleiter, verschwand gleich im Waschraum. Dann kamen drei auf einmal, sie entdeckten die Zettel und lachten los. Der Lagerleiter schaute herein, neugierig, was es am frühen Morgen schon zu lachen gäbe, eingeseift wie er war, in der einen Hand einen Rasierpinsel, in der anderen die Seife.

Kopfschüttelnd war er von einer Toilettentür zur andern gegangen. So hatte Egon noch nie einen Menschen lachen hören. »Großartig! Das muss ja jeder lesen!« hatte er gerufen.

»Bist du von den Neuen?«, fragte der Friseur.

»Ja, Meister, Straßenbaubrigade ... Sind Sie hier zu Hause?«

Es stellte sich heraus, dass der Friseur schon den Jungen vom RAD die Haare geschnitten hatte. Zweimal in der Woche war er ins Lager gegangen und hatte die Köpfe unter die Schere genommen. Mädchen gab es damals nicht im Lager, und für private Spaziergänge war einmal in der Woche Ausgang. Wer im Dorf ein Mädel hatte, musste nachts aus dem Lager schleichen. Kam der Truppführer dahinter, gab es Arrest und Strafexerzieren. Alles war sehr streng. Die Jungs mussten nicht nur arbeiten, sondern auch scharfen Dienst machen. Auf dem Brackenberger Friedhof lag einer, der sich umgebracht hatte, weil er den Drill nicht ertragen konnte.

Während dieser Unterhaltung hatte der Friseur die Haarpracht zu einer bescheidenen Scheitelfrisur zurechtgestutzt. Auf dem Hinterkopf stand ein störrischer Wirbel.

Egon erkannte sich beinah nicht wieder. So müssten ihn die Boys sehen, sie würden in Ohnmacht fallen.

»Soll ich's anfeuchten oder … Brillantine gefällig?«

»Brillantine!«

»Und welche Duftnote?« Der Friseur brachte ein halbes Dutzend Dosen.

»Flieder!«

Egon bekam seine Flieder-Brillantine. Aber der Wirbel am Hinterkopf siegte auch über die Brillantine, der Friseur bürstete und bürstete.

»Lass doch, gefällt mir so ganz gut. Den Fliederpott nehm ich mit.«

Wohlgefällig musterte er den Kopf im hin- und herschwenkenden Handspiegel. Etwas komisch sah's aus, die Vertiefung und der kleine Hügel am Hinterkopf nackt geschoren und die Ohren etwas größer …

»Prima, Chef! Genauso hatte ich mir das vorgestellt!«

Das gelungene Werk prämierte ein großartiges Trinkgeld. Ein neuer Egon verließ den Salon. Auf der Dorfstraße schaute er sich um, froh, dass er der einzige Kunde gewesen war. Er sah die Augen und die Nase des Friseurs, der ihm über die halbe Schaufenstergardine hinweg nachschaute.

Egon stellte sich unter einen Baum, zog seinen runden Spiegel aus der Tasche und musterte in Ruhe die neue Haartracht. Es war nicht viel zu sehen, aber der Duft war betäubend.

Auf dem Heimweg begegnete er einigen Jungen, die Zaunpfähle abluden. Niemand beachtete ihn. Unbehelligt stahl er sich in die Baracke. Die Schläfer nahmen von ihm keine Notiz.

Als Werner ins Zimmer trat, blieb er wie angewurzelt stehen und schnupperte. »Hier lastet ja ein Duft, als wenn hundert Fliedersträucher blühen.«

Egon erhob sich.

»Sag mal … was …« Werner trat ganz nah an Egon heran, packte ihn an den Schultern und drehte ihn hin und her.

»Als Schachlehrer braucht man einen manierlichen Haarschnitt!«

Dasselbe antwortete er, als ihn der Lagerleiter anhielt und fragte, ob ihm Werner diese Fasson empfohlen habe.

Nach dem Mittagessen hatten sich auf dem Kabarett-Anschlag zwei neue Interessenten eingetragen: Busfahrer und Christine Lange. Ununterbrochen gingen Meldungen für das Turnier ein. Auch Werner gab seinen Zettel ab, nachdem sich der Lagerleiter bei ihm erkundigt hatte, ob er sich schon angemeldet habe.

Am Nachmittag fuhren die Jungen ihre Ladung Schlacke ab. Als sie wieder ins Lager marschierten, entdeckte Egon am Speisesaal den parkenden Geländewagen. Er traute seinen Augen nicht: Der Pkw war bis unter das Dach mit Schachspielen vollgestapelt.

»Werden die reichen?«, fragte Blaschke.

»Mensch … wo hast du denn die alle her?«

»Hab ich ausgeliehen in Klubhäusern, wo sie nicht benutzt werden.«

Der Wirtschaftsleiter hatte sogar ein großes Schaubrett organisiert, an dem man die Regeln erklären konnte, und einen nagelneuen Zeigestock.

»Guck mal«, Egon deutete auf einen Stempel, »›FDJ-Klubhaus Borkenheide‹.« Alles verzieh Egon dem ehemaligen Klubhausleiter.

Wie viel Schüler würden kommen? Vielleicht zwanzig … dreißig? Allzu viel wollte er nicht durchnehmen beim ersten Mal; anschließend sollte Tanz sein.

Nach dem Abendbrot wurde ihm angst und bange. Die Jungen und Mädel blieben einfach sitzen. Wollten denn alle am Unterricht teilnehmen? Wie sollte er den Lehrgang nun aufziehen? Am besten, er machte alles so, wie es ihm der Diplomingenieur beigebracht hatte.

Er ging hinaus und versteckte sich hinter einem Fliederstrauch. So konnte er das Geschehen im Speisesaal beobachten. Jungen schleppten die Schachspiele herein und verteilten sie auf die Tische, Werner stellte das Schaubrett auf, und alle setzten sich so, dass sie es sehen konnten. Niemand schien zu fehlen. Am letzten Tisch saßen das Küchenpersonal, der Konsumverkäufer und der alte Heizer.

Aufgeregt zog Egon seinen Schlips zurecht, kämmte sich hastig und trat in den Saal. Alle standen auf und klatschten. Er nahm den Zeigestock, drehte den Hals aus dem Kragen und schaute in die vielen erwartungsvollen Gesichter. Sie würden sicher enttäuscht sein, wenn er sagte, er sei schlecht vorbereitet. Wie in der Schule standen sie vor ihren Tischen, und er war der Lehrer.

»Setzen!«

Laut polternd setzten sie sich.

»Also … fangen wir an … Das Schachspiel ist das geistreichste Brettspiel. Es wird von zwei Personen an einem Brett mit acht mal acht Feldern ausgetragen und versinnbildlicht das Treffen zweier gleichstarker Heere mit dem Ziel, den feindlichen König matt zu setzen, das heißt – so anzugreifen, dass ihm kein Fluchtweg mehr bleibt und auch keine seiner Figuren ihn durch Schlagen oder Dazwischentreten retten kann.«

Es war mäuschenstill in der Schachschule geworden. Verstanden ihn die Schüler?

»In der ersten Reihe links ein schwarzes Eckfeld, also links schwarzes Feld, und eine einfache Regel lautet: weiße Dame weißes Feld, schwarze Dame schwarzes Feld … Bei einem Angriff auf den feindlichen König hat der Spieler den Gegner durch den Zuruf ›Schach dem König!‹ oder einfach ›Schach!‹ aufmerksam zu machen.«

Genügte dies als Einleitung? Man hörte ihm immer noch gespannt zu, sogar die Schachkenner lächelten nicht über seine Weisheiten. Was dachte Christine? Sie saß zwischen ihrer Brigade und hörte artig zu, gar nicht dünkelhaft und spöttisch …

In der Tat, Christine Lange passte auf, aber sie wusste nicht, ob sie lachen oder staunen sollte. Der seltsame Junge, aufgeputzt mit Palmenschlips und Niethose, gestern Morgen total betrunken, Kammbläser a. D., hielt jetzt ein ganzes Lager mit seinen exakten Definitionen in Bann. Wie widersprüchlich doch ein Mensch sein konnte! An der kitschigen Schale fehlte allerdings die klassische Entenstiezfrisur, schade, vorher war das Äußere aus einem Guss gewesen, jetzt sah er irgendwie kahl aus.

Werner Schmiedeberg schob seinen Stuhl an ihren Tisch.

Wie die andern riefen sie im Sprechchor: »Die Bauern … sind die … strategischen Waffen! Die Bauern … sind die … strategischen Waffen – »Zu den … taktischen Waffen … gehören zwei … schwere Haubitzen!«

Egon deutete mit seinem Zeigestock auf eine Figur und rief: »Drei … vier!«

Der Chor gab die Erklärung: »Die Läufer …! Die Bauern!«

»So«, sagte Egon und stützte sich auf den Stab, »das klappt schon ganz ordentlich. Sitzt nun an jedem Tisch jemand, der spielen kann?«

Ein Stimmengewirr hob an. Jeder Tisch hatte seinen Schachspieler.

»Dann werden wir durchexerzieren, wie die einzelnen Figuren ziehen!«

Er ging von Tisch zu Tisch und inspizierte die Bretter, ob die Figuren auch richtig standen und regelrecht gezogen wurden.

»Na, Jugendfreundin, was sagen Sie dazu? Toll, was?«, fragte Werner seine Nachbarin.

»Wenn ich nur wüsste, woher mir das bekannt vorkommt … Gelber Seidenschlips mit eingestickten Palmen … rotes Hemd … blaue Niethosen … Palmen …«

Egon warf einen ungnädigen Blick herüber.

»Wollen wir nicht wenigstens so tun, als wären wir disziplinierte Schüler?«, fragte Christine.

»Ach so …« Werner zog irgendeine Figur. »Das sind wir ihm schon schuldig, nachdem er seine gepflegte Frisur geopfert hat. Haben Sie Ihre Turniermeldung abgegeben?«

Christine nickte.

Werner erzählte: »Heute Mittag hatte er achtundvierzig Zettel beisammen, einen regelrechten Zettelkult hat er entwickelt, hockt stundenlang auf dem Bett und sortiert. Zuerst alphabetisch, dann nach Altersgruppen. Schließlich sortierte er nach Brigaden. Was er dabei alles entdeckte! Eine Brigade hatte sich geschlossen gemeldet, andere waren überhaupt noch nicht vertreten. Na, die wollte er persönlich aufsuchen! Zuerst wollte er jeden gegen jeden spielen lassen. Ich habe ihm vorgerechnet, dass dann ein Turnier wochenlang dauert ... Nun soll jede Brigade ein kleines Turnier machen, als Vorrunde sozusagen, und anschließend spielen die Sieger miteinander.« Egon kam vorbei, hielt sich aber nicht lange auf.

»Wie finden Sie ihn eigentlich?«, fragte Werner.

»Wie ich ihn finde? Nicht besonders ...«

»Was?! Sehen Sie mal, wie der an alles rangeht, zum Beispiel an diesen Unterricht. Das hat doch Methode! Wenn man bedenkt, dass der Bursche nur Handlanger ist!«

»Ach ... Handlanger?« Christine war sehr überrascht. »Ich hatte gedacht, der wär Bauleiter oder so was ...?«

»Nein. Egon ist Hilfsarbeiter. Und ich glaube, das bedrückt ihn. Überhaupt scheint er unzufrieden mit sich zu sein. Jeder, der mehr weiß als er, wird angestaunt und beneidet.«

»Und Sie wissen genau, dass er nur Handlanger ist?«

»Er hat's mir doch erzählt. Aber erwähnen Sie das um Himmels willen nicht. Offenbar schämt er sich.«

So, Handlanger war er also, dieser Aufschneider! Und nun befürchtete er, dass sie es erfuhr, und benahm sich deshalb so komisch. Oder waren es Minderwertigkeitskomplexe?

Immerhin, sie hatte zwar keine Lebenserfahrung, aber ein Abitur.

»Und der Moral-Beschluss? Den hat er bestimmt auch angeregt?«

»Der geht auf mein Konto.« Werner lachte verlegen.

»Aber er war der erste, der seinen Namen darunter setzte. Gestern Mittag machten wir Versammlung, und er kam zu spät. Er hatte sich das Moor angesehen, wie er sagte. Sicher war er so eifrig beim Unterschreiben, weil er das Zuspätkommen wiedergutmachen wollte.«

Christine schwieg. Sie schob ihre Dame ein paar Felder weiter. »Und Sie meinen ... seine mangelnde Qualifikation bedrückt ihn?«

»Auf jeden Fall! Und das finde ich großartig. An mir soll's nicht liegen, wenn wir erst in Borkenheide sind, werde ich ihm einen Paten besorgen ...« Er lächelte. »Wäre das nicht eine dankbare Aufgabe für eine Abiturientin ...? Und zum Beschluss: Wollt ihr euch nicht anschließen?«

»Wir diskutieren noch!« schwindelte Christine.

»Gut!«, lobte Werner.

Der Sprechchor rief: »Bei einem Angriff auf den feindlichen König hat der Spieler seinen Gegner durch den Zuruf ›Schach dem König!‹ oder einfach ›Schach!‹ aufmerksam zu machen.«

»Finden Sie es nicht ein wenig stark, uns hier im Jugendobjekt einen Schachlehrer in der Uniform des Borkenheider Musical-Clubs zu präsentieren?«, fragte Christine.

Werner schlug sich mit der flachen Hand an die Stirn.

»Natürlich«, sagte er, »der Borkenheider Musical-Club! Nun weiß ich auch, woher mir der Name Paul Borchert bekannt vorkommt! Von den vielen Protokollen! Mein Vorgänger hat mir eine ganze Akte hinterlassen. Nie habe ich mal Zeit gefunden, mir das komische Orchester anzusehen, aber einen Tag in der Wiese, hundert Kilometer weg vom Schreibtisch, schon treff ich einen dieser Musikanten. Wissen Sie, was ich mache? Wenn ich diesem Egon ein guter Freund werde, mach ich aus dem anarchistischen Verein eine gute Kapelle für das Klubhaus!«

Christine hörte nur mit einem Ohr zu. Sie merkte, dass der Philosoph in Egon nur ein Mittel zu dem Zweck sah, das Leben in seinem Klubhaus aufzubessern. Warum erzählte er ihr das alles? Sonst nörgelte er dauernd an ihr herum, nun vertraute er ihr sogar seine Pläne an ...

Egon schnitt diesen Gedanken ab, indem er mit dem Zeigestock auf eine Tischplatte klopfte. »Für heute machen wir offiziell Schluss. Ihr kriegt alle 'ne Eins! Wer will, kann noch weiter üben. Die Bretter nimmt jede Brigade mit aufs Zimmer. Bis morgen kennt jeder die durchgenommenen Figuren auswendig!«

Der Lagerleiter dankte Egon. Die Jungen und Mädel klatschten und trampelten begeistert, und Egon bedankte sich, indem er zweimal kurz mit dem Kopf nickte, so wie Boxer vor den Kampf ihr Publikum begrüßen.

Der Wirtschaftsleiter verkündete, dass der traditionelle Wiesen-Eröffnungsball eröffnet sei, die Kapelle werde gleich kommen.

Hinter dem Küchenschalter erschien der Verkaufsstellenleiter, schob das Fenster hoch und hängte ein buntes Schild heraus. »Wiesen-Bar«.

Werner war nicht zu sehen. Egon stapelte Schachbretter. Christine nutzte die Gelegenheit und schlug vor, die beiden Borkenheider Tische zusammenzurücken.

»Und der Beschluss?«, rief Martha. »Die wollen doch nichts mit uns zu tun haben!«

Es war schon passiert. Aber die neue Sitzordnung fiel nicht auf, denn andere machten es genauso.

Der zweite Tanz

Schnell ins Bett, wer schläft, sündigt nicht. Sollten die andern tanzen, bis sie umfielen, und sündigen, so viel sie wollten. Dazu war Egon nicht in der Wiese! Feuerwehrdoktor und Plundi mit dem Hut hielten auch nichts von derartigen Lustbarkeiten. Sie sahen zu, als er seinen Expander aus dem Schrank nahm, und zählten jeden Zug mit. Als ihm Schweiß auf der Stirn perlte, ging er sich waschen und legte sich ins Bett.

Er zog die Taschenuhr auf, hängte sie an den Bettpfosten und wickelte sich in die Zudecke.

Dann spielte die Kapelle das erste Stück. Wütend richtete er sich auf. Macht denn niemand die Saaltür zu? Wer soll bei diesem Krach einschlafen?

Egon ging selbst hinaus und knallte die Tür zu. Nicht einen einzigen Blick hatte er riskiert. Sollte sie tanzen, er hatte viel Schlaf nachzuholen und außerdem … ach, denken ›wir‹ nicht daran!

Doch der Schlaf wollte nichts von ihm wissen. Zwei Nächte fast gar nicht geschlafen, aber nicht die Spur von Müdigkeit.

Er stand noch einmal auf und holte sein Briefpapier aus dem Schrank.

Längst war der Brief an die Mutter fällig, und weil er hier so viel schreiben konnte, wie er wollte, und sein Herz übervoll war, wurde es ein langer Brief. Er schrieb und schrieb, und solange sein neuer Kugelschreiber Zeile für Zeile schrieb, konnte ihm die tolle Musik nichts anhaben.

Liebe Mama!
Das Lager ist prima! Am besten sind das Essen und die Kumpels. Morgens gibt es schon einen großen Klacks Butter, hundert Gramm Wurst, mal Leberwurst, mal Knacker, mal Braunschweiger. Je nachdem. Dazu süßen Tee und Brötchen und Brot, so viel du haben willst. Und außerdem noch Milch und Marmelade, aber nicht die billige, wie ich sie damals essen musste. Mittags, wenn man noch gar nicht richtigen Hunger hat, geht es schon wieder los: Suppe. Hinterher marschieren Schnitzel, Kotelett oder Buletten oder sonst irgendein schmackhaftes Fleischgericht, so wie bei uns sonntags. Zusammengekochtes, wie wir erst dachten, ist selten. Ich habe schon auf dem Speiseplan nachgesehen. Und zum Schluss ein bunter Pudding. Wir dachten erst, es wäre nur am Anfang so.

Aber heute? Dasselbe Mastfutter. Salzsäure, das ist ein Kumpel von mir; hat sich gestern Abend alle Wurststücken geben lassen, die von den andern Kumpels nicht aufgegessen wurden, und mit aufs Zimmer genommen. Heute Morgen hat er sie aber nicht geschafft.

Nun liegen sie im Schrank. Heute Abend sind neue hinzugekommen. Ich werde ihm morgen sagen, dass er das, was er nicht aufkriegt, wieder in die Küche zurückbringt. Etwas kann man ja den Jungen verstehen, ist in Waisenhäusern aufgewachsen, wo er sich das viele und schnelle Essen angewöhnt hat. Er glaubt immer noch, dass das Essen nicht so bleibt. Außerdem rülpst er fortwährend. Heute Mittag ist mir der Kragen geplatzt, und ich habe gesagt: »Du Schlachtschüsselgesicht«, hab ich zu ihm gesagt, »hier benimmt man sich gesittet!« Das Schlachtschüsselgesicht hat er mir übelgenommen, und ich hab mich nachher entschuldigt. Dabei hat er mir erzählt, dass man hier in der Wiese das erste Mal nicht über seine Rülpserei lacht.

Dann haben wir noch einen Jugendfreund in der Brigade, der will unbedingt Busfahrer werden. Zu Hause lachen sie immer darüber, denn er ist so klein. Er hat sich aus Ärger für die Ulkerei das Wort »Rache« und Boxhandschuhe auf die Brust tätowieren lassen und wollte nun in die Boxsparte eintreten. Die haben ihn aber abgewiesen, weil sie Sportler ausbilden, wie sie sagten, und keine Rächer.

Nun zum Lager selbst: In der Mitte ist Rasen, 120 Meter lang und 15 Meter breit. An jeder Seite verläuft ein Kiesweg, 6 Meter breit. An der linken Straße liegen die vier Wohnbaracken, und zwar mit der Giebelseite. Zwischen der 1. und 2. Baracke ist unser Volleyballplatz und dann, dahinter, ein Fußballfeld. Am rechten Kiesweg liegen der Speisesaal mit der Küche und zwei massive Gebäude mit den sanitären Anlagen. Waschräume haben wir! Der Waschraum bei den Mädels ist bunt gekachelt, blau, rot und gelb. In der Mitte zwei lange Becken mit je 18 Wasserhähnen, an den beiden Wänden jedes Mal 12 Duschkabinen mit weißen Vorhängen. An der Hinterwand noch fünf Becken zum Füßewaschen. Ein richtiger Märchenpalast. Überall warmes und kaltes Wasser. Unser Waschraum ist ähnlich, nur nicht so bunt, sondern einfach grün. Man merkt überall, dass sich die Regierung große Mühe gemacht hat. Wir sollen uns wohl fühlen. Und ich fühle mich wohl. Und die andern auch.

Nun zum Kulturellen: Der Lagerleiter hat ein Schachturnier an mich herangetragen, es soll Sonntag starten. Ferner bin ich Schachlehrer geworden. Stell dir vor, für das gesamte Lager Schachlehrer! Ich hab das in der Haft gelernt, nun kommt es allen zugute. Die Bibliothek: Wunderbare Möbel! Tische und Schränke, alles auf Hochglanz, die Füße unten aus Messing. Die Sessel mehrfarbig, manche apfelsinenfarben, rot, grün, blau und ein schwarzer. Das ist immer meiner. Dicker Schaumgummi, die Lehnen aus Holz.

Mein bester Freund ist Werner Schmiedeberg. Der hat genauso eine dicke schwarze Brille wie Euer technischer Leiter. So vornehm, er hat auch einen elektrischen Rasierapparat, aber arbeitet wie unsereiner.

Sein Vater ist in einer LPG Maschinenmeister, und seine kleine Schwester betreut dort das Geflügel. Einen Bruder hat er auch noch. Der ist Leutnant bei der NVA.

Viele liebe Grüße von
Deinem Egon

Feuerwehrdoktor und Plundi waren inzwischen doch noch zum Tanzen verschwunden. Egon zog die Jeans an, er konnte sich doch nicht im Nachthemd am Briefkasten sehen lassen, und einen Pullover streifte er auch über. Der Briefkasten war neben dem Fenster der Lagerleitung und von dort aus musste man in den Saal sehen, ob man wollte oder nicht. Scharfe Sache, was die Boys da vom Stapel ließen, nicht so flau wie neulich im Sportlerheim, na, einen Blick konnte er ja mal wagen.

Ja, einen Blick gönnte er sich, und er hätte sich ohrfeigen können. Schnell wieder in die Koje. Nur mal über die Schultern der Fenstergäste hatte er geschaut, schon war's passiert. Mit dem Lagerleiter tanzte sie, und ausgerechnet einen Rock, den er so gern mochte.

Egon zog sich das zweitemal aus, und wieder lag er wach im Schlafgestell. Wieder starrte er die geflochtenen Aluminiumbänder vom Polsterboden der oberen Etage an. Wo blieb sein Obermann? Der schaffte natürlich mit, erst solche Beschlüsse anstiften …

Hatte sie was bezweckt mit dem Kleid? Mit dem Kleid vom Abiturball? Große weiße Punkte auf blauem Grund. Mindestens ein halbes Dutzend Petticoats schätzungsweise. Wie im Sportlerheim, aufgespannt wie ein Regenschirm. Er brauchte sich nur anzuziehen, hinzugehen, eine kleine Verbeugung … Christine … tanzen wir?

Er würde nicht hingehen. Zuviel war inzwischen passiert. Sollte er sich wieder piesacken lassen? Und was macht denn die Nofretete?

Er wälzte sich entschlossen auf den Bauch und zog das Deckbett über den Kopf. Und wenn sie … nehmen wir mal an … Nein, nichts wird angenommen! Na, bloß versuchsweise, also nehmen wir mal an? Alles wäre nur Einbildung, von wegen Spielzeug und so … ausgerechnet das Kleid aus dem Sportlerheim, wo sie doch sicher noch andere Kleider mitgebracht hat, vielleicht wartet sie sehnsüchtig?

Schmetterling kam und fragte, ob er nicht mal Egons Slipper anprobieren dürfe. Als sie passten, borgte er sie sich aus für zwei, drei Tänze.

Dann ließ sich Werner blicken. Er schaute ins Zimmer, entdeckte niemanden und wollte wieder gehen.

»Suchst du was?«

»Dich such ich! Du liegst ja schon im Bett!« Werner wischte sich Schweißtropfen vom Gesicht.

»Was is'n?«

»Schwer was los! Eine Stimmung, kann ich dir sagen!«

»Und die drei Waggons morgen früh?«

»Los, Junge, steh auf!«

»Ach, was soll ich da rumsitzen?«

»Rumsitzen? Tanzen sollst du, tanzen!«

»Und der Beschluss?«

»Ach sooo!« Werner schmunzelte. »Aber Egon … man kann doch mal tanzen. Ich hab eben eine Runde gedreht. Nicht ein einziges Mal hab ich ihr auf den Fuß getreten, der Christine. Sie hat auch schon nach dem Schachlehrer gefragt.«

Werner hielt den runden Taschenspiegel, als Egon seine Palmenkrawatte band und den Scheitel zog. Nun musste er die schiefen Boogielatschen anziehen.

Vom Licht geblendet und vom Trubel überrascht, blieb er an der Tür stehen. Wer tanzen konnte, tanzte, und wer nicht konnte, tanzte auch. Körbe gab's nicht in der Jungen Welt. Er sah Stöckelschuhe und Sandalen und flache Schuhe, über steilen Waden weite Kleider und enge Röcke.

Wer nicht daran gedacht hatte, dass zur Jungen Welt auch Tanz gehörte, tanzte in langen Hosen und Shorts. Bunte Paare wogten hin und her, man sang, tanzte offen und Wange an Wange, ohne Sorgen, Hausschlüssel brauchte man nicht.

Auf den Tischen Weinflaschen, unter den Tischen Bierkästen. Türen und Fenster standen offen: Rauchschwaden flüchteten ins Freie, heißgetanzte Paare auch. Die Kapelle war wirklich große Klasse: Schlagzeug, Gitarre, Klarinette, Akkordeon und ein Bass.

Werner zog ihn zur Wiesenbar. Einen kleinen Schnaps hatte er sich verdient, und schließlich lud ihn nicht irgendwer ein. Das blaue Kleid … Christine tanzte mit Feuerwehrdoktor.

Vor dem Küchenschalter Hochbetrieb. Überall waren seine Jungs dabei: Busfahrer verteilte Doppelte, und Schmetterling rauchte eine dicke Festrübe. Manfred und Plüschohr standen, Brauseflaschen in den Fäusten, neben der Kapelle, und staunten über den Schlagzeuger, einen dicken Jungen mit Stoppelfrisur, der eben ein rasselndes Solo hinlegte und furchtbar schwitzte.

»Wie gefallen sie dir?«, fragte Werner und deutete mit dem Kopf zur Kapelle.

»Dufte, die Boys.«

»So eine Band müssten wir im Klubhaus auch haben, nicht?«

»Wär nicht verkehrt.«

»Machst du mit?«

»Ich? Wieso?«

»Keine Lust? Oder muss es unbedingt ein Kamm sein?«

Egon drehte den Hals aus dem engen Kragen. Woher der das wohl wusste. Er fragte einfach.

»Der Schlips hat's verraten. Na?«

»Ich mach da nicht mehr mit.«

»Keine Lust?«

»Lust schon, aber … die wollen sich richtige Instrumente anschaffen. Das Geld kriegen die nie zusammen, haben's schon dreimal versucht.«

»Ach was!« Werner staunte. Dass sich der Borkenheider Musical-Club richtige Instrumente anschaffen wollte, hörte er bestimmt das erste Mal. »Geld? Wozu braucht ihr denn Geld? Auf dem Boden vom Klubhaus steht die Ausrüstung für ein ganzes Orchester herum. Setzt Grünspan an. Seit Jahren!«

Egon schüttelte beharrlich den Kopf.

»Ist trotzdem nichts für mich, bin total unmusikalisch, ohne Noten krieg ich aus einem richtigen Instrument nur falsche Töne raus.«

»Noten könnt ihr im Klubhaus lernen. Wir richten extra einen Kursus ein!«

»Ne, ne, das wird nichts. Die Boys wollen mit der FDJ nichts zu tun haben.«

»Aber mit Musik! Und Musik können sie bei uns machen. Das kriegen wir schon hin.«

»Und außerdem werd ich keine Zeit mehr übrig haben, will doch den Facharbeiter nachholen, zunächst mal …«

»Das muss was werden! Egon, du kennst sie jahrelang! Wenn einer wie du ihnen klarmacht, dass sie im Klubhaus eine echte Perspektive haben, werden sie schon mitmachen!«

Egon wollte nichts davon wissen. Werner riet, sich die Sache einmal in Ruhe zu überlegen. Sie setzten sich.

Wurde er den Klub denn nie los? Nun wusste auch Werner schon Bescheid und machte ihm denselben Vorschlag wie der Schöffe. Nein!

Alles konnten sie von ihm verlangen, aber zu seinen alten Freunden brachte ihn niemand zurück!

Zwischen den Tanzenden tauchte Eduard Blaschke auf und verteilte die Papphüte. Er selbst hatte sich einen roten Trapperhut mit gelben Papierfransen aufgesetzt ... Stimmung! Stimmung!

Der Schlagzeuger drosch auf die Becken:

»Und weil die Jugendfreunde so faul sind, machen wir jetzt Damenwahl. Drei Runden Damenwahl!«

Schön, also Damenwahl. Egon versteckte sich an der Wiesenbar. Also deshalb hatte ihn der Werner aus dem Bett geholt, ist ja nicht bös gemeint, aber erstens bringt Paul seinen Klangkörper lieber zur Aschkuhle als ins Klubhaus und zweitens ... Aber wenn er so einen wie diesen Werner hinter sich hatte ...? So schlecht sah der Plan gar nicht aus. Instrumente, darauf würden sie scharf sein, nicht alle, aber einige. Wenn man zu viert anfing? Die sechs Wochen würden einmal vorbei sein, und er musste zurück nach Borkenheide.

Eduard Blaschke kam heran.

»Was trinkst du?«, fragte Egon.

»Einen Harten!«

Sie stießen an. »Was so ein paar Requisiten doch gleich ausmachen!« prahlte der ehemalige Klubhausleiter und schaute seinen Hüten nach.

Egon schob die Unterlippe vor und nickte anerkennend.

»Prima. Und was ist sonst noch los hier?«

Eifrig berichtete Blaschke: »Wenn mal abends nichts Besonderes los ist, veranstalte ich Zuzwinkern, kenn ich noch aus Borkenheide. Die Jungen sitzen im Kreis, und hinter jedem Stuhl steht ein Mädel. Ein Stuhl ist frei, und das Mädel muss nun versuchen, einen Jungen durch Zuzwinkern auf ihren Stuhl zu locken. Sobald sich ein Junge angezwinkert fühlt und aufstehen will, hält ihn das eigene Mädel fest. Furchtbar lustig, kann ich dir sagen!«

»Furchtbar lustig!«

»Ist doch ganz vorteilhaft, dass man mal Klubhausleiter war.«

Egon fragte, was Eduard gemacht habe, bevor er das Borkenheider Klubhaus übernahm.

Eduard Blaschke hatte lange Jahre bei der Verkehrspolizei gedient. Dann sei irdendein Ding passiert, an dem er nicht ganz schuldlos wäre, und man habe ihn entlassen.

Der verkrachte Verkehrspolizist wurde Klubhausleiter, weil er gern malte, aber zum Malen sei er nie gekommen, und außerdem ... Kulturfunktionär sei eben nicht jedermanns Sache. Egon fragte, woran es liege, dass in vielen Klubhäusern nichts los sei, aber Eduard wollte beim Gläserspülen helfen, und Egon musste selbst nach den Gründen suchen.

Solange er zur Schule ging, war er ein guter Pionier gewesen. Dann kamen die sogenannten Flegeljahre. Man wollte männlich wirken, das heißt, man wollte rauchen können und den Mädels gegenüber etwas bedeuten. Wer wagte sich damit zu seinem Gruppenleiter? Was die FDJ in der Bau-Union einem Fünfzehnjährigen bot, war verkrampft und trocken: Versammlungen und Vorträge. Als die Stühle regelmäßig leer blieben, wurden die Vorträge anziehender: Mondflüge und sexuelle Aufklärung. An einem Vortrag über Raumfahrt nahm er teil, aber als er merkte, dass der Referent wie eine Zeitung über Politik redete und schließlich mit seiner selbstgebastelten Phantasierakete beim Borkenheider Klubhaus landete, stahl sich Egon davon. Die sexuelle Aufklärung schockierte ihn; anstatt etwas über Liebe zu vernehmen, hörte er etwas über Körperbau und Schwangerschaft.

Dann gab es Tanzabende. Aber bald merkte man, dass die Tanzabende dazu dienten, die Vorträge an den Mann zu bringen oder ihm doch noch was Lehrreiches unterzujubeln. Wenn man wenigstens hätte tanzen können, was man wollte. Unvorstellbar, wie so ein organisierter Tanzabend zustande kam! Ein halbes Dutzend Sitzungen machten die Funktionäre vorher, und weil die Funktionäre verheiratet waren, wurden die Tanzabende eben so, wie sich das verheiratete Menschen vorstellten. Nicht ein einziges Mal war jemand an ihn herangetreten und hatte ihn für etwas verantwortlich gemacht, abgesehen vielleicht vom Kartenverkauf. So etwas wie hier beim Wieseneröffnungsball, wo man tanzte aus reiner Freude am Tanz, hatte es nie gegeben.

Heute sah er alles schon mit andern Augen; er hatte gemerkt, dass die Sitzungen und Referate und Vorträge sein Gutes wollten. Aber nie hatte früher jemand versucht, hinter seine echten Interessen zu kommen, gewiss, das war schwierig, Paul hatte zum Beispiel ganz andere, aber wenn man ihn mal wegen der Qualifizierung ins Gebet genommen oder ihm eine wichtige Aufgabe in einer Jugendbrigade übertragen hätte, er wäre nicht abgeneigt gewesen ... Egon blickte auf die Tanzenden. Niemand schwofte unanständig offen, vermutlich, weil niemand da war, der sich darüber ärgerte. Jeder wusste, dass sich der andere den Feierabend verdient hatte, und freute sich mit ihm. Und alle waren sie jung. Der älteste hier war vielleicht der Lagerleiter, aber er saß nicht per Arm mit seiner Frau hinter einer Flasche Wein, sondern strapazierte das Klavier, und auf dem Klavier stand eine Flasche Bier.

»Darf ich bitten?«

Egon schreckte aus seinen Grübeleien. Ihm gegenüber stand Christine.

»Damenwahl«, erklärte sie.

»Damenwahl? Ach so ... Damenwahl!« Er zwängte sich an den Bargästen vorbei zur Tanzfläche. Zum Aufregen war er überhaupt nicht gekommen.

Er legte den Arm um ihren Rücken, sie wusste noch, wie er die linke Hand hielt, das bekannte Parfüm ... Ach, wie war er glücklich. Wieso kam er erst jetzt dazu, mit ihr zu tanzen?

»Was macht ihr denn?«, fragte er.

»Heute haben wir Kanten planiert. Schön die Musik, nicht?«

»Welche Kanten?«

»Die Grabenränder. Ich glaub, ich hab schon einen Schwips. Bloß von den beiden Gläsern, hab meiner Brigade zwei Flaschen spendiert.«

»Und was macht ihr mit den Grabenrändern?«

»Das Ausgeschippte muss verstreut werden. Leichte Arbeit.«

»Wo ist denn euer Graben?«

»Eine Viertelstunde von hier mit dem Trecker. Willst du jetzt noch hin?«

»Jetzt? Wieso?«

»Weil du so fragst.«

Sie duzte ihn, als kennten sie sich schon Jahre.

»Ach wo! Wir sind nämlich beim Straßenbau. Tolle Sache, nur für Männer!«

»Du tanzt wohl nicht mehr gern?«, fragte sie.

»Doch, doch!«

»Ist aber nicht zu merken.«

»Die Hitze. Und das Geschubse. Tanzt du denn gern hier?«

»Gedanken kannst du überhaupt nicht lesen!«

War das noch die Christine aus dem Bus? Sie glühte vor guter Stimmung, etwas lag's wohl auch am Wein, immerzu pustete sie sich Haare aus der Stirn. Sie tanzte wie auf dem Abiturfest. Aber alles war anders. Sie tanzten unter Leuten, die auch er kannte, und schließlich ... er war kein heimlicher Gast, sondern jemand, dem jeder gern zulächelte.

Wenn er vorhin einfach ja gesagt hätte, als sie fragte, ob er noch hinwollte zum Graben? Er ging auf Tuchfühlung, ohne lange zu fackeln, und legte sich einen wunderschönen Plan zurecht. Diesmal würde ihm kein Paul Borchert dazwischenkommen.

Sie sollte ihm klipp und klar sagen, ob sie ihn bloß zum Narren halten wollte. Und wenn sie es ernst meinte, würde er alles auf eine Karte setzen, erklären, dass er nicht Baufachspezialist war, sondern erst einer werden wollte.

Lachte sie dann nicht wieder eingebildet los, würde er ... nein, er würde nichts weiter erzählen. Das genügte vorläufig.

Der Tanz war so schön, dass Egon kein Wort hervorbrachte, geschweige denn die schwierigste Frage seines Lebens. Der zweite Tanz begann, und er nahm sich fest vor: In der nächsten Pause fange ich an. Wie würde er anfangen?

Ich bin bloß noch mal aufgestanden, um dich was zu fragen, aber ehrlich: kann aus uns beiden was werden?

Ihm kamen Zweifel. Konnte man bei diesem Trubel überhaupt so etwas besprechen? Man müsste sich draußen treffen. Aber wie brachte er ihr das bei?

Außerdem, man soll in der Liebe nicht so geradezu sein und nicht alles sagen, was man sagen möchte.

»Hättest du geglaubt, dass es hier sogar eine Bar gibt?«, fragte sie, als sie am Küchenschalter vorbeitanzten.

Das war doch die Gelegenheit!

»Sehen wir uns die mal an?« Ohne eine Antwort abzuwarten, bot er ihr den Arm und führte sie zum Küchenschalter.

»Einen Süßen und einen Klaren!«

»Soll der Süße für dich sein?«

»Für dich!«

»Ich möchte aber auch so einen Klaren!«

»Zwei Klare! Nein, drei!«

Der dritte war für Werner. Der hatte ihm gerade noch gefehlt! Wollte der Brigadier aufpassen, dass der Beschluss … eingehalten wurde? Ach wo! Der Werner war viel zu gutmütig, als dass er einem Heuchelei zugetraut hätte. Er putzte die beschlagenen Brillengläser, und dann stießen sie an. Werner und Christine tranken die Doppelten in einem Zuge aus.

»Ihr geht aber ran!«, sagte Egon.

Werner ließ noch einmal einschenken, für sich aber, nur einen Einfachen.

Ein Mädel, das Egon noch nie gesehen hatte, forderte Werner auf. Und dann erblickte er Martha Nickel. Die drängte sich durch die Tanzenden und steuerte auf ihn zu.

»Christine«, sagte er leise.

»Hm?«

»Ich muss dich unbedingt unter vier Augen sprechen!«

»Was denn …? Bitte!« Verdutzt sah sie ihn an.

»Nicht hier. Draußen!«

»Warum denn? Gleich?«

»Sofort! Auf der Straße, schnell, ich hau ab, wart an der Kieskuhle.« Er rannte hinaus und gleich durchs Lagertor. Er musste tief Luft holen. Langsam beruhigte sich der lustige Lärm in den Ohren, allmählich nahm er die neue, völlig andere Stimmung wahr.

Die Nacht war unheimlich schwarz, und vom Gelände war nichts zu erkennen. Er orientierte sich, indem er häufig stehenblieb und zurückschaute. Von dem hellen Dunst über dem Lager zeichneten sich die schwarzen Silhouetten der Sträucher und Bäume ab. Was er ihr zumutete, war unerhört. Und es regnete, ein lautloser, kalter Nieselregen regnete vom Nachthimmel. Was bin ich für ein Heini, ärgerte er sich, dass ich die Sache so primitiv angestellt habe.

Und der vorbildliche Beschluss? Er suchte Entschuldigungen. Erstens fing er das Verhältnis nicht in der Wiese an. Zweitens … das Verhältnis würde ihn ganz bestimmt nicht von der Arbeit abhalten, und drittens … war er unehrlich, er wusste genau, dass das, was er jetzt vorhatte, dem Sinn des Aufrufs widersprach.

Die Straße machte einen Knick und fiel etwas ab. Bald musste er am Treffpunkt sein. Er schlurfte auf der Böschung entlang, bog einem Schlehenbusch aus, sah etwas Helles auftauchen, stieß mit dem Fuß dagegen. Es war der meterdicke ovale Stein, der neben der Einfahrt zur Kieskuhle lag. Egon setzte sich. Nebenan unter einem Schlehdornbusch raschelte etwas. Eine Maus, dachte er, sie hat noch was zu erledigen, so ein kleines Tier hat auch seine Sorgen. Alles hat seine Sorgen. Große Wesen haben große Sorgen, kleine Wesen haben kleine Sorgen. Oder waren die Sorgen der Maus nur für einen Menschen klein? Vielleicht kämpfte sie dort mit einem Igel auf Tod und Leben?

Aber weil der Mensch das höchste Wesen auf der Erde ist, sind seine Sorgen die wichtigsten. Auch Egons Sorgen waren wichtige Sorgen.

Von rechts, wo ein heller Schimmer das Lager andeutete, wehte Musik herüber. Links lag das Moor. Geradeaus flackerte ein Lichtfunken.

Ja, sie kam.

Auf der Straße zuckelte der schwache Lichtschein heran. Vor dem Schlehenbusch verharrte er, leuchtete die Böschung ab.

»Hallo?«

Der Schein streifte ihn. Im nächsten Augenblick stand er ihr gegenüber. Ihr Gesicht glänzte feucht, die Augen waren schwarz und groß.

»Ich habe mir schnell etwas anderes angezogen ... Das Wetter ...«

»Aha!«, sagte er laut, und gleich schimpfte er sich aus: Was Besseres fiel dir wohl nicht ein zur Begrüßung.

Sie tappten los, Richtung Moor. Christine fragte nicht, wo Egon mit ihr hinwollte. Sie fasste ihn am Arm, damit sie sich nicht anrempelten. Sie hatte die blaue Bluse wieder an, den schwarzen Rock und über der Bluse eine weiche Trainingsjacke.

»Du hast dich wohl gut mit Garderobe eingedeckt?«

»Wie kommst du denn darauf?«

»Na, wo du heute dein schönstes Kleid wieder angehabt hast.«

Christine lachte. »Ich bat den Blaschke, dass er's mir von zu Hause mitbringt. Hat er prompt erledigt.«

»Aha.« Wenn es doch etwas zu sehen gäbe, worüber man sich unterhalten konnte.

»Dein Unterricht war prima«, lobte sie.

»Bestimmt?«

»Wo hast du denn das alles so exakt gelernt?«

»Ah ... ein Diplomingenieur hat mir's beigebracht.«

»Ein Verwandter?«

»Ein Freund von mir. Aus dem Betrieb.«

Es regnete stärker. Je näher sie dem Moor kamen, desto deutlicher hörten sie das Rauschen des Windes in den Bäumen am Flussufer.

»Unser Kahn wird bei diesem Wetter schön vollregnen«, sagte er.

»Mistwetter!«, schimpfte sie.

Vor ihnen tauchten die Konturen der Brücke auf. Die Bohlen hallten dumpf unter ihren Schritten. Im Fluss plätscherte etwas, flog auf, schwirrte durch die Dunkelheit und klatschte ins Wasser. Christine war zusammengeschreckt und hatte mit beiden Händen Egons Arm gepackt.

»Wildenten«, erklärte er.

Sie standen am Brückengeländer und starrten hinunter. Das Lampenlicht tastete über Mummelblätter und Binsenbüschel. Vom Regen hatte das Wasser eine Gänsehaut. Übermütig platschte ein Fischlein. Das Moor schwieg. Christine erinnerte sich, wie fachmännisch gestern sein Vortrag gewesen war, und sie fragte, ob er sich schon früher mit der Geschichte des Jugendobjekts beschäftigt habe.

Nein, noch nicht lange, es gäbe darüber aber Broschüren.

»Was machst du eigentlich in der Bau-Union?«

Nahm sie seine Qualifikation so wenig ernst? Jedenfalls ... heute würde er noch beichten.

»Hab ich dir das nicht schon mal gesagt, beim ersten Tanz im Sportlerheim?«

Es könne sein, dass sie es vergessen habe, ihr sei es auch egal.

Man konnte nicht länger untätig stehenbleiben.

»Weißt du was, wir sehen mal nach, was unser Kahn macht. Hast du Angst?«

»M – m«, machte sie kopfschüttelnd und ließ sich auf den Wall ziehen.

Sie folgten dem Schein der Taschenlampe.

Der Kahn lag, wie sie ihn verlassen hatten. Sie stellten sich unter die Rüster, und er zündete sich eine Zigarette an.

Aber dann warf er die Zigarette fort, legte Christine den linken Arm um die Schulter, fand ihren Mund beim ersten Versuch, welch Glück, ein Paar Mädchenarme legten sich um seinen Nacken und hielten fest. Egon schob die Hände unter ihre Arme, schob sie weiter und drückte sie gegen ihre Schulterblätter.

Christine lehnte sich an die Rüster. Einmal, Egon wollte nur eine

Pause einlegen, spürte er stärker den Druck ihrer Arme, und sie küssten sich lange.

Auch der längste Kuss hat mal ein Ende. Sie zog plötzlich sein Ohr an ihren Mund und flüsterte: »Mach ich das auch richtig?«

»Was denn?«

Sie lachte leise. »Na ... das!«

»Was meinst du denn?«

»Ich meine ... ach, nichts!«

Sie gingen zurück auf die Brücke.

»Ich dacht erst, du wärst meinetwegen mitgekommen in die Wiese. Dann sah ich den Aufruf und deine Unterschrift ...«

»Bin ja auch deinetwegen mitgekommen, aber nicht nur. Der FDJ-Sekretär kam zu mir, ob ich nicht mal herfahren möchte.«

»Du dachtest doch erst, dass man dich nicht freistellen würde?«

»Ja, das dacht ich auch erst, weißt du, neulich im Sportlerheim, hab 'n bisschen angegeben, da war alles so vornehm, ich hab dir doch erzählt, dass ich Spezialist bin, stimmt aber nicht ganz, ich will erst einer werden. Ist schon im Bekavau verankert. Ingenieurschule. Erst Betriebsakademie und dann Ingenieurschule.«

»So? Und wann soll's losgehen?« Sie schien sich also doch für seinen Beruf zu interessieren.

»Nächstes Jahr vielleicht oder übernächstes, bald jedenfalls. Will hier schon anfangen, hab mir genug Lesestoff mitgebracht. Werner wird mir bestimmt helfen.«

»Wieso denn der? Ständig liegt bei dem der wissenschaftliche Mensch auf der Lauer. Du könntest genauso unanständig weise werden wie der. Sieh mal, ich kann dir auch helfen. Mathe und Physik war ich immer ganz gut, liegt ja vorläufig nur brach bei mir.«

Egon wollte sich lieber von Werner helfen lassen. Sie ahnte wohl den Grund, und mit einer großartigen Formulierung verscheuchte sie seine Komplexe: »Mein Lieber! Du unterschätzt völlig die neue Rolle der Frau in unserer Gesellschaftsordnung!«

»Und was wird, wenn du studierst?«

»Erst mal arbeite ich mindestens ein Jahr praktisch in Borkenheide. Dann studieren wir beide. Und wenn wir fertig sind, kommen wir nach Borkenheide zurück. Du gehst in deine Bau-Union, und ich arbeite auf dem Land in irgend so einer Poliklinik.«

»Auf dem Lande?«

»Auf dem Dorf kennt jeder jeden. Die Lebenswege der Menschen liegen vor dir ausgebreitet. Du kannst verfolgen, ob sich deine Nachbarn vor dem, was sie Schicksal nennen, ducken, oder ob sie ihr Leben in die Hände nehmen und das Scheingotteskind Schicksal entmachten.« Großartig, wie sie das wieder gesagt hatte!

Sie schlenderten zurück zum Lager. Inzwischen hatten sich ihre Augen an die Dunkelheit gewöhnt, und sie brauchten die verräterische Taschenlampe nicht mehr. Egon versuchte sich auszumalen, wie Christine reagieren würde, wenn er ihr noch an diesem Abend die ganze Wahrheit sagte. Immerhin hatte sie ihm nicht sehr übelgenommen, dass er ihr den Bauspezialisten nur vorgeschwindelt hatte.

»Was hast du eigentlich über mich gedacht, als ich mich prügeln wollte?«

»Damals ... damals hab ich gedacht, dass nur die Whiskys dran schuld seien. Ich glaub, wenn du nüchtern bist, kriegst du keine Fliege tot.«

»Hm ...«

Unvermittelt blieb sie stehen, zerrte an seinen Ohren und sagte in übertriebener Wut: »Wenn du noch einmal so viel trinkst, reiß ich dir diese Löffel ab!«

»Nie wieder!«

»Drei Eide!«

»Drei Eide!«

Um ihm klarzumachen, wohin sinnloser Alkoholgenuss führte, erzählte sie eine Begebenheit, die ungefähr ein halbes Jahr alt sei: »Am Sonntag vor Weihnachten wurden ins Krankenhaus zwei Männer eingeliefert, die sofort operiert werden mussten. Beide hatten schwere Gesichtsverletzungen. Zwei jugendliche Unholde hatten völlig grundlos auf sie eingeschlagen, ohne überhaupt die Männer zu kennen. Und weißt du, was aus ihnen geworden ist? Ins Gefängnis sind sie gewandert!«

»Woher weißt du das?«

»Ein Kollege von Papa, ein Chirurg, musste für das Gericht ein Gutachten anfertigen.«

Egon war blass geworden, und wenn es nicht stockdunkel gewesen wäre, hätte sie es sehen müssen. Sie wusste alles, aber sie wusste nichts. Und sie war entsetzt, dass so etwas passieren konnte. Wie musste sie die Wahrheit treffen! In diesem Augenblick nahm er sich vor, seine Geschichte so lange für sich zu behalten, bis jeder, auch die ahnungslose Christine, sicher war, dass er so etwas nie, nie wieder machen würde. Reichten dafür sechs Wochen?

Inzwischen waren sie am Lager angelangt, und sie gingen noch einmal zurück. Nie empfundenes Glück und eine so nie empfundene Angst, dass dies Glück verlierbar sei, nahmen seine Gedanken völlig in Anspruch.

»Wie denkst du nun über den Beschluss?«, fragte da Christine.

Er blieb stehen und redete vollends verwirrt auf sie ein.

»Unser Verhältnis darf niemand ahnen. Ich mach mich unmöglich! Gestern großartig so einen moralischen Beschluss unterschrieben und heute, so was traut mir der Werner nie zu!«

»Der Beschluss ist doch perfekter Blödsinn! Machen wir denn etwas Schlechtes? Ihr müsst den Beschluss wieder aufheben, ich will mich doch auch mal mit dir sehen lassen. So ein berühmter Mann.«

Später. Vorläufig sollte alles geheim bleiben, sie hatten ja ihren Kahn, da würde sie sowieso niemand sehen.

Mürrisch gab Christine nach. Dann verabschiedeten sie sich. »Geh bitte vor«, sagte er, »wenn du willst, kannst du noch weitertanzen, ich hau mich gleich ins Bett.«

Er sah ihr nach, bis sie im Lager verschwunden war. Langsam ging er hinterher. Er schlich in die Baracke, setzte sich an den Tisch, rauchte, grübelte, musterte die gleichgültigen Gegenstände. Die Kleidung vom Feuerwehrdoktor lag ordentlich aufgeschichtet auf dem Hocker. Zum Einsteigen bereit standen die Gummistiefel. Am Pfosten hingen die Mütze und die Sanitätertasche. Die grauen Socken baumelten mit angeknöpften Sockenhaltern über der Verstrebung vom Fußende. Egon nahm noch einmal sein Briefpapier aus dem Schrank. Er schrieb einen zweiten Brief, einen kurzen nur, aber es fiel ihm sehr schwer, und es dauerte länger als der Brief an die Mutter. Er schrieb an Paul.

Als er den Brief einsteckte, stolperte Werner aus dem Speisesaal, gestützt von Busfahrer. »Egon, Junge, bist du aber solide!«

Wahre Freundschaft

Die Sonne war so weit gewandert, dass sie voll ins Zimmer schien. Es war heiß, und es roch muffig, denn Paul schlief ungern bei offenem Fenster. Unter der Lampe brummte eine dicke Fliege.

Mehrmals schon war er an diesem Freitagnachmittag aus dem Schlaf getaucht, aber er hatte Nachtschicht, und jedes Mal begann er wieder zu schlafen. Wach wurde er erst, als er sich auf die Seite wälzte und neben der Tür einen Brief sah. Ohne aus dem Bett zu steigen, angelte er den Brief heran und studierte Anschrift und Absender. Nachricht von Egon. Sofort war das schlechte Gewissen wieder da, das ihn seit Montag plagte. Unschlüssig drehte er das Kuvert hin und her. Was schrieb ihm der alte Freund?

Er legte den Brief auf den Tisch und zog sich langsam an. Da sah er den Wecker, den seine Stiefmutter beim Ausfegen unterm Bett hervorgekehrt hatte. Das Zifferblatt war zertreten und das Blechgehäuse aufgeplatzt. »Du Scheißdings!« murrte er und stieß das Weckerwrack wieder unters Bett, genau wie am Montag, als er gegen Mittag wach geworden war und das Uhrwerk ahnungslos seine Minuten herunter getickt hatte. Er war zur Kreisleitung gerannt, obwohl er sich sagen musste, dass er zu spät kommen würde, und hatte erfahren, dass der Bus längst zurück sei.

Ja, der Jugendfreund Egon Brümmer sei dagewesen, er sei zwar später gekommen, aber mitgefahren sei er. Paul maulte die Jugendfreunde an, warum denn niemand zu ihm nach Hause gekommen sei, und da erfuhr er, dass ihn das Sägewerk krank gemeldet habe. Er war in den Betrieb gegangen und hatte seinen Kaderleiter zur Rede gestellt. Der war sehr erstaunt, ihn zu sehen, und niemand wusste etwas von einer Krankmeldung.

Der Werkleiter, der am nächsten Morgen in die Bezirksstadt musste, wollte ihn mitnehmen, das Stück nach Moorland sollte er mit dem Bus fahren, und dann käme er sicher per Anhalter weiter.

Zufrieden ging er nach Hause, packte seinen Rucksack und versprach dem Eisenbahner aus dem Erdgeschoß zwei Mark, wenn er ihn pünktlich weckte.

Wie verabredet war er dann am Sägewerk, aber der Werkleiter fuhr ohne ihn, denn inzwischen gab es eine neue Parole: Das Jugendobjekt habe angerufen und mitgeteilt, dass seine Teilnahme an diesem Durchgang wegen Bettenmangels nicht mehr möglich sei. Er sollte sich zum nächsten Durchgang einrichten. Sofort wusste Paul, dass er das Opfer einer Intrige geworden war, und er verdächtigte alle möglichen Leute.

Der Kummer aber, dass er Egon nicht beistehen konnte, war stärker noch als das Misstrauen gegenüber der Kreisleitung. Was sollte nun Egon von ihm halten? Er hatte ihn allein gelassen! Unter Freunden entschuldigt man sich nicht mit der Missgunst Dritter, Freunde müssen sich trotz Verschwörungen aufeinander verlassen können. Nun hatte Egon also geschrieben. Was konnte im Brief stehen? Vorwürfe machte ein Egon nicht, der hätte ja sowieso am liebsten alles auf seine Kappe genommen, aber der ganze Brief würde ein stiller Vorwurf sein. Paul steckte das Kuvert in die Hemdentasche und ging los.

Die Junisonne brannte. Ein paar Hühner wühlten im Staub der ungepflasterten Straße. Es war das schönste Badewetter, ja, und in der Wiese gab es keine Badeanstalt.

Er überquerte die Breite Straße, die hier in der Siedlung begann, und wählte einen der Wege, die alle auf einer ungepflasterten Straße am Siedlungsrand endeten. Jenseits der Straße lag die Aschkuhle, und hinter der Aschkuhle begann der Wald.

Hier war es kühler. Traktoren hatten gefällte Bäume abgeschleppt und den Waldboden aufgekratzt. Er duftete feucht und frisch. Ein Specht knarrte seine Salven durch den Waldesdom.

Paul verließ den Weg und quälte sich in eine Mischwaldschonung. Die Bäumchen waren nicht höher als er. Auf einer Lichtung, die so groß war wie eine Decke, legte er sich lang. Als er den Brief aufschlitzte, kam ihm für einen Moment in den Sinn, was an dieser Stelle geschehen war. Hier hatte der Klub in einer stockdunklen Nacht während der Gespensterstunde ein gestohlenes Huhn geschlachtet und sich ewige Treue geschworen, und jedes Mal, wenn Paul etwas zu überlegen hatte, suchte er diesen historischen Ort auf.

Er las den Brief mehrere Male, und seine schlimmsten Befürchtungen bestätigten sich. Klare Sache, dass er Egon helfen musste.

Nachfahren konnte er nicht ... Dann würden sie ihn dort eben heraushauen! Er baute sich einen Plan zurecht. Was würden die andern sagen? Die Angelegenheit musste im Klub besprochen werden. Paul quälte sich wieder aus der Schonung heraus und eilte weiter. Bald hörte er das Gatter stampfen. Helle Bretterstapel leuchteten zwischen den braunen Stämmen auf. Er ging zum Fahrradstand und nahm sich das Fahrrad eines Kollegen, der Spätschicht hatte. Dann radelte er zur Badeanstalt. Die Jungen lagen auf der Brücke und ließen sich braun brennen. Jonny riss ihm den Brief aus der Hand und schwenkte ihn sensationslüstern. Paul las vor, ärgerlich, dass man etwas Tolles erwartete. Schnell verstummte der Kleine. Stumme Trauer. Niemand machte Paul einen Vorwurf. Alle bedauerten Egon, die meisten schüttelten ungläubig den Kopf, manche fluchten.

Paul legte seinen Plan vor. Sofort waren alle einverstanden. Sie zogen sich an und wollten am Ratskeller auf ihn warten. Er radelte zurück zur Stadt. Endlich wusste er, woran er war, und endlich sah er eine Möglichkeit, Egon seine alte Freundschaft zu beweisen. Er fuhr zu Egons Mutter. Als er die Treppe hinaufstieg, hörte er, dass in der Wohnung gelacht wurde. Paul klopfte, als stünde das Haus in Brand. Eine Tür klappte, das Lachen wurde leiser, Frau Brümmer öffnete.

»Ich muss Sie unbedingt sprechen, unbedingt, Frau Brümmer!«

Egons Mutter hatte die Tür nur um einen Spalt geöffnet. Ihr schien der Besuch nicht sehr willkommen zu sein.

»Eine wichtige Angelegenheit, sehr dringend. Es geht um Egon!«

»Was … was ist denn …?« Sie erschrak.

Paul schob sich an ihr vorbei in den Korridor. Frau Brümmer hatte Gäste. Junge, Junge, das sind ja Zustände, dachte er, Egons Alte macht Kaffeeklatsch und rennt sogar zum Friseur. Die ganze Wohnung roch nach Kaffee. Frau Brümmer dirigierte ihn in die Küche – im Ausguss, unterm Wasserstrahl, standen große Bierflaschen, Deputatbier aus der Brauerei – und schob einen Stuhl zurecht. Paul setzte sich.

»Egon braucht unbedingt Hilfe, Frau Brümmer, unbedingt! Er hat mir geschrieben, die Haare stehen einem zu Berge, wenn man sich vorstellt … ach, Ihnen hat er wohl auch geschrieben?« Auf dem Küchentisch lag ein fertiger Brief an Egon.

»Mir nämlich auch.« Paul zog dabei das Schreiben aus der Tasche.

»Das Herz möchte mir am liebsten stillestehen, also, halten Sie sich bloß fest, kann ich Ihnen sagen. Sie müssen sich auf das Schlimmste gefasst machen.« Paul, der nie Mutterliebe kennengelernt hatte, ahnte nicht, was seine Worte anrichteten. Bleich saß Egons Mutter vor ihm, rote Flecke um die Augen, nervös flatterten die Finger über die Tischdecke.

Sie war auf alles gefasst. Paul räusperte sich feierlich und begann:

Lieber Kumpel Paul!
Morgens um vier scheucht uns der Brigadier von den Pritschen, ein Pfiff, und alle müssen springen. Dann Waschen, Bettenbauen, Anziehen, Frühstücken, alles nach Uhr. Um sieben ist Morgenappell. Am Mast wird eine Fahne hochgehievt, alle müssen hinstarren, ein

FDJler sagt einen Spruch auf, der Lagerleiter schwingt eine Rede, Schippen auf den Ast, im Gleichschritt marsch! Wenn du dich in der Mittagspause ein bisschen aufs Ohr gelegt hast, kommt der Brigadier längs und quatscht dich an wegen Wettbewerb und NAW.

Hast du dich mal nicht gekämmt oder den Gummihut schräg auf dem Ohr: gleich gibt es Minuspunkte. Ich habe noch nicht ein einziges Bierchen geschüttet. Und das bei zwölf Stunden Arbeit.

Gestern waren wir von vier bis nachts um eins auf Achse, Sand geschippt, Schlacke verladen, Felsbrocken vom Bahnhof geholt. Wir sind beim Straßenbau, eine Sauarbeit, kann ich Dir sagen! Und die Bosse sind in die Kneipe gegangen, haben sich den Bauch vollgeschlagen, und wir mussten draußen warten. Weil wir nicht nobel genug waren.

Ja. So springen sie hier mit einem um. Und wenn du dich mal nach einer Puppe umdrehst, bringen sie dich an die Wandzeitung. Täglich eine Versammlung, wo wir uns über die Gesetze der sozialistischen Moral und Ethik unterhalten. Sei froh, dass für Dich kein Bett mehr frei ist.

Grüß die andern Boys!
In alter Freundschaft!
Dein Kumpel Egon

Als Paul aufschaute und sich eine Träne aus dem Auge wischte, bemerkte er, dass Frau Brümmer erleichtert aufatmete. Beim Vorlesen hatte er sie ab und zu prüfend angeschaut, und von Mal zu Mal hatte der Ärger schmerzhafter an seiner Seele genagt. Egons Mutter tat, als ging sie der Brief überhaupt nichts an. Zuerst hatte sie noch ein paarmal nervös aufgelacht, aber von Zeile zu Zeile war sie ruhiger geworden, und nun sagte sie:

»Hast du mir aber einen Schreck eingejagt!« Sie spendierte eine Flasche Deputatbier.

Paul war wütend. »Ehrlich gesagt, Ihre Ruhe, Frau Brümmer, versteh ich überhaupt nicht!«

»Ich dacht, ihm ist was zugestoßen.«

»Ach, das genügt wohl nicht? Frau Brümmer, glauben Sie mir, wir müssen unbedingt was unternehmen. Egon ist völlig schutzlos dem Regime der Efdejodler ausgeliefert! Wär ich neulich doch bloß mitgefahren. Ihnen hat er also auch geschrieben?«

»Ja, heute.«

»So? Na, dass Sie das mit ansehen können ... Sie sitzen gemütlich beim Kaffeeklatsch und der Junge? Quält sich zu Tode!«

Frau Brümmer wurde etwas unsicher. »Aber was willst du denn machen dagegen?«

»Wir dachten, wenn Sie 'n Telegramm losjagten: Hab mir 's Bein gebrochen ... Komme sofort zurück ...! Was gibt's denn da zu lachen?«

»Ich glaub dir das nicht, nein, nein, wenn's wirklich so schlimm wäre, hätt Egon mir das doch auch schreiben können!«

»Und was hat er Ihnen geschrieben?«

Sie ging nach nebenan. Offenbar las man dort gerade Egons Brief vor; man wollte sich totlachen. Sie kam mit vollgeschriebenen Briefbogen wieder.

Aber sie befriedigte Pauls Neugierde noch nicht, sondern hielt ihm einen Vortrag voller Ermahnungen, wie er sie von Egons Mutter gewöhnt war. Er sagte zu allem jaja und ließ den Brief nicht aus den Augen.

»Der arme Junge«, murmelte er, »der arme Junge. Zwangsarbeit!«

»Ich glaub das nicht, Junge, nein, nein. Egon hat Spaß gemacht. Mir hat er nämlich ganz was anderes geschrieben. Egon macht ja gern mal 'n Spaß, du kennst ihn ja auch.«

»Was hat er Ihnen denn geschrieben?«

Sie setzte die Brille auf, schaute Paul prüfend an, ob er auch bereit sei zum Zuhören, und las langsam vor.

Paul fand den Brief langweilig, und nach der ersten Seite hörte er nur noch mit einem Ohr zu. Wie die Alte sich in Stimmung brachte! Merkte sie nicht, warum Egon zwei grundverschiedene Briefe schrieb?

Frau Brümmer faltete die Briefbogen zusammen und steckte sie in den Umschlag.

»Das hat er mir geschrieben!«

»Vielleicht, Frau Brümmer, verstehen Sie mich mal richtig, vielleicht hat er's nur so geschrieben, damit Sie sich keinen Kummer machen?«

Sie schüttelte entschieden den Kopf. »Egon belügt mich nicht! Wenn er schreibt, es gefällt ihm da, dann stimmt das auch. Wärst du mal mitgefahren, dir hätt's auch gefallen.«

»Nee ... Frau Brümmer, mir nicht!« Paul lachte unzufrieden. »Und Egon gefällt's da auch nicht. Gibt bloß an. Hier!«

Er fächelte mit seinem Brief. »Dies ist die Wahrheit! Das andere, das hat er bloß so hingeschrieben. Oder abgeschrieben aus der Zeitung. Woher soll er sonst wissen, wie so ein Waschraum aussieht? Sie wollen das bloß nicht wahrhaben. Wie muss sich der Junge jetzt verlassen vorkommen!«

Frau Brümmer war nicht geneigt, auf Pauls radikalen Plan einzugehen. »Ich mach nichts! Arbeit schändet nicht. Soll er richtig arbeiten. Dann kommt er wenigstens nicht auf dumme Gedanken.«

»Ach, lassen Sie mich zufrieden.« Paul ging.

Wen belog Egon? Seine Mutter? Belog er ihn? Dieser Verdacht war ihm vorhin einmal gekommen. Aber warum sollte ihn Egon belügen? Der kurze Brief stimmte. Spinnerei war der lange. Damit seine Mutter ruhig schlafen konnte.

Wär er doch mitgefahren am Montag!

Die Wartenden im Ratskeller wurden still, als er eintrat.

»Das mit dem Beinbruch ist Scheiße. Seine Alte macht nicht mit!« Er erzählte, was er von dem Brief behalten hatte. Seinen Verdacht erwähnte er nicht. Die Jungen kamen selbst darauf, dass Egon seine Mutter mit der Wahrheit nicht beunruhigen wollte. Noch einmal wurden Pläne diskutiert. Aber niemand fand einen Ausweg. Sie gingen nach Hause, betrübt, dass sie Egon nicht helfen konnten.

»Ich komm noch 'n Stück mit«, sagte Pit Schulze zu Paul. Als sie allein waren, fragte Pit mürrisch: »Was ist mit dem Notenunterricht?«

»Wird heute noch organisiert.«

»Und wenn wir keinen Saal kriegen?«

Musste der ausgerechnet jetzt damit anfangen? Gab es im Moment keine größere Sorge als den fehlenden Saal? »Wir kriegen einen!«

»Und wenn wir trotzdem keinen kriegen?«

»Wenn ich sage, wir kriegen einen, dann kriegen wir einen!« Er hatte überhaupt noch keine Ahnung, wo sie den Saal herkriegen sollten. »Das ist im Moment auch gar nicht die Hauptsache. Notenlehrer und Instrumente gehen vor.«

»Und dann? Meinst du, die HO engagiert uns? Mit den Klubklamotten?«

»Die HO? Auf die HO pfeif ich.«

»Dann pfeif mal. Die wird sich aber ärgern!«

»Es wird nicht ewig eine HO geben. Wenn's mal anders kommt, gibt es auch keine HO mehr. Wir können spielen, wie wir wollen, und anziehen, was wir wollen, und die Wirte rennen sich die Hacken ab nach uns. Und warum? Weil wir originell sind.«

»Ach, Paul, hör doch mit dem Gesülze auf. Daran glaubt ja doch keiner mehr. Und ich kann mir nicht vorstellen, dass du dran glaubst.«

Pit blieb an einer Litfaßsäule stehen und deutete, auf ein Plakat. »Treffen Junger Talente. Anmeldungen in der FDJ Kreisleitung.«

»Willst wohl hingehen?«

»Gitarre spielen will ich. Denk von mir, was du willst, wenn sie irgendwo 'ne Jugendtanzkapelle gründen, ich geh hin. Und wenn's ein Klubhaus ist. Diese Rumgammelei ist mir über.«

»Dann nehmen wir dich aber auseinander!«

»Wer ... wir?«

»Wer? Alle!«

»Genau weißt du es aber nicht, sag ich dir. Du irrst doch wohl nie?«

»Nee! Da brauch ich gar nicht erst zu überlegen. Wir halten zusammen bis ... bis in die Unendlichkeit. Wir kriegen auch wieder einen Raum!«

»Den andern ist die Rumgammelei doch auch längst über. Versprechungen, immerzu Versprechungen.«

»So ein Gerede! Ich möchte dir am liebsten eins in die Fresse geben. Warum hast du denn vorhin nichts davon gesagt? Weißt genau, was dir blüht.«

»Ich wollt das zuerst mit dir verhandeln.«

»Und nun?«

»Vierzehn Tage wart ich noch. Wenn sich dann nichts rührt, trete ich aus!«

Pit ließ Paul stehen.

Da hatte er die Bescherung. Egon saß im Sumpf, der Pinselquäler wollte austreten, und nirgends gab's einen Raum für den Klub. Es stimmte, er musste den Boys bald was bieten. Mit bloßen Versprechungen kamen sie nicht weiter. Und ihm selbst wurde das auch langweilig. Sorgen über Sorgen. Die größte war die Sorge um Egon. Ein Leben lang kannten sie sich, immer hatte ihm Egon geholfen; in der Schule durfte er von ihm abschreiben, später borgte er sich Geld, ohne dass Egon fragte, wann er es wiederbekam, ach, es war ja viel mehr, als sich mit Worten nachweisen ließ. Egon war wie ein Bruder, und diesen Bruder hatte er allein gelassen.

Und der Klub? Der Klub durfte nicht auseinanderfallen. Ohne Klub hatte doch alles keinen Sinn mehr. Verdammt, war denn die ganze Welt nur dazu da, ihn zu triezen? Der Betrieb, die FDJ, die Regierung. Lauter Ärgernisse. Und jetzt kam Pit auch noch mit solchen Wünschen. Ins Klubhaus wollte er, zu den ›Jungen Talenten‹. Es war nicht auszudenken. Der konnte aber was erleben!

Dreimal ging er an der Villa in der Lindenallee vorbei. Dann klinkte er die Gartentür auf, marschierte durch den Garten und klingelte. Ein kleiner weißhaariger Mann öffnete.

»Guten Tag. Ich möchte Herrn Haselmann sprechen, den Musiklehrer.«

»Ja, bitte?«

»Komme wegen Notenunterricht.«

Paul durfte eintreten. Herr Haselmann führte ihn in ein großes helles Zimmer. Zuerst sah Paul den Flügel. War das ein Apparat! Er musste sich setzen. Bücherregale, ein Fernseher, Telefon und Noten. Überall Noten.

Privatinitiative

Egon stand am Fenster der Baubude und starrte ins Regenwetter. Was er sah, war ein Baum. Der Baum war tot. Sein Stamm musste schon hohl gewesen sein, als ihn der Blitz traf. Der Feuerstrahl hatte ihn gespalten und eine Hälfte verbrannt oder fortgeschleudert. Was stehenblieb, war verkohlt, hatte ein Loch, durch das man sehen konnte, und einen einzigen Ast, der schwarz und krumm in den Himmel starrte. Seht, wie wehrlos ein einsamer Baum im Moor ist! Jeder Blitz, der will, kann ihn vernichten. Der Baum sieht das Unwetter nicht am Himmel herankriechen, hört nicht den ersten Donner, der Sturm will ihn aufrütteln, er muss stehen bleiben, angewurzelt, ergeben in sein Schicksal. Wie alt war die Leiche? Zehn, zwanzig Jahre?

Seit zwei Stunden goss es in Strömen. Die Jungen waren hierher geflüchtet und langweilten sich. Der Regen trommelte auf das Bretterdach, prasselte gegen die Fensterscheiben und peitschte ins Grabenwasser große, kurzlebige Blasen. Böen wüteten an der Tür, rissen am Dach und überjagten dem Graben einen Schauer nach dem andern.

Im Raum war es trocken und warm. Feuerwehrdoktor saß neben dem eisernen Ofen auf einem grünen Thermosbehälter und beaufsichtigte das Brikettfeuer. Die andern Jungen rekelten sich auf der Bank an der langen Hinterwand. Karten klatschten auf den wackligen Tisch. Waldemar, Plundi und Werner spielten Skat. Salzsäure schnarchte.

Wie kommt nur der ganze Regen da rauf, überlegte Egon und

schüttelte missbilligend den Kopf. Er duckte sich, um besser den Himmel sehen zu können. Keine Sonne, keine Wolke. Der Himmel ein einziges Regengrau. Vom Fenster konnte man ein Stück Trasse überschauen. Der Horizont verschwamm im Unwetter. Außer der verkohlten Weide und einem Erlengebüsch war nichts von der Landschaft zu erkennen. Irgendwo dort hinten an einem schnurgeraden Graben mit schrägen schwarzen Wänden stand auch so ein zusammenlegbarer Wetterschutz. Dort wartete Christine mit ihrer Brigade. Eben waren die Traktoren mit ihren Anhängern vorbeigetuckert. Bald mussten sie heimkommen, ausgeruht, ohne richtige Last. Heute war's das letztemal. Ab morgen würden sie richtige Arbeit bekommen.

Sie hatten es Egon zu verdanken, dem neuen Brigadier der Borkenheider Jungen-Brigade. Zehn Tage hatten genügt, um Werner zu überzeugen, dass ein Jugendobjekt der ungeeignetste Ort zum Ausruhen ist. Er war nun für das gesamte Kulturleben im Lager zuständig. Und die zehn Tage hatten genügt, Egon zum Brigadier zu qualifizieren. Was er selbst nicht fassen konnte, war den andern Jungen sofort klar gewesen: Wenn ein neuer Brigadier, dann Egon!

Mit mächtigen Schaufelschwüngen hatte er losgelegt, und seinen Kopf hatte er auch angestrengt. Seit dem ersten Tag hatte ihn der Arbeitsablauf geärgert. Fünfzehn Mark Leihgebühr kosteten die Traktoren pro Stunde, aber die meiste Zeit standen sie herum. Sie waren nur da, um die Brigaden an die Arbeitsplätze zu bringen und mittags das Essen hinauszufahren. Wenn im Objekt gearbeitet wurde, hatten die Traktoren nichts zu tun oder machten Gelegenheitsfahrten.

Und etwas anderes ärgerte ihn auch: die Arbeitsorganisation in der eigenen Brigade. Weil Jakob alles allein abfahren wollte, stand immer bloß ein Wagen neben der Ladung, und sechs Jungen konnten nur beschäftigt werden. Das schönste wär, man bekäme irgendwo einen Kran, hatte Egon gerechnet, aber sie würden schon fast die Hälfte mehr schaffen, wenn sie mehr Fahrzeuge hätten.

»Ich glaub, da kommt was«, sagte Feuerwehrdoktor, er trat an die Tür und öffnete sie einen Spalt. Vom Lager brummte etwas heran.

Egon stellte sich hinter Feuerwehrdoktor und spähte ihm über die Schulter. Jakob!

Feuerwehrdoktor zog die Tür zu. Egon trat wieder ans Fenster. Jakob drosselte den Motor, hupte ungeduldig. Ein Wagenschlag klappte. Jakob polterte in die Baubude.

»Schön warm bei euch!« Er reckte die knorrigen Hände über den Ofen, wischte mit dem Ärmel über die flachen Brillengläser und zog seinen speckigen Tabaksbeutel aus der Hosentasche. Nachdem er die Pfeife gestopft hatte, drehte er das Mundstück im Isolierbandwulst fest und holte sich mit einem Strohhalm aus dem eisernen Ofen Feuer.

»Jaja, schön warm hier«, bestätigte Werner. Jakob verpaffte drei stinkende Wolken und kam zur Sache:

»Prima Schlacke eingetroffen! Sechzig Tonnen! Wir müssen heute noch anfangen, dann habt ihr's bis morgen Mittag hinter euch.« Er sprach gelassen, als informierte er sie nur. Aber die Augen belauerten Egon.

Egon starrte aus dem Fenster.

»Na, Männer?«

»Wir müssen nicht!« Egon drehte sich um. »Wir müssen nicht heute anfangen, Kollege! Wir fangen morgen früh an, verstehst du? Aber nicht mit einem Fahrzeug, sondern mit dreien. Und dann: per Kran!«

Jakob lachte. »Per Kran!«

»Mit einem Kran, der ein so großes Maul hat, dass dreißig Zentner Schlacke reinpassen! Sechsmal geschluckt, und dein H-6 ist voll. Morgen sind drei Fahrzeuge im Einsatz, darauf kannst du dich verlassen! Privatinitiative!«

»Aber nicht mein H-6«, rief Jakob, in der einen Hand die Türklinke, in der andern die Pfeife, »sonst wird gekündigt!«

Er knallte die Tür so heftig ins Schloss, dass sie wieder aufsprang und quietschend zurückpendelte. Die Jungen sahen zu, wie er sich hinter das Steuer schwang, startete und im Anfahren seinen Wagenschlag schloss. So eilig hatte er es.

»Die dritte Kündigung«, murmelte Plundi, »langweilig wird das langsam.«

Egon nahm seine Gummijacke vom Haken. »Die Trecker kommen!«

Die Skatspieler warfen die Karten auf den Tisch. Gähnend reckte Salzsäure die Arme. Im Regen leuchteten rote und blaue Traktoren auf. Eins … zwei … drei … Auf den Hängern, deren Wände ein meterhohes Lattengitter hatten, waren schwarze Gummikapuzen und helle Gesichter zu erkennen.

Fünf Traktoren blubberten vorbei. Der sechste hielt. Auf den Bänken, die quergestellt waren und Rückenlehnen hatten, damit niemand beim Anfahren hintenüberfiel, wurde gerutscht und zusammengerückt, und die Jungen bekamen trockene Plätze.

Auch Christine hatte einen Platz frei gemacht. Werner bezog die freundliche Geste auf sich und setzte sich. Weit weg, in einer Ecke, bekam Egon einen Platz. Immerhin, man konnte sich sehen. Werner diskutierte munter drauflos. Sie verdrehte die Augen und hob ratlos die Schultern. Vorsichtig, damit ihr kein Regen in den Kragen tropfte, wandte sie den Kopf nach rechts, wo irgendwo das Grab der Königin sein musste. Sie nickte hinüber und spitzte den Mund. Erschrocken schaute Egon woanders hin. Manchmal legte es das Mädel geradezu darauf an, allen zu zeigen, was los war. Verstehen konnte man das ja, immer diese Heimlichtuerei, und dann die Ängste, überrascht zu werden, wenn sie sich mal auf die Schnelle irgendwo umarmten, aber sie musste ihn auch verstehen! Jaja, man sah's ja ein, dass sich ein Mädel mit ihm (Brigadier, Schachlehrer und Rezitator) gern sehen lassen wollte, dennoch … Wenn nur die andern Pärchen nicht gewesen wären im Lager. Dass die sich in der Arbeit irgendwie behinderten, hatte noch niemand bemerkt, im Gegenteil, so was spornte noch an!

Die Karawane rollte an der Kiesgrube vorbei. Als Christine den ovalen Stein sah, wo sie sich das erste Mal verabredet hatten, schaute sie wieder herüber. Sie vergaß nichts, auch dann nicht, wenn Jugendfreund Schmiedeberg neben ihr saß und große Probleme wälzte.

Vor der Lagerleitung stand der Horch, aber Hans war nicht zu sehen. Egon wollte die Zeit nutzen und ging in die Bauleitung. Die Jungen mussten wissen, wie ihr Plan aussah. Bei den ersten Auswertungen hatte der Bauleiter dem Lagerleiter die Planerfüllung angegeben und Werner die Überstunden. Egon drang vor zu Bauleiter Müller. »Herzlichen Glückwunsch zur Wanderfahne!«, rief Müller, nahm die Zigarre aus dem Mundwinkel und schlug Egon auf den Rücken. »Na, und bei deiner Leitung werdet ihr die Fahne sicher behalten!«

»Deshalb bin ich eigentlich hier«, antwortete Egon. »Wollt mich mal erkundigen, wie die Norm steht.«

»Günstig, sehr günstig!«

»Und wie?«

»Warum willst du denn das wissen?«

»Damit jeder weiß, wie viel er täglich zu schaffen hat. Werner Schmiedeberg, der jetzt dem Kulturaktiv vorsteht, will sich dafür einsetzen, dass im Wettbewerb auch die Kulturarbeit mitgezählt wird. Die Sache ist nämlich die, gestern haben wir beraten, wie man arbeiten muss, um die Fahne zu behalten. Ich mein, die Planerfüllung muss an erster Stelle stehen. Aber ... auch das Kulturelle darf dabei nicht zu kurz kommen. Bis jetzt haben wir aber beides nicht recht unter einen Hut bringen können. Die meiste Freizeit ging für Überstunden drauf. Man müsste die Arbeit so organisieren, dass die anrollenden Waggons während der normalen Arbeitszeit entladen werden können. Wenn die Borkenheider aber auf die Hilfe der andern nicht angewiesen sein wollen, brauchen wir einen Kran ... na ja, jedenfalls brauchen wir die Norm.«

Das lange Reden war ihm ungewohnt, und er nahm die Hände zu Hilfe und die Arme und vollführte Bewegungen, als erkläre er schwierige Konstruktionen. Mal hielt er eine Hand weit zurück über der Schulter und die andere vor, mal zeigte er vor der Brust die Länge eines Lineals an. Dabei schaute er den Bauleiter nicht ein einziges Mal an, sondern sah nur die Vorderwand vom Schreibtisch.

»Wunderbar! Ausgezeichnet!«, lobte Müller. »Daran habe ich auch schon gedacht.«

»Ja. Wir auch. Und vielleicht setzen wir freiwillig die Norm 'n Stück rauf!« versprach Egon.

»Na, das ist ja ganz toll! Um wieviel Prozent denn?«

»Je nachdem. Erst wollen wir uns aber vergewissern, wie hoch sie im Moment noch ist. Ich mein ... wenn sie zu günstig steht, ist das auch nicht in Ordnung.«

»Sehr gut, sehr gut!« Müller schob den Rechenschieber in den Kragen und kratzte sich den Rücken. »Dann wollt ihr also die Fahne einer andern Brigade überlassen?«

»Nee!« Egon lachte. Wie konnte ihn der Bauleiter so falsch verstehen. »Wir wollen alles unter einen Hut bringen: Norm rauf, Planerfüllung und das andere ... Kabarett und Schach und ›Junge Talente‹!«

»Wer ist denn auf diese großartige Idee gekommen?«

»Alle. Wenn wir genau wissen, was jeder jeden Tag zu schaffen hat, sehen wir, was wir erhöhen können. Vielleicht kriegen wir einen Kran zum Ausladen. Dann brauchen nur immer zwei auf dem Bahnhof zu sein, und die Fahrerei für die anderen fällt flach.«

»Und wer soll den Kran bezahlen?« Müller war ärgerlich.

»Leihgebühr ist nicht eingeplant. Wollt ihr das Geld sammeln?«

»Alles schon ausgerechnet. Insgesamt kosten wir dem Staat durchschnittlich 30 Mark pro Stunde beim Ausladen. Der Kran wird bestimmt nicht teurer, aber wir schaffen mindestens dreimal so viel Schlacke wie jetzt.«

»Aber das Geld, Junge? Wir haben nur die Materialkosten eingeplant und den Transport.«

»Und wir? Wir kosten doch auch Geld?«

»Aber nicht dem Straßenbau!«

»Na, Kollege Müller, das ist doch schnuppe. Das Geld kommt aus dem gleichen Topp! Wir schaffen für das doppelte Geld dreimal so viel, wenn die Fahrerei für die Boys wegfällt, bestimmt das Vierfache, das heißt, dass wir für das gleiche Geld das Doppelte schaffen. Ist das etwa nichts? Du brauchst uns nur zu sagen, wie die Norm jetzt steht, klar?«

»Das ist eine umständliche Rechnerei, sehr umständlich!«

»Ich komme nachher noch mal wieder.«

Egon war unbehaglich zumute. Aus dem Kollegen Müller wurde er nicht schlau. Warum freute er sich denn nicht, dass die Brigade ihre Norm erhöhen wollte?

»Wart mal!«, rief der Bauleiter, zog einen Stuhl neben den Schreibtisch und machte eine einladende Handbewegung.

»Setz dich, mein Junge. Ich will dir was erklären. Hör gut zu! Genaugenommen habt ihr eure Fahne gar nicht verdient. Vom Standpunkt der Bauleitung schon, ihr habt den Plan mit 160 Prozent erfüllt. Aber nicht vom Standpunkt der Lagerleitung. Das sind zweierlei Dinge. Bleib sitzen! Hör mich erst an! Wenn der Plan für vierzehn Tage hundert Meter Straße vorsah, dann habt ihr 160 Meter geschafft.

Aber nicht in täglich sieben Stunden, sondern in zehn. Für uns spielt das aber überhaupt keine Rolle. 160 Meter sind 160 Meter. Aaaber … Nun habt ihr die Überstunden in der Lagerleitung noch einmal als freiwillige Aufbaustunden angegeben. Ihr habt also erstens für die 60 Prozent Übererfüllung Pluspunkte bekommen und zweitens noch mal für die Überstunden. Kapiert?«

Egon hatte sofort kapiert. Er sah den Bauleiter an und wusste nicht, was er sagen sollte. »Aber … das hat uns doch niemand gesagt …«

»Wieso denn, mein Lieber? Die Fahne kostet uns keinen Pfennig. Wenn aber eine Brigade die Fahne hat, will sie die Auszeichnung auch behalten, sie arbeitet fleißig, und wir haben eine schöne Planerfüllung. Ich mach dir folgenden Vorschlag: Die Sache bleibt unter uns. Ich schreibe euch die Meter gut, und die Lagerleitung schreibt euch die Überstunden gut, und ihr könnt eure Fahne mit nach Borkenheide nehmen … Und die höhere Norm schlagt euch lieber wieder aus dem Kopf. Ich muss dann den ganzen Plan umschmeißen und neu aufstellen, und wer weiß … vielleicht schafft ihr dann nicht mehr, und meine Prämie ist auch im Eimer. Außerdem …«

Egon stemmte sich langsam vom Stuhl hoch, bis er in seiner ganzen Größe vor Müller stand, stützte die Fäuste auf den Schreibtisch und flüsterte: »Du … Strohmietenverlauser! Du … kannst wohl in Scheiße fallen, aber nicht uns in den Rücken … Du … Schwielensohler!« Und jetzt wurde er drohend: »Lass dich nicht noch mal in der Brigade sehen! Dann spielen wir Wildschwein mit dir!« Er wandte sich ab und stapfte zur Tür. Dort drehte er sich noch einmal um, wollte etwas sagen, unterließ es aber, denn der arme Bauleiter war zu Tode erschrocken und halb unter den Schreibtisch gerutscht.

Egon machte zwei lange Schritte und stand im Zimmer der Lagerleitung. Hans war noch immer nicht da.

Seine Wut entlud sich in einem lauten Selbstgespräch:

»Wir … wir schuften Tag und Nacht, und dieser Bauleiter? Alle drei Tage wandert er mal über die Trasse, spendiert eine Schachtel Kenty, und weg ist er. Dann haut er sich hintern Schreibtisch und rechnet seine Prämie aus!«

Er schaute auf den Korridor. Am andern Ende der Baracke ging eine Tür auf, und Hans Zimmermann trat heraus. Im selben Moment schaute Bauleiter Müller aus seiner Tür. Er war völlig verstört, und als Egon diesen Mann sah, in seinem hängenden Sakko mit dem Rechenschieber in der oberen Tasche, der ausgebeulten Hose, den ängstlichen Blicken, überkam ihn Mitleid. Vielleicht hatte der Mann einen Schwarm Gören zu Hause oder eine kranke Mutter?

Egon brachte es nicht fertig, unter den Augen dieses Mannes dem Lagerleiter die Wahrheit zu sagen. Er holte seine neue hellbraune Aktentasche – die erste Anschaffung seit seiner Wahl zum Brigadier – aus dem Zimmer und stieg zu Hans in den Wagen. Sie fuhren los.

Nun kamen ihm wieder Bedenken. Womöglich wurden sie die Fahne los, wenn er den Schmu an die große Glocke brachte? Er hatte seiner Brigade die Arbeit ausgesucht, alle freuten sich, dass sie einen tüchtigen Brigadier hatten, und nun sollte er ihnen sagen, dass sie die Fahne gar nicht verdienten?

Wär es nicht schöner, mit dem Bauleiter halbe-halbe zu machen und weiterhin als Brigadier der besten Brigade zu gelten? Eigentlich … Schaden entstand nicht, abgesehen vielleicht von der nicht ganz reellen Prämie. Vielleicht würden die Jungs sogar resignieren und nicht mehr so fleißig sein wie vorher? Und wie kam es, dass seit mindestens einem Jahr doppelt abgerechnet wurde? Manche Brigaden hatten sicher nie etwas gemerkt, weil sie in den Tag hinein schufteten und sich um die Norm nicht kümmerten. Einige Brigadiere waren hinter den Schmu gekommen und hatten mitgemacht. Der angerichtete Schaden war nicht in Geldwert auszudrücken. Egon konnte sich einreden, was er wollte, um die Tatsache, dass hier irgendjemand betrogen wurde, kam er nicht herum; jahrelang wurde er betrogen. Die anderen Brigaden, die in der Wasserwirtschaft vielleicht noch fleißiger arbeiteten als manche Straßenbaubrigade, waren um ihre verdiente Anerkennung gekommen.

Irgendwo in der Zeitung oder auf einem Transparent hatte er das Wort »Arbeiterehre« gelesen. In seiner Baubrigade hatten die älteren Kollegen die bekannte Bewegung mit Daumen und Zeigefinger gemacht, als er in einer »freiwilligen Feierschicht« schüchtern dies Wort fallen ließ. Nun aber lag's ganz und gar an ihm, ob er zum Vorteil der eigenen Brigade das große Wort bespucken ließ. Schleppte er nicht schon genug Lügen mit sich herum? Christine betrog er, indem er seine Vergangenheit verschwieg. Paul hatte er einen Brief geschrieben, der das Lager, das ihm so viel bedeutete, in übelster Weise verunglimpfte. Immer noch log seine Unterschrift auf dem Aufruf. Nein, was die Arbeit betraf, da sollte seine Weste so weiß bleiben wie ein neuer Maureranzug. Der Horch schaukelte über das schlechte Pflaster Moorlands. Hans bog auf dem Marktplatz in dieselbe Straße ein, durch die sie fast täglich mit ihrem H-6 fuhren. Es regnete immer noch in Strömen. An tiefer liegenden Stellen war die Straße vom Regenwasser überflutet. Auf dem strudelnden braunen Wasser kreisten Stroh, Papier und grüne Blätter. Der Horch preschte hindurch. Als sie neben dem Bahnhofsgelände die Gleise überfuhren, sah Egon an der Landstraße drei lange flache Waggons. Jeder hatte zwei Schlackehügel. Würden sie einen geeigneten Kran bekommen?

Die Stärkefabrik lag unmittelbar neben dem Bahnkörper. Sie hatte

Gleisanschluss. Ein Schienenstrang führte in flachem Bogen an einem langen Schuppen vorbei. Der Hof der Stärkefabrik, ein langes Rechteck, war betoniert, und nirgends sah Egon etwas herumstehen. Zwischen dem Schuppen und dem hellgrauen Hauptgebäude stand am unteren Ende des Hofes das Kesselhaus, das Egon an seinem hohen Schornstein erkannte. Dem Kesselhaus gegenüber lag das Bürogebäude, einstöckig, mit großen Fenstern und gelb gestrichen. In seinem Anbau saß der Pförtner.

»Kommt ihr aus der Wiese?«

»Ja, Opa, wir kommen aus der Wiese!«

Der Pförtner deutete mit dem Zeigefinger gegen seine Tür und klappte das Fenster zu. Die jungen Männer traten ein.

»Habt ihr aber ein Wetter mitgebracht! Setzt euch, der Schichtleiter kommt gleich.«

Der Raum des Pförtners war geheizt. Es roch nach Kaffee. An der Wand war ein flacher verglaster Schaukasten angebracht, in dem mehrere Reihen Glasröhren hingen. Interessiert trat Egon näher. Sicher veranschaulichten die Röhrchen, wie das Kartoffelmehl hergestellt wurde. Aber er kam nicht dazu, alle Erklärungen zu lesen, denn der Schichtmeister erschien.

Es war ein junger Mann, der unter dem weißen Kittel kurze Lederhosen trug und ein Blauhemd. Kräftig drückte ihm Egon die Hand. Nachher ärgerte er sich deshalb, die Hand des Schichtleiters war schmal und klein, es musste ihm weh getan haben, und sicher dachte der nun, er sei ein Muskelprotz.

Sie liefen über den betonierten Hof zum Schuppen. Dort standen ein H-3-A und ein wunderschöner Kran.

»Was soll denn der kosten?«, fragte Egon.

»Seht ihn euch erst mal an.«

Der Kran hatte glatte Raupenketten, die fast einen Meter breit waren. Auf einem Radkranz thronte ein Häuschen, und an diesem Häuschen war ein Ausleger. Die Schaufel sah aus wie ein Eisenkasten, der diagonal aufgeschnitten war. Überall Elektromotoren. Eine große

Kabelrolle. Ein Schild: »VTA – Verlade- und Transportanlagen vorm. Bleicher, Leipzig«. Sogar die Kumpel aus Leipzig würden also mithelfen bei der Urbarmachung.

»Und der Kostenpunkt?«

»Wir schlagen vor: Ihr bekommt den Kran nebst Bedienung, wenn ihr ihn braucht, und dafür verzichtet ihr auf den Jugendfreund, den wir pro Durchgang zu delegieren haben.«

»Einverstanden!«, sagte der Lagerleiter schnell, und der Schichtleiter erklärte noch: »Bei uns wird er nur in der Saison gebraucht, also im Herbst und im Frühjahr, wenn die Mieten geöffnet werden. Ihr müsst uns nur immer rechtzeitig Bescheid sagen und die Waggons auf unser Gleis schieben lassen. Es muss noch ein Motor ausgewechselt werden. In spätestens einer Woche könnt ihr anfangen. Unser Heizer hat sich drauf spezialisiert, er bedient ihn nebenbei. Macht aber gerade Urlaub.«

Am liebsten hätte Egon noch heute angefangen! Dass sie eine Woche warten mussten, war leider nicht zu ändern, na, immerhin, morgen würden sie zwei Traktoren einsetzen, man konnte inzwischen Erfahrungen sammeln, wie sich das mit den vielen Fahrzeugen einspielte. Sie fuhren zurück. Hinter den Gleisen bat Egon anzuhalten, er wollte etwas spendieren, zur Feier des Tages, wie er sagte. Sie gingen in die Mitropa, und Egon bestellte Brause. Dann saßen sie da, und der Lagerleiter, der merkte, dass ihm Egon etwas offenbaren wollte, lächelte und schwieg. Egon lächelte auch, aber plötzlich legte er los und erzählte vom Angebot des Bauleiters. Hans Zimmermann hörte zu, ohne ein einziges Mal zu unterbrechen. Er biss die Zähne zusammen, und als Egon fertig war, sprang er auf, zog ihn zum Wagen und preschte los.

Was kam nun? Was hatte er angerichtet? Ihm war etwas wohler zumute, nachdem er alles ehrlich gesagt hatte, aber was passierte dem armen Bauleiter?

Das Gesicht des Lagerleiters war sichtlich verändert.

Hans Zimmermann verstand es, nach einem guten Schachzug,

nach einem Witz oder nach einem wichtigen Ratschlag ein Auge zuzukneifen, ohne dabei das Gesicht zu verziehen. Egon hatte schon mal vor dem Spiegel gestanden und versucht, das einzuüben. Nun war keine Spur mehr da vom witzigen Augenzwinkern. Hans saß dicht über das Steuer gebeugt, hatte die sonst offenen Lippen zusammengekniffen, als fahre er durch eine gefährliche Gegend.

Egon bewunderte den Lagerleiter, seit er erfahren hatte, dass sich Hans von einem wichtigen Objekt zum andern schicken ließ und dabei jedes Mal seinen Wunsch, das zu studieren, was Werner studiert hatte, zurückstellte. Nach dem Krieg war er Landarbeiter in Schleswig-Holstein gewesen, er wollte bereits damals studieren, hatte aber kein Abitur, und das Geld fürs Studium hatte er auch nicht. Er kam nach Ostberlin, blieb aber gleich in einer Kreisleitung hängen und arbeitete seitdem als Funktionär. Wenn das Jugendobjekt seine Aufgabe erfüllt hatte, wollte er den letzten Vorstoß beim Zentralrat unternehmen, sein Studium war schon jahrelang eingeplant, die Sonderreifeprüfung hatte er in der Kaderakte.

»Du wolltest mir doch mal erzählen, wieso du erschossen werden solltest … und was dein Name damit zu tun hatte.«

»Soll das ins Tagebuch?«

»Nee, nee, interessiert mich ganz persönlich.«

»Wie alt warst du vierundvierzig?«

»Drei Jahre.«

»Drei Jahre … ich war schon ein strammer Pimpf, sogar schon ein Hitlerjunge … Kennst du das noch?«

»Ja. Aus Filmen und von Bildern.«

»Aha … Weißt du, Egon, wer damals etwas darstellen wollte, der zog am besten in den Krieg, je mehr Russen und Amerikaner du umlegtest, desto mehr Blech hing an deiner Uniform, und du warst ein Held. Ich war vierundvierzig siebzehn, das rechte Alter für einen deutschen Jungen, sich freiwillig zum Morden anzumelden, hatte gerade ausgelernt als Maurer, in Hamburg. Ja, als Maurer. Dann war ich ein Vierteljahr an der Front, und das Vierteljahr hatte mich kuriert.

Ich wollte nicht mehr kämpfen, wollte bloß weiterleben, ein Kumpel in meinem Zug dachte genauso. In der Tschechoslowakei gingen wir stiften, verkrümelten uns im Gebirge. Nach einer Woche hatten sie uns wieder. Wir kamen nach Blankenfelde. Dort hockten wir aneinander gekettet mit noch anderen in einem Schaufenster, bis wir genug abgeschreckt hatten. Im Soldatengefängnis saßen wir zu zwanzig in einer Zelle, kein Abort, die Kochgeschirre waren auch unsere Nachtgeschirre. Wen ekelte das, jeden Tag wurden zwei erschossen. Bei ›A‹ fing's an, wir mussten zusehen, und jeder konnte sich ausrechnen, wann er dran war. Der Pfarrer murmelte sein Sprüchlein, das Urteil wurde verlesen, die Ablehnung des Gnadengesuches, eine Binde vor die Augen, dann knallte es. Aus. Ein Zander und ein Zimmermann blieben übrig. Warum, weiß ich nicht. Wir kamen in eine Strafkompanie.

Wir waren immer die ersten, wenn's vorwärts ging, und die letzten, wenn die andern türmten. Da bin ich dann eines Tages einfach liegen geblieben.«

Als der Wagen vor der Baracke hielt, wollte Egon gleich verschwinden, aber Hans packte ihn am Handgelenk und marschierte mit ihm in die Bauleitung, wo Kollege Müller vor seiner Statistik stand und steile rote Striche auf das Millimeterpapier malte.

»Hier!«, rief Hans und zog Egon näher. »Sieh dir diesen Jungen mal an! Was machst du aus dem? Einen Betrüger? Genosse Müller, was machst du aus unserer Jugend?« Er hielt ihm Egons Hand vors Gesicht, gerade die mit den Brandmalen. »Sieh dir diese Hand an, eine Arbeiterhand. Schuftet und schuftet – und du, Genosse Müller? Stehst daneben und sicherst dir deinen Teil nach echter Ausbeutermanier!«

Er fasste dem erschrockenen Bauleiter ans Revers und hielt ihm das Parteiabzeichen unter die Augen.

Egon zog verlegen an den Fingern. Was war an der Hand Besonderes? Der Nagel vom kleinen Finger war draufgegangen, als sie ein zentnerschweres, rundes Stück Eisenschlacke vom Waggon wuchteten.

Der Handrücken war aufgekratzt, die Innenhand voller harter, blankpolierter Schwielen. Und wie sah erst seine Kleidung aus! Die Klubklamotten, die er bei der Arbeit trug, waren verdreckt. Der Ärmel löste sich wieder an der nachgenähten Stelle. Das Etikett mit dem Texasreiter hatte hinter einen Blechflicken von Jakobs H-6 gehakt und hing herab, das Knie der als unverwüstlich gepriesenen Niethose war aufgeplatzt.

Hans schickte ihn zum Tagesdienst. Über Lautsprecher sollte verkündet werden, dass sich alle Genossen aus den Brigaden und den Bauleitungen sofort im Fernsehraum zu einer außerordentlichen Mitgliederversammlung einfinden sollten.

Was würde geschehen? Hatte er richtig gehandelt? Ich habe den Müller reingeritten, dachte Egon, sie werden ihn zurechtstutzen, und er wird Haare lassen. Aber dann wird's besser gehen. Auf Hans kann man sich verlassen. Alles wird dann mit rechten Dingen zugehen. Eines war klar: Jedem konnte man nicht gefallen, und wer Betrügern nicht weh tun will, wird selbst zum Betrüger.

Egon ging ins Zimmer. Jakob saß am Tisch, blätterte in einer Zeitung und rauchte, dass es in der Pfeife knackte.

»Was ist?«

»Wir kriegen einen Kran. Und zwar umsonst.«

Jakob ließ die Zeitung aufgeblättert liegen und ging ohne ein Wort. Als Egon sich umgezogen hatte und in den Speisesaal laufen wollte, blieb er an der Tür zur Lagerleitung stehen. Jakobs schrilles Organ war bis auf den Korridor zu hören. Mit seiner lärmenden Beredsamkeit belästigte er die Mädel vom Tagesdienst, die überhaupt keine Ahnung hatten.

»Das mach ich nicht mehr mit!«, rief er. »Ich lass mir vom Kraftverkehr eine andere Arbeit zuweisen. Oder ich kündige. Jawoll! Ich kündige! Das hat man davon, wenn man Initiative zeigt!«

Zwischenbilanz

Im Speisesaal war es angenehm kühl. Egon saß neben einem offenen Fenster, vor sich einen Berg beschriebener Zettel aus alten Plakaten, ihm gegenüber Christine. Plundi übte am Klavier die Begleitung für einen Song. Die andern Jungen und Mädel lagen am Fußballfeld, von wo die Pfiffe eines Schiedsrichters herüber schrillten. Die Lagerauswahl spielte gegen die Dorfmannschaft. Es war Sonnabend. Zwei Wochen waren fast um. Am Mittwoch hatten sich die Borkenheider Brigaden versammelt, um die ersten Wochen einzuschätzen und die bevorstehende Arbeit besser zu organisieren. Dabei hatte Werner vorgeschlagen, in den Brigaden Tagebuch zu führen.

Die Brigadiere sollten anfangen. Weil sie aber so etwas noch nie gemacht hatten, empfahl Werner Christine als Berater. Erstens wisse sie, worauf es bei so einer Chronik ankomme – sie habe in der 12. Klasse Tagebuch geführt –, und zweitens könne auch sie davon für ihre Entwicklung profitieren.

Die Zettel enthielten Egons erste Aufzeichnungen. Bevor er sie in das großformatige Buch eintrug, mussten sie, wie es Werner vorgeschlagen hatte, mit Christine beraten werden.

Er reichte ihr das Buch, damit sie die ersten Blätter bewundern konnte. Auf der ersten Seite stand in dicken, genau abgemessenen Buchstaben:

CHRONIK
der
JUGENDBRIGADE BRÜMMER
Jugendobjekt Junge Welt

Die Namen der Brigademitglieder hatte er auf Seite zwei in Schönschrift eingetragen.

Es war elf.

Egon begann:

»Zum Wirtschaftlichen:

In der Zeit vom 19. Juni bis zum 1. Juli haben wir 22 Waggons Schlacke abgefahren mit zusammen 400 Tonnen, außerdem 130 Zentner Bordsteine, drei Waggons junge Sträucher für die Windschutzstreifen und fünf Waggons Zaunpfähle. Auf der Trasse wurden 200 Meter Straßenbett ausgekoffert und ebenso viel Meter Straßendecke gelegt, davon die Hälfte feinplaniert. Die Arbeitsmoral war ausgezeichnet. Unglücksfälle keine. Werner Schmiedeberg hatte einen Tag Fieber wegen Sonnenbrand, und beim Volleyballspiel hat er sich einen Daumen verstaucht, der vom Brigadesanitäter sofort behandelt wurde.

Geht das?«

»Es genügt. Bitte weiter.«

»Personelle Veränderungen: Werner Schmiedeberg ist Leiter des Kulturaktivs geworden. Seine Funktionen in der Brigade hat er abgegeben. Zum neuen Brigadier wurde der Jugendfreund Egon Brümmer gewählt. Einstimmig. Dieser Jugendfreund leitet auch jetzt die Kabarettgruppe, wobei er noch viele Schwierigkeiten überwinden muss.«

Christine unterbrach ihn: »Ging das alles reibungslos? Gab es keine … Konflikte?«

»Konflikte?«

»Ja, Streit, Auseinandersetzungen …«

»Jede Menge! Was meinst du, was das gekostet hat, bis der Werner seinen Posten im Kabarett abgab! Zweimal war der Lagerleiter in unserer Versammlung, neulich hat er sich endlich bequemt.«

»Das soll der Philosoph am besten selbst eintragen.«

»Hat er schon!« Egon schlug das Tagebuch auf und deutete auf zwei eingeklebte Blätter. Er las vor:

»Meine Stellungnahme zur Einsetzung des Jugendfreundes Egon Brümmer als Leiter der Borkenheider Kabarettgruppe. Als ich meinen körperlichen Einsatz antrat, hatte ich die feste Absicht, mich aus allen Funktionen herauszuhalten. Ursache dieser falschen Einstellung war eine gewisse Unzufriedenheit mit den Ergebnissen meiner Arbeit als Klubhausleiter in Borkenheide. Weil ich damals noch nicht wusste, worin die Ursache für diese Unzufriedenheit bestand, wollte ich die Zeit in der Jungen Welt ausnutzen, um Klarheit in meine Probleme zu bringen. Ich war der schädlichen Auffassung, dass es hier allein auf ökonomische Erfolge ankommt. Obwohl mir die Unhaltbarkeit dieser These theoretisch völlig klar war, habe ich dennoch praktisch versucht, sie zur Grundlage der Arbeit in der Brigade zu machen.

Auf einer Parteiversammlung zu Beginn unseres Einsatzes haben mir die Genossen geholfen, diese Einstellung zu überwinden. Ich sah damals allerdings noch nicht, dass ich Klarheit nicht durch Abstand von der Arbeit, sondern nur durch eine selbstkritische marxistische Analyse gewinnen kann. Dem Einfluss des Lagerleiters und der Jugendfreunde unserer Brigade habe ich es zu verdanken, dass mir mein grundlegender Fehler klar wurde: Ich nahm bisher an, dass nur ich allein bestimmte Aufgaben lösen konnte. Dies war in Borkenheide so und auch noch zu Anfang meiner körperlichen Arbeit. Es kommt aber vielmehr darauf an, die Arbeit auf breite Schultern zu verteilen, möglichst viele Jugendfreunde heranzuziehen und sie anzuleiten anstatt zu bevormunden. Auch dies sah ich vorher theoretisch völlig ein, aber die Realisierung war eben doch eine zweite Sache.

Ich bin sehr glücklich, dass ich mich jetzt auch zur praktischen Anwendung dieser fundamentalen Maxime der Jugendarbeit durchgerungen habe. Und dabei hat der Jugendfreund Egon Brümmer eine vorrangige Rolle gespielt. Seinen Schachunterricht und das Turnier hätte ich nicht besser aufziehen können. Ähnlich war es mit dem

Kabarett. Hatte ich den Aufruf zum Kabarett noch völlig formal abgefasst, so hat mich Egons Mitarbeit dazu gebracht, im Vorhandensein einer Kabarettgruppe (und darüber hinaus in jeder Form kultureller Selbstbetätigung) die Befriedigung eines echten Bedürfnisses zu sehen. Egon hat nicht nur eine schnelle Auffassungsgabe, ein unwahrscheinliches kabarettistisches Talent, sondern auch ein echtes Gefühl für aufzugreifende Probleme, Pointen und Publikumswirksamkeit. So manche Nacht wurde ich wach, wenn unter mir im Bett Texte geflüstert und Gesten probiert wurden. So manches Mal hat er mich beiseite genommen, um eine noch unklare Szene durchzuspielen. Er hat noch einige Schwierigkeiten beim Schreiben von Texten und eine gewisse Vorliebe für kabarettistischen Klamauk. Das wird er mit Hilfe des Kollektivs sicher bald überwinden. Ich selbst bin gern bereit, ihm ständig mit meinen Erfahrungen zur Seite zu stehen, nicht zuletzt deswegen, weil ich die Bedeutung meiner Arbeit als Kulturfunktionär unseres Verbandes durch ihn in einem ganz neuen Licht sehe. Ich bin durch ihn bei der praktischen Verwirklichung meiner theoretischen Erkenntnisse ein ganzes Stück vorwärts gekommen. Jetzt weiß ich auch, warum es im Beschluss des Zentralrats der FDJ unter anderem heißt: Die hauptamtlichen Funktionäre unseres Verbandes müssen sich enger als bisher mit der breiten Masse der Jugendlichen verbinden, besser ihre Sorgen verstehen lernen, unbürokratisch auf ihre Wünsche reagieren.«

Egon klappte die Chronik zu. »Hat sich toll ausgedrückt, nicht?«

Christine meinte, dass dies der ehrlichste Beitrag sei. Darauf ging Egon nicht ein, er nahm seinen Faden wieder auf: »Jakob hat gekündigt!«

»Moment mal! Was hat denn der Brigadier so gedacht, als er gewählt wurde?«

»Gehört denn das auch rein?«

»War's dir egal?«

»Nee, nee ... hab' mich gefreut ...«

»Und warum?«

»Warum …? Weil die Boys mich haben wollten.«

»Und warum wollten sie ausgerechnet dich haben?«

»Das weiß ich doch auch nicht so genau; meinst du, unsere Nachkommen interessieren sich noch dafür, warum Egon Brümmer, Borkenheide, Bäckergasse 4, am soundsovielten Brigadier wurde?«

»Aber natürlich! Die wollen doch wissen, wer hier das Moor urbar gemacht hat. Also?«

Was sollte er schreiben? Dass er als ehemaliger Schläger genug Grund hatte zur Freude, wenn ihm die Jugendfreunde ihr Vertrauen schenkten? Das konnte er weder sagen noch ins Tagebuch schreiben. Er musste sich irgendetwas ausdenken. »Schön, sollst deinen Willen haben.« Egon machte sich eine Notiz.

»Und du schreibst nicht nur, dass du dich gefreut hast, sondern etwas ausführlicher das Ganze.«

»Jakob hat also endgültig gekündigt …«

»Wart mal, was ist das eigentlich für ein Mensch, dieser Jakob?«

»Ein besessener Geldraffer! Sein Leben lang trachtete der Mensch danach, sich selbständig zu machen. Als er sein Erbe versilbern wollte, musste er Soldat werden. Als er aus dem Kriege heimkam, war aber nichts mehr zu versilbern, er ergaunerte sich einen Studebaker und schob auf Deibel-komm-raus. Überall, wo ein Kraftfahrer Geld scheffeln konnte, hast du Jakob angetroffen: im Eisenhüttenkombinat, in Berlin, in der Schwarzen Pumpe. Nun scheffelt er hier. Soll er! Aber nicht auf unsere Knochen!«

»Und warum steht das nicht drin?«

»Junge, Junge.«

»Entweder du schreibst die Wahrheit rein oder gar nichts. Ein bisschen Mut braucht man schon zum Tagebuchführen.«

Schnell weiter! Er erzählte, dass sie am Mittwoch beraten hätten, wie sie arbeiten müssten, um die Fahne zu behalten. Dass sie den Kran bald bekommen würden und dass es seine Idee gewesen sei, die Fahrzeuge besser auszunutzen. »Ich habe ausgerechnet«, erklärte er, »für die Leihgebühr, die uns die Traktoren im Jahr kosten, kann man für jeden Urbarmacher ein Fahrrad anschaffen. Bloß, die Wege sind noch zu schlecht und außerdem … sähe zu komisch aus: dreihundert Urbarmacher flitzen per Rad aus dem Lager.«

Egon unterbrach sich, um zu sehen, ob Christine überhaupt zuhörte. Sie sah ihn gespannt an, aber ihm schien es, als habe sie etwas anderes im Kopf.

»Egon? Gibst du mir mal 'n Kuss?«

Erschrocken schaute er sich nach Plundi um. »Jetzt doch nicht! Hör zu!«

Er erzählte, wie er den Bauleiter zusammengedonnert habe und dass er der Initiator der Parteiversammlung gewesen sei. »Da ist dem Müller vielleicht eine übergebraten worden, sagt Werner. Stell dir vor, Betrug! – Sag mal, ich glaub, du denkst an was ganz anderes.«

»Aber Egon!«

»Na klar! Starrst mich an und hörst gar nicht zu. Für so was hab ich heut Abend erst wieder Zeit, wenn du mir geholfen hast!«

»Ich höre immer ›wieder‹?«

Ärgerlich sortierte er seine Zettel. An solche Sachen dachte sie. »Willst du nun aufpassen oder nicht?«

»Dreh dich mal um, fällt dir was auf?«

Dreh dich nicht um, dachte er, irgendeine Falle.

»Plundi ist weg!«

Tatsächlich, Plundi war verschwunden. Aber was ging das ihn an?

Als er Christine anschaute, spitzte sie den Mund. Er schob die Notizen zusammen, wollte gehen. Sie lehnte sich im Stuhl zurück und griente sich eins.

»Einmal noch, und ich such mir einen andern Betreuer«, drohte er.

»Ich schlage vor: Werner Schmiedeberg?«

»Den lass aus dem Spiel! Wenn der nicht wäre …«

»… hätten wir keinen schönen Beschluss über die sozialistische Moral.«

»Christa, ich bin doch gleich zu Ende.«

»Leider, leider, die einzige Möglichkeit, wo wir uns beide zusammen sehen lassen können, ist das Tagebuch. Mach weiter.«

»Also, die Partei hat beschlossen, den Müller zu versetzen. Und bestraft hat sie ihn auch. – Gehört das überhaupt ins Tagebuch?«

»Natürlich, wo du doch der Initiator warst. Weiter!«

»*Jugendfreund Pitz Schappe hat bei einem Großbrand im Kreis Borkenheide unter Einsatz seines Lebens Volkseigentum gerettet. Dafür sollte er eine Medaille bekommen. Die Feuerwehr hat sie hergeschickt, die Auszeichnung haben wir vorgenommen. Ich habe ihn gleich zu meinem Stellvertreter ernannt.* Schluss … das heißt … ich hab zur Belebung der Chronik noch ein Gedicht verfasst …«

»Zeig mal!«, rief Christine.

Er las vor.

Sieben Weltwunder,
steht geschrieben,
gab es im Altertum.
Was ist geblieben
vom Königsruhm?
Plunder!
Wer ist schon Hektor!
Wer Alexander!
Wir ziehen dem Dreckmoor
das Fell
ab
und einander.
Schaufelt ein tiefes Grab,
schnell!
Werft hinein den Kram,
den Kitsch, die Kette,
die ans Gestern bindet.
Wer hierher kam mit Nofretete,
verkündet:

Gebt Zunder!
Das Moor wird umgebracht.
Weg mit den Mooren!
Das wirkliche Wunder
wird hier gemacht:
Du wirst noch einmal geboren.

Christine lachte nicht. »Sag mal, das hast du gemacht?«

Er drehte den Hals aus dem Kragen. »War gar nicht so schlimm.«

»Aber 'n bisschen hat dir der Werner geholfen, gib's zu.«

»Na ja, er hat mir mal Gedichte von einem Russen zu lesen gegeben, von Majakowski. Kennst du ihn? Ich hätte ihn gern mal persönlich kennengelernt.«

Jetzt lachte sie wieder. »Ich hab auch noch was.« Sie schob ihm einen Zettel zu. »Hier, du Neugeborener!«

Er las: »Antrag! Ich bin unsterblich in Christine Lange verliebt, und sie liebt mich auch etwas. Wir haben aber einen Beschluss gegen die Liebe gefasst. Ich beantrage, den Beschluss aufzuheben, denn er erzieht uns zum Heucheln!«

Warum genügten ihr nicht die schönen Kahnpartien? Auch ihm machte die Geschichte sehr zu schaffen, und er hätte das ganze Buch vollschreiben können deswegen.

Aber konnte er jetzt, nachdem ihn die Jungs zum Brigadier gewählt hatten, erzählen, dass er sie schon wochenlang hinters Licht führte, dass seine Unterschrift eine Lüge war?

Er zerriss den Zettel in kleine Schnipsel. Christine nickte ironisch. »Die schönsten Konflikte bleiben immer draußen.«

Die Schau

Nie hatte Egon geglaubt, dass ihm das Aufstehen jemals so leichtfallen würde wie in der Wiese, er konnte ins Bett gehen, wann er wollte, pünktlich wurde er wach, und seitdem er Brigadier war, hatte er sich längst fertiggemacht, wenn er die andern weckte.

Zwei spatzengroße gelbgrüne Vögel, die den Holunderbusch neben der Baracke bewohnten, zeigten ihm allmorgendlich, dass auch die Natur ihre Freude am Frühaufstehen hatte. Sobald der erste Tagesschimmer den Himmel aufhellte, zwitscherten die beiden los, und Egon erbaute sich an den endlosen Strophen. Als er eines Tages das Nest entdeckte, hatte er nicht eher geruht, bis er in einem Vogelbuch eine Beschreibung fand, die zu den Sängern passte. Es waren Gelbspötter.

Auch heute waren die beiden zeitig wie immer am Werk, obwohl es Sonntag war, aber die Natur hat keine Sonntage, und auch auf Egon wartete ein umfangreiches Programm.

Seine Jungs schliefen noch – sollten sie schlafen, die meisten durften heute ausruhen. Er zog sein Turnzeug zurecht und trat auf den Korridor. Im hellen Viereck hinter dem Barackeneingang sah er den Aufnahmewagen des Fernsehfunks.

Der Regisseur war schon bei der Arbeit, er saß im Speisesaal vor einer Kanne Kaffee und schrieb hastig. »In einer halben Stunde ist die Sonne gut, dann schießen wir los«, rief er, als er Egon kommen sah.

Vorgestern war der Stab vom Jugendfernsehen gekommen, und die Redakteure hatten dem Lagerleiter erklärt, sie wollten anlässlich des dritten Jahrestages des V. Parteitages, auf dem die Organisierung der Jugendobjekte beschlossen worden war, das Porträt eines interessanten Jugendlichen drehen. Egon war nicht mehr zur Ruhe gekommen. Überallhin folgten ihm Kameras und Mikrofone. Er musste fröhlich aufwachen, interessiert in Broschüren blättern, mit großartiger Geste

Arbeit einteilen und dergleichen Dinge mehr verrichten, die in einen richtigen Dokumentarfilm gehörten. Man ließ ihn seinen großen Löffel schultern, zentnerschwere Schlackebrocken zertrümmern und zu nächtlicher Stunde in verbotenen Räumen Zettel ankleben. Aber den Redakteuren war das noch immer nicht genug.

Egon wusch sich bedächtig, rasierte sich und musterte sein Spiegelbild. Von Anzeichen einer Entwicklung keine Spur, abgesehen vom Haarschnitt vielleicht; so gebildet wie Werner würde er nie aussehen, egal, innere Werte waren wichtiger.

Hartnäckig erinnerte ihn dann und wann eine unheimliche Unruhe an Borkenheide. Werner hatte ihn gefragt, was wohl seine Freunde sagen würden, wenn sie ihn als Brigadier auf dem Bildschirm sähen? Da war ihm erst eingefallen, was der Fernsehfunk anrichten konnte. Wer von den Boys hatte ein Gerät? Die Fleischer! Sie sahen zwar prinzipiell nur Hamburg, wenn sie aber zufällig den richtigen Kanal einschalteten?

An einem Tag waren zwei Briefe aus Borkenheide gekommen. Die Mutter schrieb, dass sie sich über seinen letzten Brief sehr gefreut habe und dass Paul sich Gedanken um ihn mache. Der zweite Brief war von Paul. Er entschuldigte sich in jedem Satz, dass er verschlafen hatte, und beschuldigte Egons Mutter, dass sie bei einem tollen Plan nicht mitgemacht habe. Was war das für ein toller Plan?

Der alte Freund hatte noch geschrieben, dass sie nun bald wieder einen Saal hätten und fleißig Noten lernen würden. Vielleicht wäre es doch besser gewesen, wenn er den Boys die Wahrheit gesagt hätte?

Als er aus dem Waschraum kam, spazierten drei Mädel durchs Lagertor. »Wo kommt ihr denn schon her?«

»Schon? Noch! Vom Friseur kommen wir, hat die ganze Nacht frisiert, aber die letzten sind wir nicht, kannst du uns nicht mal mit ins Bild bringen?«

»Mal sehen«, sagte Egon gönnerhaft.

Vor dem Schwarzen Brett blieb er stehen.

Tagesablauf für Sonntag, den 2. Juli

12.00–14.00 Uhr	*Mittagspause*
14.00–15.00 Uhr	*Kabarettprogramm*
15.00–16.00 Uhr	*2. Auswertung des Wettbewerbes und Verleihung der Wanderfahne*
16.00–17.00 Uhr	*Literarisch-musikalische Veranstaltung mit dem Streichquartett Bauer und Jungen Autoren unseres Bezirkes*
17.30–18.30 Uhr	*Abendessen*
19.00–1.00 Uhr	*Großes Fest ›Junger Talente‹ mit Tanz und allerlei Überraschungen*

Der Kabarett-Text saß. Er hatte lange heimlich mit Christine geprobt. Hoffentlich lachte niemand über sein Gedicht. Er ging ins Zimmer des Tagesdienstes und hörte sich eine Viertelstunde Schlager vom Deutschen Freiheitssender an. Die Jungen und Mädel gähnten, sie warteten auf die Ablösung. Egon blätterte im Wachbuch, las zum soundsovielten Male die Eintragungen wegen der Schachanschläge und hörte dann, dass draußen der Motor des Übertragungswagens angelassen wurde. Er rannte ins Zimmer. Feuerwehrdoktor war schon wach, wie es sich für einen Stellvertreter gehört, er polierte seine Medaille. Mütze und Sanitätertasche lagen gebürstet und gewienert auf dem Tisch.

»Die Fahnenspitze kannst du auch überpolieren, das Sidol steht im untersten Fach.«

»Ob wir die Fahne behalten?«

»Mir ist so! Die Pasewalder sollen zwar mächtig rangeklotzt haben, aber im Kulturellen haben sie nichts aufzuweisen, wir sind überhaupt die einzige Brigade, die ein vollständiges Programm bieten kann.«

Ein Blick zur blauen Wanderfahne … Egon lief hinaus und stieg in den Übertragungswagen. Sie fuhren los. Die Sonne hatte sich schon auf die Reise gemacht, um der Jungen Welt einen schönen Tag zu bringen. An der Brücke hielten sie. Der Kameramann brachte seine

Apparatur in Stellung, es wurde gelotet und gerichtet und abgemessen, und dann erklärte der Regisseur, wie Egon das Moorerwachen zu genießen habe.

»Pass auf! Du stehst das erstemal in deinem Leben vor diesem Moor, was machst du?«

»Ich staune!«

»Nein. Du staunst nicht! Du wirst das Moor beherrschen und darum staunst du nicht, sondern du schaust siegesgewiss.« Der Regisseur stemmte beide Arme in die Seite, öffnete den Mund zu einem leichten Lächeln und drehte den Kopf von einem Ende des Moores zum andern. »So! Na?«

Egon grinste.

»Bitte Probe ... los!«

Egon stemmte die Fäuste in die Seiten, drehte den Kopf von rechts nach links und ...

»Aber Egon! Doch nicht grinsen! Siegesgewiss lächeln! Kinder! Hast du denn noch nie das Moor gesehen, richtig, politisch gesehen?«

Egon überlegte. »Ich hab mir mal die Baumleiche da hinten genauer beschaut und die kleinen Wassertiere in der braunen Brühe.«

Der Regisseur überlegte laut, ob er aus der angekohlten Weide oder den Wassertieren Honig ziehen könne.

Er wandte sich an den Kameramann. »Was meinst 'n, kommen wir an den Strunk ran, Kulisse etwas angeschnitten, ha?«

»Dann vermasselt uns die Sonne die ganze Atmosphäre.«

Egon fiel ein, wie er hier mit Christine das erste Mal gestanden hatte, die Fäuste in den Hosentaschen, den Blick geradeaus.

»Das ist es!«, rief der Regisseur, der Egon heimlich beobachtet hatte.

»Jawoll, so steht ein Egon da, einfach geradeaus den Blick, pass auf, das kommt ganz groß, nicht grinsen!«

Nachdem die Morgensonne die vorgeschriebene Meterzahl belichtet hatte, wendete der Wagen vorsichtig und fuhr die Akteure ins Lager.

Im Heizkeller erwartete sie ein Mann im Sonntagsstaat, und Egon hatte genug Fernseherfahrung, um zu ahnen, was nun kommen würde. Der Regisseur jammerte los:

»Kinder! Lieber Kollege ... seit wann heizt man denn im Hochzeitsstaat, in zehn Jahren vielleicht, aber doch nicht im Jahre einundsechzig im Jugendobjekt!«

Der Heizer verschwand widerspruchslos und zog sich um. Egon musste seinen großen Löffel holen, der schon einige Male dokumentarisch verewigt war.

»So, Kinder, und nun spielt uns mal die Szene genauso vor, wie sie passierte!«

Egon schulterte die kleine Schaufel und betrat mit großen Schritten den Keller ...

Der Heizer schielte ins Objektiv.

»Kinder ... ihr müsst euch vorstellen, dass die Kamera überhaupt nicht da ist ... Hattest du die Schaufel so theatralisch geschultert? Und überhaupt ...«

Der Heizer musste sich das Gesicht mit Kohlenstaub einschmieren, dass nur noch die Augen zu erkennen waren.

»Kollege ... Sie müssen irgendetwas machen, wenn der Egon hereinkommt. Wie war's denn damals?«

»Er hat einen Korb geflochten.«

»Bitte! Alles, aber nicht mit 'm Korb. Meine Kinder denken sonst, ich verdien hier nicht genug!«

»Zeitung?« schlug der Kameramann vor.

»Zeitung ...«, überlegte der Regisseur. »Jawoll! Sie haben eben Ihr Frühstücksbrot ausgewickelt und lesen jetzt im Einwickelpapier. Sehr realistisch! Also ... folgendermaßen: Unser Heizer sitzt auf seinem Hocker, hat ins Brot gebissen und studiert die ›Moorländer Neuesten Nachrichten‹. Egon schaut nur um die Ecke, und ohne dass ihn unser Heizer bemerkt, wechselt er die Schaufeln aus. Warum nicht gleich so!«

»War aber gar nicht so. Einen Korb hat er geflochten! Und er hat sich die Zigarette hinters Ohr gesteckt und gesagt, dass er im ganzen acht Enkel hätte.«

»Kinder! Was sollen denn diese Naturalismen, die zerreißen uns das ganze Bild!«

Alle grübelten. Egon, was Naturalismen sein könnten, der Heizer, ob ihn seine Kinder mit diesem Gesicht überhaupt erkennen würden, der Regisseur, ob alles realistisch genug sei.

Ein dutzendmal wurde geprobt, und dreimal drehte der Kameramann, sicherheitshalber, denn diese Szene sei ein schöner Gag.

»Wann wird denn der Film gebracht?«, fragte der Heizer.

»Donnerstag.«

»Donnerstag schon?« Egon hatte gehofft, dass noch mindestens drei Wochen vergehen würden.

Die Dorfjugend strömte herbei. Überall sah man Mädchen mit neuen Frisuren – und überall dufte es nach Fliederbrillantine.

Der Speisesaal erstrahlte im grellen Licht der Scheinwerfer. Stuhlreihe hinter Stuhlreihe. Die mehrere Meter breite Nische am Küchenschalter war zur Bühne umgebaut, ein kurzer Laufsteg, ein Vorhang, etwas abseits das Rednerpult.

Egons Auftritt im Kabarett sollte nun dokumentarisch verewigt werden, als Schluss der Fernsehreportage. Er hatte etwas Lampenfieber gehabt, eine halbe Taschenflasche hatte es vertrieben. Sein Gedicht eröffnete das Programm, der Beifall war so gut, dass ihn die Fernsehleute filmen konnten.

Am aufgeregtesten war Werner Schmiedeberg, der im Programm überhaupt nichts zu tun hatte. Er stand hinter dem zurückgezogenen Vorhang und passte auf, ob jemand steckenblieb.

Die Moritatensänger waren schon beim Schlussvers. Es wurde reichlich geklatscht, wirklich reichlich, und rechtzeitig zog der Wirtschaftsleiter den Vorhang zu. Der ehemalige Klubhausleiter war den Fernsehleuten als erfahrener Organisator unentbehrlich geworden.

In dem Geschirrspülraum, wo die Akteure auf ihren letzten Auftritt warteten, war längst alles bereit. Egon hatte seine schwarze Pappbrille aufgesetzt, die übergroße schwarze Fliege umgebunden, die Haare in die Stirn gekämmt – alles Einfälle des Regisseurs – und musterte sich im Spiegel. Der Anzug des Lagerleiters war in den Schultern zu eng und an den Ärmeln zu lang, aber es war die vornehme Schale, die Egon brauchte.

Werner musste die Verkleidung noch einmal begutachten. »Ach, du großes Unglück!«, jammerte er; die kleine Schnapsfahne war ihm nicht entgangen ... Aber für eine Standpauke war keine Zeit. »Halte dich unbedingt an den einstudierten Text! Fang nicht an, eigene Geschichten abzuquasseln, sag ich dir.« Und er ermahnte die Mannequins: »Nur nicht nervös werden!«

Die Mädchen standen artig in der Reihenfolge ihres Auftritts: Martha, Christine, Marianne, Sophia. Die selbstgeschneiderten Phantasiekostüme saßen richtig, und die Mannequins waren geschminkt, wie es sich gehörte. Werner legte Martha beruhigend seine zitternde Hand auf die Schulter.

»Vergiss nicht zu trippeln! Rauf auf den Tisch getrippelt, einen Moment auf der Stelle getrippelt und wieder runtergetrippelt. Hörst du?«

»Ja doch! Du machst einen richtig schwach. Ich hab schon im Traum getrippelt!«

Wieder erklang Beifall. Im Saal leuchteten sämtliche Scheinwerfer auf. Die Freunde vom Fernsehfunk erwarteten Egons entscheidenden Auftritt.

Werner hielt ihn an der Schulter fest ... »Achtung ...« Der Regisseur schaute ins Fenster, hob eine Hand ... »Los!« Werner schob Egon an, wie ein Trainer beim Radrennen seinen Fahrer auf die Reise schickt.

Mit energischen Schritten eilte Egon auf die Bühne. Gelächter brach aus, sie hatten ihn erkannt. Er zupfte die Fliege zurecht, verbeugte sich zweimal elegant und legte los, heiter, optimistisch: »Meine Damen! Meine Herren! Im Namen aller Kolleginnen und Kollegen unseres Betriebes VEB MODERNA möchte ich Sie recht … recht … herzlich willkommen heißen!« Ein Schritt nach links. Pause. »Wir freuen uns … dass Sie so zahlreich erschienen sind, um gemeinsam mit uns die neuesten Modelle der kommenden Saison … «, und weil es so gut klappte, brachte er doch einen selbsterfundenen Satz an: »… und die französischen Luxuskörper unserer Mannequins auf Breitwand … zu bewundern!«

Ein Schritt nach rechts. »Meine Damen und Herren! Die Modelle – die Sie sogleich sehen werden – sind in … unermüdlicher! … schöpferischer! … Tätigkeit von allen Kolleginnen und Kollegen unseres Betriebes entworfen, anprobiert und ausprobiert worden und stellen – was das Gebiet der Mode betrifft – endlich den Anschluss an das Wildwestniveau … Verzeihung … an das Westweltniveau dar! Doch …« Fliege gezupft, »… wozu viele Worte machen! Unsere Modelle sprechen für sich selbst. Da ist schon das erste!«

Martha Nickel trippelte hervor, an Egon vorbei, alles juchte. Martha trippelte mehrmals im Kreis, denn der Beifall musste sich beruhigen, um Egon zu Wort kommen zu lassen: »Das Modell ›Der Sack‹! Meine Damen und Herren, an dieser Modeschöpfung sehen Sie, wie eng unsere Künstler mit den werktätigen Massen verbunden sind! So volkstümlich wie der Name auch das Material: einfaches Sackleinen, Tonnenform, die aparten Träger: Kunstschmiedearbeit, feuerverzinkt, nichtrostend. Und nun der volkstümliche Preis. Einhundertundzwanzig Mark!«

Das war die Pointe, wie Werner sagte und Egon merkte, was das war, es war die Stelle, wo am meisten gelacht wurde.

»Und zum nächsten Modell! Unsere Künstler haben sich gesagt: Neue Wege beschreiten! Wozu sollen wir am weiblichen Körper das hervorheben, was er hat, heben wir hervor, was er nicht hat!«

Christine erschien hüftenschwenkend auf der Bühne, und Egon verkündete: »Addio Figura! Beachten Sie bitte den extravaganten Gürtel, der die Taille so außergewöhnlich versenkt, und das hübsche Beiwerk, den Hut und die langen schwarzen Handschuhe!«

Er musste laut Regieanweisung die Brille abnehmen und das Modell genießerisch betrachten. Er tat es überzeugend. Beinah hätte er den Preis vergessen: »Einhundertachtzig Mark! – Auch an unsere Jugend ist gedacht!«

Marianne spazierte mit kurzen Schritten aus der Küche, in der Hand ein Kofferradio. »Unser Modell: Die ›Teenager-Quetsche!‹ Material grüne Plastikfolie, mit einem automatischen Grasfleckenentferner. Und das Einmalige ...« Marianne drehte ihm den Rücken zu (auf dem Rücken war ein Garderobenhaken) und reichte Egon das Kofferradio. Er hängte es unter dem schallenden Gelächter des Publikums an den Haken.

»Und nun, meine Herren! Passen Sie besonders gut auf, jetzt unser letztes Modell und gleichzeitig der Höhepunkt! Wir sind von folgender Überlegung ausgegangen:

Die werktätige Frau braucht ein Kleid, das so verwandlungsfähig ist, dass es mit wenigen Handgriffen jeder Situation angepasst werden kann. Bitte! Unser flottes Lottchen!!«

Sophia erschien. »Das Straßenkleid!« Sophia knöpfte die Ärmel ab. »Das Kleid für den Haushalt!« Sophia riss das Lätzchen heraus. »Das Dekolleté! Und nun das Besondere, man kann das Kleid auf jede gewünschte Länge einstellen!«

Egon trat hinter das Mädel, ergriff an der Taille zwei Schnüre und zog, was er ziehen konnte. Wie eine Jalousie hob sich das Kleid vorn und hinten in jede beliebige Höhe.

»Aber, meine Herren, damit ist es genau wie mit der Notbremse: Missbrauch wird bestraft! Haha! Und damit wären wir am Ende unserer Schau ...«

Werner strich sich übers Haar, wischte den Schweiß von der Stirn, putzte die Brille, nahm einen Schluck Kaffee und wurde ruhiger. Er war mit dem Erfolg zufrieden. Vor allem mit Egon, wenn der auch den erprobten Text durch eigene Worte bereichert hatte. Und Christine? Er war erstaunt, wie sie sich entwickelt hatte! Mit seiner unglücklichen Liebe hatte sie keine Ähnlichkeit mehr, vom Äußeren abgesehen. Er hatte genügend Gelegenheit gehabt, Christine während der vielen Proben zu bewundern. Nie hätte sich Marlene herabgelassen, in so einer Szene mitzuwirken, einem Egon beim Tagebuch zu helfen und überhaupt, sie hätte es keinen Tag in der Jungen Welt ausgehalten ohne Papas Auto, ohne Nagellack, ohne Daunenbett.

Die Scheinwerfer verloschen. Werner steckte seine Merkzettel ein und gesellte sich zu den Zuschauern.

Vor der Bühne hatten die Jungen vom Tagesdienst inzwischen Tische für das Präsidium zusammengerückt.

Hans Zimmermann stand hinter dem Rednerpult und wartete, bis sich das Stimmengewirr gelegt hatte.

Ein Junge kam auf Werner zu und gab ihm einen Eilbrief. Hans begrüßte die Gäste. Werner riss den Brief auf. Im gleichen Moment hörte er seinen Namen: »… für das Präsidium vorgeschlagen wegen seiner vorbildlichen Arbeit als Leiter des Kulturaktivs. Egon Brümmer für seinen vorbildlichen Fleiß und für seine mitreißende Einsatzbereitschaft bei der Bewältigung der Planaufgaben sowie für seine ideenreiche Aktivität auf kulturellem Gebiet!« Zehn weitere Namen folgten.

Die Aufgerufenen gingen nach vorn. Werner erwischte einen Eckplatz, der am Rande der allgemeinen Aufmerksamkeit lag. Egon, immer noch im schwarzen Anzug des Lagerleiters, saß an der anderen Ecke, die neue Aktentasche stand, als äußeres Zeichen seiner Würde, vor ihm auf dem Tisch.

»Die gegenwärtige politische Lage wird gekennzeichnet …«, begann Hans. Werner kannte das Referat, Hans hatte es mit ihm durchgesprochen. Er schielte auf das Schreiben: »Genossen Klubhausleiter Diplomphilosoph Werner Schmiedeberg!« Das konnte nur von Gudrun sein, der Stadtsekretärin, ironisch wie immer:

Wir, Deine Kulturkader, fühlen uns übergangen, weil Du die Anfrage betrefft des Borkenheider Musical-Clubs nicht an uns, sondern an den Genossen Wolter gerichtet hast …

Der Lagerleiter war jetzt bei der Innenpolitik angelangt.

Werner las weiter:

Der Borkenheider Musical-Club wird wieder aktiv, und Du wirst staunen, die Palmenschlipse wollen jetzt Noten lernen! Der Boss hat eines Abends den Kollegen Haselmann besucht, um sich zu erkundigen, wie teuer ein Notenkursus wird. Kollege Haselmann hat ihnen den Vorschlag gemacht, sich bei der Volksmusikschule zu melden. Aber sie wollen auf jeden Fall privat unterrichtet werden. Kollege Haselmann hat das übliche Honorar genannt, und sie wollten sich das mal überlegen. Am Mittwoch wollen sie wiederkommen. Kollege Haselmann weiß nun nicht, wie er sich verhalten soll. Wenn denen das Honorar zu hoch erscheint, kommen sie vielleicht nicht wieder? Aber in die Volksmusikschule wollen sie nicht. Wir wissen auch nicht, wie wir uns verhalten sollen. Das musst Du uns schnellstens mitteilen!

Vor ihm in der ersten Reihe saß der Regisseur vom Jugendfernsehen und machte eifrig Notizen. Werner riss einen Zettel vom Briefumschlag ab und kritzelte darauf die Frage:

»Wann wird eure Reportage gesendet?«

Den Zettel reichte Werner dem Regisseur. Die Antwort kam unverzüglich: »Am Donnerstag von 20.00 bis 20.30 Uhr.«

Na prima! Dann würde die erste Unterrichtsstunde des Musical-Clubs nicht am Mittwoch, sondern am Donnerstag stattfinden. Sollten die Burschen sich ansehen, was inzwischen aus ihrem Egon geworden war! Werner hatte den besten Einfall seines Lebens. Befriedigt steckte er den Brief ein.

Egon stand neben dem Lagerleiter am Rednerpult, ließ sich die Hand schütteln und nahm die Wanderfahne entgegen.

Zum Abschluss sangen sie: »Du hast ja ein Ziel vor den Augen.«

Werner drängte sich durch das Gewühl der Aufbrechenden, lief ins Zimmer der Lagerleitung und meldete ein Gespräch nach Borkenheide an. Die Wartezeit nutzte er inzwischen, indem er sich an den Fernschreiber der Bauleitung setzte und folgenden Text nach Borkenheide jagte:

> *Der Unterricht für den Musical-Club muss auf jeden Fall organisiert werden und so stattfinden, dass die Schüler nicht merken, wer ihn bezahlt. Honorierung vom Sachkonto 530. Falls Mangel an Instrumenten, leihweise Zurverfügungstellung der nicht benötigten Orchester-Ausrüstung.*
> *Erbitte ständige Information über die eingeleiteten Maßnahmen.*

Dann kam das Gespräch. Kollege Haselmann war zu Hause.

»Hier ist Schmiedeberg, hallo, verstehen Sie mich?«

»Ja, natürlich, sehr gut. Sind Sie nicht in der Wiese?«

»Doch, doch, ich rufe ja aus der Wiese an. Es handelt sich um den Borkenheider Musical-Club.«

»Worum bitte?«

»Um die Jugendlichen, die kürzlich bei Ihnen waren wegen des Unterrichts.«

»Ach ja. Aber Ihre Kollegen waren sich noch nicht einig. Kommen Sie doch bloß bald wieder, ich glaube, da läuft einiges verkehrt.«

»Kollege Haselmann, was diese Sache betrifft, ist alles in Ordnung. Auch das Honorar. Aber die Jungen dürfen nicht wissen, dass wir den Unterricht honorieren, jedenfalls nicht solange, wie ich hier bin. Verstehen Sie mich?«

»Nicht ganz, Kollege Schmiedeberg. Wieso dürfen die das nicht wissen?«

»Ich kann Ihnen das am Telefon leider nicht erklären. Gudrun weiß Bescheid. Ich bitte Sie, lassen Sie sich etwas einfallen, damit die Jungen nicht misstrauisch werden. Und noch eins: Die Jungen wollen am Mittwoch wiederkommen ...«

»Woher wissen Sie das alles bloß?«

»Später, Kollege Haselmann. Also, Sie müssen irgendwie, das überlasse ich völlig Ihrer Initiative, irgendwie müssen Sie erreichen, dass der Unterricht am Donnerstag stattfindet, gehen Sie zu dem Paul Borchert in den Betrieb oder …«

»Das ist unmöglich! Donnerstag bin ich ja in Malzhagen!«

»Muss verlegt werden, der Unterricht in Malzhagen, das muss Gudrun organisieren. Also am Donnerstag, und zwar um zwanzig Uhr. Aus einem ganz bestimmten Grunde nämlich. Kollege Haselmann, Sie haben doch ein Fernsehgerät?«

»Ein was bitte?«

»Ein Fernsehgerät!«

»Ja ja! Aber …«

»Hören Sie bitte, um zwanzig Uhr wird eine Reportage gesendet.«

»Ich soll doch Unterricht machen?«

»Nachher, Kollege Haselmann, nachher. Vorher müssen die Jungen die Sendung sehen. Aber auch wieder so, dass sie nicht merken, dass sie extra dazu hinkommen sollten, verstehen Sie mich?«

»Ehrlich gesagt, nein, Kollege Schmiedeberg, ich verstehe überhaupt nichts mehr!«

Zehn Minuten brauchte es noch, bis der Lehrer Haselmann halbwegs begriffen hatte, worum es ging. Werner legte auf und holte ganz tief Luft. Alles war nur eine Frage der Organisation.

Der große Betrug

Die roten Hemden waren sauber gebügelt, und aus den Taschen der frisch gewaschenen Jeans ragten eingerollte Schreibhefte. Hinter einem Fliederbusch ließ Paul halten.

»Kämmt euch noch mal über. Der Mann soll nicht denken, er hat sonst wen vor sich!« Er musterte alle, zupfte hier und dort einen Palmenschlips zurecht und schaute selbst in den Spiegel. »Benehmt euch anständig! Jeder weiß, was vom Unterricht abhängt. Wer redet, ohne dass er gefragt wird, den jage ich nach Hause!«

Jonny Becker, der Kassierer, gab ihm ein Bündel Zwanzigmarkscheine. Paul steckte das Bündel lässig in die Tasche. Wenn Herr Haselmann glaubte, die Jungen wüssten nicht, dass ein Musiklehrer auch leben musste, irrte er sich gründlich!

Artig, zu zweit nebeneinander, gingen sie durch Haselmanns Garten. Hinter einem Fenster bewegte sich die Gardine. Anscheinend wartete er schon. Paul klingelte.

»Herr Professor, da sind wir! Guten Abend!«

Haselmann gab allen die Hand und führte sie in das große Zimmer. Am Fernseher saß eine ältere Dame, die der Lehrer als seine Frau vorstellte.

»Ich warte nur noch den Anfang der nächsten Sendung ab, dann verschwinde ich«, sagte sie.

»Aber gnädige Frau«, Paul verbeugte sich, »von uns aus können Sie ruhig bleiben!«

Noten lagen heute keine herum, aber in der Ecke, dem Fernseher gegenüber, stand eine Tafel mit Notentypen. Die Jungen hatten vorläufig nur Augen für diese Tafel. Sie setzten sich vorsichtig auf die bereitstehenden Stühle und Paul zog das Geldbündel heraus. »Ich denke, Herr Professor, wir erledigen zuerst das Geschäftliche. Was bekommen Sie für Ihre Arbeit?«

Haselmann wurde verlegen. »Tja, meine Herren, eigentlich bekomme ich ja meine Honorare immer von der Volksmusikhochschule. Ihr Fall ist etwas ungewöhnlich, aber daran soll's nicht scheitern. Ich schlage Ihnen folgende Regelung vor, vielleicht geht das. Ich habe mich neulich verpflichtet, im NAW mitzumachen, an der Neuen Promenade … Wissen Sie, können wir nicht so verbleiben: Ich erteile Ihnen umsonst Unterricht, und Sie übernehmen meine Stunden?«

Die Jungen sahen Paul an. Vielleicht kam man so besser weg?

»Verstehen Sie uns richtig, Herr Professor, an Geld soll's nicht mangeln. Hauptsache, dass wir lernen, was wir wissen müssen, auf uns können Sie sich verlassen, Hausaufgaben und so. Und Geld ist da. Gespart!«

»Schön, schön, aber betreffs der Instrumente haben Sie doch noch Schwierigkeiten, wie Sie sagten ...«

»Und wie viel Stunden soll'n wir machen?«

»Nun ... sagen wir mal ... ich unterrichte Sie zwei Stunden, und Sie gehen mit Ihren Kollegen zwei Stunden auf die Neue Promenade?«

Paul wandte sich an seine Freunde. »Was sagt das ... Kollektiv?«

Die Jungen nickten eilig: »Okay, Chef, und zweimal in der Woche, klar?«

»Gut. Sehr gut! Einen Moment noch, ich setz schnell den Vertrag auf.« Haselmann ging ins Nebenzimmer und begann auf einer Schreibmaschine zu tippen. »Wie nennen Sie sich bitte?«

»Borkenheider Musical-Club!«

»Möchten Sie was trinken?« Frau Haselmann hatte sich im Sessel umgedreht, sie lachte. »Ist im Preis mit einkalkuliert ...«

Die Jungen überließen Paul die Antwort. War's unhöflich, wenn er ablehnte? Konnte er ja sagen? Was dieser Unterricht für Probleme mit sich brachte. »Ach, gnädige Frau, machen Sie sich keine Umstände ...«

Frau Haselmann war schon aufgestanden und ging für die artigen Schüler eine Erfrischung holen.

»Toll was?«, flüsterte Jonny und deutete mit dem Daumen auf den Fernseher.

»Großbild, dreiundfünfzig Zentimeter«, erklärte Alex, »genau wie unsrer.«

Eine Ansagerin lächelte.

»Die find ich noch toller«, sagte Bummi.

»Guten Abend, liebe Freunde!«

»Hallo, Zahn!«

»Die Sozialistische Einheitspartei Deutschlands beschloss auf ihrem V. Parteitag, einige große Moorlandgebiete in unserer Republik urbar zu machen. Die Freie Deutsche Jugend übernahm begeistert diese ehrenvolle Aufgabe und ging sofort an die Arbeit. Drei Jahre sind seitdem vergangen. Aus diesem Anlass fuhren die Freunde unserer Jugendredaktion in eins dieser Objekte. Was sie dort kennenlernten, wen sie dort kennenlernten, das zeigt die nun folgende Reportage. Viel Vergnügen!«

»Das wird schöner Mist sein«, flüsterte Paul.

Ob's nun Mist sein würde oder nicht, außer den Fleischern hatte niemand ein Gerät zu Hause, und bevor man mit den Zeichen und Strichen an der Tafel nichts anzufangen wusste, konnte man sich das ja mal ansehen, nicht so sehr wegen der ehrenvollen Aufgabe, sondern wegen des Reizes, den jeder Fernsehapparat dem Neuling bietet.

Frau Haselmann brachte Gläser mit Eisstückchen und selbstgemachtem Fruchtsaft und stellte alles auf einen fahrbaren Tisch.

Während der rote Johannisbeersaft in die Gläser gluckerte und Lehrer Haselmann seinen Vertrag tippte, wurde es auf dem Bildschirm dunkel und dann langsam wieder hell. Heiße Musik, ein Etikett mit einem Texasreiter, unwillkürlich fasste Paul an sein eigenes, das genauso aussah, die Kamera fuhr zurück, über dem Hosenbund kam ein mächtiger nackter Oberkörper zum Vorschein, der Bursche holte mit einem riesigen Hammer aus, es krachte, im gleichen Moment brach die heiße Musik ab, und das nächste Bild zeigte – den Hammerschwinger von vorn.

Aus neun Mündern ein Ruf: »Egon!«

Sprachlos vor Schreck sahen die Boys in Egons lachendes Gesicht.

Sie erkannten ihn, obwohl er beinahe nicht zu erkennen war, denn noch nie hatten sie ihren Egon mit so einer schrecklichen Frisur gesehen.

»Der Haarschnitt!«, rief Jonny.

Dann erschien ein Bursche Ende zwanzig mit schwarzer Brille, Stoppelhaarschnitt und SED-Abzeichen. »Ich will euch die Geschichte meines Freundes erzählen, die Geschichte von Egon, einem Jungen aus Borkenheide. Noch gut kann ich mich an den Tag erinnern, als ich ihn das erste Mal sah …«

»Lauter Lügen!«, rief Paul. »Jetzt sieht man wieder, wie's gemacht wird!« Noten, Fruchtsaft, Vertrag – alles war vergessen.

Was hat das bloß zu bedeuten? Entweder spinnt Egon jetzt drei Millionen Fernsehzuschauern dasselbe vor wie seiner Mutter oder …? Egon beim Aussteigen, Egon beim Schaufel-Vertauschen, so ein Quatsch, wer wird sich eine extra große Schaufel eintauschen? Pit Schulze lacht, dieser Esel, starrt auf das Geflimmer, als wären sie deshalb hergekommen.

Haselmann stand am Klavier, den Vertrag in der Hand, und freute sich natürlich ebenfalls.

»Ich würde vorschlagen, Herr Professor, wir fangen an!«

Nun passierte weit Ärgerlicheres. Die Boys wollten den Propagandaschiet bis zuletzt ansehen, für die Noten hatte niemand mehr Interesse, der Notenlehrer richtete sich danach.

Paul wagte nicht, seine Autorität aufs Spiel zu setzen. Außerdem war er neugierig wie die andern. Egon schaufelt Sand. Egon zertrümmert Felsbrocken. Egon spielt Schach. Die Jungen stritten sich, ob Egon das überhaupt konnte. Egon als Schachlehrer. Egon tanzt. Egon studiert. Den Freunden gingen die Augen über, es war klare Sache. Egon hatte sie fürchterlich angeführt mit seinem Brief.

»Propaganda!«, rief Paul, »alles Propaganda!«

Er zitterte vor Enttäuschung und Wut. Was war mit Egon los? So konnte der sich doch nicht verstellen … zum Brigadier hatte er sich machen lassen, der schöne Haarschnitt … Plötzlich wurde ihm klar, wie gemein ihn Egon betrogen hatte. Der war schon mit dem Plan hingefahren, ein strammer Jugendfreund zu werden! Unfassbar, sein Egon? Ihm fiel ein, was ihn längst hätte stutzig machen sollen:

Egons Angst, als die Boys mitwollten … die Ausflüchte, als er ihn vor der »Grünen Flasche« traf, der Schreck im Sportlerheim … Sie hatten ihn im Knast umgekrempelt!

Egon war zum Verräter geworden, zum Schuft, erklärlich, dass er mit seinen wahren Freunden nun nichts mehr zu tun haben wollte. Was sagten die Boys? Die meisten waren auf ihn wütend. Einige lachten gehorsam, wenn der Zuschauer lachen soll, zum Beispiel Pit Schulze. Aber die Mehrheit war gegen Egon.

Egon führt Tagebuch und bekommt ein Abzeichen ... Nein, alles war echt, Zweifel unmöglich ... Was hatten sie ihm getan? Nahm er ihm übel, dass er nicht mitgefahren war?

Vom Bildschirm lächelte wieder die Ansagerin. Vorbei war die Sendung, vorbei, die Jungen reckten sich, schwiegen.

»Herr Professor, ich glaube, heut lohnt es nicht mehr ... Selbstverständlich bleibt es bei der Abmachung: Wir werden gleich anschließend zur Neuen Promenade gehen. Wann können wir wiederkommen?«

Sie verabredeten den nächsten Montag. Der Borkenheider Musical-Club verabschiedete sich von den freundlichen Leuten. Als die Boys auf der Straße standen, ordnete Paul an: »Zum Ratskeller!«

Unterwegs wurde kein Wort gesprochen, so nahe ging ihnen Egons Niederträchtigkeit. Paul konnte das Erlebte noch immer nicht bewältigen, aber er wusste jetzt, dass alles stimmte. Im Ratskeller schoben sie zwei Tische zusammen und rückten dicht heran. »Reiner Zufall«, sagte Paul, ratlos durfte er nicht erscheinen, »dass wir jetzt wissen, was mit Egon wirklich los ist. Belogen hat er uns nach Strich und Faden, weil er Angst hat, uns die Wahrheit zu sagen. Alles will er verraten: unsere Ideale, die persönliche Freiheit, alles! Schmeißt sich den FDJlern an den Hals, der Schuft! Hinter dem Anruf steckte er auch, von wegen kein Bett mehr frei, lächerlich, einfach lächerlich. Überall steckt Egon dahinter, niemand soll wissen, was er treibt.«

Pit fragte: »Was willste aber nun machen?«

»Was ich machen will? Dafür sorgen, dass Egon wieder ein anständiger Kerl wird!«

»Aber wie? Nehmen wir mal an, es gefällt ihm wirklich bei den Jugendfreunden, und nie will er wieder Vierter Kamm sein. Was dann?«

»Was ihm dann blüht, weiß jeder.«

»Ja. Aber ich mach dann auch nicht mehr mit!«

Wütende Schimpferei. Paul ließ den Maler ausreden.

»Ich kann's ihm nämlich nicht verdenken, wenn er die Schnauze voll hat nach dem halben Jahr und der Schlägerei im Sportlerheim.«

»Am liebsten möcht ich dir eins in die Fresse geben!«

»Bitte!« Pit stand auf, Paul stand auf. Nichts passierte. Dann ging Pit. An der Tür blieb er stehen, um ihnen zu sagen, dass er am kommenden Sonntag beim Treffen der ›Jungen Talente‹ dabei sei, und zwar mit »La Paloma«, alle seien herzlich eingeladen.

Jonny Becker wurde hinterhergeschickt, um zu erkunden, wo Pit hinging. Wer abtrünnig wurde, musste büßen. Noch heute Abend sollte Pit etwas erleben. Früher waren sie doch immer einer Meinung. Das halbe Jahr ist nicht spurlos am Klub vorbeigegangen, jetzt zeigt sich so was, dachte Paul. Was passierte, wenn Egon zurückkam und ins Klubhaus ging? Wenn der Klub dann immer noch rumgammelte ohne Saal? Würden sie dem Egon nachlaufen und seinen FDJ-Scheichen, die alles hatten: Geld, Instrumente, Säle? Vielleicht war es falsch, wenn man Egon verstoßen würde? Nein, Egon musste wieder in den Klub zurück, ihr alter Egon, der gute Kumpel. Es war ein großer Fehler gewesen, dass er verschlafen hatte. Wäre er mitgefahren, wäre Egon gar nicht erst auf dumme Gedanken gekommen. Paul zog einen Zwanzigmarkschein aus der Tasche, klatschte ihn auf den Tisch und bestellte eine Runde Wodka.

Langsam brachte er Klarheit in seine Gefühle. Er war unglücklich. Nicht so sehr, weil ihn jemand hinters Licht geführt hatte, dem er blind vertraute – sein bester Freund war's. Und deshalb war er nicht bloß wütend. Vieles von dem, was ihn an Egon band, war ins Unterbewusstsein gesunken: dessen brüderliche Hilfe, die gemeinsamen Erlebnisse, das zweite Zuhause, das ihn bei Brümmers immer erwartet hatte. Egon war einfach der gute Kumpel, Paul machte sich nicht viel Gedanken, weshalb das so war. Verlor er Egon, verlor er den einzigen Menschen, der ihm immer geholfen hatte und der nicht meckerte und schimpfte.

Und den Klub würde er dann wohl auch verlieren, das einzige, was dem Leben einen Inhalt gab.

»Hört mal her, ich werde hinfahren. Niemand kann mich davon abhalten, schließlich habe ich mich verpflichtet, und selbst werde ich dafür sorgen, dass Egon wieder ein anständiger Mensch wird.«

»Aber da hat er doch den ganzen FDJ-Haufen hinter sich!«, gab Bummi zu bedenken.

»Moment mal«, sagte Fridolin. »Was mir jetzt gerade einfällt. Habt ihr nicht das Plakat gesehen? Am Bahnhof hängt eins. Und an der Litfaßsäule in der Breiten Straße steht's auch. ›Großes Treffen in der Moorländer Wiese!‹ Wer Lust hat, soll kommen. – Da können wir doch alle hinfahren, nächsten Sonntag ist's!«

Paul schwieg grimmig.

»Da nehmen wir uns gemeinsam den Egon mal vor.«

»Das muss genau überlegt werden«, meinte Paul. »Ich kenne Egon besser als ihr alle zusammen. Er braucht mich nur zu sehen, schon geht ihm die Muffe. Reumütig kommt er wieder!«

Die meisten nickten.

»Und trotzdem«, sagte Bummi.

Die Nacht im Moor

Die Jungen sprangen von den Hängern. Christine drängte sich neben Egon. »Nachher gleich Tagebuch!«, rief sie laut, und leise sagte sie:

»Hast du die Folie?«

»Yes!«

»Ich bring auch noch was mit!«

»Was denn?«

»Bis nachher!«

Egon trabte mit den andern Jungen ins Zimmer, stellte seine Schaufel neben die Tür, nahm die Aktentasche mit der Folie für das Dach und verließ durch den hinteren Eingang das Lager.

Endlich konnte er wieder ohne Angst an seine Christine denken, Pauls Brief hatte ihn beruhigt. Paul hatte geschrieben, dass sie am

Donnerstagabend den ersten Notenunterricht hätten, am selben Donnerstag, der die Reportage gebracht hatte, zur gleichen Zeit sogar. Welch ein glücklicher Zufall! Als Werner ihn grinsend gefragt hatte, was wohl seine Boys sagen würden, wenn sie sähen, was hier aus ihrem zweiten Boss geworden sei, hatte er nur die Schultern gehoben und auch gegrinst.

Heute war Freitag.

Christine, sie war vorn aus dem Lager gegangen, wartete bereits am Grab der Königin. Sie schaute geheimnisvoll nach allen Seiten und griff in den Campingbeutel. Eine nagelneue Angel holte sie hervor, wahrhaftig, Christine hatte eine Angel mitgebracht, Perlonschnur mit rotlackierter Pose und goldenem Haken. Erwartungsvoll sah sie ihn an.

»Mönsch!«, sagte er, »wo hast du denn die her?«

Noch einmal griff Christine in den Beutel: Kescher, Taschenmesser. Dann zog sie aus einem Strauch eine tolle Spinnrute. Die Geräte mussten ein Heidengeld gekostet haben. Na ja, wenn man nicht weiß, wie schwer sich Geld verdient, gibt man es aus, ohne hinzusehen. Als Kreisarzttochter kann man sich das leisten.

»Gekauft, alles im Konsum, dazu noch ein Dutzend Ersatzangelhaken. Der Verkäufer meinte, Ersatzhaken braucht jeder echte Angler. Bist du noch ein echter Angler?«

»Und was für einer! Probieren wir gleich aus!«

»Piermaden hab ich auch schon!« Sie holte einen Spielzeugeimer und eine Kinderschippe hervor.

»Prima rote Kompostmaden«, lobte Egon. »Ebenfalls gekauft?«

»Selbst gesucht! Sie sitzen in der verfaulten Wellpappe hinterm Kesselhaus.«

»Und was machen wir mit den vielen Fischen?«

»Die rösten wir am Spieß.« Christine zeigte ihm Salzstreuer und Pfeffer.

Egon schüttelte den Kopf. »Da werden wir uns aber schön den Magen verkorksen. Die nehmen wir mit! Ich werde den Boys erzählen, dass ich allein angeln war. Der Koch kann sie braten. Bratfische schmecken prima, vor allem selbstgeangelte. Passt wunderbar! Morgen, wenn wir den Kran einweihen, gibt es für jeden einen Extra-Bratfisch!«

»Sag mal, lieber Egon, gibt es auch etwas, was dich mal nicht an deine Brigade erinnert? Immer liegt in dir der Brigademensch auf der Lauer!«

Als Antwort auf diese Anspielung trat er ihr mit dem Hacken auf die Spitze ihres Gummistiefels, wo, wie er wusste, kein Zeh war.

»Und wo fangen wir an?«, fragte sie.

»Ich schlage vor: hinterm ›Kalmuswald‹. Wo wir die dicken Plötzen gesehen haben.«

Der Kalmuswald begann, wo der Wall aufhörte. Zu beiden Seiten des Flusses war das Land überschwemmt, das Wasser war knapp einen Meter tief, und überall wucherte Kalmus. Der Kahn lag so im Wasser, wie sie ihn verlassen hatten. Christine sprang hinein und hockte sich auf den Fischkasten. Egon zog die Ruderkelle aus dem Versteck, stellte sich ins Heck und stieß ab. Langsam glitt der Kahn durch die flachen Wellen.

Der Kalmus roch widerlich süß. An manchen Stellen ragte schwarzer Boden aus dem Wasser. Kleine Fische flitzten nach allen Seiten. Neben Mummelblättern standen reglos handlange Hechte. Der Fluss war ungefähr drei Meter tief. An der rechten Seite, auf der Moorseite, schob sich ein undurchsichtiger Schilfkeil bis nahe an den Fluss heran. Dahinter hielt Egon. Er lenkte den Kahn ins flache Wasser, steckte die Ruderkelle durch eine Drahtschlinge und rammte sie in den zähen Boden.

»Na, dann wolln wir mal.« Er setzte sich neben Christine auf den Fischkasten und knotete die Angelschnur fest.

»Nun bitte eine Piermade!«

Sie hielt schon einen Regenwurm bereit.

»Guck lieber weg«, bat er.

»Wieso denn? Ich will alles genau sehen!«

»Bitte schön!« Egon zog den Wurm auf den Haken und bespuckte ihn dreimal.

»Was soll'n das?«

»Damit er besser beißt!« Egon wischte sich mit dem Handrücken unter der Nase entlang und warf die Angel aus. Zwei Augenpaare starrten aufs rote Flott, das langsam Flussabwärts schwamm. Da zuckelte es schon hin und her!

»Jetzt nippelt er«, erklärte Egon.

»Was macht er?«

»Er kostet!«

»Das heißt, er schmäckelt ab!«

Das Flott zuckelte heftiger und tauchte unter. Egon ruckte an der Rute und fühlte den Fisch, es war ein winziger Barsch, der erschrocken Kiemen und Rückenstachel spreizte.

»So ein Bursche!«, schimpfte Egon. »Zieht ab wie ein Halbpfünder.«

Er löste das japsende Fischchen vom Haken.

»Was machen wir mit dem Stift?«

»In den Fischkasten mit ihm«, riet Christine und schob ein Brett beiseite. Der kleine Barsch plumpste ins Wasser und flüchtete durch eins der runden Wasserlöcher in seinen Fluss zurück.

»Temperament bis in die Wolken!«, sagte Christine. »Ich glaub, der war deshalb so klein, weil du gespuckt hast. Lass mich mal!«

Längst lag der Fluss im Schatten des Schilfwaldes, und das satte Grün der Kalmusfontänen verblasste. Abschiednehmend ließ die Sonne eine Birke aufleuchten. Es wurde kühler. Langsam trieb der Kahn stromab. Egon stand auf der vorderen Ruderbank und schaute nach Hechten aus. Zuerst hatte Christine noch interessiert zugesehen, und alles wollte sie erklärt haben, sogar eine Zauberformel, und den Wurm musste sie unbedingt auch bespucken. Als er aber wieder einen winzigen Barsch fing, hatte sie gefragt, ob er sich nicht schäme, so ein unschuldiges Wesen verführt zu haben. Solche Späße können einem Angler nichts anhaben!

Wenn Egon angelte, dann angelte er. Schon am ersten Tag lohnte es sich: drei dicke Rotfedern, zwei kleine Schleie, ein Hecht. Die Jungen würden sich freuen. Auf einmal war's vorbei gewesen mit dem Interesse.

»Sieh mal, Egon, so eine hässliche schwarze Fliege in einer Seerose, Extreme kennt die Natur, es überläuft einen schaurig, wenn man das sieht, nun schau doch mal!« Und: »Ach, wie niedlich, dies Rohrspatzennest, viel romantischer als unsere Betten, und hast du schon mal gesehen, wie ulkig sich die Blesshühner beim Tauchen benehmen? Wollen wir auch baden?«

So war das in einer Tour gegangen. Bestimmt grübelte sie sich auch jetzt wieder etwas aus, irgend so eine Hinterlist, um ihn abzuhalten, seiner Brigade eine Frühstücksportion Bratfisch zu angeln für morgen früh, wenn sie den Kran einweihten.

Er drehte sich um. Artig saß sie im Heck und schnitzte mit dem neuen Taschenmesser Buchstaben in die Kahnwand. Die Wettersachen hatte sie ausgezogen. Einen dunklen Wollpullover trug sie und eine sehr kurze Popelinhose. Sie war barfuß. Unordentlich lagen die Gummistiefel herum. Was ihn am meisten ärgerte, war die große grüne Sonnenbrille. So was passte überhaupt nicht zu den abstehenden kurzen Kinderzöpfen. Er starrte wieder ins Wasser.

»Komm mal schnell her«, flüsterte sie, »ein Hecht!«

Dass sie einen Hecht entdeckt hatte, schien ihm sehr unwahrscheinlich.

»Bestimmt, Egon. Ehrenwort!«

Sie kniete auf dem Kleiderpaket und sah in den Fluss.

»Wo denn?«

»Du musst näher herankommen ... noch näher!«

Er stützte die Arme auf den Kahnrand. Christine stippte einen Zeigefinger ins Wasser und schaute mit ernstem Gesicht zu ihm auf. »Siehst du nichts?«

Im Wasserspiegel entdeckte Egon sein neugieriges Gesicht. Ärgerlich richtete er sich auf. »Kindereien ...«

»Bestimmt! Ein ganz toller Hecht! Und daneben ein dicker Karpfen!«

Er lachte unzufrieden. Karpfen! Auf Ideen kam das Mädel manchmal. Missbilligend schüttelte er den Kopf.

Da! Sein Blick blieb an einem Mummelblatt hängen. Dort stand wieder einer dieser dunklen Torpedos. Egon bremste den Kahn und griff zur Spinnrute.

»Christine ... schnell was Lebendiges aus dem Fischkasten!«

Das Mädel tauchte den Kescher in den Fischkasten und zog eine halbpfündige Rotfeder hervor.

»Was soll dieser Unsinn! Das kann ich doch meinem Freund nicht anbieten. Einen Anstecker brauch ich, was Blinkendes!« Unbeweglich stand der Hecht unter seinem Blatt. Christine rumorte im Fischkasten. Egon nahm ihr den Kescher ab und fischte eine kleine Plötze heraus.

»Armes Fischlein ...«

»Wer hat mich denn erst auf diese Idee gebracht? Den Hecht musst du bedauern.«

Der Körper pendelte sekundenlang vor dem Mummelblatt und tauchte ins Wasser. Ängstlich schwamm das Fischlein hin und her. Der Hecht rührte sich nicht.

»Verwöhnte Gesellschaft!«, sagte Egon.

»Kurzsichtig wird er sein!«

Langsam wich der Hecht zurück.

»Ach, Angst hat der!«, sagte Christine.

»Der hat keine Angst, er nimmt nur einen Anlauf!«

»Ach ... wie raffiniert!«

Egon riskierte einen Seitenblick. Sie stand da mit untergeschlagenen Armen, und anstatt den Hecht zu beobachten, sah sie nur ihn an. Die Augen hatte sie hinter der Sonnenbrille versteckt, die Mundwinkel waren spöttisch herabgezogen, und Egon entdeckte zwei Grübchen. Das Angeln ist ihr über, dachte er, manchmal ist sie noch richtig flatterhaft mit ihren achtzehn Jahren und dem Abitur!

»Es gibt Hechte«, philosophierte sie, »denen kann man den schönsten Fisch vor die Nase halten, die lassen sich einfach nicht aus der Ruhe bringen.«

»Ja, ja, was es alles gibt.« Aber da schoss der Räuber aus seinem Versteck, packte die Plötze quer ins Maul und zog mit ihr in die Tiefe.

»Ein Hecht hat immer Hunger«, erklärte Egon, und für sich fügte er hinzu: »Verschluck sie in Ruhe. Lass dir Zeit, alter Junge.«

Der Hecht wand sich hin und her, um den kleinen Fisch mit dem Kopf voran ins Maul zu bekommen.

Egon schaute zur Seite und sah auf der Kahnwand Christines Fuß mit den kleinen, gespreizten Zehen, ein schlankes, braungebranntes Bein, den umgekrempelten Saum ihrer Shorts. Lass dich nicht ablenken, Egon!

Der Raubfisch schluckte und schlenkerte.

»Dass du mir nicht den Haken abschüttelst!«

Die Plötze war nicht mehr zu sehen. Würde der Haken fassen? Der Hecht bäumte sich auf, und einen Moment sah Egon seine grüngesprenkelten Seiten. Der Hecht wühlte herum, würgte die Plötze heraus und wollte im Wald der Mummelstengel verschwinden. Egon kurbelte und kurbelte, der Hecht schnellte aus dem Wasser, überschlug sich, wollte unter den Kahn – da wand er sich schon im Kescher.

Christine saß auf dem Fischkasten und streifte die Ärmel ihres Pullovers herunter. »Zappelndes Spukwesen! So kommt man herunter, wenn man sich von Leidenschaften zwacken lässt!«

»Der hat mindestens seine anderthalb Pfund«, sagte Egon.

»Aber hier muss es noch größere Burschen geben. Wir werden einige Anstecker angeln müssen und …« Er schaute auf und erschrak. Die Sonne war hinter einem schwarzen Wolkenberg versunken. Nebel verschleierte das Moor.

»… und dann werden wir mal sehen … wie spät ist es denn eigentlich?«

»Rate mal!«

»Halb neun?«

»Dreiviertel zehn!«

Aua, das war ja eine nette Bescherung, alles hatte er über der Angelei vergessen, na, wenigstens kam er nicht mit leeren Händen heim.

Er wendete den Kahn.

»Schon nach Hause?«, fragte Christine.

»Höchste Zeit! Hättest auch einen Ton sagen können!«

»Wieso? Siehst du denn deine Fischlein nicht mehr?«

Auf diese alberne Frage bekam sie keine Antwort. Mindestens eine Stunde würden sie für die Heimfahrt brauchen. Aber vielleicht konnten sie den Weg abkürzen. Wenn sie vom Flussbett abbogen, vermieden sie viele Windungen. Außerdem, im flachen Wasser konnte er staken.

»Wir schneiden den Weg einfach ab, quer durchs flache Wasser.«

»Aber ist der lange Weg nicht sicherer?«

»Keine Angst!«

Obwohl überall Nebelschwaden schleierten, war es hell genug, einen neuen Weg zu finden. Christine kletterte in die Kahnspitze, und Egon stakte los. Schnell glitt der Kahn durch das flache Wasser. An der Bootswand raschelte trockenes Schilf. Christine setzte sich und schlang die Arme um die Knie.

Man müsste die Fische aufschlüsseln, überlegte Egon, jeder sollte von jeder Sorte etwas abbekommen. Und wen an den Kran stellen? Am liebsten würde er selbst auf dem Bahnhof bleiben, aber als Brigadier hatte er bei seinen Jungs zu sein.

»Du könntest schon immer die Beute ausnehmen.«

»Dazu hab ich überhaupt keine Lust.«

»So ... ich glaub, du freust dich gar nicht.«

Sie schob das Kleiderbündel unter den Kopf und streckte sich aus, ohne ihn aus den Augen zu lassen. »Das kommt drauf an. Kriege ich einen Hecht ab?«

»Einen Hecht? Aber Christa, ich hab doch nur zwei.«

»Also krieg ich einen?«

»Warum denn ausgerechnet einen Hecht?«

»Weil ich gern einen haben möchte!«

Nur um ihn zu ärgern, sagte sie das. »Nächstes Mal fang ich gleich an, auf Hechte zu angeln, dann kannst du dir einen aussuchen.«

»Ist gut. Dann will ich einen Schlei.«

»Nimm doch eine Rotfeder.«

»Einen Schlei will ich!«

»Immer was du nicht sollst, willst du, such dir die beste Rotfeder aus.«

Unzufrieden trat Christine an den Fischkasten, nahm den Kescher und wühlte und wühlte.

Ach, auch eine Rotfeder durfte sie nicht nehmen. »Weißt du, Christine, lass mal die Sache heute. Wir müssen einmal so viel angeln, dass es für alle Borkenheider Mädel reicht.«

Sie nahm die Sonnenbrille ab und sah ihn verwundert an.

»Nächstes Mal kriegen wir bestimmt genug für beide Brigaden, wir überreichen die euch offiziell, kommst du allein mit einem Fisch in den Speisesaal, und ich hab die andern ...« Alle im Lager würden fragen, warum er ausgerechnet Christine Lange einen Fisch spendierte. Das konnte sie sich auch denken.

Sie legte den Kescher in den Kahn, setzte sich auf den Fischkasten und kehrte ihm den Rücken zu. Sie war eingeschnappt.

Auch das noch. Und er musste staken wie ein Besessener, schneller sein als die Nacht, denn zusehends wurde es dunkler. Christine sagte nichts, tat nichts, saß still auf dem Fischkasten. Sie wusste genau, dass er diese stumme Traurigkeit nicht ertragen konnte. Er setzte sich neben sie. Ohne ihn anzuschauen, schimpfte sie los: »Du bist unmöglich! Wie dieser Schmiedeberg so bürokratisch und pedantisch und spießig! Nur weil so ein lächerliches Stück Papier an der Wandzeitung hängt, müssen wir uns benehmen wie ... Minderjährige!«

Es gab beinahe kein Thema, das sie nicht bei diesem Beschluss enden ließ. Sogar das Fischproblem bog sie um in diese Richtung.

»Wenn du das auf der Herfahrt nicht gesagt hättest von wegen Ausnüchtern und so und dann das Theater wegen der Nofretete ...«

Damit konnte er sie nicht trösten. Sie wollte, dass er sich öffentlich zu ihr bekannte, sie hatte die Heuchelei und das Verstecken satt. Sie wollte sich mit ihm sehen lassen dürfen, so wie die andern Pärchen, die keinen Werner Schmiedeberg in der Brigade hatten und zwischen ihrer Liebe und der sozialistischen Moral und Ethik keinen Widerspruch sahen und nicht schlechter arbeiteten als die andern.

»Sonst kannst du so ein Kerl sein, aber mal allen die Wahrheit sagen?«

»Versteh doch, Christine, es steht zu viel auf dem Spiel!«

Er wollte aufzählen, was alles auf dem Spiel stand. Sie ließ ihn nicht ausreden.

»Nennen wir es also Spiel und nehmen wir mal an, wir kommen zu spät ins Lager, was dann? Alle erfahren es.«

Egon ließ sich nicht beirren. Erst musste er sich als Brigadier bewährt haben, dann konnte er den Beschluss anfechten. Am besten, sie würden ihr Geheimnis mitnehmen nach Borkenheide. Er hörte Werner schon: »Egon! Junge! Es ist ja nicht zu fassen, unterschreibst großartig als erster und ... ich fasse es nicht!« Ähnlich würden auch die andern staunen, und wenn er nicht genügend Verdienste als Brigadier aufwies, würden sie ihn vielleicht abbauen. Das wär das Schlimmste, was ihm passieren könnte. Nein, seine Liebe musste geheim bleiben.

Christine schaute zur Seite, als wäre das Thema für sie erledigt. Sie war ihm böse. Ach, er konnte sie ja verstehen. Was hatte sie vorhin gesagt? »Nehmen wir mal an, wir kommen zu spät ...« Wie kam sie darauf? Hatte sie das so dahergeredet, oder wünschte sie es gar? Vielleicht hatte sie die Angeln nur besorgt, damit sie zu spät kamen! Und ... hatte sie nicht von einem Traumschiff gesprochen: »Jetzt haben wir ein richtiges Traumschiff«, hatte sie am Nachmittag gesagt, als er provisorisch das Regendach aufgebaut hatte. »Hier könnte ich's die ganze Nacht aushalten.«

Er war darauf nicht eingegangen, wer denkt denn an so was! Und kein einziges Mal hatte sie an die Uhrzeit erinnert. Ach, ungerecht war er, nun gab er ihr die Schuld. Nein, Christine hatte das nur so gesagt, jedenfalls mussten sie bis Mitternacht im Lager sein.

Eine düstere Wand wuchs aus dem Nebel, hohes, dichtes Schilf, rechts und links reichte es so weit, wie man in der nebligen Dämmerung sehen konnte. Aber dahinter musste der Fluss sein, dann hatten sie es geschafft. Um zwölf ging der Tagesdienst durch die Zimmer und fragte, ob alle da seien. Egon stakte schneller. Nur nach Hause! Vielleicht war das Dickicht in einem Anlauf zu schaffen.

Das Schilf knackte und prasselte. Im Fischkasten gluckste das Wasser. Sie saßen fest. Fingerdicke Halme, drei Meter hoch, schwarzes, nachtschwarzes Wasser, vom Fluss kein Schimmer. Egon zog das Hemd über den Kopf, spuckte in die Hände und stemmte sich gegen die Ruderkelle. Raschelnd schlugen die Halme am Heck wieder zusammen.

Ein halber Meter gewonnen. Noch ein halber Meter.

Christine versuchte das Fahrzeug an den Halmen weiterzuziehen. Von hinten sieht sie mit ihren abstehenden Zöpfen noch wie ein Schulmädel aus, dachte er, ich kann mich doch hier nicht mit ihr verirren. Ist schon etwas vom Fluss zu sehen?«, fragte er.

»Nein.«

Noch ein halber Meter. Noch einer. »Und jetzt?«

»Ich glaub, ja.«

Er ging nach vorn. Ja, es kam ihm auch so vor, als ob es heller wurde. Weiter!

»Das Schilf wird dichter«, sagte Christine, »wir müssen umkehren.«

»Wie spät?«

»Dreiviertel elf.«

Eine Kahnlänge quälte Egon das Fahrzeug noch weiter. Dann gab er es auf. Teure Zeit war unnütz vergangen. Er stakte zurück. Dicker Nebel verhüllte das Moor, überall Nebel. Christine sah ihn an. »Wollen wir nicht lieber zurück, von wo wir gekommen sind? Auf den Fluss, meine ich?«

Hatte sie Angst? Ein Mädel, das mit ihm zu spät kommen wollte? Sein Verdacht von vorhin stimmte nicht. Egon setzte sich auf die Kahnwand, das Schilf hatte ihn geschafft, kleine Zigarettenpause, gleich geht's weiter.

»Wenn wir umkehren, sind wir nicht bis Mitternacht zurück«, erklärte er, »und ob wir überhaupt noch die letzte Angelstelle finden … Wir müssen am Schilf entlang, eine bessere Stelle auskundschaften. Hast du Angst?«

»Angst? Vor wem denn?«

»Vor dem Moor?«

»Ich hab keine Angst.«

Wie sie das sagte, mit welcher Selbstverständlichkeit. Der Verdacht von vorhin war wieder da. »Und wenn wir uns verirren?«, fragte er. »Wenn wir erst nach Hause können, wenn es wieder hell wird?«

Sie fiel nicht in Ohnmacht, sondern hob nur ratlos die Schultern.

»Dann fliegen wir beide aus dem Lager!«, rief Egon. »Keiner glaubt, dass wir uns nur verirrt haben!«

»Egon … ich muss dir was sagen … du meinst, das Lager steht kopf … Das ist so: Wenn ich mal nicht zu Hause sein sollte, wenn der Tagesdienst durchkommt, ich meine, wenn ich noch nicht zu Hause sein sollte … der Tagesdienst erfährt nichts. Martha weiß nämlich alles von uns beiden, weißt du? Und wenn ich mal überhaupt nicht nach Hause fände … versteh mich nicht gleich falsch, sag ich dir! Sie verpetzt mich nicht!«

Bei den Mädels war ja eine nette Wirtschaft, beschwindeln einfach den Tagesdienst. Und Martha ist eingeweiht, die Weiber können doch rein gar nichts für sich behalten, alles steckt da unter einer Decke. »Kennt Martha auch das Traumschiff?«

»Ja.«

»Weiß sie auch, dass es dicht ist?«

»Ich habe es ihr einmal gezeigt.«

»So. Na dann wolln wir mal wieder.« Er stand auf, und weiter ging's. Wie er bloß darauf kam, ob das Traumschiff auch dicht sei?

Nebel, nichts als Nebel und Schilf. Irgendwo musste der Schilfwald aber doch zu Ende sein. Und wenn er den Fluss trotzdem nicht fand?

»Würdest du im Moor übernachten?« Er lachte verlegen.

»Mit mir?«

»Und deine Brigade?«, fragte Christine sehr schnell. »Die Jungs suchen bestimmt die ganze Gegend ab, mit Hubschraubern und Scheinwerfern und finden mich, stell dir den Skandal vor, sie finden mich in deinen starken Armen, schlummernd, glücklich, ach, Egon, mach mir doch keine falschen Hoffnungen!«

Wenn er doch auch jemand eingeweiht hätte, den Waldemar vielleicht, der war verheiratet und hatte Verständnis.

Dass er nie richtig glücklich sein konnte! In Borkenheide musste er sich vor Paul verstecken, hier passten die neuen Freunde auf.

»Na, Jugendfreund? Wird die Brigade ohne dich einschlafen können?«

»Wieso spottest du? Bei uns hat alles seine Ordnung!«

»Außen! Außen ist alles in Ordnung, da drinnen aber ist's fürchterlich!«

Er hörte das letzte schon nicht mehr, denn das Röhricht lichtete sich. Er lenkte den Kahn in das Geschilf; wenn er sich nicht irrte, musste in dieser Richtung der Fluss sein. Die Halme reichten ihm nur noch bis an die Brust, und schnell kam er voran. Kalmusstauden tauchten im Nebel auf, eine Buschkette. Die Buschkette markierte einen Fluss.

»Wir haben es geschafft!«

Christine schwieg, als wäre sie ein wenig enttäuscht. Schnell zog sie sich die lange Wetterhose an und ihre Gummistiefel. Die Spannung zwischen ihnen war fort. Ihm tat es nun auch leid. Mal alles vergessen, nur an sich denken dürfen. Christine fischte die Beute aus dem Fischkasten – wie rasch das jetzt ging –, hängte den vollen Kescher ins Wasser, wickelte die Angel vom Stock, verpackte sie, schüttete die übrigen Regenwürmer ins Wasser, spülte sich die Hände ab und setzte sich wieder neben ihn. Ihr war bestimmt doch wohler zumute, nun, nachdem sie den Fluss gefunden hatten. Aber ist man nur dann glücklich, wenn man sich wohl fühlt?

»Bist du nun zufrieden?«, fragte sie.

»Ja. Du nicht?«

»Ich hatte es mir schon so romantisch vorgestellt, über uns die schwarze Nacht, der Nebel hebt sich, ein Riesenwildschweineber mit säbligen Hauern kommt zur Tränke und viele, viele Sternschnuppen. Sehr schade.«

»Das sagst du jetzt. Und ich hätte den Ärger mit deinen Eltern gehabt.«

Sie lachte. Sie lachte ihn aus. Die Spannung war wieder da. »Was soll mir denn passieren? Du bist doch bei mir.«

»Ich könnt dich ja verführen, zum Beispiel ...«

»Ach ... das könntest du! Ich glaub nicht.«

So was musste er sich anhören, wie sicher sie sich fühlte. Und nur, weil er den Fluss gefunden hatte; er konnte sie nicht beim Wort nehmen.

»Spiel nicht mit dem Feuer, sonst ...!«

»Was sonst?«

»... sonst verirre ich mich doch noch!«

»Ja, verirren musst du dich, damit du mal nicht pünktlich nach Hause kommst, du mein ... Angsthase.«

Bloß nicht provozieren lassen! Wo blieb die Birkeninsel? Nichts kam ihm bekannt vor. War der Nebel schuld? Oder war dies gar nicht ihr Fluss, war es vielleicht ein Nebenarm?

Christine stichelte fröhlich weiter: »Wie er grübelt – darf ich bleiben, darf ich nicht, vielleicht kommt diese Gelegenheit nie wieder. Nein! Ich darf nicht! Wer soll denn meine Jungs ins Bett bringen.«

»Halt mal endlich die Klappe!«

Er klatschte die Ruderkelle aufs Wasser, Christine flüchtete in die Kahnspitze, schöpfte den Spielzeugeimer voll und drohte.

An einer Biegung lenkte er den Kahn ins Flussbett. Sein Herz wollte stehenbleiben ... die Strömung, großer Gott, die Strömung! Sie fuhren flussabwärts! Egon wischte sich den Schweiß von der Stirn und stakte unverdrossen in der gleichen Richtung weiter. Entweder war dies nicht ihr Fluss, oder sie waren im Kreis gefahren und hatten den Fluss unterhalb ihrer letzten Anlegestelle erreicht. Dann waren sie unterwegs zum Gahlenberger See, und Birkeninsel und Grab der Königin lagen unerreichbar weit. Es bestand keine Aussicht mehr, pünktlich ins Lager zu kommen. Werner würde um zwölf unten ins Bett schauen, und Egon würde nicht da sein. Alle hatten ihn das letztemal gesehen, als er vom Anhänger stieg, niemand konnte wissen, dass er geangelt hatte. Der Tagesdienst würde die Tür aufreißen und fragen, ob die Brigade komplett sei. Nein, der Brigadier fehlte. Was denn, der Egon fehlt? Na, wenn der fehlt, dann muss ihm doch etwas Ernsthaftes zugestoßen sein, wir geben Alarm!

»Alarm!«, rief Feuerwehrmann. »Alarrrm!«, riefen alle Borkenheider Jungen. Der Ruf pflanzte sich fort von Zimmer zu Zimmer. In Nachthemden und Turnhosen rannten die Jungen auf die Korridore. »Egon fehlt!« – »Unser Egon fehlt!«

Sie würden ihn nicht finden. Und was passierte, wenn er am Morgen heimkam? Er musste lügen, wenn er merkte, dass sie noch nichts von seinem Verhältnis wussten. Sonst würde niemand glauben, dass sie solide übernachtet hatten. Er würde Christine behandeln wie eine kleine Schwester oder wie eine Arbeitskollegin. Aus ihren Erzählungen hatte er sich zusammengereimt, dass sie noch nie einen richtigen Freund gehabt hatte. Sollte sie glauben, was sie wollte, er würde ihr nicht zu nahe kommen. »Erst, wenn sie alles von ihm wusste, seine ganze Vergangenheit, die Körperverletzung, sein halbes Jahr Haft.

Christine dachte immer noch, dass es heimwärts ging, und warf ihm vor, keinen Sinn für Romantik zu haben. Das würde ihr bald vergehen. Es war nicht seine Schuld. Warum foppte sie ihn so erbarmungslos? Solange er den Kahn nicht wendete, fühlte sie sich sicher. Er setzte sich neben sie.

»Du kriegst erst dann einen Kuss, wenn wir umkehren.«

Na gut, soll sie ruhig alles auf die Spitze treiben, vorläufig denkt

Egon nicht ans Küssen. Er ist jetzt fest entschlossen, hierzubleiben. Soll er vor seinem Mädel als Feigling dastehen? Soll er nun vielleicht zugeben, er hätte sich verirrt? Alle Anspielungen würde er jetzt heimzahlen.

»Was werden deine Eltern sagen, wenn wir hierbleiben?«

Sie lacht wieder. »Sie werden fragen, ob es denn nicht etwas kalt war.«

Er rudert weiter. Ihr Schreck wird viel größer sein als sein Schreck, sie hat sich zu viele Dreistigkeiten geleistet. Na, einen Herzschlag wird sie nicht gleich kriegen, und ihn für einen Feigling halten, das wird ihr für immer vergehen. Sieht sie nicht, dass der Fluss immer breiter wird? Fällt ihr nicht der endlose Blätterteppich auf? Der Strom fließt durch einen runden Teich. Jetzt merkt sie was. Sie schaut ihn an.

»Sag mal … wo sind wir eigentlich?«

Egon sieht nur seine Ruderkelle, sie taucht ins Blattwerk, zieht am Kahn entlang, nach vorn geholt, eintauchen, langziehen …

»Egon! Wo sind wir?«

»Wo sollen wir schon sein? Im Moor natürlich!«

»Aber wo?«

»Wo … noch nie … ein Mensch … war!«

Christine schaut sich um, schaut wieder Egon an, als sei er der einzige, der Bescheid weiß. Jetzt kann er lachen.

»Dir kann man's wohl nie recht machen?« fragt er gönnerhaft.

Sie traute ihm zu, dass alles geplant war. »Sag mal, angelst du immer so deine Backfische?«

»Ganz verschieden«, sagte er, »mal so, mal so. Du bist eigentlich ziemlich schnell auf alles hereingefallen.«

Sie beißt sich auf die Unterlippe. Na, beruhige dich schon und such uns einen Hafen für das Traumschiff. »Wir«, er muss sich räuspern, »wir bleiben hier, bis es hell wird.«

»Hast du etwa absichtlich so lange geangelt?«

Er grinst und will sich so eine Lüge sparen. Er steuert in den Teich. Nirgends sieht er Mummeln. Allmählich wird das Wasser flacher, und

Egon findet harten Grund. Im Nebel erkennt er einen Uferstreifen, dahinter dichtes Gebüsch. Sand knirscht unterm Kahnboden. Er watet an Land. Christine bleibt still im Kahn sitzen. Egon findet eine Grabenmündung. Klares Wasser sprudelt über Steine in den Teich. Erst als er über dem Heck das Regendach richtet, klettert sie über die Kahnwand, sucht Binsen und trockenen Kalmus und schüttet ein Lager auf. Als alles fertig ist, schauen sie sich an. So haben sie sich noch nie angeschaut.

Schnell muss Egon etwas sagen. Mit einer eleganten Handbewegung weist er unter das Dach. »Meine Dame?«

Christine kriecht unter das Dach und streckt sich aus. Egon sieht nur noch ihre Gummistiefel. Er tastet sich an der Kahnwand entlang und legt sich vorsichtig an ihre Seite. Der trockene Kalmus knistert wie ein Strohsack. Das Nest ist schmal, aber nicht zu eng. Sie raschelt und wühlt und wühlt.

»Egon?«

»Hm?«

»Ziehst du mir die Stiefel aus?«

Er hat sich auch schon gefragt, wie man mit so was an den Beinen schlafen kann.

Er kriecht hinaus, kniet vor ihr und zieht die Stiefel von den Beinen.

»Hast du sonst noch Wünsche? Wo ich einmal draußen bin? Die dicke Wetterhose vielleicht noch?«

»Bitte!«

Er zieht ihr die steife Hose aus und tastet sich wieder an ihre Seite. Am Hals fühlt er ihren Atem, Christine liegt auf seinem Arm, seine Hand stützt ihren Rücken. Er sieht am Fußende ein helles Viereck Nacht.

»Egon?«

»Ja?«

»Ich glaub, es ist gemütlicher ohne Dach, das drückt so auf die Seele.« »Moment!« Er richtet sich auf, der Baldachin platscht ins Wasser.

Zwischen ihnen und dem Sternenhimmel ist nun nichts mehr. Den Nebel hat das Moor eingeatmet. Christine räufelt ihre Zöpfe auf.

»Immerzu Sternschnuppen«, flüstert sie, »und jede Sternschnuppe ein Wunsch.«

»Ja.«

»Erzähl mir mal was.«

»Was denn?«

»Irgendwas Schönes!«

Was meint sie damit? Er kann's sich denken, und er sagt es, obwohl er so was nicht gerne sagt.

»Ich liebe … dich!«

Ärgerlich rückt sie von ihm ab. »Du mich auch? Weißt du, das mit der Liebe stell ich mir so vor: Wenn ich dich … l-l-l-l … dann merkst du es, ja? So was dann noch zu sagen ist doch überflüssig. Und es wäre genauso überflüssig, wenn ich dich nicht … l-l-l-l … So eine Behauptung ist also in jedem Falle überflüssig. Erzähl mir dann lieber was vom Kran!«

Das hat man davon, wenn man etwas sagt, was man nicht sagen möchte.

Sie kneift ihn in die Seite.

»Los!«

»Na … du musst dir vorstellen … ein riesiger Raupenschlepper, aber die Ketten viel breiter.«

»So breit wie … dein Buckel?«

»Ungefähr. Und glatte Glieder.«

»Guck mal, wie meine Beine?«

»Ja. Aber nicht so krumm. Aua! Alles elektrisch. Auf einem Zahnkranz sitzt ein Häuschen.«

»Für wen denn das?«

»Für den Fahrer. Am Ausleger mehrere Drahtseile. Ein breites Eisenmaul, kann mindestens dreißig Zentner schlucken.«

»Und alles geht elektrisch?«

»Alles elektrisch. Ein langes Kabel zieht er immer nach. Auf dem

Schild steht: ›VTA – Verlade- und Transportanlagen Leipzig‹. Sogar die Kumpels aus Leipzig helfen beim Urbarmachen. Prima, nicht?«

»Prima, Egon. Und jetzt wollen wir mal die Sterne zählen.«

Sie zählen und zählen. Egon hat sich längst verzählt, aber er zählt immer noch. Nach einer Pause sagt Christine:

»Ich habe siebenhundertundachtzig Sterne zusammengezählt. Und du?«

»Ich siebenhundertundeinundachtzig!«

Sie ist mit ihren Gedanken schon wieder woanders.

»Wie, wenn nun am Himmel hinter jedem Stern ein Laternenträger stünde?«

Was soll er ihr noch erzählen? Was er erzählen müsste, kann er nicht, und das andere dreht sich um die Jungs, und die interessieren sie jetzt bestimmt nicht.

»Hör mal, die Frösche«, flüstert sie, »ein richtiges Oratorium.«

Am Teichufer quarrt ein Volk Frösche, hinter dem Fluss quarrt ein Volk, am Graben setzt gerade eine neue Abteilung ein. Für jeden Stern ist ein Frosch erwacht. Das Moor ist eine Welt von Fröschen. Die Dunkelheit lockt sie hervor. Egon starrt in das quakende Dickicht. Quooorrr. Quooorrr. Quooorrr.

»Stör sie nicht«, flüstert Christine und zieht ihn an ihre Seite. »Das Moor strengt sich an wie alles ringsumher, weil das erste Mal ein Mensch da ist.«

Im Gahlenberger See, ganz nahe, meldet sich eine Rohrdommel:

Www-dump. Wwwdump. Www-dump.

»Christine?«

»Hm?«

»Hat sich dein Vater eigentlich mal geprügelt? Früher, als Student?«

Christine hebt den Kopf. »Auf Gedanken kommst du! Wieso denn?«

»Er war doch auch mal Handlanger, weil er Geld fürs Studium brauchte, früher, ich mein … du kannst mir ruhig die Wahrheit sagen, ist doch nicht so schlimm.«

Sie kuschelt sich wieder an ihn. »Also Egon, ich schreibe ihm morgen gleich einen Brief und frag mal an, einverstanden?

Morgen?«

Egon ist einverstanden. Sie kommt ganz nah. »Darf ich auch mal was fragen?«

»Hm …«

»Kann ich nun schon richtig … küssen?«

Hundertmal dieselbe Frage, hundertmal dieselbe Antwort. »Wenn du gestattest, die Frage ist genauso überflüssig wie das von vorhin.«

Nun wird erst mal geküsst. Christine liegt unbequem, sie schiebt sich etwas höher. Seine Hand rutscht unter den Pullover. Christine hat nur einen Bikini darunter. Er fühlt ihre nackte Haut. Dass sie so ruhig ist, verwirrt ihn. Sie atmet wie immer, sagt keinen Ton. Sie legt die Arme zurück, die Hand wagt sich wieder unter den Pullover hinten. Er merkt, dass sie den Rücken durchbiegt. Er ist aufgeregt wie noch nie in seinem Leben.

»Egon?«

»Ja?«

»Du hast dich doch absichtlich verirrt?«

Egon nickt.

»Wär das nötig gewesen?«

Der Bikini hat überall Schnüre und Knoten. Egon kommt mit den Knoten und Schnüren nicht klar. »Wart mal«, sagt sie und zieht an einer ganz bestimmten Schleife. »Und hier auch noch.«

Egon zieht auf, entknotet, und auf einmal hat Christine gar nichts mehr an. »Hab ich wirklich krumme Beine?«

»Ach …«

»Du … du musst dich aber auch …«

»Frierst du?«, fragt er.

»Nein, nein.«

Im Kalmuswald piepst es. Eine Blesshuhnfamilie zuckelt heraus. Misstrauisch äugt die Blesshuhnmutter zum schwarzen Ungetüm und zieht mit ihren Küken, eins hinter dem andern, über den Teich …

Im Osten wird es hell. Egon träumt. Christine, ich muss dir noch was sagen. So träumt er, ganz deutlich sieht er sich neben dem Kahn stehen. Sie bewegt sich im Nest und fragt: Ausgerechnet jetzt? Ja, ich habe nämlich ein halbes Jahr Gefängnis hinter mir.

Egon erwachte. Eine riesige Orange stand über dem Schilfhorizont.

Die Sonne. Der Himmel war hellblau, und die Sterne hatten ihr Licht verstrahlt. Egon war zugedeckt mit der grünen Plastikfolie vom Baldachin. Auf der Kahnwand hing ein schwarzer Badeanzug. Egon lag allein im Nest. Christine stand im Teich und badete. Dabei spritzte sie ab und zu eine Hand voll Wasser in den Kahn, davon war er wohl wach geworden.

»Heraus ihr Schläfer aus den Federn, die Mutter Sonne macht schon Feuer!«

Auf der Ruderbank lag die Taschenuhr. Vier war es. So gründlich, wie sie geangelt hatten, und so gründlich, wie sie sich geliebt hatten, so gründlich hatten sie auch verschlafen. Und ihm stand ein Heimweg bevor, den er nicht einmal kannte.

Er schob den Kahn vom Ufer. Christine stieg ein und zog sich an.

»Was heute Nacht passiert ist … von mir erfährt das niemand«, sagte er. »Ich hab mich allein verirrt. Sonst denken sie sich einiges und fragen und fragen, wollen alles wissen, was ich mir gedacht habe, wie du warst, wann wir heiraten, ob mit Kindtaufe oder ohne.«

Christine flocht ihre Zöpfe. »Wie war ich denn?«, fragte sie.

Das war wieder einmal so eine typische Christine-Frage.

»Du darfst auch nicht alles wissen«, sagte er und stakte los.

Das Geständnis

Was nicht auf dem Papier steht

Am Materiallager hatten sie sich getrennt. Christine wollte von der Westseite, an der Sanitätsbaracke vorbei, ins Lager schleichen. Egon streifte durch das Haselgebüsch an der Südseite. Von vorn durfte er nicht in die Baracke. Da müsste er an allen Fenstern vorbei und schließlich noch am Zimmer vom Tagesdienst. Er konnte nur durch die Hintertür hinein.

Aus dem Schornstein des Kesselhauses quollen schwarze Qualmwolken. In der Küche klapperte jemand mit den großen Deckeln der Wasserkessel. Im letzten Zimmer brannte Licht. Dort wohnte der Lagerleiter. Hans war schon aufgestanden, aber er war noch im Schlafanzug. Auf dem Tisch eine Kaffeetasse, weißblaue Tabletten-Röhren, Schachteln und Fläschchen; Hans war herzkrank.

Egon schulterte seinen Kescher, trat aus dem Gebüsch und schlich in die Baracke. Im müden Licht der flachen Deckenleuchten lag wie ausgestorben der Korridor. Die Dielen ächzten unter Egons Schritten. Er öffnete die Tür. Ein Freudenschrei hallte durch die Baracke. Hatten sie die ganze Nacht wachgelegen? Egon schob den Kescher auf den Tisch, zaghaft andeutend, dass er ihnen etwas mitgebracht hatte. Aber nur ihn sahen sie. Er schaute von einem Bett zum andern. Feuerwehrdoktor, Schmetterling, Waldemar – alle waren wach. Nicht einmal Salzsäure und Plundi schliefen. Am meisten freute sich Busfahrer. Er riss ihm den Kescher aus der Hand und schüttete die Fische auf den Tisch.

»Wo kommst du eigentlich her?«

Werner hatte es gefragt. Jetzt sollte es ernst werden. Wer eine Nacht seine Brigade allein ließ, musste wichtige Gründe haben. Egon fand keinen Ausweg. Das, was er sich zurechtgelegt hatte, war lächerlich gegenüber dem, was sie erwarteten. Die Gerichtsverhandlung damals war weniger peinlich gewesen als diese Blicke.

»Ihr seid ja schon auf?«

»Ja, Brigadier, wir sind schon auf.«

Ein kleiner Schlei sprang vom Tisch. Patsch. Patsch. Niemand bückte sich.

»Seid ihr meinetwegen schon auf? Keine Ursache, hättet schlafen können.«

Die Gesichter wurden ärgerlich. Eine ganze Nacht hatten sich die Jungs um die Ohren geschlagen, und nun hörten sie, dass alles unnötig gewesen sei.

Egon setzte sich vorsichtig auf die Bank. »Also die Sache war folgendermaßen: Den ganzen Abend lang hab ich eine Angelstelle gesucht. Dann kam Nebel. Nichts biss mehr. Ich denke, hau dich 'ne halbe Stunde aufs Ohr. Eine halbe Stunde. Als ich wach werde ... da geht die Sonne auf.«

Die Jungen kletterten von den Betten und setzten sich an den Tisch.

»Sag mal, Brigadier, hast du dir mal überlegt, dass alle Brigaden deinetwegen das ganze Moor absuchen könnten?«

fragte Feuerwehrdoktor, der ja Egons Stellvertreter war.

»Eigentlich nicht, das heißt, eigentlich immerzu. Aber erst nachher. Vorher denkt man ja an so was nicht, immer erst nachher fallen einem die Sünden ein.« Wie lächerlich seine Worte waren. Die Brigade nahm die Sache sehr ernst, und sie verlangte Argumente, weil sie ihn ernst nahmen. Seine großen, harten, rissigen Hände verkrampften sich zu Fäusten.

»Ist das alles?«, fragte Feuerwehrdoktor.

Egon nickte.

Feuerwehrdoktor nahm das Waschzeug und ging. Als einziger stand ihm Busfahrer bei, aber der konnte nicht mehr tun als auf einen Hecht deuten, der Purzelbäume vollführte. Die andern waren sich einig: Egon hatte sich schäbig benommen. Sogar Salzsäure hatte etwas zu sagen: »Seine Brigade denkt, er versackt irgendwo im Moor, dabei angelt er und verpennt einfach!«

»Habt ihr noch nie verpennt?«

»Aber Egon, das ist doch kein Grund«, sagte Werner.

»Wenn's aber so ist.«

»Ich kann es einfach nicht begreifen. Eine derartige Oberflächlichkeit hatte ich von dir nie erwartet. Nie!«

Egon schluckte, drehte den Hals aus dem Kragen und schwieg. Die Jungen nahmen das Waschzeug aus den Schränken und verschwanden, Busfahrer sammelte die Fische ein und ging ebenfalls. Egon war froh, dass sie ihn allein ließen. Aber als er allein dasaß, fühlte er, wie einsam er eigentlich ohne die Jungs war. Jetzt hatte er niemanden mehr. Die Boys zu Hause war er los, und nun wollten auch seine neuen Freunde nichts mehr von ihm wissen. Und Christine? Sie blieb ihm. Aber es war zu wenig. Und vielleicht ließ sie ihn im Stich, wenn sie merkte, dass er wieder Urbarmacher X war.

Er folgte den Jungen in den Waschraum. Sie standen in einer Ecke und debattierten. Als er eintrat, verstummten sie, und verteilten sich an die Wasserhähne. Busfahrer schrubbte Fische, dass die Schuppen nur so spritzten. Egon stellte sich in die andere Ecke, putzte mit dem Finger die Zähne und trocknete sich mit dem Handtuch ab, ohne dass er sich gewaschen hatte. Noch nie hatte er sie belogen, abgesehen von dem Anruf damals und den kleinen Notlügen; jedes Mal konnte er sich trösten, dass er Paul loswerden musste und alles im Interesse der Brigade tat. Aber dies war eine dicke, schäbige Lüge. Und was ihn am empfindlichsten traf – sie nahmen ihm die Lüge ab, sie glaubten, dass er den Heimweg einfach verschlafen hatte. Was ahnten sie schon von seinen Ängsten, als er im Schilf steckengeblieben war und der Nebel ihn blind gemacht hatte. Und noch weniger ahnten sie, dass jemand bei ihm gewesen war, dass der vorbildliche Beschluss am Schwarzen Brett ihn endgültig zum Heuchler gemacht hatte. Sie glaubten einfach, dass er wegen einer Nichtigkeit das Vertrauen seiner Brigade verspielt hatte. Das kränkte ihn, das war ungerecht, das war nicht zu ertragen.

Den Blick starr geradeaus, ging er an ihnen vorbei. Sie folgten ihm stumm und niedergeschlagen. All das passierte heute, da sie den Kran einweihen wollten, da er glaubte, seinen Jungs der beste Brigadier geworden zu sein. Im Zimmer saß er ihnen wieder gegenüber. Werner hatte den Lagerleiter geholt.

»Wir können die Sache kurz machen, nun, nachdem wir so lange gewartet haben. Egon ist der Aufgabe als Brigadier noch nicht gewachsen. Wenn ich den Antrag stelle, ihn abzulösen ...« Werner musste sich die Worte abquälen, »so möchte ich damit nicht seine Verdienste als Schachlehrer und Kabarettist in Frage stellen. Aber für diese wichtige Funktion, für die wichtigste ...« ein Blick traf Egon, »fehlt ihm der nötige Ernst. Schade. Wer wünscht das Wort?«

Schade ... das war alles? Egon konnte es nicht fassen. Verwundert sah er von einem zum anderen. Absetzen wollten sie ihn? Weshalb hatte er denn so lange geangelt?

Hans Zimmermann schwieg noch immer.

»Wer ist für den Antrag?«

Schwerfällig hoben die Jungs die Arme, auch Busfahrer.

Egon schrie: »Wartet. Es war alles anders!«

Die Arme fielen herunter. »Ganz anders war es. Ich hab da neulich den Kahn gefunden, einen alten Kasten, mit dem hab ich geangelt, aber nicht allein, ich hab hier im Lager ein Mädel.«

Nun war's heraus. Die Jungen waren ganz still, blickten ihn an, als habe er etwas Unerhörtes angestellt.

»Ich hab mich nie getraut, was zu sagen«, sagte Egon, es schnürte ihm den Hals zu, »heimlich haben wir uns getroffen. Wir haben doch zu Anfang die moralische Verpflichtung ausgehängt und die andern Brigaden aufgerufen, konnte ich da die Wahrheit sagen? Und ausgerechnet ich hatte als erster unterschrieben, weil nämlich ... weil ich erst dachte, aus uns beiden wird ja doch nichts, solche Unterschiede, hab mich gewehrt bis zuletzt, bloß ... die Liebe war stärker als der Beschluss. Und ... das stimmt auch nicht, von wegen Störungen bei der Urbarmachung; da hätte ich schon gebremst – wir haben uns in jeder Beziehung gegenseitig geholfen. Mitten im Moor, auf der Birkeninsel, dort haben wir uns gegenseitig die Kabarettexte eingepaukt, sie hat mich mächtig ins Prinzip genommen wegen Qualifizierung, und Kapitel aus einem Pferdebuch von Erwin Strittmatter – jeden Satz kennt sie auswendig und wirft nur so damit rum – hat sie mir vorgetragen, von der Verlobung haben wir auch gesprochen, von mir aus ist alles klar.«

Nachdem sich die Jungen vom ersten Schreck erholt hatten, redeten sie alle durcheinander. Und als sie merkten, dass es verschiedene Meinungen gab, diskutierten zwei Parteien aufeinander los. Feuerwehrdoktor behauptete empört, dass der Beschluss richtig sei, jawoll, und Egons Verhalten müsse abgestraft werden. Salzsäure hatte auch eine Meinung: »Lüge bleibt Lüge!« Plundi war rot vor Eifer: »Und so was in unserer Brigade!«

Die andere Partei bildeten Schmetterling, Plüschohr, Gänsehals und Busfahrer. Schmetterling behauptete, den Beschluss immer für einen Witz gehalten zu haben. Es stellte sich weiter heraus, dass Plüschohr bereits so gut wie verlobt war, mit Waltraud Weslowski nämlich, der Mitropa-Kellnerin; sie wollten nach dem Einsatz Mitglied der LPG Brackenberg werden, angemeldet seien sie schon. Auf der Stelle erfand Busfahrer eine phantastische Geschichte von einer Busschaffnerin.

Der Lagerleiter sah Werner gespannt an. Werner malte Männchen auf einen Zettel. Als er aufblickte, Hans ins Gesicht, kniff der ein Auge zu. Werner stand auf.

»Wer hat etwas gegen Liebe?«, fragte er, und Egon traute seinen Ohren nicht, »kein moralischer Mensch hat was gegen echte Liebe. Dann hast du den Beschluss völlig falsch verstanden!«

»Ach!«, rief der Lagerleiter, »diese Interpretation hör ich aber das erste Mal!«

Werner verteidigte sich: »Die Liebeleien wollten wir unterbinden, doch nicht die große, echte Liebe. Davor schützen keine Beschlüsse.«

»Einverstanden! Dass Jungs und Mädels in so einem Lager immer ein Problem sind … auch einverstanden! Aber wie du das zu den Akten legen wolltest …«

Werner ließ sich nicht aus dem Konzept bringen.

»Selbst wenn man jahrelang verheiratet ist und schon Kinder hat, kann einem so was noch passieren. Je größer nämlich die Schwierigkeiten sind, desto besser sieht man, ob es wirkliche Liebe ist. Ich kann dich völlig verstehen.«

Feuerwehrdoktor meldete sich zu Wort: »Mich interessieren Egons Schwierigkeiten bei der Liebe überhaupt nicht! Erstens hat er die Brigade im Lager total blamiert, seine Pflicht wäre es gewesen, die Brigade bei der ersten Regung zu verständigen. Zweitens hat er die Lagerordnung in schlimmster Weise verletzt! Wo gibt es denn so was, dass man eine ganze Nacht draußen bleibt? Was ein Brigadier kann ... warum sollen das andere nicht auch dürfen? Stellt euch mal vor, jeder, der Lust hat, macht das nach! Einpacken können wir mit dem Lager, und der Westen sagt: Herrschen da Zustände! Und die Fahne sind wir sowieso los!

Ich beantrage, Jugendfreund Brümmer zu degradieren und Werner wiederzuwählen!«

Seine Argumente mussten gründlich überlegt werden. Busfahrer erklärte rundheraus, dass es nicht um die Fahne gehe und was der Westen eventuell sagen könnte, sondern um Egon. Jeder mache mal einen Fehler. Man solle auch an Egons Verdienste denken. »Wer arbeitet am fleißigsten? Egon! Wer hat den Normschwindel aufgedeckt? Egon! Wer hat den Kran besorgt, den Schachlehrgang geleitet? Egon! Egon! Egon! Absetzen ist leicht, aber helfen?«

Werner unterstützte ihn, andere schlossen sich an. Ergebnis: Die Jungs behielten Egon als Brigadier, nicht, weil sie seine Fehler nicht ernst nahmen, sondern weil er große Verdienste hatte. Würde er sich jedoch noch einmal etwas Ähnliches leisten, dann zeige er selbst, dass er aus seinen Fehlern nichts gelernt hätte.

Werner fragte, ob das Mädel aus Borkenheide sei.

»Ja«, sagte Egon.

»Martha Nickel?«

»Martha Nickel? Ach wo! Martha doch nicht. Christine Lange!«

Werner blickte völlig verständnislos.

»Die Abiturientin«, erklärte Egon.

»Mit Christine?« Werner sprang auf: »Du lügst ja!«

Warum sah denn der Werner plötzlich so unglücklich aus? »Es ist die reine Wahrheit«, beteuerte Egon, »ihr könnt sie ja fragen. Auf dem Abiturball haben wir uns schon kennengelernt, hab gedacht, dass niemand was erfährt, solange wir in der Wiese sind.«

»Was habt ihr denn gemacht im Kahn?«, fragte Salzsäure.

»Bitte! Keine Einzelheiten!«, rief Werner. »Keinen geht das was an!«

Was hatte er nur? Tat, als wäre er mit Christine verheiratet.

Hans Zimmermann meldete sich zu Wort. »Wie schnell sich doch das Bild verändert, wenn man den Dingen auf den Grund geht. Eben wolltet ihr Egon noch abbauen, und nun stellt sich heraus, dass der Schuldige unser Genosse Schmiedeberg ist. Da hat man einen schönen Beschluss durchgebracht – eine Resolution gegen die Liebe –, und was passiert? Ein Junge und ein Mädel lieben sich einfach, schlafen nicht in ihren Betten ... Es gibt doch offenbar Dinge zwischen Himmel und Erde, Werner, die passen in kein philosophisches System.«

Werner nickte. Die Augen hinter den Brillengläsern blickten ganz ernst. »Machen wir also Schluss. Oder hat jemand einen neuen Gesichtspunkt?«

»Ich hab noch was«, sagte Hans, »am nächsten Sonntag startet, wie ihr wisst, unser großes Wiesentreffen, drei Jahre Jugendobjekt und so ... Wie wär's, Egon, ein kleines Referat? Ein Egon-Referat, ganz persönlich, meine ich?«

Am liebsten hätte Egon gleich ja gesagt. Er drehte den Hals aus dem Kragen und sah seine Jungs fragend an. Sie blickten aufmunternd zu ihm hin.

»Aber, nach dieser Sache werden wir bestimmt die Fahne los ...«

»Die Fahne soll doch nicht das Referat halten ... und habt ihr die am nächsten Sonntag nicht schon wieder?«

»Klar! Und wie soll ich das aufbauen, das Referat?«

»Ich würde so sagen: ›Wie wurde ich Brigadier, warum hatten wir die Fahne, warum wurden wir sie los und wie kriegen wir sie wieder?‹

Sehr gut wär, wenn du von deinen Konflikten dabei reden könntest, überhaupt: persönlich!« »Hm … also Konflikte …«

»Vor allem«, fügte Werner hinzu, »vergiss den Klub nicht. Ich würde sogar so weit gehen: Anfangen beim Klub, im Mittelstück die Brigade, zum Schluss wieder der Klub, seine Perspektive, deine … wie's also nachher weitergehen soll in Borkenheide.«

»Ja … Abgemacht! ›Wie wird man als Kammbläser Brigadier?‹«

Als sie zum Frühstück gingen, blieb Werner am Schwarzen Brett stehen und riss einen Zettel ab. Damit war ein Problem in der Borkenheider Jungen-Brigade endgültig geklärt.

Auf der Birkeninsel

War das eine anstrengende Woche gewesen. Und dauernd diese Unruhe wegen Pits Brief. Und an das Referat hatte man auch denken müssen. Für Christine war gar keine Zeit gewesen.

Am Mittwoch war der Brief von Pit Schulze gekommen. Ein kurzer Brief, aber der hatte es in sich. Der Gitarrist hatte geschrieben.

Lieber Egon!
Neulich, beim Musikunterricht, haben wir Dich gesehen. Wir waren platt. Paul wollte erst alles als Propaganda abtun, aber das zog nicht. Die meisten sind vielleicht sauer auf Dich. Ich habe die Schnauze gestrichen voll. Bei der Rumgammelei kommt nichts mehr raus. Das hab ich allen gesagt.

Da haben sie mir aufgelauert. Als ich aus der Laternenbar komme und durch den Grünen Weg will, springen mich welche an und ziehen mir die Jacke über den Kopf, dass ich nichts sehen kann.

Du kennst ja Pauls Masche. Sie haben mich richtig durchgewalkt, und ich habe auch ganz schön ausgelangt, jedenfalls schrie Jonny mal laut auf. Zwei prima blaue Veilchen, und vorne fehlt ein Zahn. (Wenn das noch mal vorkommt, soll ich den Kumpels von der Maler-PGH Bescheid sagen.) Trotzdem bin ich Sonntag im Kurgarten gewesen. Beim Treffen der ›Jungen Talente‹. Habe mein »La Paloma« erschallen lassen, fast wie Hans Albers mit Pullover und Matrosenpudel. Ich war selbst so gerührt, dass mit Tränen in den Augen standen. Ein Beifall, Egon! Zweiter Preis! Die Boys werden aber neidisch sein. Paul steht immer noch auf Dich und will Dich wieder auf seine Seite ziehen. Lass Dich nicht schaffen, der BMC hat ausgemimt!

Das hatte der Gitarrist geschrieben, und es war klar, dass Paul wütend war. Die Prügel, die Pit bezogen hatte, waren ihm, Egon, zugedacht gewesen. Im Fernsehen hatten sie ihn bewundert, und nun wussten sie alles. Ein Verräter war er in ihren Augen, ein Betrüger. Und damit hatten sie nicht einmal unrecht.

Wenn wenigstens nicht das Referat wäre! Eben hatte Werner den Veranstaltungsplan ausgehängt, und nun konnte jeder lesen, dass Egon Brümmer unter dem Thema: »Meine Probleme – gestern, heute, morgen, ein Brigadier berichtet« am Sonntagvormittag sprechen wollte. Sprechen musste!

Und all die anderen Aufregungen, die es gegeben hatte. Es konnten gar nicht so viele Waggons angefordert werden, wie gebraucht wurden, um den Kran auszulasten. Das große Eisenmaul wurde nie satt, ein paarmal zugefasst schon war der Waggon leer. Waggons! Waggons! Für schnelles Entladen hatte die Bauleitung von der Reichsbahn eine große Urkunde bekommen; aber die Borkenheider brauchten keine Urkunden, sie brauchten Waggons, volle Waggons, möglichst 20-Tonner. Zwei Tage lang hatte Egon den Stationsvorsteher jede Stunde angerufen, umsonst, es war nichts gemeldet. Er hatte mit dem FDJ-Sekretär im Eisenhüttenkombinat telefoniert. Mindestens sechs Waggons täglich wollte er haben.

In alle Dörfer der Umgebung waren sie gefahren. Vor jeder Bürgermeisterei, an jedem Landwarenhaus und vor allem vor jeder Kneipe hatten sie die Werbetrommel für das große Wiesentreffen gerührt.

Der Wirtschaftsleiter hatte Fähnchen rausgerückt, und mit Fähnchen und Birkengrün geschmückt waren der Traktor und der Hänger rausgefahren. Werner bediente das Megaphon, er hatte die beste Aussprache. Busfahrer schlug auf die Pauke, dass man um die zwei letzten Schläger Angst haben musste. Und Feuerwehrdoktor dirigierte den Sprechchor. Alle sollten kommen, nicht bloß die Jugendlichen. Er, Egon, hatte zweimal sein Gedicht aufsagen müssen. Jeder war dabei gewesen. Ja, auf seine Jungs konnte er sich verlassen. Die Fahne würden sie auf jeden Fall wiederbekommen. Alle lobten ihn als besten Brigadier, Christine war richtig eifersüchtig, wenn sie nicht jede freie Minute beieinander waren. Aber niemand sollte ihnen beiden vorwerfen, dass sie ihre Arbeit vernachlässigten. Und er konnte doch nicht verlangen, dass Christine ihm half, das Referat aufzustellen.

Erst wollte er es wörtlich niederschreiben und auswendig lernen; aber dann war Pits Brief gekommen, und was er sich zurechtgelegt hatte, gefiel ihm nicht mehr. Die richtige Spannung fehlte. Ja, wenn er die Haft hätte mit einbauen können! Dann würde es spannend. Und wahrer wär's dann auch. Nur wenn's wahr ist, wird's spannend.

Gestern, am Freitag, hatte er sich ein Blauhemd gekauft, graue Popelinhosen und neue Schuhe. Zwar waren die Hosenbeine etwas weit, und die Schuhe waren auch nicht das modernste, aber diese Schale würde zum Referat besser passen als die Klubklamotten. Er hatte die neuen Sachen heute gleich nach dem Essen angezogen. Christine würde sich freuen, und sie würde merken, dass er völlig ein anderer geworden war.

Konnte sie dann noch an ihm zweifeln, wenn er beichtete?

Die Vergangenheit war tot, mausetot, es war Zeit, ihr zu sagen, was er früher für einer gewesen war. Dann konnten es auch die anderen wissen. Über den Rasen schnipperten Rasenmäher. Am Eingangstor standen zwei Malerleitern. Das Tor wurde neu gestrichen und mit einer Girlande aus Wiesenblumen geschmückt. Die Baracken wurden innen und außen abgeschrubbt. Geputzte Fenster blinkten in der Nachmittagssonne. Auf der Leine trockneten Blauhemden. Blechkuchen stapelten sich in der Küche.

Viele Busse brummten bereits heute auf der Brackenberger Straße heran und entließen Scharen junger Leute. Sie kamen aus allen Kreisen. Alte Wiesenhasen waren dabei, die schon drei- oder viermal hier gewesen waren und nun staunten, was sich inzwischen verändert hatte.

Hans Zimmermann und Eduard Blaschke waren ständig von einem Menschenschwarm umgeben, alte Bekannte, die über frühere Erlebnisse sprachen. Und viele neue kamen in die Wiese, man erkannte sie daran, dass sie schüchtern am Bus stehenblieben und alles erst einmal von weitem bestaunten.

Unterwegs baute Egon sich einen Plan zurecht. Auf der Birkeninsel würde er beichten. Wenn sie nebeneinander unter den Birken lagen, er an einen Stamm gelehnt, ihren Kopf auf der Brust, dann würde er es sagen. Es gab mal eine Zeit, würde er sagen, wo ich mit meinem Leben unzufrieden war, mit allem, was um mich herum passierte, und wenn ich etwas getrunken hatte, wollte ich aus der Haut fahren, weil ich auf alles so wütend war. Vielleicht wirst du mich nicht mehr lieben, wenn ich ... Schwer, so was zu sagen.

Es würde sie vielleicht treffen, wie der Blitz damals die Weide getroffen hatte. Aber es musste gesagt werden.

Das Moor gärte in der heißen Sonne. Das Wasser war klar. Ein kleiner Schwarm Rotfedern huschte unter Mummeln dahin, nach Insekten schnappend, die ins Wasser gefallen waren. Zwischen den Haselbüschen roch es nach faulem Laub. Sonnenhitze, Feierabend, Badewetter. Er aber war unterwegs, um seinem Mädel Schlimmes zu offenbaren. Christine hockte am Damm und stocherte mit ihrer Spielzeugschaufel im schwarzen Boden nach Regenwürmern. Auf einem Stein stand der kleine Henkeleimer.

Egon verbarg sich hinter einer Pappel und hörte zu, wie Christine mit den Regenwürmern schimpfte. Ihre kurzen Zöpfe, die abstanden, als hätten sie eine Drahtversteifung, wippten bei jeder Bewegung. Sie hatte ihre Shorts an und eine ärmellose weiße Bluse. Die Sandalen lagen im Kahn neben ihrem roten Campingbeutel.

Sie schüttelte den Eimer, sah hinein, ob der Vorrat reichte, wischte die Schippe im Gras blank und sprang mit ihren Utensilien zum Kahn hinunter. Aus dem Campingbeutel zog sie das Brettchen mit der aufgewickelten Angel hervor und knüpfte die Schnur an die Angelrute, wie sie es ihm abgeguckt hatte.

Das sah ungeschickt aus, aber Egon musste ihre Mühe anerkennen. Ihre goldene Armbanduhr war bis aufs Handgelenk herabgerutscht; emsig knüpperten die kleinen Finger an der Schnur herum. Dann zog sie sich aus bis auf den Bikini, befühlte ihre Zöpfe und steckte einen Wurm auf den Haken. Mit beiden Händen ergriff sie den Stock, holte weit aus, die Angel schwirrte durch die Luft – der Haken landete auf einem Mummelblatt. Noch einmal ausholen, Schwirren, die Stockspitze patschte ins Wasser. Christine setzte sich, starrte dem Flott nach, das langsam stromab schwamm, und schaute auf die Uhr. Dann sprang sie auf und riss die Angel aus dem Wasser. Nichts! Aber das passierte jedem Anfänger mal.

Egon trat hinter seinem Versteck hervor und stieg den Damm hinunter … Christine legte die Angel in den Kahn. »Wo fährt denn unser Traumschiff heute hin?«

»Ich dachte … zur Birkeninsel?«

»In Ordnung!« Er stakte los.

Ihre Hand spielte im Wasser. »Richtig lauwarm heute!«, sagte sie, »fühl mal!«

Gehorsam steckte er eine Hand ins Wasser. »Tatsächlich! Lauwarm, schätzungsweise fünfundzwanzig Grad!«

»Wollen wir baden?«

»Ich hab nichts mit, wenn ich das gewusst hätte …« Er zog das Blauhemd aus und legte es ordentlich zusammen. Dann fischte sie aus dem Campingbeutel eine Schachtel Orient und setzte zwei Zigaretten in Brand.

Wie wollte er anfangen? Es gab mal eine Zeit … Ach, hätte er alles schon hinter sich! Regnen müsste es jetzt in Strömen, hageln und schneien!

War es falsch gewesen; sich hier mit ihr zu treffen, hätte er alles im Speisesaal erledigen sollen oder in der Bücherei? Die Birken kamen in Sicht. Sie hatten die Insel bei einer ihrer ersten Erkundungsreisen entdeckt. Drei uralte Birken standen hier, und sogar Butterblumen wuchsen auf der Insel und Bärenklau. Am Rand gab der Boden nach, man konnte das verschlickte Wurzelwerk durchstechen, ohne festen Grund zu finden. Der Fluss beschrieb an der Birkeninsel einen sichelartigen Bogen, er war tief und klar und ohne Wasserpflanzen.

»Ideales Badewetter heute.«

»Wenn ich nur was mithätte!«

»Weißt du, Egon, dreh dich mal um!« Sie schnürte die Bänder vom Bikini auf. Der Kahn schwankte, es plumpste. Christine aalte sich im Wasser. Der Badeanzug hing über der Kahnwand. Egon, Mann, der er war, zog auch alles aus und hechtete von der Kahnspitze.

Als er auftauchte, war Christine verschwunden. Im grünlichen Wasser sah er einen hellen Fleck heranschwimmen. Dicht vor ihm tauchte sie auf. Sie schüttelte die nassen Zöpfe und lachte.

Egon lachte auch.

»Hast du schon im Wasser geküsst?«, fragte sie.

»Nee … du denn?«

»Ich auch nicht.« Sie kraulte, auf dem Rücken liegend, rasch davon. Er folgte ihr. Aber er hatte anderes im Sinn als Unterwasserküsse. Sie schwammen im Halbkreis um die Insel herum, wieder zurück, ruhten sich am Kahn aus, tauchten nach Muscheln. Aber ewig konnten sie nicht den Flussgrund nach Muscheln absuchen.

»Wir treffen uns unter den Birken, ja?«

Egon nickte und sah beiseite. Er merkte, dass sie sich aus dem Wasser zog, dass sie durch den Kahn tappte, hörte sie fortpatschen. Vorsichtig drehte er sich um. Nackend rannte sie auf die Insel. Er konnte nicht dafür garantieren, dass sie etwas zum Anziehen mitgenommen hatte. Er konnte auch nicht garantieren, ihr das zu sagen, was er sich vorgenommen hatte. Eigentlich konnte er für nichts garantieren.

»Kannst kommen!«, rief sie, ohne dass er sie sah.

Egon kletterte in den Kahn. Natürlich, alles lag noch da wie vorhin.

»Bring die Zigaretten mit!«

Der Boden am Rand der Insel gab nach wie Schaumgummi.

Wo das Gras begann, wurde er fester.

»Kommst du?«

»Bin schon unterwegs.«

Sie lag im Gras, hatte die Augen geschlossen und hielt ihm ein großes grünes Blatt entgegen. »Geschenke der Natur sind unvollkommen«, erklärte sie. Dort, wo sonst ein Bikini öffentliches Ärgernis verhinderte, lagen drei große Mummelblätter. Egon ließ sich nieder, bedankte sich für sein Blatt und zündete Zigaretten an.

»Wie im Paradies«, sagte Christine, »bloß der Apfelbaum fehlt.«

Egon wagte einen Seitenblick. Er sah ihren braunen Körper und drei kantige Blattstiele. »Und die Schlange.«

»Die brauchen wir doch nicht mehr, der Sündenfall liegt hinter uns. Und nun einen Kuss.«

Er gab ihr einen Kuss.

»Weißt du, Egon, die Mädels verstehen immer noch nicht, warum ich ausgerechnet auf dich hereingefallen bin.«

»Und wenn das nun wirklich ein Irrtum war?«

»Sie hätten mir zum Beispiel einen Werner Schmiedeberg viel eher zugetraut.«

»Und was wird, wenn wir wieder in Borkenheide sind? Deine alten Bekannten, der Bärtige ...«

»Hast du vor denen Angst?«

»Angst nicht. Aber wenn du die nun auch ganz nett findest?«

»Dann kämpfst du um mich, nicht?«

»Und du? Kämpfst du auch um mich?«

»Natürlich!«

Sie klatschte nach einer Mücke, die Blätter verrutschten.

»Krabbeln dich die Blätter auch so?«

»Nein, ich merk nichts.«

»Bist ja auch ein Mann. Aber mich krabbelt's.«

Egon wischte ihr die Blätter vom Körper. Und damit wischte er auch die Überreste eines schönen Planes hinweg. Auf dem Heimweg, sagte er sich, ganz bestimmt auf dem Heimweg, noch am Wall werde ich auspacken, wenn ich den Kahn angebunden habe.

Zwei weiße Schmetterlinge taumelten über die Insel. Kreuz und quer schnellten Libellen, man konnte ihre gläsernen Flügel knistern hören. Im Schilf kletterte aufgeregt ein Drosselrohrsänger an einem Halm empor und schmetterte sein Lied herüber: Karre-karre kiet kiet. Karre kiet! Zrock! Zrock! Tiri tiri tiri!

Den Kahn hatte er angebunden. Sie ging voran, er folgte ihr. Sie schlug mit einem Stöckchen nach Brennnesseln und schaute sich jedes Mal, wenn sie etwas gesagt hatte, nach ihm um.

»Was macht die Rede?«

»Gliederung klar.«

»Ohne meine Hilfe?«

»Bin ja schon selbständig genug, nicht? Aber nicht einfach gewesen, die Sache mit dem Klub beispielsweise.«

»Wie soll das überhaupt weitergehen, in Borkenheide, meine ich?«

»Das ist es ja, ich weiß auch noch nicht …«

»Wie bei dir, eins nach dem andern. Werner hilft, ich helfe!«

»Ja ja … aber erst soweit haben, dass sie sich helfen lassen. Der Gitarrist hat mir geschrieben … Eine Schweinerei, linkes Auge blau, rechtes Auge blau, Zahn fehlt, sie haben ihn fürchterlich zusammengeschlagen.«

»Du übertreibst ja! Wer wird einen Menschen grundlos schlagen.«

»Grundlos ja nicht. Er ist ausgetreten.«

Christine schwieg nachdenklich.

Der Wall lag hinter ihnen. Sie marschierten heimwärts, beide mit ihren Gedanken beschäftigt. Einen Arm hatte er um ihre Schulter gelegt, die andere Hand steckte in der Tasche. Je mehr Christine über das eben Gehörte nachgrübelte, desto weniger hoffte Egon noch, dass dieser Nachmittag Zweck hatte.

Als vor ihnen an der Straße junge Leute auftauchten, nahm er den Arm von der Schulter. Dann erkannte er den ersten Jungen. Dort, am Straßenrand hockte der Borkenheider Musical-Club. Und nun sahen sie ihn.

Er hätte noch umkehren können. Wie hypnotisiert ging er weiter. Auch dass Christine bei ihm war, vergaß er, und als er merkte, dass auch sie die Jungen erkannt hatte, war nichts mehr zu retten.

Dort hockte Paul, in Blauhemd und kurzen Lederhosen und grinste wie ein Teufel. Alle grinsten. Gespannt sah ihn Christine an.

»Nicht beachten!«, murmelte Egon, ohne den Mund zu bewegen.

»Wieso?«

»Still!«

Was Egon tat, war nicht klug. Er starrte geradeaus und ging an ihnen vorbei.

»Hello! Egon! Alter Junge!«

»Sag doch wenigstens guten Tag!«

Er packte das Mädel hart am Handgelenk.

»Aua! Egon!«

»Wenn du die beachtest!«

Er hörte, dass die Jungs aufstanden und ihnen folgten. Christine gehorchte und erzählte irgendetwas, das Egon nicht aufnehmen konnte, weil er nach hinten horchte.

»Dolle Wuchtbrumme, wa?«

»Die haben sich bestimmt über sozialistische Moral und Ehdick agitiert.«

»Schätze, NAW gemacht.«

»Und das bei zwölf Stunden Arbeit!«

»Ich dachte, hier darf man keine Puppe scharf ansehen.«

»Macht er ja auch nicht!«

»Ach wo! Der Egon macht doch so was nicht.«

»Halt den Hals!« fuhr Paul den Fridolin an, der das letzte gesagt hatte.

Jonny griff ein anderes Thema auf: »Hübsch, das Bübchen, nich?

Junge, da schnallst du ab, wenn man den von früher her kennt! Habt ihr schon mal die Schuhe bewundert? Richtige Arbeiter-und-Bauern-Schuhe, schätze, VEB Hammer.«

»Schneider, was is'n das für 'ne neue Hosenmode?«

»VEB Moderna.«

»Die Frisur auch nicht undufte, wa? Schätze, der Egon schleicht sich nun ganz und gar in bessere Kreise ein.«

»Mit Rock 'n' Roll is nich mehr, jeden Abend ein flotter Brahms.«

Und als Christine nun noch sagte, manchmal sei er ein Zähmling und kein Kämpfer, blieb er stehen, ließ sie herankommen. Sie marschierten grinsend näher, freundlich grinsend, nur Paul sah ihn gespannt an. Egon hielt Jonny die Faust unter die Nase. »Riech mal!«

Der Kleine schnupperte mutig. »Flieder!«

»Ich kann dir sagen! Noch einen Ton, und du kannst deine Knochen nummerieren!«

»Hey! Hey!«, staunten die andern. Paul aber sagte ruhig: »Guten Tag, Egon!«

Egon gab allen die Hand. Auch Christine wurde mit Handschlag begrüßt.

»Was wollt ihr denn?«

»Dich abholen, einen Platz haben wir extra frei gehalten.«

»Womit seid ihr denn hier?«

»Per Bus. Rückfahrt morgen Nacht«, sagte Paul. Er wandte sich an Christine. »Für Sie wird auch noch Platz sein, wa?«

Er schaute die Jungs an: »Klar!«, sagte Jonny, »nimmt er auf den Schoß.«

Damit waren sie am Lager angelangt. Christine entfernte sich ohne ein Wort und ließ Egon mit den Jungs allein.

»Was wollt ihr?«

»Wiesenfest feiern, Jugendfreund.«

»Verschwindet!«

»Nicht ohne dich!«

Paul schlug vor: »Wir werden mal alles in Ruhe bekakeln, halbe

Stunde. Habt hier doch so 'ne feine Kneipe, ›Goldener Hirsch‹, da ist Treffpunkt.«

Sie marschierten pfeifend ins Zeltlager, wo die Gäste untergebracht waren.

Wie k.o. geschlagen wankte Egon ins Zimmer. Aber lange durfte er nicht untätig daliegen. Als Salzsäure ins Zimmer sah und sagte, dass es gleich Abendbrot gäbe, sie sollten sich beeilen, anschließend sei Unterredung mit den Gästen angesetzt, entschuldigte er sich mit einer wichtigen Besorgung.

Damit man ihm glaubte, nahm er die Aktentasche mit.

Im »Goldenen Hirsch«

Irgendwie wiederholt sich alles im Leben; was man einmal verpasst hat, muss man später, wenn es viel schwieriger ist, nachholen. Sollte er mit dem Lagerleiter reden? Hans Zimmermann würde raten, sich stark zu machen; nach Hause konnte er den Klub auch nicht jagen. Die Boys saßen am langen Hebel, und wenn er nicht spurte, konnten sie ihn ausheben. Was er aus Feigheit eingerührt hatte, musste er nun auslöffeln. Die menschliche Gesellschaft war verpflichtet, ihn wieder als gleichberechtigen Bürger aufzunehmen.

War geschehen. Zum Brigadier hatten sie ihn gemacht. Nun lag alles an ihm.

Eins stand fest, die Boys mussten morgen ohne ihn zurückfahren. Was aber konnte inzwischen geschehen? Sein schöner Bau sackte weg, weil das Fundament nichts taugte.

Konnte er hoffen, dass Paul noch der alte Freund war? Hatten sie nicht immer zusammengehalten? War doch Unsinn, alles zu überdrehen; dann würde Paul ihn ganz und gar loswerden.

Die Boys mussten schweigen, und sie mussten ohne ihn wieder abfahren.

Paul wartete allein in der Kneipe. Er war auch der einzige Gast.

Hinter dem Büfett saß eine junge Frau und strickte. Auf den Tischen karierte Decken, in der Ecke ein Spielautomat. Nachdem Egon sich gesetzt hatte, brachte die Frau zwei Doppelte und zwei Bier, die Paul schon vorher bestellt hatte.

Woher wusste der so genau, dass er kommen würde? Egon behielt die Aktentasche auf dem Schoß. Schnell musste alles gehen, im Lager wartete man auf ihn. Die Gäste ... Paul hielt ihm eine Zigarettenschachtel vors Gesicht. Hastig griff Egon zu und suchte Streichhölzer. Sie rauchten. Paul ließ ihn zappeln. Nach jedem Zug stippte Egon seine Zigarette in den Ascher. Wie der einen ansehen konnte!

Als wenn man etwas verbrochen hätte! Wo waren die andern? Lockten sie Christine aus dem Lager? Klebten sie seinen Brief an die Wandzeitung. Sie hatten sich getarnt, keiner trug die Klubklamotten, solide sahen sie aus wie damals, als sie Heinrich Scharfschmidt anführten. Paul hatte sich extra ein Blauhemd gekauft und kurze Lederhosen! Ein neuer Wanderstock, von oben bis unten mit Blechwappen benagelt, hing am Stuhl. Beim Friseur war er auch gewesen und alles nur, damit sie herfahren konnten, um ihn in die Enge zu treiben.

Paul nahm ein Schnapsglas vom Tablett und hielt es Egon hin. Was hatte Christine vorhin gesagt? Du bist ein Zähmling und kein Kämpfer. Egon nahm das Glas und stellte es auf den Tisch. Sollte er es Paul ins Gesicht schütten? Aber würde das Kampf sein, wie ihn sich Christine vorstellte? So was würde sie wieder für Geistesträgheit halten, klug reden würde sie, weil sie seinen Kummer nicht kannte.

»Prost!«, rief Paul. »Prost!«

Wie Gift und Galle schmeckte der Schnaps, und das Bier war nicht besser.

»Wir lernen jetzt Noten«, sagte Paul.

Nun fing er damit an! Anstatt gleich zu sagen, was er von ihm wollte. Egon rutschte die Frage heraus, ob sie schon einen Saal hätten. Ärgerlich diese Frage, sie musste Paul peinlich sein. Aber Paul blieb ruhig. Sie würden im alten Schuppen am Anglerheim trainieren, und am Montag sollte wieder Unterricht sein.

Die Tür ging auf. Egon fuhr herum. Aber weder Christine noch die Boys traten ein. Zwei Bauern waren's, sie blieben an der Theke und bestellten Bier.

Paul freute sich über Egons Schreck. Die Kordeluhr neben der Schnapsreklame ging auf sieben. Jetzt würden die Jungs beim Abendbrot sitzen, und Werner würde fragen, wo er sei. Verpetzten ihn inzwischen die Boys? Kam die Brigade angerannt? Keinen Ton würde er herausbringen können. Hätte er bloß den Brief nicht geschrieben!

»Paul, ich muss unbedingt ins Lager, könnten wir nicht nachher alles durchsprechen?«

»Die Puppe wartet wohl? Oder ist das Referat noch nicht fertig? Vergiss bloß das Referat nicht. Steht überall groß angeschlagen: ›Egon Brümmer berichtet‹.«

Paul hatte die Wirtin herangewinkt. »Mein Freund möchte etwas sagen.«

»Noch mal dasselbe«, sagte Egon. Aber dies sollte die letzte Lage sein. »Kennst du eigentlich einen von den Jungs hier, ich meine, vom Ansehen vielleicht?«

»Die interessieren mich nicht!«

Drei neue Gäste traten ein, hängten ihre Mützen an Garderobenhaken und bestellten Bier und Skatkarten.

»Hast du den Werner schon gesehen? Feiner Mensch, hat fünf Jahre studiert, war Bassist in einer Studentenband, prima Junge, sag ich dir, man kann allerhand bei ihm lernen.«

»Wie man seine besten Kumpels belügt, nicht?«

Egon drehte den Hals aus dem Kragen, schaute sich nach den Nachbarn um und starrte auf die Tischdecke. Sollte er nicht doch schnell ins Lager laufen, irgendwen einweihen und um Rat fragen? Jetzt fehlte ihm der Schöffe. Der wusste alles. Aber was würde der sagen? Du musst im Klub den Ton angeben, den richtigen!

»Alles hätt ich dir zugetraut, aber dass du deine Kumpels belügst, nee, Egon, verschissen, total verschissen hast du bei mir!«

Egon nickte. Er hätte nicht lügen sollen. Wenn er ein Kerl gewesen wäre, wie Pit zum Beispiel, hätte er Paul damals gleich alles gesagt, im Sportlerheim schon, nein, noch früher, als der ihn in die »Grüne Flasche« lotste. Er hätte sich gar nicht verstecken sollen, als die Boys auf dem Bahnsteig warteten. Wer hätte auch gedacht, dass sich alles einmal so rächte? Nieten in Niethosen ... Brauchte man eine Niethose, um Niete zu sein? Er hatte neue Hosen an, sogar ein Blauhemd, dennoch, er war eine.

»Paul, versteh mal, als ich damals aus dem Knast kam, wie sollte es weitergehen? Du hast ja selbst gemerkt, im Sportlerheim dauernd Stänkerei, und meine Alte ...«

Paul blinzelte verdutzt und zog seinen Stuhl näher.

»Sag mal ... seit wann geht denn der Betrug schon?«

Wie konnte er sich nur so verplappern! Lag das am Schnaps? »Seit wann? Na ... seit ich hier bin, nach zwei Tagen, nach dem Brief.«

»Du lügst«, sagte Paul. »Du lügst in einer Tour! Und so was ist hier Brigadier, so einen zeigt das Fernsehen, das lernt man in der Wiese, was? Bei Leuten, die fünf Jahre studiert haben, die im Betrieb anrufen und sagen, dass kein Bett mehr frei ist, ja?«

Eine Lüge ist eine Lüge, dachte Egon, und sie wird durch den guten Zweck nicht besser. Im Gegenteil, je mehr man im Recht ist, desto lauter muss man die Wahrheit sagen! Gerade einem Freund! Sonst passiert einem so was! Schon stellte die Wirtin das Tablett auf den Tisch. Die Zeit beeilte sich. Werner würde jetzt nervös werden, denn es war abgesprochen, dass Egon die Gäste begrüßte und erklärte, was sie wissen wollten.

»Paul, ich muss jetzt los!«

»Bitte!«

Egon stellte die Aktentasche auf den Tisch.

»Bitte! Geh doch! Los, geh!«

»Du Erpresser!«

Entrüstet stellte Paul sein Glas ab und wollte losschimpfen. Egon kam ihm zuvor. »Ja! Ich habe gelogen!« polterte er los. »Ja, hab ich. Was trampelst du dauernd auf mir rum? Weil ich nicht ausgepackt habe, gleich, weißt doch selbst genau, wie du alle im Klub unterdrückst, dass sich keiner getraut, die Wahrheit zu sagen.«

»Wie lange der Betrug schon geht?«

Egon donnerte beide Fäuste auf den Tisch. »Im Betrieb hab ich angerufen! Es musste verhindert werden, dass einer wie du mitkommt! Und ich habe Werner aufgeklärt, wer du bist. Da hat er angerufen in Borkenheide. Auch meine Schuld. Und im Brief habe ich das Lager schlecht gemacht, dass ich vor mir selber am liebsten ausgespuckt hätte. Nur damit du mit deiner Faulheit das Lager nicht beschmutzen tust!« Egon wurde leiser, denn die Gäste schauten interessiert hierher. »So was ist doch kein Leben nicht, Mensch, sieh das doch mal ein! Wir ziehen mit dem Klub hin, wo er hingehört. Alles ist da, Instrumente, alles! Und dann mach Musik, so viel du willst. Werd Kapellenleiter, aber denk nicht, dass es keine Anstrengung kostet: Warum willst'n nicht erst den Facharbeiter machen? Oder irgendwas anderes, Qualifiziertes? Der Klub ist ja ganz nett, für 'ne Weile, aber auch bloß für einen Teil vom Leben, diese Brigade aber, die ist für alles da, für die Freizeit, für die Arbeit. Überleg dir das doch mal alles gründlich, bei mir hat's auch eine Weile gedauert.«

Paul schüttelte den Kopf. »Die haben dich aber geschult! Jetzt gefallen dir wohl sogar die Scheiß-Ostschlager?«

Sollte er Christine nicht doch noch alles sagen? Sie wollte sowieso den Klub kennenlernen; nun zeigte er sich, wie er war. Zu spät war's, auf der Birkeninsel hätte er es sagen sollen, dann hätte er sich vorhin auch nicht blamiert und er hätte Pauls Schnaps nicht angerührt. Sie würde ihn einfach stehen lassen, vielleicht würde sie auch höhnisch sagen, dass er mal erst ausnüchtern solle. Ach, auch das Geständnis auf der Birkeninsel hätte nichts genützt. Paul würde den Brief ausspielen und all die Lügen. Wer würde seine Feigheit von damals entschuldigen? Glaubten sie überhaupt, dass er es ehrlich gemeint hatte? Werner vielleicht, aber als Brigadier würden sie ihn abbauen, seine Rede würden sie streichen, und wegen Verleumdung der Jungen Welt würden sie ihn aus dem Lager jagen.

Er hörte Paul von Idealen sprechen, von Freiheit und unpolitischen Vereinigungen. Seine Stimme war nicht mehr so wütend wie vorhin, etwas traurig war dem wohl sogar zumute, und schnell bestellte Egon zwei Doppelte.

»Paul, versteh mich mal richtig, ich glaub, du willst nur deshalb alles, weil die FDJ sagt, eine Freiheit für alles gibt es nicht.«

Paul brütete vor sich hin. Egon wusste nicht, ob er zuhörte oder irgendetwas ausheckte.

»Ich steh nun auf dem Standpunkt, dass man alles di-a-lektisch sehen muss, unsere Schlager gefallen mir ja auch noch nicht alle, aber wie wir jetzt schon die besten Mondraketen haben, werden wir auch mal die besten Schlager haben, bloß das kann nicht alles auf einmal kommen.«

»Nun noch einen Ton, und ich gieß dir das Bier in die Fresse!«

Das brachte auch Egon in Wut. Er ballte die Fäuste. Ich muss mich beherrschen, redete er sich ein, wenn er das tut, bring ich ihn um. Der Schnaps, Christine, die Mutter, er sah sie weinend im Gerichtssaal. Was sollte die Mutter denken, wenn sie ihn so sehen würde? Zusammenschlagen diesen Paul, einfach den Kopf zwischen den Ohren raushauen! Aber dann würde er sich für ein Leben lang unglücklich machen. Er musste sich beherrschen, was auch kam. Er zog die Taschenuhr hervor. Wie die Zeit verging!

Paul trank das Glas aus. »Gehen wir?«

»Sag, was ich soll!«

»Morgen mitkommen!«

Egon überlegte einen Moment. Weder Werner noch Christine würden glauben, dass er plötzlich nach Hause müsse. Und alle Pläne würden Pläne bleiben, denn allein konnte er das nicht werden, was er werden wollte. »Und was sag ich meinem Mädel?«

»'ne Ische hast du auch? Die nimmst du mit!«

»Christine kommt nicht mit.«

»Christine …? Wart mal, die von vorhin? Ist das die vom Sportlerheim?«

»Natürlich, Paul! Mit der du damals noch tanzen wolltest.

»Ach, die ist das! War ihr Alter nicht Knochenklempner?«

»Kreisarzt.«

»Können wir die wenigstens am Klavier gebrauchen?«

»Klavier spielt sie nur im Klubhaus.«

»Singt sie?«

»Klubschlager nicht.«

»Junge, Junge«, staunte Paul, »hast dir ja 'ne tolle Puppe angelacht.« »Das ist keine Puppe!«

»Was hast du denn wieder gefilmt, dass die ausgerechnet auf einen wie dich steht!«

War er ein Idiot! Paul hatte sie längst vergessen, und nun quatschte er es aus. Aber das hätte sich morgen sowieso herumgesprochen.

»Wolltest dich wohl ganz und gar in vornehme Kreise einschleichen?«

»Das sind keine vornehmen Kreise. Und ich wollte mich nicht einschleichen.«

»Ach Egon, bist du komisch. Wie dein Haarschnitt, und feige. Was sagt denn deine Puppe zum Knast? Weiß sie noch nicht, was? War ja auch keiner da, der ihr was sagte.

Egon war wieder mal zu feige, filmte lieber. Und nachher? Drei Tage in Borkenheide, und sie weiß, wer ihr Egon ist. Vorbei, kann ich dir sagen! Die kennt dich nicht mal auf der Straße mehr. Stell dir vor, du kommst in deinen Klamotten von der Arbeit, und sie geht gerade mit Papi und Mami ins Bahnhofshotel!«

»Du kannst alles von mir verlangen, Paul, aber sag dem Mädel nichts, bitte, ich sag's ihr selber.«

»Also bis morgen. Wir haben extra einen Platz für dich bezahlt.«

»Ich kann nicht mit. Wenn ich auch möchte. Einfach abhauen, das geht nicht! Das Theater im Betrieb! Und überall häng ich hier drin.«

»Wär ich mitgekommen, wär das anders!«

»Ja.«

»Und was ist das für ein Referat?«

»Ich soll was sagen.«

»Und?«

»Was … und?«

»Du lügst, mein Lieber, du willst uns lächerlich machen.«

»Gar nicht.«

»Den Klub sollst du verraten!«

»Nein!«

»Doch! Der neue Klubhausleiter hat vorhin im Zelt Propaganda gemacht für deine Rede.«

Hatte Paul ihn deshalb in die Kneipe gelotst? Wenn es nur das wäre, das Referat brauchte er ja nicht zu halten. Doch, alle warteten darauf. »Aber nichts vom Klub, Paul, glaub mir!«

»Egon, du lügst! Wenn du morgen einen Ton vom Klub sagst, dann packen wir alles aus! Alles, was du mir im Brief geschrieben hast. Und dann beweise mal deinen Jugendfreunden, dass du gelogen hast.«

»Was soll ich denn nun machen, Mensch, wo alles eingefädelt ist!«

»Hab ich das eingefädelt? Nun sieh mal zu, wie du die Karre wieder rausziehst!«

Paul grinste, und Egon merkte, dass ihm schwindlig wurde. Wollte ihn Paul betrunken machen? Halb zehn war es geworden.

An der Wand über ihm sauste ein Ventilator, der sich quälte, den Qualm und den Biergeruch ins Freie zu saugen. An jedem Tisch saßen jetzt Leute, die redeten von Raps und Heu und Regenwetter. Zwei Jungen standen am Spielautomaten und schossen eiserne Bälle in die Tore. Hatten die Sorgen! Ich bin voll, dachte Egon, soweit habe ich es kommen lassen. Zwei Stunden haben sie gewartet, und jetzt komme ich an, voll wie noch nie, ausgerechnet heute.

Er sah den entrüsteten Feuerwehrdoktor und Werners ärgerliches Gesicht. Dem Egon fehlt noch der nötige Ernst, wer ist dafür?

»Was soll ich denen denn sagen?«

»Du hast geschwollene Mandeln oder wunde Stimmbänder. Oder du sagst allen, du bist kein Redner.«

»Bin ich auch nicht, aber sie wollen ja gar keinen Redner.«

»Ist gut.«

Paul zog Geld aus der Hemdentasche. Zahlen wollte er. Das hieß: Der Fall ist erledigt. Wenn unsere Freundschaft in die Brüche geht, dann restlos. Solange habe ich versucht, anständig zu sein, du weißt, du bist mein einziger Kumpel. Wenn du das nicht mehr sein möchtest, will auch ich kein Kumpel mehr sein.

Egon wiederholte seine Vorschläge über das weitere Leben in Borkenheide. Paul ließ ihn reden. Schließlich drohte auch Egon: »Wenn du mich blamierst, bist du aber im Klub unten durch!«

Paul lachte ihn aus. »Im Gegenteil, Egon, gerade umgekehrt. Das ist doch alles so abgemacht. Die wollten dich gleich verpfeifen. Das wollten sie!« Das Geld hatte er wieder eingesteckt.

Dann schien ihm etwas einzufallen: »Wir schließen folgenden Vertrag: Wir arbeiten das Referat zusammen aus, und alle schweigen!«

Egon traute seinen Ohren nicht. Bei dem musste doch was ausgehakt sein! Er sollte wohl dessen Boykotthetze vom Stapel lassen? So was musste man sich anbieten lassen.

»Wir bauen ein großartiges Referat zusammen, ein Referat wird das!«

Paul drückte die Fingerspitzen an die Lippen.

»Nee, Paul, das Referat kriege ich schon alleine hin. Ohne Klub und so. Wenn die Wiese vorbei ist, mache ich natürlich weiter mit bei euch.«

Was gewann er mit so einer halben Sache? Vielleicht ließ ihn Paul erst reden und, packte dann doch noch aus?

»Und die Garantie?«, fragte Paul. »Ein Ehrenwort, was? Haha! Ein Ehrenwort von Egon, nee, wir schweigen nur, wenn du alles so sagst, wie wir das aufsetzen. Der goldene Mittelweg! War dir doch immer am liebsten. Ein Referat, mit den Genossen und Kumpels einverstanden sind, toll, was?«

Also war noch nicht alles verloren. Paul konnte doch einfach ins Lager laufen und sich ans Mikrophon stellen. Er tat es nicht. Er wollte ihn behalten, als vierten Kamm von links.

»Was soll denn das für 'n Referat sein?«

Paul zog beschriebene Zettel aus der Blauhemdtasche.

»Hier ist es!« Mit tiefer Stimme deklamierte er! »›Sehr geehrte Genossen! Liebe Jugendfreunde!‹ – gut, was? – ›Wir haben uns heute hier versammelt, um gemeinsam das große Fest der Urbarmacher zu feiern. Drei Jahre sind vergangen, dass uns die Partei der Arbeiterklasse hierher in den Sumpf gerufen hat, und heute können wir voller Stolz berichten‹ – Brust raus, Egon! – ›dass wir die Wiese zu 80 Prozent urbar gemacht haben!‹«

Was bezweckte Paul? Es hörte sich doch irgendwie fortschrittlich an. Kam das dicke Ende noch? Jedenfalls, die Einleitung war nicht übel! Verdammt noch einmal, was steckte dahinter? Wollte Paul anschließend damit prahlen, dass das Referat von ihm gewesen sei?

Egon bestellte eine neue Lage. »Aber die wollen doch was ganz Persönliches von mir hören ...«

»Kommt noch, kommt noch! Alles der Reihe nach! Die Einleitung gefällt dir also?«

Egon wollte ihm die Zettel wegnehmen. Paul deklamierte weiter: »›Und wenn ihr mich fragt, liebe Genossen und Freunde, was mich bewogen hat, hierher ins Moor zu kommen, so kann ich mit reinem Gewissen behaupten, dass ich den Ruf der Partei richtig verstanden habe‹ – haut das hin? – ›In unserm Staat, im Staat der Arbeiter und Bauern, stehen der Jugend alle Reichtümer offen!‹ – Pause – ›Und wir wären eine schlechte Jugend, wenn wir uns dieser Reichtümer nicht würdig erwiesen‹ – Pause für den Beifall, wir fangen an, und alle klatschen mit! – ›Darum habe ich mir gesagt, Egon, habe ich gesagt, du musst auch in die Wiese fahren, du musst dem Staat etwas geben. Sechs Wochen sind nicht viel, aber wenn man richtig loslegt, hab ich mir gesagt, kann man 'ne Menge schaffen. Und ich möchte jetzt berichten, was ich, was unsere Brigade geschafft hat ...‹ Na, Junge, gefällt dir das?«

Als wenn er noch die Möglichkeit hätte, danach zu gehen, was ihm gefiel.

»Gefällt mir gar nicht. Es stimmt nämlich nicht, von wegen ... mit reinem Gewissen ... so was steht in jeder Zeitung. Das wollen die nicht von mir hören!«

»Genau das wollen die hören!«

»Vielleicht erklärst du mir, warum du auf einmal für die Rede bist?«

»Ich will mit anfassen an der Karre!«

»Dieser Schwindel kommt nicht über meine Lippen!«

»In Ordnung!« Paul steckte die Zettel ein und stand auf.

»Wie persönlich möchtest du denn werden? Dass du eine Woche aus dem Knast raus warst? So unter dem Motto: »Raus aus dem Knast, rein in die Wiese?«

»Gib mal her die Zettel!« Egon vertiefte sich in Pauls Kritzeleien, Sie verschwammen vor seinen trunkenen Augen. Was war das? Hatte Paul etwa Angst vor ihm, Angst wegen der geplanten Rede? Der hatte Schiss! Paul saß genauso in der Klemme wie er. Der war sich seiner Sache nicht so sicher, wie er tat. Aber war dies Referat wirklich die Rettung?

Egon steckte die Zettel in die Hosentasche, trank alles aus, was bereitstand, sie zahlten und schoben ab, untergehakt und hin und her torkelnd. Wenn Paul ihn nicht gehalten hätte – Egon wäre lang hingeschlagen.

Ahnte Paul, warum der damals mit ihm Abschied gefeiert hatte? Wollte er dasselbe nun mit ihm anstellen? Er malte sich aus, wie ihn das Lager empfangen würde. Alle würden Spalier stehen, wenn Paul ihn angeschleppt brachte.

Er schloss die Augen. Da war es wieder, das ekelhafte Gefühl. Ihm kam es so vor, als müsse er langsam hintenüber sinken und sich drehen. Mühsam bekam er ein Auge auf. Die Lichter des Lagers schwankten mit jedem Schritt näher. Nur jetzt nicht heimkommen, nicht in diesem Zustand! Einfach beide Augen zumachen! Schon lag er im Straßengraben. Vergeblich mühte sich Paul, ihn wieder hoch zu kriegen. Egon hatte noch einen Rest Willen, und der befahl: Nur nicht jetzt ins Lager!

Paul redete eine Weile auf ihn ein, ließ ihn dann liegen und schob ab. Egon riss die Augen auf. Nicht einschlafen, der alarmiert das Lager, und alle finden mich. Er kroch auf die Straße, zog sich an einem Baum hoch und quälte sich zurück. Von Baum zu Baum taumelte er. Irgendwo verstecken, nüchtern werden. Und das loswerden, was Paul ihm eingetrichtert hatte.

Im Dorf fand er eine Pumpe. Er hielt den Kopf unter den dicken Strahl, kämmte sich und fand den »Goldenen Hirsch«.

»Einmal Kaffee, bitte! Und eine Selters!«

Was sollte er bloß den Jungs jetzt sagen? Was war so wichtig, dass man alles stehen und liegen ließ und weglief? Womit konnte er sich entschuldigen?

Alles verfahren, alles. »Kollegin! Einen Doppelten noch dazu!«

Auf dem Weg zurück

Ein Gummistiefel flog durchs Zimmer und plauzte in die Ecke, wo die Maus nagte. Einen Moment war Stille. Dann nagte das Tier wieder los, zuerst leise und zaghaft, dann wieder laut und frech. Es war nicht der erste Gummistiefel, der an diesem Abend geschleudert wurde, und die Maus war nicht der wahre Grund für den Ärger der Jungen. Egon fehlte.

Ausgerechnet Egon war am Abend nicht zu finden gewesen. Werner hatte wie auf Kohlen gesessen, die Gäste aus Borkenheide fragten immerzu, wo denn der Fernsehstar bliebe. Ein kleiner Junge mit flinken Augen hatte richtig seine Freude daran gehabt, alle in Verlegenheit zu bringen.

Salzsäure hatte von einer wichtigen Besorgung gesprochen, und diese Begründung hatten sich auch die anderen zu eigen gemacht. Jeder hoffte im Stillen, dass Egon doch noch den Gästen gezeigt werden konnte. Aber er blieb verschwunden, und alle waren wütend.

Alte Bekannte aus Borkenheide waren zum Wiesenfest ins Lager gekommen und Jugendliche, die Werner noch nie gesehen hatte. Ein langer Bursche mit einer Zahnlücke hatte Werner erzählt, dass ihm beim Treffen der ›Jungen Talente‹ ein Preis zugesprochen worden sei. Allen fiel auf, dass er zwei Veilchen hatte, ungefähr eine Woche alt. Er sei Maler, und er sei von der Leiter gefallen, mit dem Gesicht direkt auf zwei Farbtöpfe. Nach der Aussprache fragte er Werner, ob der Brigadier, dieser Egon, vielleicht mit einem Schwarzhaarigen gesehen worden sei. Werner war der Sache nicht nachgegangen.

Feuerwehrdoktor hatte Verdacht geäußert, Egon sei wieder mit Christine unterwegs, aber das Mädchen war allein gesehen worden. Wer wurde schlau aus Egon? Saß der Bengel denn irgendwo und lernte sein Referat auswendig? Anbinden musste man ihn morgen, sonst fehlte er wieder, wenn er die Rede halten sollte.

Die Borkenheider Jungen warteten und warteten, noch war es nicht zwölf, und vorher brauchte nichts gemeldet zu werden. Sie lagen auf den Betten und ließen ihre miese Stimmung an der Maus aus. Neulich, nach einer umfassenden stillen Selbstkritik, ausgelöst durch Egons Geständnis, glaubte Werner in der Analyse seiner Situation ein Stück weitergekommen zu sein. Alle Fehler, die seine Arbeit gehemmt hatten, konnten auf einen Nenner gebracht werden: Er hatte zu viele Vorurteile gegenüber seiner Umwelt gehabt, Vorurteile gegenüber den Jugendlichen, die sein Klubhaus bevölkern sollten. Von Äußerlichkeiten war er ausgegangen und von fertigen Kategorien. Egons Äußeres passte so schön in ein Schema, aber das Schema passte nicht zu Egon. Er war erst durch den Fall Christine-Egon zu dieser radikalen Schlussfolgerung gekommen. Langsam, zu langsam hatte er sein Urteil über die zukünftige Medizinstudentin korrigiert, und als er sich endlich ausmalte, dass sie gar nicht übel zu ihm passen würde, kam ein Egon daher und erklärte, dass er mit ihr, dass sie mit ihm geschlafen hatte. Sein Kummer war der beste Maßstab dafür, dass er inzwischen für Christine etwas Ähnliches empfand wie ehedem für Marlene.

Er hatte lange darüber nachgedacht, wie es möglich sei, dass sich ein

Mädchen wie Christine ausgerechnet in den Egon verliebt hatte. Sie war also alles andere als überheblich; er hatte schon vorher bemerkt, wie sie mitarbeitete und trotz Schwielen und Muskelkater bester Laune war, und er war sicher, dass sie tatsächlich ein Jahr noch in Borkenheide bleiben würde. Aber dass sie sich mit Egon angefreundet hatte, das machte sie ihm vollends sympathisch, recht schmerzhaft sympathisch allerdings, um die Wahrheit zu sagen.

Und nun fehlte Egon wieder, und alle seine Überlegungen wurden fragwürdig. War er vielleicht doch jener Forschertyp, der kein Talent für praktische Arbeit hatte? Schon als Schuljunge und später als Traktorist war er ein Grübler und Bücherwurm gewesen, und die Praktika an der Universität hatten derartige Befürchtungen bestätigt. Dennoch hatte er sich in den Kopf gesetzt, auch praktische Erfolge zu erzielen, einmal um empirisches Material für seine Dissertation zu haben, und zum andern, weil er sich das als Marxist schuldig war. Denn wodurch konnte die Theorie in die Massen gebracht werden, damit sie zur materiellen Gewalt werde? Durch Menschen wie ihn, die mit dieser Zielstellung ein jahrelanges Studium auf sich genommen hatten. Egon war das zweite Staatsexamen, das praktische, das wichtigste. Fiel Egon um, fiel er durch.

»Er kommt!«, flüsterte jemand.

Alle richteten sich auf. Im Korridor knarrten Dielen. Die Schritte gingen vorbei.

Was würde passieren, wenn Egon keinen stichhaltigen Grund hatte? Diesmal würden ihn die Jungen absetzen. Auch er würde dafür sein, obwohl er sich damit ein schlechtes Zeugnis ausstellte. Schade um das schöne Referat … nein, nicht um das Referat ging es ihm, es ging um Egon. Wieso konnte man sich nicht auf ihn verlassen? War es unmöglich, aus einem Kammbläser einen vorbildlichen FDJler zu machen? Wie schwer ist doch Erziehungsarbeit! Da freut man sich über Erfolge, und plötzlich radiert so ein Ereignis alles wieder aus. Abermals näherten sich Schritte, diesmal waren es zwei Personen, und sie kamen von der anderen Seite. Der Lagerleiter trat ein und nach ihm ein Jugendfreund wie auf den Wiesenplakaten: Blauhemd, kurze Lederhosen, Kniestrümpfe. Alles ladenneu. Das schönste aber war der Bergsteigerstock, der von oben bis unten mit Blechwappen benagelt war. Nur die Maiplakette an der Taschenklappe war vom vorigen Jahr.

»Wo ist Egon?«, fragte Hans.

»Noch nicht da!«

»Dieser Jugendfreund behauptet, im Chausseegraben einen Betrunkenen gesehen zu haben. Er wollte ihn mitbringen, aber er schaffte es nicht. Die Beschreibung passt zu Egon.«

Alle protestierten. Ihr Brigadier und betrunken? Wo alle auf ihn warteten?

»Eine hellbraune Aktentasche hatte er bei sich«, sagte der Jugendfreund. Er duftete nach Pfefferminz.

Werner kletterte vom Bett. Auf alles musste man bei einem gefasst sein, der sich Löcher in die Hände brennt, Biergläser verdauen kann und von einer Christine Lange geliebt wird! Egon lag im Chausseegraben, Werner hätte es schwören können.

Gibt es Menschen, die sich nicht zu ändern vermögen?

Egon musste wohl so einer sein. Und für den hatte er bürgen wollen. Sobald sie wieder in Borkenheide waren, hatte er ihm seine Bürgschaft anbieten wollen, für den Fall, dass Egon die Absicht hatte, Genosse zu werden. Ein Glück, dass er das Thema noch nicht angeschnitten hatte. Ihm fiel ein, dass Christine einen verstörten Eindruck gemacht hatte. War etwas zwischen ihnen vorgefallen?

Werner lief in die dritte Baracke. Im Zimmer brannte kein Licht mehr. Er klopfte, und Martha fragte, wer da sei. Werner bat Christine heraus.

Sie wurde blass, als sie ihn sah, und vor Schreck vergaß sie, dass sie im Schlafanzug vor ihm stand.

»Egon ist weg!«

»Seit wann?«

»Beim Abendbrot hat ihn niemand mehr gesehen. Ist etwas vorgefallen zwischen euch, ich meine, etwas, das dafür ein Grund sein könnte? Er soll betrunken sein.«

»Diese Schufte!«

»Bitte?«

»Der Borkenheider Musical-Club ist im Lager.«

»Was?«

Christine erzählte, wer ihnen am Nachmittag begegnet war. Werner traute seinen Ohren nicht. Was wollten die denn hier? Und dann waren sie vorhin ja auch unter den Gästen gewesen! War die Welt noch erkennbar? Der Borkenheider Musical-Club im Lager, und Egon fehlte, klar, was hier Ursache und was Wirkung war. Die Fernsehreportage!

Christine stürzte ins Zimmer und zog sich einen Trainingsanzug an. Als sie aus der Baracke traten, stand Paul am Lagertor.

»Das ist der Anführer«, flüsterte sie.

»Wer?«

»Das ist Paul Borchert.«

Das sollte der Boss sein? Ein Schwall von Fragen überfiel den Philosophen. Hatte Egon gelogen? War dessen Freund gar kein so schlechter Kerl? Wieso sagte der nicht, dass er Egon kannte? Was kam hier auf ihn zu, undurchschaubar, unberechenbar und deshalb nicht zu beeinflussen? Konnte Egon unter diesen Vorzeichen vor dem Lager und vor dreihundert Gästen aus aller Welt überhaupt eine Rede halten?

Werner glaubte für einen Moment, dass ihm Egon alles vorgemacht hatte. Aber ... nein ... so konnte sich auch ein Egon nicht verstellen.

Das Referat! Egon hatte Angst vor dem Referat, und deshalb war er in die Kneipe gerannt! Wieso kam er nicht zu ihm? Hatte er das verlernt? Saß bei Egon das Misstrauen so tief?

Zu dritt gingen sie los, und nun merkte Werner auch, warum Paul so viel Pfefferminz verkonsumiert hatte: Betrunken war er, konnte nur mühsam gerade gehen. Ergo: Paul war dabeigewesen, als Egon sich volllaufen ließ. War das eine Situation! Jeder Kollege musste ihn darum beneiden! Wie stolz waren sie auf ihr Examen, wie ausführlich erzählten sie in ihren Briefen von der Lehrtätigkeit, sie hielten Seminare, Vorlesungen und Kolloquien. Das hier kannten sie nicht.

Er musterte die beiden.

Paul und Christine taten, als kennten sie sich nicht. Weshalb? Warum hatte Paul vorhin nicht gesagt, dass es Egon war, den er gesehen hatte? Rätsel über Rätsel, aber irgendwie glaubte Werner eine Spur gefunden zu haben. Egon hatte Angst. Ausgerechnet jetzt konnte man sich auf ihn nicht verlassen. Was sagte Hans immer? Ein Egon ohne Überraschungen ist eben kein Egon.

An der Stelle, wo Paul den Betrunkenen gesehen haben wollte, lag kein Egon. Sie suchten die Straße ab, gingen bis Brackenberg, und an dem Eifer, mit dem Paul suchte, merkte Werner, dass er die Wahrheit gesagt hatte. Nur Egon war nicht zu finden. Zurück zum Lager. Werner schickte Paul ins Zelt und ließ sich von Christine erzählen, was sie wusste. Wie es sie mitgenommen hatte. Hätte Marlene auch so sein können? Was würde die sagen, wenn sie ihn jetzt sah, auf der Suche nach einem betrunkenen »Halbstarken«, für den er sich verantwortlich fühlte?

Er ging mit Christine zum Lagerleiter. Sie berichteten, was sie festgestellt hatten und was sie dachten.

»Ach Egon, Egon, Egon! Was machst du uns für Kummer!«, sagte Hans, der sich offenbar schon an außergewöhnliche Situationen gewöhnt hatte. Er holte den Horch aus der Garage, und zu dritt fuhren sie nach Brackenberg. Wie würde sich Christine benehmen? Vieles hing jetzt von ihr ab. War es Liebe gewesen oder nicht? Im »Goldenen Hirsch« brannte noch Licht, aber die Tür war verschlossen. Lange musste Werner klopfen, bis der Wirt öffnete. An der Theke zwei schwankende Bauern, auf den Tischen Stuhlpyramiden.

»War hier ein Blonder in Blauhemd und grauen Popelinhosen?«

»Der vom Fernsehen?«

Werner nickte.

»Warten Sie mal, das war doch …« Der Wirt nahm die Zigarre aus dem Mund, um besser überlegen zu können.

»Ja … Zuerst war noch einer bei ihm. Sie sind weg, aber dann kam er wieder. Meine Schwiegertochter meinte, er hat im ganzen vierzehn Bier und achtundzwanzig Kurze getrunken.

Erst als ich im Lager anrufen wollte, ist er gegangen. Er bekam nämlich nichts mehr, da hat er mir Schläge angeboten. Kurz nach elf muss es gewesen sein. Eine Aktentasche behielt er auf dem Schoß, wohl aus Angst, man könnte sie ihm klauen. Den ganzen Abend. Und als er allein war, hat er in einem großen Buch herumgekliert.«

»Der hatte Angst, zurück ins Lager zu kommen.«

»Dann ist ja wohl alles klar!«, sagte Hans. »Der ist Richtung Heimat, also entgegengesetzt!«

Der Horch brummte durch Brackenberg und bog in die Straße nach Moorland ein. Werner stand auf dem Sitz und leuchtete den Straßenrand ab.

Christine saß da, als wäre es ihr egal, ob Egon gefunden wurde oder nicht. Einen knappen Kilometer hinter Brackenberg sah Werner die Aktentasche. Hans bremste, und noch bevor der Wagen stand, war Christine hinausgesprungen. Egon lag im Straßengraben. Er schlief, die Faust am Griff der Tasche.

Sie knieten sich neben ihn. Christine brachte kein Wort heraus.

»Was machst du denn hier?«, fragte Werner. Er hätte Egon am liebsten umarmt.

»So bringen wir den nicht wach!« Hans rüttelte an der Schulter, dass der Kopf hin- und her schlenkerte.

Egon stöhnte. »Sind Waggons … da?«

»Ja! Sechzig Tonnen!«, rief Hans.

»Wie spät?«

»Aufstehen! Der große Löffel wartet!«

»Lasst Egon schlafen!«

»Aber doch nicht im Straßengraben!«, rief Werner.

»Zieht mir doch nicht immer die Decke weg«, quengelte Egon. »Knips endlich das Licht aus. Was soll der Tagesdienst von uns denken?« Das letzte war deutlich zu verstehen.

Werner hielt die Lampe beiseite. Egon stöhnte zufrieden auf und wollte weiterschlafen. Dann rief er: »Decke her!«, und gleichzeitig öffnete er das linke Auge um einen schmalen Spalt.

»Im Straßengraben liegen keine Decken.«

»Warum nicht?« Mit der freien Hand tastete er die Umgebung ab. »Die Pritsche ist ja so nass ... Wo bin ich? Was starrt ihr mich an ... Ach du ...« Er hatte Christine erkannt, wollte lächeln, schaffte es aber nicht. Er wälzte sich auf die Seite, stemmte den Oberkörper hoch und schimpfte: »Das Schwein ... das Schwein ...«

Werner und Hans fassten ihn unter die Arme und schleiften ihn zum Wagen. Da murmelte er: »Aus mir wird ja doch kein anständiger Mensch. Gebt euch keine Mühe ... das Schwein ... das!«

Sie hoben ihn auf den Rücksitz. Christine bettete ihn wie einen Schwerverletzten und wischte ihm mit einem winzigen Taschentuch den Mund ab. Egon schlief sofort wieder ein.

Hans stellte die Zündung ab. »Eure Meinung?«

»Das ›Schwein‹ heißt Paul.«

»Aha!«

»Und darum nichts wie nach Hause!«

»Und warum besäuft er sich erst?«

»Aus Angst.«

Hans schüttelte den Kopf. »Ich würde sagen aus Ratlosigkeit. Wenn er nur Angst gehabt hätte, wäre er einfach verschwunden. Vielleicht haben die beiden mal zusammen ein Ding gedreht. Guck doch mal nach, was er in das Buch ›gekliert‹ hat.«

In der Aktentasche fand Werner das Lexikon, das Stundenbuch und die Brigadechronik. Er schlug sie auf, und ein Brief rutschte heraus: »Herr Egon Brümmer«. Der Absender war ein gewisser Peter Schulze, Borkenheide.

Sämtliche beschriebenen Seiten im Brigadetagebuch waren quer mit dem Wort »Scheiße!« überschrieben. Bierflecke. An einigen Stellen hatte eine brennende Zigarette gelegen, offenbar hatte Egon die Eintragungen noch einmal durchgelesen.

»Hätten wir den Paul bloß damals nachkommen lassen. Dann wären wir schlauer.«

»Siehst du! Alle Schuld rächt sich auf Erden. Was willst du dem nun erzählen? So was kommt bei deiner Taktik heraus, mit bestimmten Menschen nichts zu tun haben zu wollen.«

»Wir werden morgen früh den Klub nach Hause schicken!«

»Und womit? Und wieso? Der Klub ist genau im richtigen Moment gekommen. Soll Egon mal beweisen, was er bei uns gelernt hat. Egon muss Farbe bekennen. Vor uns übrigens auch: Niemand kann Jugendlichen der DDR verbieten, an einem Fest für Jugendliche teilzunehmen.« Er wandte sich an Christine. »Und was meinst du?«

Sie sagte kein Wort.

Werner meinte: »Wenn ich noch einmal in dies Objekt komme, erkundige ich mich vorher gründlich in den Betrieben, wer die Jugendfreunde sind, und lass mir die Kaderakte zeigen …«

Alles schon einmal dagewesen. Der Panzerschrank aus der Bauleitung war vor drei Jahren der Kaderaktenschrank.

Wir merkten bald, was los war: trockne Lebensläufe, uralte Zeugnisse und alles unvollständig. Wir führten Beurteilungen ein. Jeder brachte seine Beurteilung mit, im versiegelten Brief vom Kaderleiter, ach, war das lustig … wir hätten danach das reinste Engelparadies haben müssen. Die meisten Betriebe schickten Leute, die sie gern entbehren möchten, aber wer schreibt dir das? Manche waren ehrlich, aber wann merkten wir es? Die Brigadiere tüftelten Systeme aus, nach welchen Gesichtspunkten die Jugendfreunde mit ihren Beurteilungen zu vergleichen waren. Geheimniskrämerei. Rückfragen beim Betrieb, Misstrauen.

Dann fiel uns ein, warum die Durchgänge sechs Wochen dauerten: War extra von der Bezirksleitung beschlossen worden – weil durch die längere Zeitspanne bessere Möglichkeiten zur Erziehungsarbeit gegeben waren. Wir machten dann bei jedem: Jahr Null! Bekenne, was in dir steckt! Wie sagt man, Philosoph? Hic Rhodus …«

»… hic salta!«

»Ich kann dir sagen, manchen Betrieben gingen die Augen über, als sie dann unsere Abschlussbeurteilungen sahen: Was, der Fritz hat sich so entwickelt? Und der Willi kann andere mitreißen? Bloß, unsere Beurteilungen stimmten, Kollektivarbeit der Brigade.«

»Schön ... aber an das Jahr Null glaube ich nicht ... Bitte! Hängt Egon seine Vergangenheit an oder nicht?«

»Ja, ja ... nur, sieht man die Gegenwart vom Standpunkt der Vergangenheit oder die Vergangenheit vom Standpunkt der Gegenwart? Das letzte ist besser. Wer gut erzieht, kommt auch dahinter, was an der Vergangenheit wichtig ist. Das grüble mal zu Ende.«

Hans startete, und Werner kletterte nach hinten zu dem Pärchen. Ärgerlich musterte er Egon. Alle Mühe gab man sich, aus dem Jungen was Anständiges zu machen, und dann leistete er sich so was! Schlief einfach im Straßengraben und fragte nicht, was aus ihm geworden wäre, wenn es keinen Lagerleiter gäbe und keinen Werner Schmiedeberg. Ach, Egon, wer soll aus dir schlau werden?

Konnte er sich überhaupt auf das verlassen, was er von Egon wusste? Nach jeder Geschichte hatte er geglaubt, Egon ganz genau zu kennen, und nun das! Was sollte werden? Setzt ihn die Brigade ab? Der Klub lacht uns bloß aus! Ungeahnte Wirkung einer Fernsehreportage! Er hatte es organisiert, dass sie Egon sahen, nun wunderte er sich, warum sie da waren.

Wenn man nur wüsste, warum Egon Angst vor ihnen hatte, ein Egon, der mit einem Hammerschlag zentnerschwere Schlackebrocken zerschlug? Man kann ein Diplom in der Tasche haben und hilflos dastehen: Werner musste die Wirklichkeit immer erst in handlichen Begriffen untergebracht haben, dann konnte er kombinieren, Zusammenhänge sehen, verändern. So lange blieb alles rätselhaft. Auch das hatte er theoretisch erfasst: Der Begriff ist immer ärmer als die Erscheinung, alles lebt durch Widersprüche.

Welche Dialektik trieb Egon an, mal dies zu tun und im nächsten Moment etwas völlig anderes?

Man muss alle Gründe herausfinden. Auf jeden Fall wird Egon

morgen reden. Nicht nachlassen, das Hauptkettenglied in der Hand behalten. Man muss Egon so lange stützen, bis er allein laufen kann. Dann erst kann er dem Klub helfen. Er muss reden! Wenn er sagt, warum er sich von seiner Perücke getrennt hat, so ist das bestimmt interessanter, als wenn man eine Stunde über Erziehungsarbeit redet.

Christine hatte ihren Arm noch immer unter Egons Schulter, aber sie starrte in die Nacht.

»Und du kommst mir nicht eher zum Studium, bis der Bengel selbst nicht mehr dran glaubt, was er vorhin gesagt hat … ›aus mir wird ja doch kein anständiger Mensch‹ und so weiter!«

Keine Antwort.

»Die hab ich gern, die glauben, dass es in guten Brigaden keine Konflikte gibt! Theoretisch, ja theoretisch sieht man das ja noch ein, wenn's aber praktisch werden soll: ›Wer bin ich?‹«

»Hör auf, ich bitte dich!«

»Kannst du die Wahrheit nicht vertragen?«

»Hör doch auf! Für dich sind Probleme nur dazu da, damit du was zum Analysieren hast!«

Energisch widersprach Werner. Was Christine sagte, stimmte nur bedingt. Es habe gestimmt, zugegeben, inzwischen sei er aber klüger geworden. All seine Enttäuschung wegen Marlene redete er sich von der Seele, und als er von Überheblichkeit und kleinbürgerlicher Erziehung sprach, sah er eine andere vor sich. Es waren seine eigenen, halb gelösten Probleme, und Christine ließ alles widerspruchslos über sich ergehen. Er merkte es nicht einmal. Erst als ihr Tränen über die Wangen liefen, verstummte er betroffen. Das Lager schlief. Nur im Wachzimmer und bei den Borkenheidern brannte Licht. Hans hielt dicht am Eingang der ersten Baracke. Egon war in seinem tiefsten Schlaf. Sie schleppten ihn in den Korridor.

Eigenartigerweise war die Tür verschlossen, das erste Mal, solange sie hier waren. Busfahrer schloss auf. Paul Borchert stand in der Ecke, und die anderen bewachten ihn. Feuerwehrdoktor erzählte: »Der Wandervogel wollte das ganze Lager rebellisch machen. War nicht zu halten! Wir mussten abschließen und die Fenster bewachen. Egon sollte sich unsterblich blamieren.«

»Gar nicht!« protestierte Paul. »Sind das hier Zustände! Da verpflichtet man sich sechs Wochen mitzuschaffen, aber dann ist angeblich keine Koje mehr frei. Stimmt ja gar nicht!« Er deutete auf das freie Bett.

»Borchert, Paul, Sägewerk Borkenheide.«

»Du bist Paul Borchert, ja? Aber warum hast du dich nicht gleich vorgestellt?«, fragte Werner.

»Unser zwölfter Mann!«, rief Busfahrer und trat an Paul heran, um ihn genau zu mustern. Auch die andern kamen näher.

»Eine halbe Stunde haben wir neulich auf dich gewartet, warum bist'n du nicht dagewesen?«, fragte Feuerwehrdoktor. Werner sah unangenehme Dinge auf sich zukommen.

»Wollt ich ja, hatte bloß verpennt. Gehe nächsten Tag zum Betrieb, der Werkleiter wollte mich mitnehmen. Als ich einsteigen will, erklärt er mir: Kein Bett mehr frei. Hier steht doch eins! Wenn man mich wieder wegschickt, beschwere ich mich bei der Regierung!«

»Hör mal, Paul«, Werner ahnte etwas, »du hattest dich doch an jenem Montag krank gemeldet?«

»Quatsch! Hatte verpennt. Wer hat denn das gesagt?«

Werner dachte an Egons Telefongespräch. Alles Schwindel! Paul wurde dreister: »Nun wollt ihr mir wohl die Schuld in die Schuhe schieben. Mein Nachkommen wurde sabotiert! Von einem aus eurem Verein, möchte doch mal gerne wissen, wer dahintersteckt!«

Die Jungen zogen traurig ihren Brigadier aus und packten ihn ins Bett. Obwohl Paul Borchert dabei war, konnten sie ihre Enttäuschung über Egon nicht verbergen.

»Komm mit!«, sagte Werner. Paul folgte ohne Widerspruch. Werner ging mit ihm ins leere Wachzimmer.

»Sag mal, Jugendfreund, hattest du früher nicht eine andere Frisur, so eine Elvis-Perücke?«

»Das ist lange her.«

Werner setzte sich dem Jungen gegenüber, musterte dessen Hände. Auf dem linken Handrücken die gleichen Brandmale! Und die schwarzen Haare hatte erst gestern ein Friseur zusammengestutzt.

»Du bist doch der Boss vom Borkenheider Musical-Club?«

»Ich?«

»Ja.«

»Was geht dich das an?«

»Mich interessiert das beruflich!«

»Es gibt in Borkenheide zwei Paul Borcherts. Ich bin der andere.«

»Das stimmt nicht.«

»Beweise!«

»Mag sein, dass es zwei Paul Borcherts gibt. Es gibt aber nur einen mit diesen Brandmalen.«

Paul erschrak genau wie Egon und versteckte die Hand unterm Tisch.

Siehst du, dachte Werner, kaum bist du im Lager, schon durchschauen wir dich. Ein Paul kann sich nicht hinter Blauhemd und Lederhose verbergen.

»Da habt ihr neulich, am Donnerstag, im Fernsehen euren Egon bewundert und ...«

»Ich hab kein Fernsehen!«

»Ihr wart ja auch am Donnerstag nicht zu Hause. Ich meine das Fernsehen beim Kollegen Haselmann ...«

Pauls Augen wurden schmal. Werner wurde mutiger:

»... und da habt ihr euch gesagt, der Egon, dieser Bursche, will offenbar mit uns nichts mehr zu tun haben ...«

Paul hatte endlich gemerkt, dass es keinen Zweck hatte abzustreiten.

»Egon wird mein Freund bleiben, sag ich dir! Unsere Freundschaft ist stärker als deine Brigade!«

Werner schüttelte den Kopf. »Nee, Jugendfreund, du unterschätzt uns. Wir sind stärker!«

»Der kommt zurück in den Klub!«

»Sehr schön, dann sind wir also beim Thema. Du kannst sogar ›Boss‹ bleiben, den Namen könnt ihr auch behalten.«

»Ins Klubhaus? Nee!« Paul grinste. »Ins Klubhaus gehen wir nie! Die Freiheit ist uns lieber als euer Klubhaus!«

»Und warum gefällt deinem Egon diese ›Freiheit‹ nicht mehr? Du hättest mal sehen sollen, wie dem Egon unsere Freiheit gefiel!«

»Das denkst du!«

»Und warum besäuft er sich?«

»Das wollte ich von dir wissen.« Paul verzog höhnisch den Mund.

»Dann nicht! Dann erfahren wir es morgen von Egon!«

Werner begleitete den Jungen bis ins Zelt. Paul kroch hinein, eine Taschenlampe flammte auf, jemand schimpfte verschlafen, es wurde geflüstert.

Hinter der Sanitätsbaracke wartete Werner. Aber der Klub verzichtete darauf, das Lager auf den betrunkenen Jugendfreund Egon Brümmer aufmerksam zu machen. Im Zimmer der Borkenheider wurde die Linie für den nächsten Tag festgelegt. Nachdem Werner seine Ansichten zum Verhältnis zwischen Paul und Egon zur Diskussion gestellt hatte und jeder grübelnd dasaß, lenkte er die Gedanken in eine bestimmte Richtung: »Auf jeden Fall muss Egon morgen seine Rede halten. Damit nimmt er Stellung gegen den Klub und für uns. Das schlechteste wäre, ihm seine Funktionen zu nehmen. Darauf wartet der Klub. Seine alten Freunde müssen merken, dass wir uns auf Egon verlassen, nur so gewinnen wir auch die für uns. Konsequent sein ist die Losung. Ob die Tour mit Paul wichtiger war als die beschlossene Tagesordnung, wird er uns später erklären. In der Jungen Welt muss Egon Farbe bekennen; wäre der Klub nicht gekommen, Egon wäre zu Hause auf die Nase geflogen. Da ist keine Brigade.«

Die Rede

Als Egon wach wurde, wusste er nicht, wo er war. Die Morgensonne flutete ins Zimmer. Draußen schimpften Sperlinge. Auf dem Korridor eilige Schritte. Fahrzeuge brummten, Bustüren klappten. Er war nicht zu Hause. Das Zimmer war leer. Offen standen die Schranktüren, die Betten waren noch nicht gemacht, die Jungs waren zum Waschen.

Diese Kopfschmerzen! Was war gestern passiert? Der »Goldene Hirsch«. Paul. Chausseegraben. Kaffee. Dann Christine und Auto-Brummen. Pauls Referat. Unsinn, das war geträumt. Aber, wer hatte das gesagt: »Ein Referat, mit dem Kumpels und Genossen einverstanden sind?« Er angelte die Aktentasche vom Hocker. Alles war drin, aber kein Referat. In der Hose knisterten Zettel. »Sehr geehrte Genossen, liebe Jugendfreunde ... Fest der Urbarmacher ... Reichtümer ...«

Die Jungen kamen zurück. Schnell unters Kopfkissen mit dem Referat und Augen zu! Sie polterten ins Zimmer. Schranktüren klappten. Eine Schaufel fiel um. Jemand trat ans Bett, alle wurden leise.

»Wie tot«, flüsterte Busfahrer.

»Hab ich einen Traum gehabt«, erzählte Werner. »Habe euch gesehen, am Tisch sitzend, alle kauten Biergläser. Jeder hatte vor sich ein angebissenes Bierglas, und Paul kommandierte: Langsam kauen, langsam, nicht schlucken, kauen ...,«

Irgendwo probte ein Fanfarenbläser. Nachrichten vom Lagerfunk. Sieben Uhr.

»Wir müssen ihn wecken!«, sagte Busfahrer.

Sie rüttelten und kitzelten ihn vergebens. Feuerwehrdoktor hielt ihm die Nase zu.

Er öffnete ein Auge. Die Jungen sahen ihn an, als ob er nach einer schwierigen Operation aus der Narkose erwachte.

»Was glotzt ihr denn so ... Hast du in deiner Patentapotheke etwas gegen Kopfbrummen?«, fragte er Feuerwehrdoktor. Der Junge verabreichte ihm sofort eine Tablette, deren Wirkung unübertroffen sei, wie er versicherte.

»Na, du?«, fragte Werner, »wieder nüchtern?«

Er brummte ins Kissen. Sie freuten sich, anstatt ihn fertigzumachen. Macht mich fertig, los!

»Das Referat klar?«, fragte Werner.

»Kann nicht. Grippe oder so was. Das Referat muss ein anderer machen.«

»Zu spät, mein Lieber! Schon alles verankert.«

»Geht wirklich nicht!«

Die Jungen verschwanden und ließen ihn mit Werner allein.

»Was will der Klub im Lager?«

Egon hob die Schultern.

»Was wollte Borchert mit dir in der Kneipe?«

»Mit mir? Allein war ich da, ganz allein, wollte mir was ausarbeiten, dachte, wenn man einen kleinen in der Krone hat, kommen einem die Gedanken besser. Und dann ging's doch nicht, na, du weißt ja, wenn ein Arbeiter Kummer hat, bleibt er in der Kneipe bis zum Geht-nicht-mehr.«

»So ein Blödsinn!«

Egon schwieg.

»Wir haben ganz schön gewartet, kann ich dir sagen. Na ja, nicht so schlimm, wenn's das Referat war ... du sprichst also?«

»Ich kann doch nicht. Kopfschmerzen. Und mein Hals ganz dick. Fühl mal. Warum muss denn ein Mensch was machen, was er nicht will?«

»Steh erst mal auf. Bis zehn ist alles weg!«

»Aber das Referat mach ich nicht!«

Auf allen Vieren kroch Egon vom Bett und taumelte gegen den Schrank. Die Benommenheit war echt. Noch immer kreiste Alkohol im Körper und störte sein Gleichgewicht. Fieber müsste man haben, dachte er, mindestens vierzig Grad.

»Sag mal die Wahrheit, Junge, warum hast du Angst vor ihm?«

»Ich? Vor dem Angst?«

»Du hast dich doch nicht etwa aus reiner Freude über sein Erscheinen so sinnlos betrunken!«

»Wegen der Rede doch! Bestimmt!«

»Und warum dem Wirt Schläge angeboten?«

»Welchem Wirt?«

»Dem Wirt vom ›Goldenen Hirsch‹!«

»Ach dem ...«

»Und warum hast du gesagt, wir sollten uns keine Mühe geben, du würdest nie ein anständiger Mensch werden?«

»Wann soll ich 'n das gesagt haben?«

»Als wir dich im Straßengraben weckten. Richtung Moorland. Richtung Heimat!«

Egon schwieg.

»Nun sag doch endlich die Wahrheit. Warum hast du Angst vor einem Paul Borchert?«

»Ich hab keine Angst!«

»Du hast Angst! Und er merkt das! Und wenn du dich nicht stark machst, schafft er dich. Mich interessiert nicht, was du deinen Freunden vorgetäuscht hast, um sie loszuwerden. Mich interessiert nur, wie du dich verhältst. Auf uns kannst du dich verlassen. Immer!«

»Das weiß ich doch!«

»Also: Wenn du Pauls bester Kumpel bleiben willst, musst du konsequent gegen ihn auftreten. Die Brigade steht hinter dir, obwohl dein Besäufnis genügt hätte, dich nun wirklich abzusetzen. Stell dir vor: Die Sache mit den Gästen, und dann dein Zustand gestern Abend ...«

»Dann setzt mich doch ab, dauernd diese Vorhaltungen!«

»Egon, es wäre gut, wenn du mir endlich erzähltest, warum du vor Paul Borchert Angst hast. Habt ihr was ausgefressen?«

»Hör doch endlich auf damit! In der Kneipe war ich wegen der Rede, hab ihn mitgenommen und agitiert für unsere Sache, das ist alles.«

»Christine war fertig!«

»War die dabei?«

»Ja doch! Paul wollte das ganze Lager wach machen.«

»Glaub ich nicht!«

»Pass auf, Egon: Wenn dich das Mädel liebt, wird sie damit fertig werden. Sie wird sich aber schwerlich an einen Egon gewöhnen können, der vor einem Paul Borchert Angst hat.«

»War doch gar nichts weiter.«

»Und das Referat?«

»Ich weiß überhaupt nicht, wie ich das aufbauen soll, so viele Leute, hab das noch nie gemacht. Red du doch! Du kannst denen was erzählen, du bist gebildet, du kannst reden.«

»Du sprichst! Nach dem Frühstück werden wir uns noch einmal darüber unterhalten.«

Noch immer trafen Gäste ein. Ein halbes Dutzend Busse mit den Kennzeichen anderer Bezirke war am frühen Morgen in der Jungen Welt abgekommen. Auf der Brackenberger Straße parkte eine Kette schwarzer Personenwagen aus Berlin.

Frohes Getümmel im kleinen Zeltlager, wo die vierzehn Zelte der Kreisdelegationen gerichtet waren. Auf dem sonst so behüteten Rasen standen zwei Tischreihen, denn im Speisesaal war nicht für alle Platz. Mädchen schleppten Wäschekörbe mit Tassen und Tellern und Kuchenbergen.

»Hello, Egon!«

Pit Schulze! Den hatte er gestern vermisst.

»Morgen!« Pit grinste und tippte auf die dunklen Flecke unter den Augen und an die Zahnlücke. »Sein Werk!«

Pit zog ihn hinter den Speisesaal. Widerstrebend folgte Egon.

»Meinen Brief gekriegt?«

»Ja.«

»Sind ganz schön sauer auf dich, was?«

»Ja.«

»Ich habe auch die Schnauze gestrichen voll. Bei der Rumgammelei kommt doch nichts mehr raus.«

»Und du bist einfach ausgetreten?«

»Yes! Pass auf: Ich weiß alles, lieg doch im gleichen Zelt. Außerdem, Bummi und Mäckie haben mir geflüstert: Der Klub sitzt schön in der Klemme. Hatten sich das alles so einfach vorgestellt, haben extra die Klubklamotten mitgebracht, dachten, wenn du sie so siehst, bist du schon geschafft. Nun haben sie wieder Zivil an. Wollen sich nachher in die erste Reihe setzen. Was denkst du, was die für Schiss haben vor deiner Rede. Fridolin und Klabunde wollten gleich wieder verduften per Anhalter, ohne dich. Bummi und Mäckie wollen abwarten, was du nachher in Borkenheide machst. Jonny, Bobby und Alex sind mächtig radikal, alles auspacken, auch vom Knast! Paul steht immer noch auf dir. Darum das Referat, wie freundlich, nicht? Du sollst ihm ewig dankbar sein, er rechnet damit, dass du nachher wieder in den Klub kommst.«

»Und sie wollen alles auspacken?«

»Yes. Nun wollen sie sogar noch deine Ische einspannen, warum hast'n der nichts gesagt?«

»Wollt ich ja.«

»Wenn ich dir was raten kann, packe aus! Mach sie fertig, dass sie in keinen Anzug mehr passen! Gestern wollt er dich blamieren, alle Boys und Girls sollten hier sagen, ein Brigadier, der so viel säuft, muss nach Hause. Alles schiefgegangen, wa?«

»Ich versteh bloß immer noch nicht, was das mit dem Referat auf sich hat?«

»Na, Egon, weil sie Schiss haben!«

»Paul glaubt also, dass ich bei ihm wieder mitmache?«

»Nu! Er sagt, du brauchst immer jemand, der dir ein Rückgrat verpasst.«

Über den Lagerfunk gab der Wirtschaftsleiter bekannt, dass zum Frühstück gedeckt sei. Alle Brigaden wurden ermahnt, ihre Bänke mit ins Freie zu nehmen, aber nicht mehr als nötig auf dem Rasen herumzutrampeln. Für leere Zigarettenschachteln ständen genügend Papierkörbe bereit; das Lager sollte morgen früh nicht aussehen wie nach einem Pressefest. Außerdem verkündete er, dass eine Geldtasche mit einem größeren Betrag gefunden worden sei.

Als Egon sich setzte, kam der Lagerleiter an den Tisch.

»Du sprichst also?«

»Hör mal, ich …«

»Gleich nach mir bist du dran!« Weg war er wieder. Wo war Christine? Sie saß ihm schräg gegenüber und bemühte sich, nicht herzuschauen. Als die ersten mit dem Frühstück fertig waren, stand sie auf und entfernte sich zur Baracke. Er folgte ihr. Als sie von den Tischen aus nicht mehr gesehen werden konnte, lief sie los. Sie flüchtete ins Zimmer und hielt die Tür zu … ein kurzer Ruck, Egon stand vor ihr. Abweisend schaute sie ihn an. Er ging auf sie zu, wollte sie umarmen, aber sie wehrte sich heftig.

»Lass dir doch erklären!«

»Warum warst du in der Kneipe?«

»Lass es dir doch erst erklären, bitte, komm mit in die Bibliothek!«

Christine folgte in einigem Abstand, als überlege sie, ob Umkehren nicht besser sei. Dann saßen sie sich gegenüber.

»Ich weiß auch nicht, wie es kam, ich wollte das Referat aufbauen, dachte, wenn ich etwas aufgeheitert bin, geht's besser, die ganze Woche schwer geschuftet. Durst, der Konsum war schon zu, bin dann in den ›Goldenen Hirsch‹, erst ein Bier, noch kein Einfall, noch ein Bier – noch kein Anfang, ein paar Bier, ein paar Schnäpse, außerdem wollte ich Paul mal in die Mache nehmen, sollt ich da Apfelsaft trinken?«

»Ekelhaft, wie du dalagst!«

»Ich vertrage eben nichts mehr, bin aus der Übung, Gott sei Dank!«

»Und warum hast du mich nicht mitgenommen, dachtest wohl, ich käme nicht mit? Dann wär wenigstens alles im Rahmen geblieben. Ich glaub dir noch nicht! Dein ›Kumpel‹ sagt doch, ihr habt Wiedersehen gefeiert!«

»Wer?«

»Dein Paul.«

»Wann?«

»Vorhin. Roch noch nach Schnaps. Und du riechst auch noch wie gestern die Kneipe.«

»Du lässt dir also einfach was von dem erzählen? Über mich?«

»Zu dritt mussten wir dich halten, und zehn Mann haben dich ausgezogen. ›Wäre nichts Neues‹, sagte er. ›Da kennen Sie aber unsern Egon schlecht!‹«

»So eine Verleumdung.«

»Und ich hab gedacht, du bist stark, du wirst allein fertig mit deinem Paul. Aber so zahm bist du, dass der mit dir machen kann, was er will. Und nichts anderes fällt dir ein, als zu trinken, dich wieder volllaufen zu lassen. Ach, du bist mir schon …«

Sie sprang auf, und bevor er etwas antworten konnte, war sie schon fort. Egon prallte mit Werner zusammen, der vor der Bibliothek wartete.

»Komm mal mit«, sagte Egon. Er schob ihn ins Zimmer und zog die Zettel unterm Kopfkissen vor.

»Das ist alles, was ich hab. Aber so was kann man doch nicht reden.«

»Na also!«, sagte Werner.

Nachdem er die Zettel gezählt hatte, vertiefte er sich in den Text. Manchmal nickte er zustimmend ließ sich von Egon unleserliche Worte erklären, und das letzte überflog er nur noch. »Wunderbar!«

»Aber das ist doch viel zu allgemein.«

»Na ja, könnte zwar etwas konkreter sein, immerhin … offensiv und parteilich, sehr parteilich, pass mal auf, du suchst dir jetzt die Sophia und gehst mit ihr in die Bauleitung. Der diktierst du alles in die Maschine. So viel Zeit ist doch. Und merk dir: Langsam sprechen, nicht so sehr am Manuskript kleben, ab und zu die Hörer ansehen.«

Damit war Pauls Referat genehmigt. Egon konnte es nicht fassen.

»Es spricht nun zu uns der Lagerleiter. Ihm folgt Jugendfreund Brümmer!«

Jugendfreund Brümmer drehte den Hals aus dem Kragen und sortierte wohl zum hundertsten Mal die Seiten. Eins … zwei … drei … vier … Alle lagen richtig. Sich den Anschein eines aufmerksamen Zuhörers gebend, schaute er zum Rednerpult. Aber nichts von dem, was Hans berichtete, drang in sein Bewusstsein. Wie viel Zeit blieb ihm noch? Fünfzehn Minuten, zwanzig Minuten, und er war dran. Es war der größte Fehler seines Lebens gewesen, sich auf diese Rede einzulassen.

Die Borkenheider saßen in der letzten Reihe, Egon eingekeilt zwischen ihnen. Alle glaubten, dass er ein gutes Referat halten würde. Der Speisesaal war zum Bersten voll, Stuhlreihe hinter Stuhlreihe, dicht an dicht. Wer einmal saß, musste bleiben. Sechshundert Menschen würden ihn ansehen. Alle erwarteten etwas von ihm.

Aus vielen Bezirken waren noch Delegationen angereist, aus Berlin, aus den anderen Jugendobjekten. Der Zentralrat war da, drei sowjetische Neulandgewinner, polnische Jugendfreunde, Junge Rebellen aus Kuba mit schwarzen krausen Bärten, drei Falken aus Hamburg, Pariser Jungkommunisten.

Unter den Augen der ›Weltjugend‹ gewissermaßen würde er, ohne dass es jemand merkte, kapitulieren, vor seiner Feigheit und vor seiner Vergangenheit.

Werner war mit allem einverstanden, was Paul aufgesetzt hatte. Im Referat stimmte alles, hatte er gesagt. Es stimmte nichts. Und außerdem hatte Egon noch nie eine Rede gehalten. Das musste schiefgehen vor so vielen Menschen. Auch der Beifall, mit dem seine Jungs an verabredeten Höhepunkten beginnen wollten, würde ihm nicht den Rücken stärken. Allein Paul Borchert würde daran gewinnen. Alle Anstrengungen, in der Wiese ein anständiger Mensch zu werden, waren für die Katz. Es genügte nicht, nur das Gute zu wollen, man muss auch gegen das Schlechte sein. Ehrlich muss man sein, auch dann, wenn man ein Mädel verlieren könnte, das in der Nähe sitzt und Daumen drückt. Man muss … man muss … Wie sollte es weitergehen?

Nach dem Einsatz würde er Borkenheide verlassen. In einer fremden Stadt würde er sich ansiedeln, wo er sicher war vor seinen alten

Freunden. Auch wenn Paul noch auf ihn baute. Egon war längst mit ihm fertig. Das Lager würde ihm eine gute Beurteilung mitgeben, sie würde genügen, um woanders Fuß zu fassen. Dann könnte er die Mutter nachholen.

Christine ahnte von alldem nichts, und er wusste nicht, ob sie überhaupt mitkommen würde. Ihr Praktikum konnte sie bestimmt auch in einem andern Krankenhaus ableisten. Aber wie sollte er ihr das erklären? Allein von ihrer Liebe würde das Weitere abhängen. Vom gestrigen Abend würde sie sich erholen, das Referat würde wenigstens in dieser Hinsicht einen Nutzen haben.

In der zweiten Reihe lauerte der Klub. Jonny und Bobby waren nach dem Frühstück als erste im Speisesaal gewesen, hatte sich noch kauend gleich auf mehrere Stühle gesetzt, um Plätze für die andern frei zu halten. Die Klubklamotten waren gut versteckt in Pauls Rucksack geblieben.

»Das Wort hat der Jugendfreund Brümmer!«

Aufmunternde Blicke der Freunde, die wissen, wie aufgeregt er ist. Christine lächelt und zeigt ihre kleinen Fäuste, die Daumen drücken.

»Langsam!« rät Werner noch einmal, »und alle mal anschauen!«

Egon zwängt sich aus der Stuhlreihe und geht durch die Gasse in der Saalmitte. Man klatscht, bevor er etwas gesagt hat, bevor er überhaupt vorne steht, so sicher sind sie, dass nun etwas sehr Interessantes kommen wird. Aber er sieht nur den Lagerleiter, der ihm entgegenlächelt und der ihm jetzt die rettende Insel inmitten all der Aufregung ist. Schon steht er hinter dem Rednerpult und schiebt seine Blätter zurecht. Die Ausländer in der ersten Reihe flüstern mit ihren Dolmetschern. Wie besessen klatscht der Borkenheider Klub.

»Sehr geehrte Genossen! Liebe Jugendfreunde! Pause!«

Das letzte Wort hatte Werner mit Rotstift eingetragen. Er liest es mit, aber er merkt es nicht. Warum lachen die? Er merkt, dass er rot wird. Er weiß nicht, warum sie lachen.

Ein Wortschwall überfällt die sechshundert Menschen:

»Wirhabenunsheutehierversammeltumgemeinsamdasgroße

FestderUrbarmacherzufeierndreiJahresindvergangendassunsdiePar-teiderArbeiterklassehierherindenSumpfgerufenhatundheutekönnen-wirvollStolzberichtendasswirdieWiesezu80Prozenturbargemachtha-benundwennihrmichfragtliebeGenossenundFreundewasmichbewo-genhathierherinsMoorzukommen ...«

»Langsamer, Egon. Du hast doch Zeit! Lies langsamer!« sagt der Lagerleiter.

Egon dreht den Hals aus dem Kragen, rückt die Blätter zurecht. Was hat der eben gesagt? Langsamer ... Die Dolmetscher übersetzen nicht mehr.

»Und wenn ihr mich fragt, was mich zu fahren hierher ins Moor bewogen, so kann ich mit reinem Gewissen behaupten, dass ich den Ruf der Partei (er übersieht eine Zeile) stehen der Jugend ... stehen der Jugend ... Und wir wären ein schlechter Staat, wenn wir uns dieser Jugend nicht würdig erwiesen ...«

Schon wieder lacht jemand. Werner ruft: »Umgekehrt!«

Der Lagerleiter steht auf. »Egon, was ist denn los mit dir? Sonst verstehe ich dich immer, heute verstehe ich nichts mehr!«

Er hebt ratlos die Schultern, sieht, wie ihm ein dunkelbrauner Kubaner zuzwinkert.

Paul leistet sich einen Zwischenruf: »Ausreden lassen!«

Der Lagerleiter stellt sich neben Egon.

»Sag mal, gefällt dir das, was du uns da vorlesen willst?«

Er möchte sagen, dass er ja nicht reden wollte.

»Brauchst du das?« fragt der Lagerleiter, »braucht ein Egon so was?« Er legt Pauls Referat beiseite.

Egon nimmt die Seiten, schiebt sie zusammen und will durch die Vordertür. Sie ist verschlossen. Der Wirtschaftsleiter hat sie verschlossen, weil alle durch den Haupteingang sollten, um nicht zu stören. Er muss zurück durch den schmalen Gang in der Saalmitte.

Der Lagerleiter hat es noch nicht aufgegeben. »Stell dir vor, du kommst jetzt nach Borkenheide zurück und sollst deinen Kollegen in der Brigade was über uns erzählen.«

Paul kneift gespannt die Lippen zusammen. Still wird es im Saal. Der Lagerleiter fragt noch einmal etwas, aber Egon versteht es nicht. Die Borkenheider Urbarmacher sehen ihn traurig an, als wollten sie sagen: »Lass mal, du bist eben kein Redner.« Er hat also versagt. Paul grinst. Inzwischen hat ihn der Lagerleiter wieder zum Rednerpult gezogen. Egon will noch einmal Pauls Referat vorlesen, wie gebannt starren ihn die Boys an, nur Paul grinst unverschämt. Noch einmal sieht Egon vor sich, was er mit ihm durchgemacht hat, und dann drängen sich die Erlebnisse der letzten Wochen heran. Egon schaut auf. Die sechshundert sitzen auf einmal nicht mehr vor ihm, sie stehen alle hinter ihm.

»Na? Was würdest du erzählen? Deinen Arbeitskollegen zum Beispiel? Was hat dir gefallen?«

»Alles! Alles hat mir gefallen!«

»Na, na! Doch nicht alles. Der Bauleiter hat dir sicher nicht gefallen. Worüber hast du dich zum Beispiel mal sehr gefreut?«

Egon überlegt. »Zum Beispiel, dass mich die Brigade zum Brigadier gemacht hat. Und der Schachunterricht und ...«

»Also? Das erzähl uns!« Der Lagerleiter bleibt neben dem Rednerpult stehen. Die aufregende Masse der hellen Gesichter wird vertrauter, er erkennt einzelne.

Egon hat sich schon entschlossen, aber er weiß nicht, wo er anfangen soll.

»Stell dir vor, ich bin ein alter Kumpel, und wir haben uns sechs Wochen nicht gesehen.«

Paul holt einen Brief aus der Tasche und hält ihn vor der Brust hoch. Die andere Hand ist zur Faust geballt. Und wenn jetzt alles vorbei ist, denkt Egon, ich gehe nicht eher weg, bis es raus ist. Sollen sie mich doch wegjagen, soll mich Christine vergessen. Entweder – oder!

»Von der Brigade würde ich erzählen.«

»Und was hat dir noch gefallen?«

»Das ist gar nicht von mir!« schreit Egon, knüllt das Referat zusammen und wirft es Paul ins Gesicht. Peinliche Stille.

»Der macht euch was vor! Und ihr fallt drauf rein! Weil er zum Einsatz gezwungen wurde!« ruft Paul.

Die Dolmetscher vergessen die Vokabeln und die Journalisten ihr Stenogramm.

Paul steht langsam auf. »In diesem Brief hier steht, was der wirklich vom Lager hält!«

»Das ist nicht wahr!«

Hans mustert Egon. Der wird knallrot.

»Wieso ist das Referat von dem?«

Egon bringt kein Wort hervor. Hans wendet sich an Paul, der seinen Brief schwenkt.

»Ist das dein Referat? Dann halte du es«

»Hier! Hier!« Paul entfaltet das Blatt und liest vor. »Morgens um vier scheucht uns der Brigadier von den Pritschen, ein Pfiff, und alle müssen springen ... Wir sind beim Straßenbau, eine Sauarbeit, kann ich Dir sagen. Und die Bosse sind in die Kneipe gegangen ... So springen sie hier mit einem um.«

Alles redet durcheinander, Werner springt auf und eilt ans Rednerpult. Er berichtet, was er von Paul weiß, und verschweigt auch nicht, was in der Nacht passiert ist und was noch passieren sollte. Paul versucht das Interesse auf seine verhinderte patriotische Fahrt zu lenken. Damit provoziert er zahllose Fragen. Jeder will wissen, warum Egon das alles getan hat.

»Wir waren mal alte Freunde«, beginnt Egon, »der Paul und ich, nun, wo ich mich entwickeln will, kommt er nach, will mir einreden, dass alles keinen Zweck hat, und als ich ihm nicht glaube, erpresst er mich. Also ... das Referat vorhin ...war nicht von mir. Der hat es aufgesetzt. Mit'm Klub zusammen, mit denen da in der zweiten Reihe!«

Die Boys möchten am liebsten unter die Stühle kriechen.

»Und der ist der Boss davon, und weil ich mit dem Klub nichts mehr zu tun haben will, bin ich hergefahren.«

»Und der Brief?«

»Ich … ich hab doch …gesessen. Wollte nicht, dass er nachkommt und alles ausposaunt.«

Einige Borkenheider sehen zu Christine hinüber, das merken andere, drehen sich um, schließlich schauen sich alle um. Sie steht auf, will hinaus. Martha Nickel zieht sie auf den Stuhl.

Vorbei, denkt Egon. Er schließt die Augen, glaubt ohnmächtig zu werden. Die Pause nutzt Paul, er steht auf, ein Wink, seine sieben Freunde drängeln sich aus der Stuhlreihe.

Ein schrilles Pfeifkonzert setzt ein. Blass, aber grinsend geht Paul. Niemand hindert ihn. Aber auch Bummi und Mäckie hindert niemand, dennoch, sie bleiben, sie tauchen irgendwo in der letzten Reihe unter. Als Egon die Augen wieder öffnet, klafft in der zweiten Reihe eine Bresche.

Paul steht draußen vor dem Rest des Borkenheider Musical-Clubs, schimpft und pikt den Zeigefinger gegen die Stirn, als wolle er ein Loch reinstoßen.

»Na?« fragt Hans.

»Ich hab gesessen also, halbes Jahr«, sagt Egon. »Gefährliche Körperverletzung. Mit Paul zusammen. Und als ich dann rauskam …«

»Entschuldige mal, Egon, wie kamst du denn erst rein?«

»Ist am Sonntag vor Weihnachten passiert. Im Konsum hatten sie gerade Lederjacken reingekriegt. Wir haben uns welche gekauft. Paul hat sich noch einen knallroten Mohairschal ausgesucht und ich mir gelbe Lederhandschuhe. Und es war was übrig für 'n paar Taschenflaschen. Wir wollten die blanken Lederdinger gleich sehen lassen. Angefangen haben wir am Mitropa-Kiosk.«

»Gut, Egon«, flüstert Hans und setzt sich.

Egon sieht ihn flehend an. Hans steht wieder auf und stellt sich neben ihn.

»Am Nachmittag hatte unser Klub in der kalten Waldschenke trainiert … auf den selbstgemachten Instrumenten, haben uns in Rattenlöchern rumgedrückt, weil wir keinen richtigen Saal hatten …«

»Gab's in Borkenheide kein Jugendklubhaus?«

Pit Schulze ruft: »Eins mit'm Schild: ›Nieten in Nietenhosen unerwünscht!!‹«

Egon nickt.

»Eduard!« ruft der Lagerleiter, »Wo steckst du?«

Der ehemalige Klubhausleiter schaut aus der Küchentür, eine Schürze umgebunden, in der Hand ein Messer so lang wie ein Kuchenblech. »Kann gleich losgehen!«

»Setz dich mal einen Moment auf meinen Stuhl und pass gut auf!«

»Also am Nachmittag«, fährt Egon fort, »hatten wir in der Waldschenke trainiert. Aber nicht lange. Die meisten Boys waren verabredet oder zum Weihnachtsfest. Der Kreisbau feierte Mittwoch. Paul hatte seine Bescherung schon hinter sich. Wir wollten uns das Sportlerheim vornehmen: Die LPGs feierten dort. Da sind junge Männer immer knapp. Wir also hin. Wir kommen bis an die Theke, da sieht uns der Wirt, schmeißt uns raus, Lokalverbot und so. Dort hatten wir mal unsere Konzerte veranstaltet. Wir marschierten wieder retour. Mächtig schlechte Laune. Wir in die Vorgärten und die Mülltonnen an die Straße geschleppt. Und umgekippt. Flaschen, Konservenbüchsen und Asche ... dazu der frische Schnee ... eine Schweinerei ...«

»Lauter!«

Egon räuspert sich. »Dann ging's zum Kurgarten. Viel Männer, wenig Frauen. Paul spendierte ein Bierchen und noch ein Bierchen und noch eins. Immer auf ex. Eigentlich war ich nie ein richtiger Trinker. Ich wollte nämlich immer aufhören, wenn das Drehen anfing. Aber Paul bestellte und bestellte. Was soll man da machen, wenn ein Bier nach dem andern angerollt kommt so wie hier die vollen H-6? Die Hand grapscht hin, ohne dass du es willst. Nun wollten wir die Laternenbar erobern. Die Mülltonnen und die Biere hatten uns schön aufgemöbelt. Hier in der Laternenbar feiert die Handwerkskammer. Paul donnert den Hacken gegen die Tür. Wer ist da? ruft der Portier. Geladene Gäste, ruft Paul. Der Portier wusste Bescheid, wir sollen woanders hingehen, geschlossene Gesellschaft und so. Wir haben Einladungen, ruft Paul, her mit dem Festausschuss.

Bäckermeister Wesener aus der Bergstraße war im Festausschuss. Gutmütig, wie der Mensch ist, er kommt raus. Paul sieht gar nicht richtig hin und drischt ihm eine. Mitten ins Gesicht. Bäckermeister Wesener stöhnt auf, wohl mehr vor Schreck ... dann steckt er das Kinn hinter die Schulter, pendelt ein paarmal mit dem Oberkörper hin und her und ... batsch! – hatte Paul die Faust am Halse. Die Toberei war im Gange. Wieder geht die Tür auf. Bäckermeister Schmitt. Manning! Zwei Meter lang, zwei Zentner schwer, dreifacher Bezirksmeister im Kegeln. Hände wie ... wie Kohlenschaufeln. Der schafft dich, Egon, denke ich. Und dann ...« Egon wird wieder ganz leise, »und dann habe ich die Türklinke abgebrochen. Und mit der Türklinke habe ich ihn ...«

Hörbar atmet der Saal auf.

»Das musst du uns mal etwas genauer erklären«, sagt Hans, »du kanntest doch den Mann gar nicht?«

»Dasselbe wollte mein Verteidiger auch immer wissen«, ratlos hebt Egon die Schultern, »das Bier allein war's nicht. Man war eben auf alles wütend und neidisch.«

Der Lagerleiter ist mit dieser Begründung zufrieden.

Egon erzählt weiter: »Schon auf dem Nachhauseweg wurde mir ganz komisch zumute. An der neuen Lederjacke war Blut. Ich bin noch mal zurückgeschlichen. Ein Krankenauto stand vor der Laternenbar, zwei Tragen wurden reingeschoben. Da war ich ganz nüchtern, nicht eine Minute geschlafen.

Nächsten Tag im Betrieb: Soll zum FDJ-Sekretär kommen. Neben ihm steht ein Fremder. Kripo. Der nimmt ein Blatt Papier vom Schreibtisch. Kennen Sie das? Unterm Papier liegt ein Stück Gusseisen. Ich: Ja, das ist die Türklinke von der Laternenbar. Er: Wissen Sie, wer sie abgebrochen hat? Ich nicke.

Er hat mich gleich mitgenommen. Als die Tür zuklappte hinter mir, hab ich losgeheult, hatte immerzu die Tränen vor Augen und die Türklinke.

Mein Verteidiger war prima. Junge, sagte er immer, Sitzen ist bei uns keine Ehre mehr. Solltest was Anständiges lernen und nicht die Justiz beschäftigen.

Dann kam die Verhandlung. Meine Mutter war auch da. Das war das schlimmste, und ich hatte Schuld und konnte ihr nicht beistehen, wo sie doch allein ist. Nie wieder Schlägerei, hab ich mir da geschworen!«

In diesem Augenblick marschiert Paul Borchert mit aufgeschnalltem Rucksack über den Appellplatz, hinter ihm seine Getreuen, niedergeschlagen und wütend.

»Ich war noch gar nicht ganz hier, da hatten mich die Jugendfreunde schon in eine Funktion rein gewählt. Stellvertretender Brigadier bin ich geworden. Wie ich mich gefühlt habe! Das erste Mal im Leben eine Funktion. Manche haben zehn … zwölf … ich habe mich schon wegen einer gefreut. Und dann ging's Schlag auf Schlag. Am meisten hab ich Werner zu verdanken. Hier fangen alle gleich an. Wir schlafen in gleichen Betten, essen, was alle essen, man kennt sich, ist aufeinander angewiesen, keiner zeigt auf einen mit dem Finger, weil man ausgerutscht ist. Zu Hause ist alles anders. Bei dem einen klappt es in der Familie nicht, der Alte muss freitags immer gesucht werden, andere haben im Betrieb Ärger, die Brigade ist vielleicht ein lahmer Verein, manchmal hat einer nicht mal 'n eigenes Bett, wogegen sich der andere querlegen kann … zu Hause ist man Bürger Soundso. Vielleicht wird manch einer all das hier vergessen, da muss die FDJ einhaken, weitermachen, ich mein … hier wachsen ja die Gräben auch wieder zu, wenn keiner von Zeit zu Zeit zum Ausräumen kommt. Ich für mein Teil werd dableiben, was auch immer passiert, vielleicht werden wir uns hier beim nächsten Wiesenfest wiedersehen, die Straße wird 'n Stück länger sein, wir werden 'n Stück weiter sein, im Sumpf werden schon Kühe weiden, ja, ihr wisst nun Bescheid, und von vorhin, den Anfang, nehmt mir den nicht übel.«

Ein unabgeschlossenes Kapitel

Es regnete immer noch.

In der Luft hing das feine Sirren der vielen Regentropfen, die ins Wasser fielen. In der Nacht noch, als die letzten Busse die Gäste vom Wiesenfest aus dem Lager fuhren, hatte es angefangen. Eine Nacht und einen Tag regnete es schon, und immer noch war der Himmel grau in grau.

Sie saßen beide dicht aneinandergerückt am Grab der Königin und hatten die Arme um die angezogenen Knie geschlungen.

Christine dachte wieder an die Szene, die ihr Werner gestern gemacht hatte. Sie hatte auf dem Bett gelegen und geheult und geheult, zu Tode betrübt, weil Egon nun doch nicht der proletarische Prinz war, für den sie ihn immer gehalten hatte. Da war Werner ins Zimmer gekommen. Sie war allein, die Mädels konnten ihr nicht helfen, sie wollte allein mit allem fertig werden.

Werner hatte sich auf Marthas Bett gesetzt und hatte auf sie eingeredet. »Jetzt, wo er dich braucht, bist du nicht da. Eigenartig, ausgerechnet ein Paul und eine Christine können die Wahrheit nicht vertragen. Ja, ja … theoretisch hat man alles begriffen, dass die Menschen eine Vergangenheit haben, dass ein Arbeiterjunge mit seinen Fäusten nicht nur Werte schaffen kann, dass man einen Menschen nicht nach seiner Vergangenheit beurteilen darf. Theoretisch. Soll man praktisch werden, erinnert man sich an seine Herkunft. Eine Arzttochter und ein Vorbestrafter? Unmöglich! Völlig planmäßig das Leben bisher … Grundschule? Kleinigkeit! Oberschule? Auch kein Problem. Abitur? Halb geschenkt! Finanzielle Schwierigkeiten? Nie gekannt! Immer haben andere die Verhältnisse eingerichtet. Nie hat man selbst etwas getan, um sein Leben gehaltvoll zu machen. Und so sollte es auch in der Liebe sein. Ich kann dir sagen: Wenn dir ein Egon nicht gut genug ist, hast du ihn auch nicht verdient! Das erste Mal im Leben bietet sich hier eine Gelegenheit, das, was man besitzen möchte, besitzenswert zu machen. Biege doch deinen Egon so hin, wie du ihn haben willst. Aber was machst du? In seiner schwersten Stunde lässt du ihn allein.«

Wie von weit her erreichten sie seine Reden, aber sie verstand alles. Ungerecht fühlte sie sich behandelt; als wäre sie eine bürgerliche Dame, so kanzelte er sie ab.

Als er gegangen war, kamen ihr doch Zweifel. Ganz so unrecht hatte Schmiedeberg nicht. Es war ja nicht das Schlimme, dass Egon ihr vorher nie etwas gesagt hatte. Aber dass Egon zu derartiger Brutalität fähig gewesen war …

Sie grübelte dann und grübelte, und je mehr sie grübelte, es ließ sich nicht ändern, dass ihre Liebe noch da war. Sie dachte über ihn jetzt anders, vieles wurde ihr plötzlich klar, aber kann so etwas eine Liebe töten?

»Wo mag jetzt wohl die Nofretete sein?«, fragte Egon.

»Vielleicht hat sie ein Hecht verschluckt?«

»Weißt du was? Wenn der Regen aufgehört hat, tauche ich einfach, vielleicht liegt sie noch da … Nehmen wir mit, als Andenken?«

»Lass die Toten ruhen. Du bist mir viel lieber als Andenken. Hast du mit ihm noch einmal gesprochen?«

Egon schüttelte den Kopf. »Ohne mich ist der Klub sowieso pleite, Pit Schulze ist abgesprungen, Mäckie und Bummi überlegen schon. Die halbe Welt will ihm helfen, Werner hat gesagt, er wird sich sofort um ihn kümmern, aber er ist eingeschnappt, und der Betrieb wird sich sehr wundern, meine Rede soll in die ›Junge Welt‹. Von Anfang bis Ende.«

Heute Vormittag hatte sie zwei Briefe bekommen, der erste kam von den Eltern, der andere von der Ostsee. Mama wollte wissen, ob der Junge vom Fernsehen derselbe sei, der damals angerufen hatte?

Ja, derselbe.

Eine Klassenkameradin schrieb, dass sie alle fleißig zum Nacktbadestrand gingen und überall schön braun gebrannt seien. Arthurs Bart sei tüchtig gewachsen, und zwischen seinen Affären fände er selbst nicht mehr durch. Ob sie, Christine, immer noch auf den ganz Besonderen warte?

Christine puhlte sich ein Stück Hornhaut aus der Innenhand. Wie würde es in Borkenheide weitergehen? Konnte sie den Eltern gleich die ganze Wahrheit sagen, oder sollte sie vorgehen wie Egon? Was wäre gewesen, wenn er ihr gleich beim Abiball alles gesagt hätte?

Es stimmte doch nicht, was Werner ihr vorgehalten hatte. Sie wird mit Egons Vergangenheit fertig, wenn nur er mit ihr fertig wird. Er war für sie kein Abenteuer, der »Baufachspezialist« Egon Brümmer, das ganze Lager war kein Abenteuer. Die körperliche Arbeit, vor der sie im Stillen doch Angst gehabt hat, ist ihr nicht zum notwendigen Übel geworden. Mit den Mädels ist sie gut ausgekommen, nie hat es Reibereien gegeben, die etwas mit ihrer Bildung zu tun hatten oder ihrer Ungeschicktheit.

»Was machst'n, wenn dein Vater was gegen mich hat?«, fragte Egon.

»Den werden wir schon überzeugen.«

»Gleich?«

»Gleich nicht, nicht schon am ersten Tag, aber dann.«

»Ich bin für gleich!«

Was werden ihre Freundinnen sagen, und die neuen Kolleginnen im Krankenhaus? Nun hat sie doch noch einen ganz Besonderen gekriegt, einen Egon, der sogar schon mal im Gefängnis war.

»Woran denkst du?«, fragte er.

»Ich liebe Menschen, die ein Unglück nicht aus der Bahn wirft.«

»Hoho! Mich hätte das zweite auch nicht aus der Bahn geworfen! Aber jetzt wirft mich überhaupt nichts mehr aus der Bahn!«

»Leicht gesagt, nach vier Wochen. Das Schwerste, glaube ich, liegt noch vor uns.«

»Ich glaub nicht.«

»Beim Lernen muss man sich jeden Tag überwinden.«

»Alles Gewohnheitssache!«

»Wenn das erst Gewohnheitssache ist, ja dann ... werd aber mal erst die alten los, zum Beispiel bei jedem Kummer in die Kneipe zu flüchten.«

»Und du stellst dir wohl das Krankenhaus genauso vor wie die Wiese?«

»Ich kann mir noch gar nichts drunter vorstellen.«

Nächstes Jahr wollen sie wieder herkommen. Beide Brigaden geschlossen, aber früher, denn zu dieser Zeit soll das Objekt schon übergeben werden. Was wird dann aus dem Traumschiff geworden sein? An jedem Gegenstand hängt hier ein Erlebnis, und von vielen Erinnerungen kann man sagen: »Das war doch in der Wiese ...?«

Was wird dann aus ihnen geworden sein, aus ihnen beiden, aus Werner, aus Paul?

Nachwort

Von einer Gegend, die bisher zu nichts taugte ...

An einem sonnigen Spätsommertag begebe ich mich auf Spurensuche und fahre in das Gebiet der Friedländer Großen Wiese, auf der Grenze zwischen der Mecklenburgischen Seenplatte und Vorpommern, 50 km südlich der Ostsee, 150 km nördlich von Berlin. Dieser größte geschlossene Niedermoorkomplex in Mecklenburg-Vorpommern ist ca. 12 000 ha groß, 12 km lang, 8 km breit, so informiert das Internet. Auf dem Weg von Friedland in Richtung Ferdinandshof kommt man durch den Ort Schwichtenberg. Hier ist die reale Landschaft, in der sich der Romanheld Egon Brümmer bewegt und in der sein Schöpfer, der Schriftsteller Joachim Wohlgemuth, 1959 einem Aufruf der »Freien Deutschen Jugend« (FDJ – Die Jugendorganisation der DDR) folgend, einen Arbeitseinsatz ableistete.

Die FDJ-Bezirksleitung in Neubrandenburg hatte im August 1958 beschlossen, die Melioration der Wiese und ihre Umwandlung in ein großes Milchviehzuchtgebiet als Jugendobjekt zu übernehmen. »Willst du mehr Fleisch und Butter auf den Tisch, dann komm mit in die Große Wisch!«, hieß es. Im *Neuen Deutschland* vom 14. Juni gestand der Stellvertretende Ministerpräsident Willi Stoph, dass die DDR Versorgungsprobleme mit Fleisch, Milch und Butter habe. Wer vom besseren Leben träumt, ist schnell zu überzeugen, Moor urbar zu machen. Das ist eine weltweit verbreitete Methode, die, wie man heute weiß, ganze Landschaften nachhaltig verändert und das ökologische Gleichgewicht gefährlich stört.

Das Moor müsse man »zur Nützlichkeit« erziehen, lässt der Autor seinen Egon denken, denn es sei »eine Gegend, die bisher zu nichts taugte«. Eine zeitgenössische Auffassung mit langer Tradition. Da schimmert dann auch hin und wieder der Goethesche Faust-Schluss vom Landgewinn für die Besitzlosen, vom freiem Grund und freiem Volk durch die Zeilen der Gegenwartsgeschichte, den der junge Philosoph Wohlgemuth sicher im Kopfe hatte. »Es kann die Spur von meinen Erdentagen nicht in Äonen untergehn.«

In Schwichtenberg will ich die Reste der Schmalspurbahn sehen, die 1969 abgebaut und von der 1996 wieder ein Streckenabschnitt nach Uhlenhorst aufgebaut wurde und befahren wird. In einem winzigen Bahnsteighäuschen sitzt eine Frau und verkauft den Touristen Karten nach einem Saison-Fahrplan von April bis Oktober. Ich frage, ob sie einheimisch sei und ob die Loren auf dem Nebengleis von den Jugendlichen benutzt worden waren, die in den 50er Jahren in die Wiese kamen. Sie tritt aus ihrem Schalter vor die Tür und berichtet freimütig, wie Vater und Brüder und die Leute aus dem Dorf beim Meliorieren dabei waren. Die Loren seien die von damals und natürlich kenne sie »Egon und das achte Weltwunder«, der Film sei ja zum Teil auch hier gedreht worden, das Buch habe sie gelesen. Sie schickt mich in eine kleine Wellblechhütte am Lorengleis.

Darin sind liebevoll zusammengetragene Gegenstände der alten Bahnanlage und in einer Vitrine liegt die klassische Ausgabe des »Egon« mit den zauberhaften Illustrationen von Karl Fischer, ein Bestseller, der 1962 im Verlag *Neues Leben* erschien und im Verlaufe der Zeit 31 Auflagen erlebte, eine davon 1978 in München. Über eine halbe Million Bücher dürften unter den Lesern sein. Viele Generationen haben den liebenswerten Hilfsarbeiter Egon ins Herz geschlossen – in der Verfilmung dargestellt von Gunter Schoß –, jenen bunten Vogel in Jeans, mit Elvis-Tolle und einem Abbild der ägyptischen Königin Nofretete um den Hals, der gern einen über den Durst trinkt, im Knast war, eine rege Phantasie hat und eine große Klappe, der oft etwas tut, was er eigentlich gar nicht will und der lernen muss, dass Feigheit vor dem Freund zu chaotischen Verwicklungen führen kann.

Egon will »etwas aus sich machen«, was, davon hat er ziemlich konkrete Vorstellungen. Der allein stehenden Mutter – der Vater fiel im Krieg – soll der Alltag erleichtert werden, einen Kühlschrank will er ihr kaufen, eine Waschmaschine und einen Fernseher. Die bescheidenen Träume der Aufbaugeneration, die noch im Schatten von Krieg und Nachkrieg lebt, kollidieren mit den verrückten Träumen einer lebenshungrigen Jugend. Ein berühmter Schauspieler im großen Auto mit einer schönen Verlobten, das wäre doch auch nicht so schlecht. »Mir steht doch alles offen«, ist Egon überzeugt und verliebt sich bis über beide Ohren in eine Abiturientin, in jenes »achte Weltwunder« namens Christine. Eine romantische Liebe vor dem Hintergrund einer DDR-Kleinstadt und einem Jugendobjekt im Moor nimmt ihren Lauf.

Die nette Frau vom Schalter der »Mecklenburg-Pommersche-Schmalspurbahn Freunde e. V.« zeigt mir die Straße zum Lagerkomplex der Friedländer Großen Wiese und legt mir eine Weiterfahrt zum Galenbecker See ans Herz.

Das Lager gibt es seit 1936. Bis 1939 wurde es vom Reichsarbeitsdienst zur Urbarmachung der Wiese genutzt. 1958-1962 dann zu gleichem Zweck als Jugendobjekt der FDJ. Die Anlage ist so, wie Joachim Wohlgemuth sie in seinem Roman beschrieben hat, auf den auch hier ausdrücklich hingewiesen wird. Heute ist der Komplex denkmalgeschützt, Sitz des Arbeitsfördervereins Schwichtenberg und der Jugendbegegnungsstätte »Europa«. Und genau hier beginnt eine neue, nicht weniger spannende Geschichte, die der Renaturierung nämlich.

Vom Lager führt eine Straße am westlichen Rand der Wiese nach Heinrichswalde, von hier soll man den schönsten Blick auf den Galenbecker See haben, von dem ich aus früherer Zeit nur die Erinnerung an eine Schilflandschaft habe. Dort, wo der See sein soll, gelangt man über einen Deich und eine Treppe auf eine Plattform. Und da liegt er, er scheint über dem Land, den umgebenden Wiesen zu schweben, eine riesige Wasserfläche reicht bis zum Horizont. Baumgruppen ragen aus dem Wasser, manche sind schon großflächig abgestorben, das hat etwas Unheimliches, die Utopie einer Landschaft, über der Vögelschwärme Besitz ergreifend kreisen. Hier holt sich mit Hilfe des Menschen die Natur etwas Verlorenes zurück. Ist nun die Zeit gekommen, wo sich Menschen die Sensibilität gegenüber ihrem eigenen Lebensraum leisten?

Meine staunende Andacht wird unterbrochen. Ein Bus mit Touristen, von einem Naturschützer begleitet, fährt vor. Die Gruppe möchte es in Augenschein nehmen, dieses im Werden befindliche »neunte Weltwunder«, wie zwei Wissenschaftler in einem Aufsatz den Galenbecker See so treffend und visionär beschrieben.

Der Schriftsteller Joachim Wohlgemuth, oft scherzhaft als »Vater des Egon« bezeichnet, wurde am 27. Juni 1932 in Prenzlau geboren, wuchs behütet durch Mutter und Großmutter auf. Der Vater, ein Zimmermann, fiel 1942 im 2. Weltkrieg. Später sagte Wohlgemuth, der sich mit Auskünften über seine eigene Biografie immer sehr zurückhielt: »Wir haben nicht bloß überlebt, wir haben bald große Träume geträumt.« Mit diesen Träumen stattete er auch seine literarischen Figuren aus. 1947 trat er in die FDJ ein, ihr kulturelles Leben zog ihn an, die Vorträge über politische und weltanschauliche Fragen trafen auf seinen Wissensdurst. Sein Werdegang ähnelte dem vieler Jugendlicher jener Nachkriegsgeneration in der DDR, wie in dem berühmten Roman »Die Aula« von Hermann Kant eindrucksvoll beschrieben: vom Laufburschen über die Arbeiter- und Bauernfakultät zum Philosophiestudium nach Leipzig in den Hörsaal von Hans Mayer und Ernst Bloch. Zu der Zeit schrieb der Student Wohlgemuth schon besessen Kurzgeschichten.

Es ist die Zeit, als die 1. Bitterfelder Konferenz stattfindet, die die Künstler auffordert, sich in die Arbeitskollektive zu begeben, um den Alltag der Menschen, ihre persönlichen Konflikte und die Widersprüche der gesellschaftlichen Entwicklung in ihrer Kunst gestalten zu können. Die angestrebte Überwindung der »Kluft zwischen Kunst und Leben« zog auch nach sich, dass einfache Menschen an die Kunst herangeführt wurden. Die sich daraus entwickelnde breite kulturelle Allgemeinbildung sollte nicht unterschätzt werden.

Ob Bitterfeld oder nicht, der junge Schriftsteller war längst auf eignen Wegen, ihn faszinierte die Wirklichkeit; er musste mit den Menschen leben, über die er schrieb, war ein genauer Beobachter, detailverliebt. Aber, so hörte ich einmal von ihm: »Man muss nicht als Schnitzel in der Pfanne gelegen haben, um das Gefühl beim Braten zu beschreiben.« So waren seine Erlebnisse in der Wiese zwar wichtig und doch:

»Was in dem Buch erzählt wird, hat es meines Wissens dort so nicht gegeben«, hält er fest.

Bis zu seinem frühen Tod am 9. Oktober 1996 hat Joachim Wohlgemuth noch viele populäre Bücher veröffentlicht, die auch Vorlage für Filme und Theaterstücke wurden. Der »Egon«, ein Buch der DDR-Ankunftsliteratur, ist zweifellos sein erfolgreichstes, sein halbstarker Held gehört zu den bekanntesten Figuren der Jugend-Literatur und machte sich selbständig. Er überlebte seinen Schöpfer und hinterließ vielfältige Spuren, nicht nur in der Friedländer Großen Wiese, auch in den Köpfen und Herzen vieler Leser aus mehreren Generationen. Davon träumt ein Schriftsteller.

Heide Hampel im Oktober 2010

Impressum

Die Deutsche Nationalbibliothek verzeichnet diese Publikation in der Deutschen Nationalbibliografie; detaillierte bibliografische Daten sind im Internet über http://dnb.d-nb.de abrufbar.

1. Auflage 2011

Steffen GmbH, Mühlenstraße 72, 17098 Friedland, Tel.: (03 96 01) 274-0
www.steffen-verlag.de; info@steffen-verlag.de
Umschlagfoto: Doreen Salcher, www.fotolia.de
Herstellung: Steffen GmbH, Friedland, www.steffendruck.com

ISBN 978-3-941683-06-8